dtv

Fünfzehn Paradebeispiele utopischer Erzählkunst enthält dieser Band unserer H. G. Wells-Edition im dtv, darunter die berühmte Geschichte ›Der Stern‹ aus dem Jahre 1897, in der die Entdeckung des Planeten Pluto von 1930 prophetisch vorweggenommen wurde. Doch auch wenn die Marsbewohner, die sich in dem Kristall-Ei des Mr. Cave befinden, bis heute nur in Science-fiction-Filmen auftreten: Das Wunderbare an diesen utopischen Geschichten ist die Wahrscheinlichkeit, daß sie sich dereinst als vollends erklärbar erweisen. Meist sind es tragisch-komische Helden, Forscher zumal, die sich unversehens in eine befremdliche Situation versetzt sehen: Einer kann allein durch die Kraft der Gedanken die unglaublichsten Dinge verrichten; ein anderer findet sich im Kerker eines fremden Körpers wieder; ein dritter gerät in eine andere Dimension und kehrt verändert zurück. Daß derartige Dinge nicht ungefährlich sind, versteht sich von selbst. Und wenn dann noch seltsame Tiere und Pflanzen und menschenfressende Meeresbewohner ins Spiel kommen, lassen sich leichte Schauer nicht ganz vermeiden.

H(erbert) G(eorge) Wells wurde am 21. 9. 1866 in Bromley/Kent geboren und starb am 13. 8. 1946 in London. Nach einer Kaufmannslehre absolvierte er ein naturwissenschaftliches Studium mit Prädikatsexamen; nach nur wenigen Jahren als Dozent lebte er als freier Schriftsteller. Sein Gesamtwerk umfaßt etwa hundert Bände. Zu Weltruhm gelangte er mit seinen Romanen und Erzählungen, die ihn als Begründer der modernen Science-fiction, als genialen phantastischen Utopisten und als kritisch-humorvollen Gesellschaftssatiriker ausweisen.

H. G. Wells

Das Kristall-Ei

Erzählungen

Aus dem Englischen von
Lena Neumann, Gertrud J. Klett,
Werner Kortwich,
Utta Roy-Seifert, Ursula Spinner

Deutscher Taschenbuch Verlag

Die Verwendung der Übersetzungen
von Ursula Spinner und Werner Kortwich erfolgt
mit freundlicher Genehmigung
des Diogenes Verlags, Zürich, und des
Wilhelm Heyne-Verlags, München

März 1998
Deutscher Taschenbuch Verlag GmbH & Co. KG,
München

Umschlagkonzept: Balk & Brumshagen
Umschlaggestaltung unter Verwendung
eines Werkes von H. R. Giger
Gesetzt aus der Bembo 10/11,5˙ (WinWord 6.0)
Gesamtherstellung: C. H. Beck'sche Buchdruckerei,
Nördlingen
Gedruckt auf säurefreiem, chlorfrei gebleichtem Papier
Printed in Germany · ISBN 3-423-12428-8

Inhalt

Der Stern

Am Neujahrstag meldeten drei verschiedene Sternwarten fast gleichzeitig, daß die Bahn Neptuns, des von der Sonne am weitesten entfernten Planeten, eine merkwürdige Veränderung aufweise. Ogilvy hatte schon im Dezember auf eine verdächtige Verringerung seiner Umlaufgeschwindigkeit aufmerksam gemacht. Eine solche Neuigkeit konnte ein Publikum, das in seiner Mehrzahl von der Existenz Neptuns keine Ahnung hatte, kaum interessieren, und auch die Entdeckung eines schwachen Lichtfleckes in der Umgebung des unruhig gewordenen Planeten rief außer bei Astronomen keine große Erregung hervor. Fachleute allerdings fanden diese Tatsache recht bemerkenswert, sogar noch ehe man erfuhr, daß der neue Körper schnell größer und heller wurde, daß seine Bewegung ganz anders war als die aller bekannten Planeten und daß die Abweichung Neptuns und seines Trabanten noch nie dagewesene Formen annahm.

Wenige Menschen ohne wissenschaftliche Ausbildung können sich von der gewaltigen Einsamkeit des Sonnensystems eine Vorstellung machen. Die Sonne mit den Flecken ihrer Planeten, dem Staub der Planetoiden, den unermeßlich kleinen Kometen schwebt in einer leeren Unendlichkeit, die jede Phantasie übersteigt. Jenseits der Bahn des Neptun ist das leere All, leer, soweit die menschliche Forschung es durchdringen konnte, ohne Wärme, ohne Licht, ohne Schall, das absolute Nichts, zwanzig millionenmal eine Million Meilen weit. Das ist die geringste Schätzung der Entfernung, die uns von dem allernächsten Stern trennt. Nach menschlichem Wissen hatte mit Ausnahme einiger Kometen, die substanzloser waren als die schwächste Flamme, noch keine Materie diesen leeren Raum durchkreuzt, bis zu Beginn des zwanzigsten Jahrhunderts dieser seltsame Wanderer erschien. Er war eine riesige Masse, schwer und ungeschlacht, wie er da ohne jede Vorwarnung aus dem schwarzen Mysterium des Alls in den strahlenden Glanz der Sonne stürzte. Schon am zweiten Tag nach seinem Auftauchen konnte man ihn mit jedem guten Fernrohr deutlich wahrnehmen, ein Fleck von geringem Durchmesser in der Nähe des Sternbilds des Löwen. In Kürze würde man ihn schon mit einem Opernglas beobachten können.

Am dritten Tag des neuen Jahres wurde den Zeitungslesern beider Hemisphären zum erstenmal die wirkliche Bedeutung dieser ungewöhnlichen Himmelserscheinung klargemacht. Eine Londoner Zeitung brachte die Nachricht unter dem Titel »Eine Kollision der Planeten« und schloß sich Duchaines Meinung an, daß dieser seltsame neue Planet wahrscheinlich mit Neptun zusammenprallen würde. Die Leitartikler ließen sich über das Thema aus. Am dritten Januar befanden sich also die meisten großen Städte der Welt in Erwartung eines bevorstehenden, noch unbekannten himmlischen Phänomens, und als die Nacht dem Sonnenuntergang rund um den Erdball folgte, blickten Tausende Menschen zum Himmel hinauf und sahen – die guten alten Sterne, wie sie immer gewesen waren.

Bis in London der Morgen dämmerte, Pollux unterging und alle Sterne verblaßten. Es war die Dämmerung eines Wintertages, mattes Tageslicht sickerte durch das Dunkel, und die Fenster der Frühaufsteher leuchteten gelb. Da bemerkte ihn der gähnende Polizist, die geschäftigen Marktleute blieben gaffend stehen, Arbeiter, die zur Frühschicht eilten, Milchmänner, Zeitungsausträger, Nachtbummler, die bleich und erschöpft heimschwankten, Obdachlose, Wachtposten auf ihrem Rundgang sahen ihn zuerst; auf dem Land sahen ihn die Bauern, die querfeldein stapften, Wilddiebe, die nach Hause schlichen, und auf hoher See die Matrosen der Nachtwache: Sie alle sahen am westlichen Himmel plötzlich einen großen weißen Stern erscheinen.

Er war heller als alle Sterne an unserem Himmel, sogar heller als der Abendstern, wenn er am stärksten leuchtet, weiß und prächtig glühte er noch eine Stunde nach Tagesanbruch, nicht etwa ein zitternder Lichtfleck, sondern eine kleine, runde, leuchtende Scheibe. Und wo die Meldung der Wissenschaftler noch nicht hingedrungen war, starrten die Menschen angstvoll in den Himmel und erzählten einander von Kriegen und Seuchen, die durch solch feurige Zeichen am Himmel angekündigt werden. Vierschrötige Buren, dunkelhäutige Hottentotten, Neger an der Goldküste, Franzosen, Spanier, Portugiesen standen in der Wärme der Morgensonne und beobachteten den Lauf dieses seltsamen neuen Gestirns.

In Hunderten von Observatorien herrschte verhaltene Aufregung, die sich aber beinahe zum lauten Tumult steigerte, als die beiden einst voneinander weit entfernten Körper zusammenkrachten. Da herrschte wilde Hast, man suchte nach photographischen Apparaten, Spektroskopen und allerlei Hilfsgeräten, um dieses neue erstaunliche Schauspiel der Vernichtung einer Welt festzuhalten. Denn es war eine Welt, ein Schwesterplanet unserer Erde, nur viel größer als diese, die urplötzlich in den flammenden Tod gestürzt war. Neptun war mit dem fremden Planeten von jenseits des Raumes zusammengestoßen, und die Hitze des

Anpralls hatte im selben Augenblick zwei feste Globen in eine einzige große, glühende Masse verschmolzen. Zwei Stunden vor Tagesanbruch war der bleiche weiße Stern an diesem Tage um die Erde gewandert, und er verblaßte erst, als er im Westen versank und die Sonne aufstieg. Überall wurde er von den Menschen bestaunt, aber niemand kann erstaunter gewesen sein als die Matrosen auf hoher See, die noch nichts von seinem Erscheinen gehört hatten und ihn nun plötzlich im Verlauf der Nacht wie einen Zwergmond aufgehen, in den Zenit steigen und im Westen versinken sahen.

Als er abermals über Europa aufging, gab es bereits überall Gruppen von Beobachtern, auf Hügeln, Hausdächern und auf freiem Feld, die auf das Erscheinen des großen neuen Sterns im Osten warteten. Er sandte einen weißen Schein aus, der wie das Glühen eines weißen Feuers wirkte, und alle, die ihn schon in der ersten Nacht gesehen hatten, waren von seinem Aussehen überrascht. »Er ist größer«, riefen sie. »Er ist heller!« Und wenn auch der zunehmende Mond, der gerade im Westen versank, unvergleichlich größer war, so leuchtete er doch nicht annähernd so stark wie die kleine Scheibe des seltsamen neuen Gestirns.

»Er ist heller!« riefen die Leute, die dichtgedrängt in den Straßen standen. Aber im Dunkel der Observatorien hielten die Astronomen den Atem an und sahen einander erschrocken an. »Er ist näher«, sagten sie, »viel näher!«

Und eine Stimme nach der andern wiederholte: »Er ist näher«, der klappernde Telegraph nahm das Wort auf, es zitterte an Telephondrähten entlang, und in Tausenden Städten setzten graphitbestaubte Zeitungssetzer die drei Worte: »Er ist näher.« Eine jähe Erleuchtung überkam Männer in ihren Büros, so daß sie mitten unter der Arbeit ihre Federn fortwarfen, an tausend Orten gleichzeitig kam den Menschen die groteske Möglichkeit zum Bewußtsein, die in diesen Worten lag: »Er ist näher!« Das eilte durch die erwachenden Straßen, das wurde auf den frostklirrenden Wegen ruhiger Dörfer geschrien, Leute, die es in den Morsezeichen von dünnen Papierstreifen abgelesen hatten, standen in hell erleuchteten Haustoren und riefen die Neuigkeit den Vorübergehenden zu. »Er ist näher!« Schöne geschmückte Frauen hörten erhitzt die Nachricht, die ihnen spaßhaft zwischen zwei Tänzen erzählt wurde, und heuchelten verständnisvolles Interesse, das sie gar nicht empfanden. »Näher? Wirklich? Wie merkwürdig! Wie schrecklich gescheit müssen doch die Menschen sein, die solche Sachen entdecken!«

Einsame Landstreicher, die durch die Winternacht wanderten, murmelten die Worte, um sich Mut zu machen, und blickten himmelwärts. »Wäre gut, wenn er näher kommt, die Nacht ist erbärmlich kalt. Aber viel Wärme scheint er nicht auszustrahlen, selbst wenn er wirklich näher kommt.«

»Was kümmert mich ein neuer Stern?« rief eine weinende Frau, die neben ihrem geliebten Toten kniete.

Der Gymnasiast, der zeitig aufgestanden war, um zu lernen, versuchte eine Erklärung für das Phänomen zu finden, während der große weiße Stern hell durch die Eisblumen an seinem Fenster schien. »Zentrifugal, zentripetal«, sagte der Junge und stützte das Kinn in die Hand. »Man halte einen Planeten in seinem Laufe auf, beraube ihn der Zentrifugalkraft, was geschieht dann? Die Zentripetalkraft siegt, er stürzt in die Sonne. Und dieser – ob wir vielleicht seine Bahn kreuzen werden?«

Das Licht dieses Tages ging den Weg seiner Vorgänger, und wieder erschien in der frostigen Dunkelheit der seltsame Stern. Jetzt war er schon so hell, daß der zunehmende Mond nur ein blasses gelbes Gespenst zu sein schien, wie er da riesengroß am Abendhimmel hing. In einer südafrikanischen Stadt hatte ein angesehener Mann geheiratet, und die Straßen waren hell erleuchtet, um ihn und seine Braut zu feiern. »Sogar der Himmel hat illuminiert«, sagten die Schmeichler. Im fernen Süden schmiegte sich ein dunkelhäutiges Liebespaar ins Rohrdickicht, wo die Leuchtkäfer hausen. Die Liebe hatte sie ihre Furcht vor wilden Tieren und bösen Geistern vergessen lassen. »Das ist unser Stern«, flüsterten sie und fühlten sich durch sein sanftes Leuchten geheimnisvoll gestärkt.

Der große Mathematiker saß in seinem Arbeitszimmer und schob die Papiere beiseite. Seine Berechnungen waren beendet. In einer kleinen Phiole lag noch ein Restchen von dem weißen Medikament, das ihn durch vier lange Nächte wach und arbeitsfähig erhalten hatte. Jeden Tag hatte er so gelassen, klar und geduldig wie immer die Vorlesung vor seinen Studenten abgehalten, dann war er eilends zu seinen astronomischen Berechnungen zurückgekehrt. Seine Züge waren ernst, ein wenig abgespannt und müde von dem künstlich herbeigeführten Wachzustand. Eine Zeitlang war er tief in Gedanken versunken. Dann trat er ans Fenster und zog den Vorhang mit einem Ruck auf. Hoch am Himmel über den gedrängten Dächern, Rauchfängen und Türmen der Stadt stand der Stern.

Der Professor blickte ihn an, wie man einem tapferen Feind ins Auge blicken mag. »Du kannst mich töten«, sagte er nach langem Schweigen. »Aber ich kann dich und das ganze Universum mit meinem kleinen Gehirn erfassen. Ich tausche nicht mit dir, nicht einmal jetzt.«

Er sah auf die kleine Phiole. »Nie wieder werde ich des Schlafes bedürfen«, sagte er dann. Am nächsten Tag um zwölf Uhr, pünktlich auf die Minute, betrat er den

Hörsaal, legte seinen Hut wie gewöhnlich auf den Tisch und wählte sorgfältig ein großes Stück Kreide. Seine Hörer machten sich darüber lustig, daß er nicht vortragen konnte, ohne mit einem Stück Kreide zu spielen, und einmal war er unfähig gewesen, die Vorlesung zu halten, weil sie sein Hilfsmittel versteckt hatten. Er erschien, sah unter seinen grauen Augenbrauen hervor in die jungen frischen Gesichter und sprach in seiner gewohnten, gewollt einfachen Redeweise. »Es sind Umstände eingetreten, Umstände, stärker als ich« – er machte eine Pause –, »die mich daran hindern werden, die Vorlesung, die ich begonnen habe, zu Ende zu führen. Es sieht fast so aus, meine Herren, wenn ich es kurz und bündig sagen darf, als ob die Menschheit vergeblich gelebt hätte.«

Die Studenten sahen einander an. Hatten sie richtig gehört? War er verrückt geworden? Stirnrunzeln, Grinsen ringsum, nur ein oder zwei Augenpaare blickten gespannt in sein ruhiges, vom grauen Bart umrahmtes Gesicht. »Es wird von Interesse sein«, fuhr der Professor fort, »diese Stunde der Erklärung jener Berechnungen zu widmen, soweit ich sie Ihnen klarmachen kann, die mich zu dieser Schlußfolgerung geführt haben. Also –«

Er wandte sich zur Tafel und begann zu zeichnen, so wie er es immer tat.

»Was hat er da über ›vergeblich gelebt‹ gesagt?« flüsterte ein Student seinem Nachbar zu. »Gib acht«, antwortete dieser und wies auf den Professor.

Da begannen sie alle zu verstehen, was er meinte.

In dieser Nacht ging der Stern später auf, denn seine eigene Bahn nach Osten hatte ihn über den Löwen hinaus ins Sternbild der Jungfrau geführt. Er war so hell, daß der Himmel bei seinem Erscheinen leuchtend blau glänzte. Alle Sterne verblaßten neben ihm, außer Jupiter, Capella, Aldebaran, Sirius und einem Teil des

Großen Bären. Er war besonders weiß und schön. An vielen Orten der Erde sah man ihn in dieser Nacht von einem bleichen Hof umgeben. Er war merklich größer geworden; am klaren Tropenhimmel erschien er fast ein Viertel so groß wie der Mond. Noch immer herrschte in England Frost, aber die Nacht war so hell wie eine Vollmondsommernacht. Man konnte bei diesem kalten, klaren Licht ganz gut lesen, und in den Städten brannten die Laternen gelb und trüb.

Die ganze Menschheit war in dieser Nacht auf den Beinen, und überall, wo Christen wohnten, hing ein dumpfer Klang in der Luft. Auf dem Land war er wie Bienensummen in der Heide, in den Städten wuchs er zu gewaltigem Dröhnen an. Das war das Läuten der Glocken in Millionen Kirchtürmen, sie riefen den Menschen zu, nicht mehr zu schlafen, nicht mehr zu sündigen, sondern in die Kirchen zu eilen und zu beten. Am Firmament aber wurde im Verlauf der Nacht der blendende Stern größer und heller.

In allen Städten waren die Straßen und Häuser beleuchtet, in den Häfen und Werften herrschte Hochbetrieb, und alle Wege ins Gebirge waren die ganze Nacht über voll von Menschen. Auf allen Meeren rund um die zivilisierten Länder liefen Schiffe mit ächzenden Maschinen, mit geschwellten Segeln aufs offene Meer aus, nahmen Kurs nach Norden. Sie waren übervoll von Menschen und ihrer Habe, denn der Alarmruf des großen Mathematikers war schon telegraphisch in die ganze Welt verbreitet worden, übersetzt in hundert Sprachen. Der neue Planet und Neptun, in feuriger Umarmung verschmolzen, stürzten immer schneller und schneller der Sonne zu. Schon jetzt durchflog diese glühende Masse hundert Meilen in der Sekunde, und mit jeder Sekunde wuchs ihre beängstigende Geschwindigkeit. Wenn der Stern weiterfliegen würde wie bisher, Hunderte Millionen Meilen von der Erde entfernt, konnte er ihr nichts anhaben. Aber nahe seiner Bahn kreiste der mächtige Planet Jupiter mit seinen Monden glorreich um die Sonne. Bislang war Jupiter noch unbeteiligt, aber mit jeder Minute wuchs auch die Anziehungskraft zwischen dem größten Planeten und dem feurigen Stern. Was konnte das Resultat dieser Anziehungskraft sein? Es war wohl unvermeidlich, daß Jupiter aus seiner Bahn gerissen werden und eine Ellipse beschreiben würde und daß der brennende Stern, durch die Anziehungskraft weit von seinem Sturz in die Sonne abgelenkt, eine Kurve beschreiben müßte. Dabei würde er vielleicht mit unserer Erde zusammenstoßen, sicherlich aber in ihre nächste Nähe kommen. »Erdbeben, Vulkanausbrüche, Zyklone, Seebeben, Überschwemmungen, ein ständiges Ansteigen der Temperatur in ungeahnte Höhe« – so lautete die Prophezeiung des großen Mathematikers.

Und hoch oben, einsam, kalt und fahl, glänzte der Schicksalsstern, der diese Prophezeiung erfüllen sollte.

Vielen Menschen, die in dieser Nacht zu ihm hinaufstarrten, bis ihre Augen schmerzten, schien es, als käme er merklich näher. In dieser Nacht geschah es auch, daß das Wetter sich änderte, daß der starre Frost, der in ganz Mitteleuropa, Frankreich und England geherrscht hatte, mildem Tauwetter wich.

Aber man muß sich nicht vorstellen, daß die ganze Welt schon in Angst und Furcht vor dem Stern lebte, weil ich von Leuten erzählt habe, die die Nacht durchbeteten, die auf Schiffe und ins Gebirge flüchteten. Tatsächlich lief das Leben noch in gewohnten Bahnen, neun von zehn Menschen gingen ihrer Alltagsbeschäftigung nach und dachten nur in müßigen Augenblikken an den Stern oder wenn sie ihn nachts strahlend erscheinen sahen. In allen Städten wurden die Geschäfte mit vereinzelten Ausnahmen zur gewohnten Stunde geöffnet und geschlossen, Ärzte und Leichenbestatter gingen ihrer gewohnten Tätigkeit nach, Arbeiter erschienen pünktlich in den Fabriken, Soldaten exerzierten, Schüler studierten, Verliebte trafen zusammen, suchten einander, Diebe lauerten auf Beute und flohen, Politiker entwarfen ihre Pläne. Die Druckerpressen der Zeitungen ratterten durch die Nacht, und so mancher Priester wollte seine Kirche nicht mehr öffnen, denn er hielt alle Furcht für eine Verrücktheit. Die Zeitungen kramten Erinnerungen an das Jahr 1000 aus, auch damals hatten die Menschen den Weltuntergang erwartet. Der Stern war gar kein Stern – bloß Gas – ein Komet; und selbst wenn es ein Stern war, konnte er unmöglich die Erde berühren. Es gab da keinen Präzedenzfall. Der gesunde Menschenverstand meldete sich da und dort, mit einem spöttischen Lächeln wollte er das Unabwendbare beiseite schieben. In der kommenden Nacht, um sieben Uhr fünfzehn Minuten nach der Zeit von Greenwich, sollte der Stern Jupiter am nächsten kommen, und erst dann würde sich das Weitere entscheiden. Des großen Mathematikers Voraussagen wurden von vielen Leuten nur als ein raffinierter Werbegag betrachtet. Der gesunde Menschenverstand, von den endlosen Diskussionen ein wenig erhitzt, ging schlafen und dokumentierte dadurch seinen unerschütterlichen Glauben an die hergebrachte Ordnung. Auch die wilden barbarischen Völker waren der Sensation schon müde geworden, und abgesehen von einigen wenigen heulenden Hunden schenkte auch die Tierwelt dem Stern keine Beachtung mehr.

Und als man schließlich in den europäischen Staaten den Stern eine Stunde später als in der vorhergehenden Nacht aufgehen sah und er nicht ein bißchen größer geworden war, da gab es genug Leute, die über den großen Mathematiker lachten und glaubten, die Gefahr sei nun vorüber.

Aber sie hörten bald zu lachen auf. Der Stern wuchs – er wuchs mit fürchterlicher Stetigkeit von Stunde zu Stunde, wurde jede Stunde ein wenig größer, näherte sich ein wenig mehr dem Zenit, wurde heller und heller, bis er die Nacht in einen zweiten Tag verwandelt hatte. Wäre der Stern in gerader Richtung auf die Erde zugekommen statt in einer Kurve, hätte er nicht etwas von seiner Geschwindigkeit an Jupiter verloren, er hätte die trennende Entfernung wohl in einem Tag übersprungen, so aber brauchte er fünf Tage, um unseren Planeten zu erreichen. In der nächsten Nacht hatte er schon ein Drittel der Mondgröße erreicht, ehe er in England erblickt wurde, und das Tauwetter machte Fortschritte. Über Amerika ging er fast so groß wie der Mond auf, blendend weiß und heiß. Ein warmer Wind blies nun mit wachsender Stärke, in Virginia, Brasilien und am St.-Lorenz-Strom schien der Stern durch treibende Gewitterwolken, Blitze zuckten, es hagelte. In Manitoba verursachte das Tauwetter verheerende Überschwemmungen. Auf allen Bergen der Erde schmolzen in dieser Nacht Eis und Schnee, alle Flüsse, die aus dem Hochland kamen, schwollen an, und bald führten sie in ihren Wirbeln entwurzelte Bäume, Tierkadaver und Menschenleichen mit sich. Die Wasser stiegen und stiegen in dem geisterhaften Licht, sie traten aus ihren Ufern und folgten der fliehenden Bevölkerung der Täler.

Entlang der Küste von Argentinien und weiter im südlichen Atlantischen Ozean stieg die Flut höher als je zuvor seit Menschengedenken, und die Stürme peitschten an vielen Stellen das Wasser meilenweit ins Land hinein, so daß es viele Städte überflutete. So groß wurde die Hitze in dieser Nacht, daß der Sonnenaufgang Kühlung brachte. Erdbeben suchten ganz Amerika heim, vom Polarkreis bis zum Kap Hoorn kamen Berge ins Rutschen, öffneten sich Erdspalten, stürzten Häuser und Mauern in sich zusammen. In einer einzigen Konvulsion wurde der ganze Hang des Cotopaxi aufgerissen, ein Lavastrom ergoß sich so gewaltig, so glühend, so flüssig, daß er in einem Tag das Meer erreichte.

So wanderte der Stern mit dem bleichen Mond im Gefolge über den Stillen Ozean, zog Unwetter wie eine breite Schleppe hinter sich her, trieb die wachsende Flut gierig schäumend über alle Inseln und schwemmte alles Leben hinweg. Zuletzt erreichte die Woge Asiens langgestreckte Küste; blendend hell brauste sie mit glühendem Atem gewaltig und entsetzlich ins Land. Eine fünfzig Fuß hohe Wasserwand ergoß sich hungrig brüllend in die chinesische Ebene. Der Stern, der jetzt heißer, heller und größer als die Sonne war, sandte sein erbarmungsloses Licht über das weite übervölkerte Land, über Städte und Dörfer, Pagoden und Bäume, Straßen und riesige fruchtbare Felder. Millionen schlafloser Menschen starrten in hilflosem Schrecken auf den weißglühenden Himmel. Erst ertönte das Brausen der Flut leise, dann immer lauter. Und in jener Nacht flohen Millionen Menschen – keuchend, von der Hitze gelähmt, ohne Aussicht auf Rettung, denn die riesige Flutwelle war schneller als sie, holte sie erbarmungslos ein, brachte ihnen den Tod.

China lag im grellen weißen Licht des Sterns, doch Japan, Java und allen Inseln Ostasiens erschien der große Stern wie ein düsterroter Feuerball, denn die Vulkane spien Dampf und Rauch und Asche, um ihn zu begrüßen. Auf den Höhen lagen Lava, heiße Dämpfe, Asche, in den Tälern brodelten die kochenden Fluten, und die ganze Erde wurde von Erdbeben erschüttert.

Bald schmolz der ewige Schnee in Tibet und auf dem Himalaja, in zehn Millionen Sturzbächen ergossen sich die Wassermassen über die Ebenen von Birma und Hindustan. Das Dunkel der indischen Dschungel wurde an tausend Stellen durch Flammen erhellt, schattengleiche Gestalten kämpften im Scheine der blutroten Feuerzungen verzweifelt gegen die hereinbrechenden Fluten. In heilloser Flucht strömten Männer und Frauen in die breiten Flußtäler, sie sahen nur mehr eine Hoffnung auf Rettung – das offene Meer.

Der Stern wurde immer größer, nahm mit schrecklicher Geschwindigkeit an Hitze und Helligkeit zu. Der erhitzte Ozean hatte sein phosphoreszierendes Leuchten verloren, in gespenstischen Wirbeln quoll Dampf aus den schwarzen, sturmgepeitschten Wogen, Schiffe wurden wild hin- und hergeschleudert.

Und dann geschah ein Wunder. Die Menschen, die in Europa auf das Aufgehen des Sterns warteten, mußten glauben, daß die Erde in ihrer Rotation innegehalten hatte. An tausend Orten, in Tälern und auf Bergen warteten sie vergeblich auf sein Erscheinen. Stunde um Stunde verrann in banger Ungewißheit, doch der Stern ging nicht auf. Da richteten die Menschen ihre Augen wieder einmal auf die alten Sternbilder, die sie schon für immer verloren geglaubt hatten. In England war es heiß, und der Himmel war klar, wenn auch die Erde ununterbrochen bebte; in den Tropen aber schimmerte das Licht von Sirius, Capella und Aldebaran durch einen Dunstschleier. Und als der große Stern endlich, mit zehnstündiger Verspätung, fast gleichzeitig mit der Sonne aufging, war mitten in seinem blendenden Weiß ein schwarzer Fleck.

Als der Stern über Asien zu sinken begonnen hatte, wurde sein Licht plötzlich verschleiert, als er über Indien stand. Die ganze indische Ebene, von der Mündung des Ganges bis zur Mündung des Indus, war in dieser Nacht eine seichte glitzernde Wasserwüste, aus der sich Tempel und Paläste, Wälle und Hügel erhoben. Jedes trockene Fleckchen war schwarz von Menschen, an jedem Minarett hingen sie in Massen, bis einer nach dem andern, von Hitze und Angst besiegt, ins Wasser stürzte. Das ganze Land war von Wehklagen erfüllt, als plötzlich ein Schatten über diese Hölle der Verzweiflung flog. Eine kalte Brise kam auf, Wolken ballten sich zusammen, die Luft wurde kühler. Die Menschen, die geblendet zu dem Stern aufblickten, sahen, daß eine schwarze Scheibe sich über sein Licht schob. Es war der Mond, der zwischen dem Stern und der Erde durchging. Und als die Menschen noch ihrem Gott für diesen barmherzigen Aufschub dankten, kam aus dem Osten mit unfaßbarer, nie gesehener Schnelligkeit die Sonne. Und dann stürmten Stern, Sonne und Mond gemeinsam durch das All.

So kamen die europäischen Beobachter zu der Ansicht, daß Stern und Sonne unmittelbar nacheinander aufgegangen seien. Erst stiegen sie in rasendem Lauf am Himmel empor, dann wurden sie langsamer, blieben stehen, verschmolzen im Zenit zu einer einzigen lodernden Flamme. Der Mond begleitete den Stern nicht länger, sondern entschwand dem Blick im Leuchten des Himmels. Und obwohl die Mehrzahl der Überlebenden das Phänomen mit jener Dumpfheit betrachteten, die Hunger, Erschöpfung, Hitze und Verzweiflung verursachen, gab es doch auch Menschen, die die Bedeutung dieses Geschehens erfassen konnten. Stern und Erde waren einander nahe gekommen, ganze nahe, dann war der Stern vorbeigerast. Er entfernte sich immer rascher, beschleunigte immer mehr in den letzten Momenten seiner rasenden Fahrt in die Sonne.

Dichte Wolken stiegen auf, machten den Himmel

unsichtbar, Blitz und Donner woben ein Netz rund um die Welt, eine Regenflut wie nie zuvor ging nieder, und wo Vulkane rot gegen die Wolken glühten, ergossen sich Bäche von Schlamm. Überall strömte das Wasser ins Meer und hinterließ schlammbedeckte Ruinen. Die Erde war übersät mit allem, was die Flut mitgerissen hatte, auch mit Leichen von Menschen und Tieren, Alten und Jungen. Tagelang floß das Wasser ab, riß fruchtbares Land, Bäume und Häuser mit sich, warf riesenhafte Deiche auf und grub sich gigantische Abflußkanäle. Das waren die Tage der Finsternis, die dem Stern und der Hitze folgten. Das Beben der Erde hielt noch viele Monate an.

Der Stern war verschwunden, und die Menschen, die langsam wieder Mut faßten, krochen zurück in ihre zerstörten Städte, zu ihren verschütteten Kornspeichern, ihren verschlammten Feldern. Die wenigen Schiffe, die den Stürmen getrotzt hatten, kamen schwer beschädigt zurück und suchten vorsichtig ihren Weg durch die neuen Untiefen und Sandbänke einst vertrauter Häfen. Und als die Stürme abflauten, war das Klima überall wärmer geworden, war die Sonne größer geworden und der Mond zu einem Drittel seiner früheren Größe geschrumpft. Sein Monat dauerte nun achtzig Tage.

Aber diese Geschichte erzählt nichts von der neuen Brüderschaft, die sich auf der Erde bildete, auch nichts von den geretteten Gesetzen, Büchern und Maschinen, nichts von den merkwürdigen Veränderungen in Island, Grönland und an den Ufern der Baffin-Bucht, die plötzlich grün und lieblich geworden waren, so daß die Seeleute kaum ihren Augen trauten, als sie wieder hinkamen. Sie berichtet auch nichts von der Wanderung der Menschheit, die jetzt, wo die Erde heißer geworden war, nach Norden und Süden in die Polgebiete strebte.

Diese Geschichte beschäftigt sich nur mit dem Erscheinen und Verschwinden des Sterns.

Die Astronomen auf dem Mars – denn auch auf dem Mars gibt es Astronomen, wenn sie auch ganz anderer Natur sind als die Menschen – interessierten sich natürlich lebhaft für diese Ereignisse. Selbstverständlich betrachteten sie sie von ihrem Standpunkt. »Wenn man die Größe und Temperatur des Wurfgeschosses in Betracht zieht, das durch unser Sonnensystem in die Sonne geschleudert wurde«, schrieb einer von ihnen, »so ist es ganz erstaunlich, welch geringen Schaden die Erde erlitten hat, die einem Zusammenstoß so knapp entgangen ist. Alle bekannten Abgrenzungen der Kontinente und Meere sind intakt geblieben, und die einzige Veränderung scheint tatsächlich nur ein Schwinden der weißgefärbten Masse (die man für gefrorenes Wasser hält) rund um beide Pole zu sein.« Was beweist, wie gering die größte menschliche Katastrophe erscheinen kann, wenn man sie nur aus einer Entfernung von einigen Millionen Meilen betrachtet.

Anmerkung des Herausgebers: H. G. Wells schrieb diese Geschichte im Jahr 1897. Der Planet Pluto wurde erst 1930 entdeckt.

Pyecrafts Kur

Da sitzt er – keine zehn Schritt von mir! Wenn ich über die Schulter schaue, seh ich ihn. Und wenn ich seinem Blick begegne, was immer wieder geschieht, so liegt darin ein seltsamer Ausdruck – irgendwie flehentlich, aber doch auch ein wenig mißtrauisch.

Hol der Kuckuck dieses Mißtrauen! Wenn ich ihn verpetzen wollte, hätte ich es ja längst getan. Aber ich bin kein altes Waschweib, er könnte wirklich friedlich sein. Na ja, als ob so ein dicker, fetter Kerl überhaupt friedlich sein könnte. Übrigens – wer würde mir die Geschichte überhaupt glauben, wenn ich sie erzählte?

Armer alter Pyecraft! Großer, dicker, ewig unruhiger Wackelpeter! Der fetteste Klubmensch in ganz London!

Da sitzt er an einem der kleinen Klubtische in dem großen Erker neben dem Kamin. Und futtert. Was stopft er eigentlich wieder in sich hinein? Ich blicke scharf hinüber und erwische ihn, wie er eben ein großes Stück von einem warmen Butterkuchen abbeißt, dabei unentwegt den Blick auf mich gerichtet. Der Kuckuck soll ihn holen! Immer hält er den Blick auf mich gerichtet!

Aber weißt du, lieber Pyecraft, das schlägt denn doch dem Faß den Boden aus! Wenn du wirklich so gemein sein mußt, wenn du dich absolut gebärden mußt, als wäre ich kein Ehrenmann, na gut! Hier, direkt unter deiner fettumpolsterten Nase, will ich die Geschichte niederschreiben, offen und schonungslos, die wahre Geschichte von Pyecrafts Kur! Die Geschichte dieses

Menschen, dem ich geholfen hab, den ich beschützt hab, und der mir zum Dank dafür meinen Klub verleidet hat – absolut verleidet! Einfach durch seine ewige schwammige Anwesenheit! Einfach durch sein ewiges flehentliches Anstarren: Verpetz mich nicht!

Und überhaupt, warum muß denn der Kerl immerzu fressen? Jetzt soll die Wahrheit ans Licht.

Ja! Die reine Wahrheit, und nichts als die Wahrheit!

Also – Pyecraft ... Seine Bekanntschaft machte ich in eben diesem Rauchzimmer. Ich war damals ein neues Klubmitglied, jung und nervös. Und das bemerkte er. Ich saß ganz allein und wünschte doch mehr Menschen hier zu kennen. Da kam er plötzlich auf mich zu, eine große, fette Masse, ein Kinn und ein Bauch. Er grunzte irgend etwas und setzte sich auf einen Stuhl dicht neben mich. Darauf schnaufte er eine Weile, riß ein Streichholz an, steckte seine Zigarre in Brand und redete mich schließlich an. Was er sagte, hab ich vergessen – irgendwas wie, daß die Streichhölzer nichts taugten. Und auch später, als er immer weiter sprach, unterbrach er sich, so oft ein Kellner vorbeikam, um sich mit seiner dünnen Fistelstimme über die Streichhölzer zu beklagen. Na, jedenfalls – so ungefähr fing unsere Bekanntschaft an. Er redete von allem möglichen und kam schließlich auf den Sport. Und von da auf meine Figur und meinen Teint. »Sie müßten ein guter Kricketspieler sein!« sagte er. Es stimmt ja, ich bin schlank – so schlank, daß manche es schon hager nennen würden. Und ziemlich dunkel bin ich auch, glaub ich. Ich schäme mich auch nicht meiner Hindu-Urgroßmutter, aber ich mag es auch nicht besonders, wenn fremde Menschen das so auf den ersten Blick herausfinden. So war ich wirklich von Anfang an gegen Pyecraft ziemlich eingenommen.

Der aber sprach bloß von mir, um auf sich selbst zu

kommen. »Wahrscheinlich«, sagte er, »machen Sie auch nicht mehr Bewegung als ich und essen auch kaum weniger.« Wie alle ganz besonders gefräßigen Menschen bildete er sich ein, praktisch nichts zu essen. »Und doch«, lächelte er verschmitzt, »sind wir so verschieden.«

Und damit fing er an und sprach von seiner Korpulenz, endlos von seiner Korpulenz; von allem, was er gegen seine Korpulenz tue, und was er noch gegen seine Korpulenz tun wolle, was ihm die Leute geraten hätten, gegen seine Korpulenz zu tun, und was dem Hörensagen nach andere gegen ihre Korpulenz getan hätten. »A priori«, sagte er, »sollte man doch denken, Ernährungsfragen durch Diät beikommen zu können und Stoffwechselproblemen durch Mittel.« Es war zum Ersticken! Es war zum Platzen. Es machte mich krank, ihm zuzuhören.

So was läßt man sich schließlich, wenn's unbedingt sein muß, in einem Klub einmal gefallen. Aber es kam eine Zeit, in der ich doch das Gefühl hatte, ich ließe mir zuviel gefallen. Es war zu verdächtig, wie er sich an mich hängte! Sobald ich ins Rauchzimmer trat, kam er auch schon auf mich zugeschwabbelt; und oft kam er während meines Lunchs und schlemmte neben mir. Manchmal schien er sich förmlich an mich zu klammern. Der Kerl war unausstehlich, wenn sich seine Unausstehlichkeit auch nicht allein auf mich konzentrierte. Aber von Anfang an lag in seinem ganzen Benehmen etwas, als erriete er, daß für ihn in mir eine ganz ferne, außergewöhnliche Möglichkeit lag, die ihm niemand sonst zu bieten hatte …

»Alles würde ich drum geben, wenn ich abnehmen könnte«, sagte er immer wieder. »Alles!« Und dabei blinzelte er mich über seine aufgeblähten Backen hinweg an und schnaufte.

Armer alter Pyecraft! Eben hat er geklingelt, zweifelsohne will er noch einen Butterkuchen bestellen!

Eines Tages kam er endlich zur Sache. »Unsere Arzneikunde«, sagte er, »unsere abendländische Arzneikunde ist weit entfernt von den letzten Erkenntnissen der medizinischen Wissenschaft. Im Orient, hab ich mir sagen lassen –« Er verstummte und stierte mich an. Ich kam mir vor wie in einem Aquarium.

Ein plötzlicher Zorn gegen ihn überkam mich. »Sagen Sie mal«, sagte ich, »wer hat Ihnen von den Rezepten meiner Urgroßmutter erzählt?«

»Wieso?« versuchte er auszuweichen.

»Seit acht Tagen, sooft wir zusammen waren – und wir waren oft genug zusammen, wahrhaftig! –, haben Sie nichts anderes getan, als auf diesem meinem kleinen Privatgeheimnis herumzureiten!«

»Na schön!« sagte er. »Die Katze ist ja doch einmal aus dem Sack. Also ja – ich geb's zu. Ich weiß es von –«

»Von Pattison?«

»Indirekt«, sagte er. Das war natürlich gelogen! »Ja.«

»Pattison«, sagte ich, »hat das Zeug allein auf seine eigene Verantwortung geschluckt!«

Er kniff die Lippen zusammen und machte mir eine Verbeugung.

»Die Rezepte meiner Urgroßmutter«, fuhr ich fort, »sind wirklich nicht ganz so einfach anzuwenden. Mein Vater war drauf und dran, mir das Versprechen abzunehmen –«

»Und hat er's getan?«

»Nein. Aber er hat mich gewarnt. Er hat selber einmal eins verwendet. Ein einziges Mal.«

»Ah! Aber was meinen Sie? Wenn – wenn also zum Beispiel zufällig eins dabei wäre, das ...«

»Es sind sonderbare Dokumente, die Dinger!« sagte ich. »Schon allein, wie sie riechen ... Nein!«

Aber da er mich nun doch mal so weit hatte, war Pyecraft auch fest entschlossen, mich noch weiter zu treiben. Ich muß gestehen, irgendwie hatte ich immer Angst, er könnte, wenn ich seine Geduld auf eine gar zu harte Probe stellte, einmal über mich herfallen und mich erdrücken. Nun ja, ich war ja feige, ich geb's zu. Aber Pyecraft erboste mich auch! Ich war nach und nach so weit gekommen, daß ich die größte Lust hatte zu sagen: »Na bitte, so riskieren Sie's doch!« Die kleine Sache mit Pattison, auf die ich angespielt habe, war überhaupt etwas ganz anderes gewesen. Was, ist nicht wichtig. Jedenfalls wußte ich, daß das Rezept, das ich damals anwendete, harmlos war. Von den übrigen wußte ich weiter nicht viel; aber ihre Harmlosigkeit schien mir immerhin mehr als zweifelhaft.

Und doch – wenn Pyecraft sich damit vergiftete! Ich muß gestehen, Pyecraft zu vergiften, das erschien mir plötzlich als eine enorme Aufgabe.

Noch am selben Abend holte ich den merkwürdigen geheimnisvoll duftenden Sandelholzkasten aus meinem Tresor und blätterte die raschelnden Pergamente durch. Der alte Herr, der die Rezepte für meine Urgroßmutter aufschrieb, hatte augenscheinlich eine Schwäche für Häute der winzigsten Tiere besessen, und seine Schrift war klein und fast unleserlich. Ja, manches war tatsächlich vollständig unleserlich für mich, obgleich in meiner Familie durch ihre Beziehungen zum indischen Kolonialdienst die Kenntnis des Hindustani von Generation zu Generation weitergegeben worden ist. Ganz klar und verständlich war überhaupt keins. Trotzdem fand ich das eine, von dessen Vorhandensein ich wußte, relativ bald. Eine ganze Weile hockte ich auf dem Boden und sah es mir an.

»Sehen Sie her«, sagte ich am nächsten Tag zu Pyecraft und rettete das Pergament gerade noch vor seinem gierigen Griff. »Soviel ich davon verstehe, ist das ein Rezept, um abzunehmen.« – »Ha!« sagte Pyecraft. »Aber ganz sicher bin ich nicht«, fuhr ich fort. »Aber ich glaube, es ist so. Und wenn ich einen guten Rat geben darf, so lassen Sie die Finger davon! Denn sehen Sie, Pyecraft – in Ihrem Interesse rede ich sogar schlecht über meine Vorfahren. Sie waren, soviel ich weiß, ein bißchen verschroben, verstehen Sie?«

»Ich möcht's versuchen!« sagte Pyecraft.

Ich lehnte mich in meinem Stuhl zurück. Meine Phantasie versuchte, sich zu einer mächtigen Leistung aufzuschwingen, ließ mich aber völlig im Stich. »Wie, um Himmels willen, stellen Sie sich das vor, Pyecraft«, fragte ich, »wie Sie aussehen werden, wenn Sie mager sind?«

Aber da halfen keinerlei Vernunftgründe. Ich nahm ihm also das Versprechen ab, nie wieder, was auch immer geschähe, mir gegenüber ein Wort über seine widerliche Korpulenz zu verlieren – nie wieder. Daraufhin überließ ich ihm das Pergamentstück.

»Ekliges Zeug ist es«, sagte ich.

»Einerlei«, sagte er. Und nahm die Schrift. Er glotzte es an. »Aber ... aber ...«, stotterte er. Er hatte eben entdeckt, daß es nicht Englisch war.

»Ich werde Ihnen, so gut ich kann, die Geschichte übersetzen«, erwiderte ich. Ich übersetzte es auch – so gut ich konnte. Daraufhin redeten wir vierzehn Tage lang überhaupt nicht miteinander. Sooft er sich mir näherte, runzelte ich die Stirn und bedeutete ihm, mir vom Leib zu bleiben. Und er respektierte unsere Abmachung. Aber nach den vierzehn Tagen war er so dick wie eh und je. Schließlich bestand er darauf zu reden.

»Ich muß reden«, sagte er. »Die Geschichte stimmt nicht. Irgendwas ist nicht in Ordnung. Es hat nicht geholfen. Sie haben Ihrer Urgroßmutter unrecht getan!«

»Wo ist das Rezept?«

Er zog es behutsam aus der Brieftasche.

Ich überflog die einzelnen Zutaten. »War das Ei verfault?« fragte ich.

»Nein. Hätte es das sein sollen?«

»Das«, erwiderte ich, »versteht sich ganz von selbst in allen Rezepten meiner geliebten Urgroßmutter. Wo besondere Vorschriften bezüglich der Qualität und Ähnliches fehlen, müssen Sie immer das Schlechteste nehmen. Wenn sie etwas besaß, dann war es ein Sinn fürs Drastische. Dann gibt es – bei ein paar anderen Dingen – noch allerhand Möglichkeiten. Sie haben frisches Klapperschlangengift genommen?«

»Ja. Ich hab mir eine Klapperschlange verschafft. Sie kostete über –«

»Na ja, das ist Ihre Sache! Und hier – diese letzte Zutat –«

»Ich weiß einen Mann, der –«

»Jawohl. Hm. Na schön, ich werde alles noch einmal aufschreiben. Soweit ich's verstehe, sind die Zutaten gerade zu dem Rezept besonders scheußlich. Übrigens, Hund – das soll hier wahrscheinlich Paria-Hund heißen.«

Von da ab sah ich Pyecraft vier Wochen lang täglich im Klub – so fett und so sorgenvoll wie je. Er hielt zwar unseren Vertrag ein, brach ihn aber doch von Zeit zu Zeit im Geist, indem er verzweifelt den Kopf schüttelte. Dann, eines Tages, in der Garderobe, sagte er: »Ihre Urgroßmutter –«

»Bitte! Kein Wort!« Und er gab wieder Frieden.

Schon dachte ich fast, er sei von der Sache abgekommen; eines Tages sah ich ihn sogar drei neuen Klubmitgliedern gegenüber von seiner Korpulenz sprechen, als ob er wieder auf der Jagd nach neuen Rezepten wäre. Da kam ganz unerwartet seine Depesche.

»Mr. Formalyn!« kreischte ein Page dicht unter meiner Nase. Ich nahm das Telegramm und öffnete es sofort.

»Um Himmels willen, kommen Sie! – Pyecraft.«

»Hm!« sagte ich. Ehrlich gestanden – ich freute mich so über die Ehrenrettung meiner Urgroßmutter, daß ich mir daraufhin einen ganz besonders guten Lunch leistete.

Vom Portier erfuhr ich Pyecrafts Adresse. Er bewohnte den Oberstock eines Hauses in Bloomsbury, und sobald ich meinen Kaffee und Likör zu mir genommen hatte, begab ich mich dorthin. Nicht einmal meine Zigarre rauchte ich zu Ende.

»Mr. Pyecraft?« fragte ich an der Haustür.

Er sei krank, hieß es; schon seit zwei Tagen sei er nicht ausgegangen.

»Ich werde erwartet«, sagte ich. Darauf wurde ich nach oben gewiesen. An der Glastür klingelte ich.

»Na ja, er hätt' es eben lassen sollen!« dachte ich. »Ein Mensch, der frißt wie ein Schwein, der darf auch aussehen wie ein Schwein!«

Eine ungeheuer würdevolle Dame mit sorgenvollem Gesicht und schiefsitzender Haube erschien hinter der Glastür und begutachtete mich. Ich nannte meinen Namen, und sie öffnete, nicht ohne Mißtrauen. »Nun?« sagte ich, als wir endlich nebeneinander in Pyecrafts Korridor standen.

»Er hat gesagt, Sie möchten hineinkommen«, erwiderte sie. Dabei starrte sie mich an, machte jedoch keinerlei Anstalten, mich irgendwohin zu führen. Nach einer Weile fügte sie vertraulich hinzu: »Er hat sich eingeschlossen.«

»Eingeschlossen?«

»Eingeschlossen – gestern morgen – und hat seither niemand zu sich gelassen. Und fluchen tut er dabei manchmal! O Gott!«

Ich blickte zur Tür, die ihr Augenaufschlag zu bezeichnen schien. »Da drin?« fragte ich.

»Ja.«

»Was ist denn los?«

Sie schüttelte kummervoll den Kopf. »Er schreit bloß in einem fort nach Essen. Möglichst schwere und fette Sachen will er. Ich tu ja, was ich kann. Schweinebraten hab ich ihm gebracht und Pudding und Wurst und frisches Brot. All so was. Alles vor die Tür gestellt – bitte! Ich selber muß immer weggehen. Essen tut er ... ganz fürchterlich!«

Ein hysterisches Kreischen kam durch die Tür: »Formalyn?«

»Pyecraft?« rief ich. Ich lief an die Tür und klopfte.

»Schicken Sie sie weg.« Das tat ich denn. Darauf vernahm ich ein sonderbares Tappen an der Tür, als ob jemand im Dunkeln nach der Klinke tastete, und dazwischen Pyecrafts wohlbekanntes Gebrummel.

»Stimmt schon!« sagte ich. »Sie ist fort.« Trotzdem dauerte es noch lange, bis die Tür aufging. Endlich drehte sich der Schlüssel um, und Pyecrafts Stimme sagte: »Kommen Sie!«

Ich drückte die Klinke nieder und öffnete die Tür. Selbstverständlich erwartete ich, Pyecraft vor mir zu sehen.

Und – na ja, er war nicht da!

Mein Lebtag bin ich nicht so bestürzt gewesen! Sein Wohnzimmer, ja, das lag da vor mir, in einem Zustand greulicher Unordnung, zwischen Büchern und Papieren standen Teller und Schüsseln, ein paar Stühle waren umgeworfen. Aber Pyecraft –?

»Schon recht, alter Freund! Machen Sie die Tür zu!« sagte er. Und jetzt endlich entdeckte ich ihn.

Da droben hing er – in der Ecke, am Türsims, als hätte ihn jemand an die Zimmerdecke genagelt. Angstvoll und empört sah er aus. Und er schnaufte und gestikulierte. »Machen Sie die Tür zu!« wiederholte er. »Wenn das Frauenzimmer erst dahinterkommt ...«

Ich schloß die Tür, trat ins Zimmer und starrte zu ihm hinauf. »Wenn die Geschichte da oben bricht und Sie herunterfallen, Pyecraft«, sagte ich, »so brechen Sie sich garantiert den Hals.«

»Ich wollt', ich könnt's!« wimmerte er.

»Ein Mann in Ihrem Alter und von Ihrem Gewicht macht solche kindische Geschichten!«

»So seien Sie doch still!« sagte er mit verzweifelter Miene. »Ihre verdammte Urgroßmutter«, fing er an und gestikulierte dabei wie wild.

»Hüten Sie sich«, warnte ich ihn. »Und überhaupt – wie halten Sie sich da oben fest?«

Und dann wurde mir plötzlich klar, daß er sich gar nicht festhielt, sondern daß er einfach da oben schwebte, wie ein gasgefüllter Ballon unter der Decke schwebte. Er machte einen verzweifelten Versuch, loszukommen und an der Wand zu mir herunterzuklettern.

»Das Rezept!« schnaufte er. »Ihre Urgroß- «

Während er sprach, packte er unvorsichtigerweise einen gerahmten Stahlstich an der Wand. Der gab nach, und Pyecraft flog wieder zur Decke empor, während das Bild herunterfiel. Bumms! Da hing er wieder unter der Decke. Und jetzt wußte ich auch, warum er an allen hervorstehenden Teilen seines Körpers so kalkweiß war! Dann versuchte er, vorsichtig am Kamin herunterzuklettern.

Es war wirklich ein ganz merkwürdiger Anblick –

dieser große, dicke, zum Schlagfluß neigende Mann, der kopfüber von der Decke auf den Fußboden zu gelangen strebte. »Ihr Rezept!« sagte er. »Hat zu gut gewirkt.«

»Wieso?«

»Beinahe völlige Abnahme des Gewichts!«

Jetzt begriff ich natürlich.

»Herr des Himmels, Pyecraft!« sagte ich. »Sie wollten eine Kur gegen Korpulenz! Aber Sie haben immer vom Gewicht gesprochen. Immer haben Sie vom Gewicht gesprochen –«

Ich weiß nicht warum, aber ich freute mich ganz diebisch. Fast konnte ich Pyecraft in diesem Moment leiden. »Kommen Sie, ich will Ihnen helfen!« sagte ich, indem ich seine Hand ergriff und ihn herunterzog. Er strampelte mit den Beinen und versuchte, irgendwo einen Halt zu finden. Es war genauso, als ob man an einem windigen Tag eine Fahne hielte …

»Der Tisch dort«, sagte er, »ist aus massivem Mahagoni und sehr schwer. Wenn Sie mich unter den hinunterziehen könnten.«

Das tat ich; und da schaukelte er nun herum wie ein gefesselter Ballon, während ich vor seinem Kamin stand und mich mit ihm unterhielt.

Zuerst steckte ich mir eine Zigarre an. »Jetzt erzählen Sie mal«, sagte ich dann, »was eigentlich geschehen ist.«

»Ich hab es genommen«, begann er.

»Wie schmeckte es?«

»Einfach gräßlich!«

Ich glaube, so schmecken alle. Ob man die einzelnen Zutaten betrachtet oder die etwaige Mischung oder die möglichen Resultate, fast alle Mittel meiner Urgroßmutter kommen mir, milde gesagt, merkwürdig wenig einladend vor. Was mich betrifft –

»Erst nahm ich bloß einen kleinen Schluck.«

»Ja?«

»Und als mir nach einer Stunde leichter und besser zumute war, entschloß ich mich, das ganze Gesöff zu nehmen.«

»Aber, lieber Pyecraft!«

»Ich hab mir die Nase zugehalten«, erklärte er. »Und dann wurde ich nach und nach immer leichter und leichter – und hilflos, wissen Sie –« Und in einem plötzlichen leidenschaftlichen Ausbruch rief er: »Was, um Gottes willen, soll ich machen?«

»Eins jedenfalls ist ziemlich klar«, sagte ich, »was Sie nicht machen dürfen. Wenn Sie sich zum Haus hinauswagen, so steigen Sie einfach auf. Immer höher und höher.« Und ich wies zur Decke. »Man müßte Ihnen Santos-Dumont nachschicken, um Sie wieder herunterzuholen.«

»Aber es wird doch mit der Zeit wieder vergehen?«

Ich schüttelte den Kopf. »Ich glaube, damit dürfen Sie nicht rechnen«, sagte ich.

Daraufhin folgte ein weiterer leidenschaftlicher Wutanfall. Er stieß mit den Füßen nach sämtlichen Stühlen, die in der Nähe standen, und hämmerte mit den Fäusten auf den Boden. Kurz, er benahm sich ganz so, wie ich es von einem großen, dicken, undisziplinierten Kerl seiner Art unter widrigen Verhältnissen erwartet hätte – nämlich außerordentlich schlecht. Von mir und meiner Urgroßmutter sprach er in Ausdrücken, die jegliches Zartgefühl vermissen ließen.

»Ich hab Sie nicht gebeten, das Zeug zu nehmen!« sagte ich. Ich überhörte großmütig die Beleidigungen, die er auf mich häufte, setzte mich in seinen Lehnstuhl und fing an, ihm ganz ruhig und vernünftig und freundlich zuzureden. Ich machte ihn darauf aufmerksam, daß er sich sein Mißgeschick lediglich selber zuzuschreiben hätte und daß fast eine Art poetischer Gerechtigkeit darin läge. Er hätte zu viel gegessen. Das bestritt er; und eine Weile erörterten wir diesen Punkt.

Schließlich wurde er heftig und ausfallend, und ich ließ diesen Aspekt fallen. »Fernerhin«, sagte ich, »haben Sie die Sünde des Euphemismus begangen. Sie nannten es nicht Fett, wie es zwar unrühmlich, aber richtig wäre, sondern Gewicht. Sie –«

Er unterbrach mich und gab zu, er sähe dies alles ja ein. Aber was er tun solle?

Ich deutete an, er müsse sich eben seinen neuen Verhältnissen anpassen. Und nun kamen wir endlich zu der einzig vernünftigen Seite der Geschichte. Ich deutete weiter an, es müßte gar nicht so schwer für ihn sein, zu lernen, auf den Händen an der Decke herumzulaufen.

»Aber ich kann nicht schlafen!« sagte er.

Das war jedoch weiter keine Schwierigkeit. Ich machte ihn darauf aufmerksam, daß es sehr gut möglich wäre, unter einer Sprungfedermatratze ein Bett zurechtzumachen, die unteren Teile mit Bändern zu befestigen und Leintuch, Decke und Kissen an den Seiten festzuknöpfen. Er müsse eben seine Haushälterin ins Vertrauen ziehen.

Nach einigem Hin- und Hergerede erklärte er sich damit auch einverstanden. Später war es wirklich eine wahre Freude, zu sehen, wie selbstverständlich und praktisch die wackere Dame sich in all die merkwürdigen Veränderungen fand. Er schaffte sich eine Bibliotheksleiter an, seine Mahlzeiten wurden ihm oben auf seinem Bücherschrank serviert. Wir erfanden auch einen genialen Plan, wie er jederzeit auf den Fußboden gelangen konnte, indem er die zehnte Auflage der Encyclopaedia Britannica auf die offenen Fächer verteilte. Er brauchte bloß zwei Bände zu packen und sich daran festzuhalten, und war auch schon unten. Und unten am Paneel wurden eiserne Griffe angebracht, an denen er sich halten konnte, wenn er sich in den tieferen Regionen bewegen wollte.

Je sorgfältiger wir die Geschichte planten, desto lebhafter wurde mein Interesse. Ich rief selber die Haushälterin herein, weihte sie in die Sachlage ein und brachte eigenhändig das hängende Bett an. Zwei volle Tage verbrachte ich ganz und gar in Pyecrafts Wohnung. Ich habe überhaupt eine Schwäche für alles, was handwerkliches Geschick erfordert, und laufe ewig mit Hammer und Schraubenzieher herum. – Und so erfand ich alle möglichen genialen Hilfsmittel für ihn. Ich legte einen Draht, damit er seine Klingeln erreichen konnte, stellte die elektrischen Lampen um – nach oben, statt nach unten – und so weiter. Die ganze Geschichte hatte für mich etwas ungeheuer Merkwürdiges und Interessantes, und es war geradezu eine Wonne, sich Pyecraft vorzustellen, wie er gleich einer großen, dicken Hummel an seiner Zimmerdecke herumkroch und an den Türvorsprüngen von einem Zimmer ins andere kletterte – und nie, nie, nie wieder in den Klub kommen würde.

Und dann, na ja, dann überrumpelte mich meine eigene Erfindungsgabe. Ich saß ruhig am Kamin und ließ mir seinen Whisky munden, und er hockte in seiner Lieblingsecke hinter dem Kaminaufsatz und befestigte einen türkischen Teppich an der Decke, als mir ganz plötzlich ein Gedanke kam. »Herrgott, Pyecraft!« rief ich. »Das alles ist ja doch ganz unnötig!« Und noch ehe ich selber die Folgen meines Einfalls so recht übersehen konnte, platzte ich heraus: »Unterkleider aus Blei!« Und das Unheil war geschehen!

Pyecraft war fast zu Tränen gerührt. »Wieder auf den Füßen stehen!« stammelte er.

Und noch ehe ich selber begriff, wohin das führen mußte, hatte ich ihm mein Geheimnis schon verraten. »Sie kaufen Bleiblech«, sagte ich, »und schneiden kleine Platten daraus. Die nähen Sie in Ihre Unterkleider ein – so viel wie nötig ist. In Ihre Stiefel legen Sie Bleisohlen, tragen eine Handtasche voll massivem Blei mit sich herum, und die Sache ist perfekt! Statt hier gefangen zu sein, können Sie wieder überall hingehen, Pyecraft, Sie können reisen ...«

Noch ein glücklicherer Gedanke kam mir da: »Sie müssen sich nie vor einem Schiffbruch ängstigen. Sie brauchen bloß ein paar von Ihren Kleidungsstücken abzuwerfen – oder alle, das nötige Gepäck in die Hand zu nehmen, und schon schweben Sie hinauf in die Luft.«

In seiner Erregung ließ er den Hammer fallen – einen Zoll näher, und er hätte mich getroffen. »Herrgott!« sagte er. »Und ich werde wieder in den Klub kommen können!«

Mir stand der Atem still. »Herrgott! Ja!« erwiderte ich stotternd. »Ja. Natürlich!«

Und er kam. Und er kommt. Da sitzt er, in diesem Augenblick, hinter mir und stopft sich voll! Donnerwetter, ja, er frißt schon wieder! Eine dritte Portion Butterkuchen! Und kein Mensch auf der ganzen Welt, außer mir und seiner Haushälterin, weiß, daß er tatsächlich nichts wiegt. Nichts! Daß er nichts ist als eine bloße widerliche Masse von aufgeschwemmtem Stoff, eine substanzlose Wolke, die irgendwie in einem modernen Anzug steckt, *niente, nefas,* der unbedeutendste aller Menschen! Da sitzt er und wartet, bis ich aufhöre zu schreiben. Und dann wird er mich abfangen, wenn er kann, wird sich auf mich zuwälzen ...

Und er wird mir wieder einmal alles von vorn erzählen, was für ein Gefühl das ist – und was für ein Gefühl es nicht ist; und wie er doch manchmal hofft, daß es ein bißchen vergeht. Und immer wieder – von Zeit zu Zeit – taucht es in seinem fetten, endlosen Geschwätz auf: »Es bleibt doch unter uns, was? Wenn irgend jemand dahinter käme, ich würde mich ja zu Tode schämen! Ich stünde ja da wie ein Narr, nicht? An der Zimmerdecke herumkriechen ... und all so was ...«

Und jetzt nichts wie weg. Vielleicht kann ich Pyecraft entwischen, trotz seiner strategisch günstigen Position zwischen mir und der Tür!

Der Mann, der Wunder tun konnte

Es ist nicht mit Sicherheit festzustellen, ob die Fähigkeit angeboren war. Meiner Meinung nach ist sie ihm eines schönen Tages zugeflogen. Tatsächlich war er bis zu seinem dreißigsten Jahr Skeptiker und glaubte nicht an geheimnisvolle Kräfte. Hier ist wohl die geeignetste Stelle, zu erwähnen, daß er klein war, dunkelbraune Augen hatte, sehr borstiges rotes Haar, einen Schnurrbart, dessen Enden er aufzwirbelte, und Sommersprossen. Er hieß George McWhirter Fotheringay – der Name läßt keineswegs Wunder erwarten – und war bei Gomshott angestellt. Er war ein großer Freund von apodiktischen Behauptungen. Gerade während er rechthaberisch die Möglichkeit von Wundern bestritt, kündigten sich seine außerordentlichen Kräfte zum erstenmal an. Diese folgenschwere Diskussion fand im Wirtshaus »Zum langen Drachen« statt, und Toddy Beamish führte die Opposition mit den eintönigen, aber wirkungsvollen Worten: »Das behaupten Sie«, die Mr. Fotheringays Geduld auf die härteste Probe stellten.

Außer den beiden Genannten waren noch ein sehr staubiger Radfahrer, Cox, der Wirt, und Miß Maybridge, die sehr ehrenwerte und eher wohlbeleibte Kellnerin des »Drachen« anwesend. Miß Maybridge wandte Mr. Fotheringay den Rücken zu und spülte Gläser; die anderen beobachteten ihn, mehr oder weniger amüsiert von der sichtlichen Unwirksamkeit seiner Beharrlichkeit. Aufgestachelt durch Mr. Beamishs Torres-Vedras-Taktik, entschloß sich Mr. Fotheringay zu einer ungewöhnlichen rhetorischen Anstrengung. »Hören Sie zu, Mr. Beamish«, sagte Mr. Fotheringay, »wir müssen uns erst einmal darüber klarwerden, was ein Wunder ist. Es ist etwas dem natürlichen Lauf der Dinge Entgegengesetztes, durch Willenskraft hervorgerufen.«

»Das behaupten Sie«, sagte Mr. Beamish abweisend.

Mr. Fotheringay wandte sich an den Radfahrer, der bisher schweigend zugehört hatte und ihm nun, mit einem zögernden Räuspern und einem Blick auf Mr. Beamish, zustimmte. Der Wirt wollte keine Meinung äußern, und Mr. Fotheringay, zu Mr. Beamish zurückkehrend, entnahm der zögernden Zustimmung eine bedingte Anerkennung seiner Erklärung für Wunder.

»Zum Beispiel«, sagte Mr. Fotheringay mit neuem Mut, »das wäre gleich ein Wunder. Diese Lampe könnte im natürlichen Verlauf der Dinge nicht von oben nach unten brennen, nicht wahr, Beamish?«

»Sie behaupten, daß sie's nicht könnte«, sagte Beamish.

»Und Sie?« fragte Fotheringay. »Sie wollen doch nicht sagen, daß – eh?«

»Nein«, sagte Beamish widerstrebend.

»Also gut«, sagte Mr. Fotheringay. »Da kommt also jemand daher, zum Beispiel ich, steht zum Beispiel so da und sagt zu der Lampe, mit größter Willenskraft, nun etwa – ›dreh dich von unten nach oben, zerbrich nicht und brenn' ruhig weiter‹ und – hallo!«

Alle sagten hallo! Das Unmögliche, das Unglaubliche war eingetreten. Die Lampe hing umgekehrt in der Luft und brannte weiter, ruhig, mit abwärtsgerichteter Flamme. Sie war so wirklich, so unbestreitbar wirklich wie nur je eine Lampe, die prosaische, gewöhnliche Lampe beim Drachenwirt.

Mr. Fotheringay stand mit ausgestrecktem Zeigefinger und mit gerunzelter Stirn da, in Erwartung eines katastrophalen Krachs. Der Radfahrer, der dicht bei der Lampe saß, duckte sich und sprang über den Schanktisch. Alle fuhren mehr oder weniger in die Höhe. Miß Maybridge drehte sich um und kreischte. Fast drei Sekunden lang blieb die Lampe ruhig. Mr. Fotheringay stieß einen leisen Seufzer seelischer Qual aus. »Ich kann nicht mehr«, sagte er und taumelte zurück. Die umgedrehte Lampe flackerte auf, fiel auf die Ecke des Schanktisches, prallte ab, schmetterte auf den Fußboden und erlosch.

Zum Glück hatte sie einen Metallkessel, sonst wäre das Zimmer in Flammen gestanden. Mr. Cox sprach als erster, und seine Bemerkung, von überflüssigem Beiwerk befreit, bezeichnete Fotheringay als Narren. Der war nicht einmal imstande, einer so grundlegenden Behauptung zu widersprechen. Er war zutiefst erstaunt über das Ereignis. Auch das nachfolgende Gespräch brachte absolut kein Licht in die Sache, soweit sie Fotheringay betraf. Die anderen schlossen sich der Meinung Mr. Cox' vollinhaltlich und mit heftigen Worten an. Alle beschuldigten Fotheringay, ein dummes Taschenspielerstückchen ausgeführt zu haben, und bezeichneten ihn als närrischen Zerstörer von Behagen und Sicherheit. In seinem Kopf tobte ein Wirbelsturm, er war selbst geneigt, ihnen recht zu geben, und er setzte ihrem Vorschlag, sich zu entfernen, bemerkenswert geringen Widerstand entgegen.

Er ging nach Hause, erregt und erhitzt, mit zerknittertem Mantelkragen, roten Ohren und glühenden Augen. Er musterte nervös jede der zehn Straßenlampen auf seinem Weg. Erst als er sich allein in seinem kleinen Schlafzimmer in Church Row befand, war er fähig, sich ernstlich mit dem Vorfall zu beschäftigen und sich zu fragen: »Was ist denn, um Himmels willen, geschehen?«

Er hatte Rock und Schuhe ausgezogen, saß auf dem Bett, die Hände in den Hosentaschen, und wiederholte seine Verteidigungsrede zum siebzehnten Mal. »Ich habe nicht gewollt, daß das verdammte Zeug sich auf den Kopf stellt!« Da fiel ihm ein, daß im selben Augenblick, als er die befehlenden Worte ausgesprochen hatte, auch unbewußt gewollt hatte, was er sagte, und als er die Lampe in der Luft hängen sah, fühlte er, daß es nur von ihm abhing, sie dort zu halten, ohne klar zu wissen, wie das geschehen sollte. Er besaß keinen geschulten Verstand, sonst hätte er sich eine Weile mit dem, »unbewußt gewollt« beschäftigt, da dies doch die unverständlichsten Willenskraftprobleme miteinschließt, so aber kam ihm die Idee in ihrer Unklarheit ganz annehmbar vor. Und indem er von da weiter einen, wie ich gestehen muß, keineswegs logischen Pfad verfolgte, kam er dazu, seine Kräfte noch einmal in einem Experiment auszuprobieren.

Er zeigte entschlossen auf seine Kerze und sammelte seine Gedanken, obwohl er fühlte, daß er etwas ganz Verrücktes tue. Aber nach einer Sekunde verschwand dieses Gefühl. »Erhebe dich!« sagte er. Die Kerze wurde emporgehoben, hing einen erregenden Augenblick lang in der Luft, und als Mr. Fotheringay nach Atem rang, fiel sie mit einem Krach auf seinen Waschtisch und ließ ihn im Finstern, bis auf das verendende Glimmen des Dochtes.

Eine Zeitlang saß Mr. Fotheringay ganz ruhig im Finstern. »Es ist doch geschehen«, sagte er. »Aber wie ich's erklären soll, weiß ich nicht.« Er seufzte schwer und suchte in seinen Taschen nach einem Zündholz. Er konnte keines finden, stand auf und tastete auf seinem Waschtisch herum. »Ich wollte, ich hätte ein Zündhölzchen«, sagte er. Er suchte noch in seinem Mantel, da waren auch keine, da dämmerte es ihm, daß Wunder auch mit Zündhölzern möglich sein müßten. Er streckte die Hand aus und sah sie im Finstern mürrisch an. »Ein Zündhölzchen soll in dieser Hand sein!« sagte er. Er fühlte, wie ein leichter Gegenstand auf seine Handfläche fiel, und seine Finger schlossen sich um ein Zündholz.

Nach einigen erfolglosen Versuchen, es anzuzünden, bemerkte er, daß es ein Sicherheitszündholz war. Er warf es weg, da fiel ihm ein, daß er es mit Willenskraft anzünden könnte. Er tat dies, und schon brannte es mitten auf der Matte vor seinem Waschtisch. Er hob es schnell auf, und es erlosch. Er ahnte immer größere Möglichkeiten, suchte die Kerze und steckte sie wieder in den Leuchter. »So, jetzt brenne du!« sagte Mr. Fotheringay. Sofort flackerte die Kerze auf, und er sah ein kleines, schwarzes Loch in der Matte, von dem ein dünner Rauchfaden aufstieg. Eine Weile starrte er vom Loch auf die kleine Flamme und zurück, dann blickte er auf und sah seinen eigenen Blick im Spiegel. Mit seinem Spiegelbild führte er ein stummes Zwiegespräch.

»Wie steht es jetzt also mit Wundern?« wandte Mr. Fotheringay sich schließlich an den Spiegel. Seine weiteren Erwägungen waren streng, aber verworren. Soweit er es überblicken konnte, war es eine reine Willenssache. Die Art seiner ersten Erfahrungen hatte eine Abneigung gegen unvorsichtige Experimente in ihm erweckt. Aber er ließ ein Blatt Papier sich erheben, färbte ein Glas Wasser rosa und dann grün, er erschuf eine Schlange, die er auf wunderbare Weise wieder vernichtete, und verschaffte sich eine wunderschöne neue Zahnbürste. Irgendwann nach Mitternacht war er zu der Erkenntnis gelangt, daß seine Willenskraft von besonders seltener und bedeutender Art sein müßte; er hatte das früher wohl geahnt, aber nicht gewußt. Der Schreck und die Überraschung, die seine erste Entdekkung in ihm ausgelöst hatten, wurden gemildert durch den Stolz auf diesen Beweis seiner Einzigartigkeit und durch die unklare Ahnung von Vorteilen, die sich ihm bieten würden. Er hörte, daß die Kirchenuhr eins schlug, und da es ihm nicht einfiel, daß er durch ein Wunder seiner täglichen Pflichten bei Gomshott enthoben werden könnte, fuhr er fort, sich auszukleiden, um ohne weiteren Aufschub ins Bett zu kommen. Als er mit seinem Hemd kämpfte, das sich nicht über den Kopf ziehen lassen wollte, hatte er eine herrliche Idee. »Ich will im Bett liegen«, sagte er, und schon lag er drin. »Ausgezogen!« befahl er; und da das Leintuch kalt war, fügte er schnell hinzu: »Und in meinem Nachthemd – nein, in einem weichen, wollenen Nachthemd. Ah!« sagte er mit ungeheurem Genuß, »und jetzt will ich gut schlafen ...«

Er wachte zur gewohnten Stunde auf und war während des ganzen Frühstücks nachdenklich; zu gerne hätte er gewußt, ob sein nächtliches Erlebnis nicht nur ein ganz besonders lebhafter Traum gewesen sein konnte. Schließlich entschloß er sich, es nochmals vorsichtig zu probieren. Zum Beispiel hatte er drei Eier zum Frühstück; zwei hatte seine Hausfrau beigestellt, sie waren gut, aber so, wie man sie im Geschäft zu kaufen bekommt, eines aber war ein köstlich frisches Gänseei, dank seiner erstaunlichen Willenskraft gelegt, gekocht und serviert. Er eilte zu Gomshott in tiefster, aber gut überspielter Erregung, und erinnerte sich erst an die Schale des dritten Eis, als seine Hausfrau abends davon sprach. Dieses überraschende neue Wissen um seine Kraft ließ ihm den ganzen Tag keine Ruhe zur Arbeit, aber dies verursachte ihm keine Unannehmlichkeiten, denn er holte alles in den letzten zehn Minuten mit einem Wunder nach.

Im Laufe des Tages wurde seine Stimmung immer besser, wandelte sich von Erstaunen in Entzücken, obwohl die Begleitumstände seines Abschieds vom »Langen Drachen« eine unangenehme Erinnerung waren und obwohl ein entstellter Bericht über die Angelegenheit seine Kollegen erreicht und Anlaß zu einigen Hänseleien gegeben hatte. Es war klar, er mußte vorsichtig sein, wenn er zerbrechliche Gegenstände sich erheben ließ, aber anderseits versprach seine Gabe immer mehr, je länger er über sie nachdachte. Er beschloß unter anderem, seinen Privatbesitz durch unauffällige Schöpfungsakte zu vermehren. Er ließ ein Paar herrliche Diamantknöpfe entstehen, vernichtete sie aber schleunigst wieder, als Gomshott jun. durchs Kontor auf sein Pult zukam. Er fürchtete, daß Gomshott jun. sich dafür interessieren könnte, woher er die Knöpfe hatte. Er erkannte, daß die Anwendung seiner Gabe Vorsicht und Wachsamkeit erforderte, aber soweit er die Schwierigkeiten beurteilen konnte, die auf dem Weg zur vollkommenen Beherrschung lagen, schienen sie ihm nicht größer als die ihm schon durch das Radfahrstudium bekannten. Diese Analogie, vielleicht ebenso stark wie das Gefühl, daß er im »Langen Drachen« nicht willkommen sein würde, führte ihn nach dem Abendessen hinaus auf den Weg jenseits der Gaswerke, wo er ungestört einige Wunder probieren wollte.

Vielleicht zeigten seine Versuche einen gewissen Mangel an Originalität, denn abgesehen von seiner Willenskraft war an Mr. Fotheringay nichts Ungewöhnliches. Das Wunder von Moses' Stab fiel ihm ein, aber die Nacht war finster und für die richtige Kontrolle großer Wunderschlangen ungeeignet. Dann erinnerte er sich an die Geschichte von Tannhäuser, die er auf der Rückseite eines Konzertprogramms gelesen hatte. Die schien ihm besonders anziehend und gefahrlos. Er steckte seinen Spazierstock – ein sehr hübsches Malakkarohr – in den Rasen, durch den der Fußweg lief, und befahl dem trockenen Holz zu blühen. Sofort war die Luft von Rosenduft erfüllt, und mit Hilfe eines Zündholzes konnte er sich überzeugen, daß dieses prächtige Wunder wirklich geschehen war. Seine Freude wurde durch herannahende Schritte gestört. Voll Furcht vor einer vorzeitigen Entdeckung seiner Kräfte sprach er hastig zu dem blühenden Stock: »Geh zurück!« Eigentlich wollte er sagen: »Verwandle dich zurück«, aber er war begreiflicherweise sehr verwirrt. Der Stock ging mit beträchtlicher Geschwindigkeit zurück, und sogleich hörte man einen zornigen Ausruf und ein häßliches Wort von der herankommenden Person. »Was werfen Sie denn da mit Dornensträuchern herum, Sie Narr?« schrie eine Stimme. »Und gerade auf mein Schienbein!«

»Es tut mir leid, mein Lieber«, sagte Mr. Fotheringay, dann aber wurde er sich der Ungeschicklichkeit dieser Erklärung bewußt und zerrte nervös an seinem Schnurrbart. Er sah Winch, einen der drei Schutzleute von Immering, auf sich zukommen.

»Was glauben Sie eigentlich?« fragte der Schutzmann. »Hallo! Also Sie sind das! Der Kerl, der die Lampe im ›Langen Drachen‹ zerbrochen hat!«

»Ich glaube gar nichts«, sagte Mr. Fotheringay, »nicht das geringste.«

»Warum machen Sie's dann?«

»Oh, Teufel noch einmal!« sagte Mr. Fotheringay.

»Ja, Teufel noch einmal! Wissen Sie, daß das sehr weh getan hat? Warum machen Sie solche Sachen?«

Im Augenblick konnte Mr. Fotheringay sich nicht darauf besinnen, warum er es getan hatte. Sein Schweigen schien Mr. Winch zu ärgern. »Sie haben diesmal einen Polizisten tätlich angegriffen, junger Mann, wissen Sie das?«

»Hören Sie, Mr. Winch«, sagte Mr. Fotheringay verwirrt und bestürzt, »es tut mir sehr leid. Nämlich –«

»Nun?«

Er sah keinen anderen Ausweg, als die Wahrheit zu sagen. »Ich habe ein Wunder getan.« Er versuchte ungezwungen zu sprechen, aber das war ihm nicht möglich.

»Ein Wunder –! Hören Sie einmal, quatschen Sie nicht. Wunder tun, so was! Wunder! Das ist einmal ein guter Witz. Aber Sie sind doch der Mensch, der nicht an Wunder glaubt ... Wahrscheinlich ist das wieder so ein dummes Zauberkunststück von Ihnen, so wird es sein und nicht anders. Also, ich sage Ihnen –«

Aber Mr. Fotheringay hörte niemals, was Mr. Winch hatte sagen wollen. Er erkannte, daß er sich ihm ausgeliefert hatte, sein kostbares Geheimnis hatte er in alle Winde gestreut. Ein heftiger Zornausbruch ließ ihn handeln. Wütend wandte er sich dem Schutzmann zu. »So«, sagte er, »jetzt hab ich genug, meiner Treu! Ich werd' Ihnen Ihre dummen Zauberkunststücke schon zeigen! Fahren Sie zum Hades! Vorwärts! Aber gleich!«

Er war allein!

In dieser Nacht vollführte Mr. Fotheringay keine Wunder mehr, er gab sich nicht einmal die Mühe, nachzusehen, was aus seinem blühenden Stock geworden war. Er ging zurück in die Stadt, erschrocken und sehr kleinlaut kam er in sein Schlafzimmer. »Mein Gott«, sagte er, »es ist eine mächtige Gabe – eine außerordentlich mächtige Gabe. Ich wollte das doch gar nicht, wirklich nicht. Eigentlich möchte ich gerne wissen, wie es im Hades aussieht.«

Er saß auf dem Bett und zog die Schuhe aus. Da kam

ihm ein glücklicher Gedanke, er versetzte den Schutzmann nach San Francisco, und ohne jeden Konflikt mit der gewöhnlichen Umwelt ging er bescheiden zu Bett. In der Nacht träumte er von Winchs Wut.

Am nächsten Tag hörte Mr. Fotheringay zwei interessante Neuigkeiten. Irgend jemand hatte herrliche Kletterrosen am Privathaus von Mr. Gomshott sen. in Lullaborough Road gepflanzt, und der Fluß sollte bis hinunter zu Rawlings Mühle nach Schutzmann Winch durchsucht werden.

Mr. Fotheringay war den ganzen Tag zerstreut und nachdenklich und vollführte keine Wunder, außer daß er Winch mit einigen Mitteln versah und daß er sein Tagewerk mit vollkommener Pünktlichkeit beendete, trotz des Bienenschwarms von Gedanken, der durch seinen Kopf summte. Sein außerordentlich zerstreutes und gedrücktes Wesen wurde von einigen Leuten bemerkt, die ihre Späße darüber machten. Er aber dachte meistens an Winch.

Sonntag abends ging er in die Kirche, und merkwürdigerweise predigte Mr. Maydig, der sich einigermaßen für Okkultismus interessierte, über »Dinge, die außerhalb der Norm liegen«. Mr. Fotheringay war kein regelmäßiger Kirchenbesucher, aber seine skeptische Weltanschauung, die ich schon angedeutet habe, war jetzt stark erschüttert. Der Inhalt der Predigt warf ein ganz anderes Licht auf seine neuen Gaben, und er entschloß sich plötzlich, Mr. Maydig sofort nach dem Gottesdienst um Rat zu fragen. Sobald er den Beschluß gefaßt hatte, staunte er, daß er's nicht schon früher getan hatte.

Mr. Maydig, ein hagerer, reizbarer Mensch mit außergewöhnlich langem Hals und ebensolchen Gliedern, war hocherfreut, daß ein junger Mann, dessen Nachlässigkeit in religiösen Dingen Anlaß zu Stadtgesprächen gab, ihn um eine Privatunterredung bat. Sowie er frei war, führte er ihn ins Arbeitszimmer des an die Kirche stoßenden Pfarrhauses und bot ihm einen bequemen Sessel an. Mr. Maydig selbst stand vor dem lustig brennenden Feuer, seine Beine warfen einen spitzbogenförmigen Schatten an die gegenüberliegende Wand, und er forderte Mr. Fotheringay auf, sein Anliegen vorzubringen.

Zuerst war Mr. Fotheringay ein bißchen verlegen, es machte ihm Schwierigkeiten, einen richtigen Anfang zu finden. »Ich fürchte, Mr. Maydig, daß Sie mir kaum glauben werden –« So ging es eine ganze Weile. Endlich versuchte er es mit einer Frage und wollte Mr. Maydigs Meinung über Wunder hören.

Mr. Maydig begann gerade: »Nun«, in einem äußerst kennerhaften Ton, als Mr. Fotheringay ihn auch schon wieder unterbrach: »Sie glauben natürlich nicht, daß irgendein ganz gewöhnlicher Mensch – wie ich zum Beispiel –, der hier vor Ihnen sitzt, irgendein verzwicktes Zeug in sich hat, das ihn befähigt, durch seine Willenskraft allerlei zu machen.«

»Es ist schon möglich«, sagte Mr. Maydig. »Irgend etwas Derartiges kann es schon geben.«

»Wenn ich so frei sein darf, so kann ich Ihnen, glaube ich, durch eine Art Experiment zeigen, was ich meine«, sagte Mr. Fotheringay. »Also, zum Beispiel nehmen wir den Tabakstopf auf dem Tisch. Was ich wissen möchte, ist, ob das, was ich jetzt mit ihm machen werde, ein Wunder ist oder nicht. Bitte, nur eine halbe Minute, Mr. Maydig.«

Er runzelte die Stirn, zeigte auf den Tabakstopf und sagte: »Sei eine Schale voll Veilchen!«

Der Tabakstopf tat, wie ihm befohlen.

Mr. Maydig erschrak heftig über die Veränderung und blickte vom Wundertäter zur Blumenschale. Er sagte gar nichts. Dann wagte er, sich über den Tisch zu beugen, um an den Veilchen zu riechen; sie waren frisch gepflückt und besonders schön. Dann starrte er neuerlich Mr. Fotheringay an.

»Wie haben Sie das gemacht?« fragte er.

Mr. Fotheringay zerrte an seinem Schnurrbart. »Ich hab's ihm nur gesagt – da haben Sie die Bescherung. Ist das also ein Wunder, oder ist es Schwarze Magie, oder was sonst? Und was, glauben Sie, ist mit mir los? Das wollte ich Sie fragen.«

»Es ist ein höchst bemerkenswerter Vorfall.«

»Noch heute vor einer Woche habe ich nichts davon gewußt, daß ich solche Sachen machen kann. Ganz plötzlich ist das gekommen. Meiner Ansicht nach ist da etwas Besonderes mit meinem Willen, mehr kann ich nicht sagen.«

»Ist das – das einzige? Oder könnten Sie noch andere Sachen machen?«

»Du meine Güte, gewiß!« sagte Mr. Fotheringay. »Alles, was es gibt.« Er dachte nach, und auf einmal fiel ihm eine Zaubervorstellung ein, die er gesehen hatte. »Also!« Er deutete auf die Schale. »Verwandle dich in eine Fischschale – nein, nicht so, verwandle dich in eine Glasschale voll Wasser, darin sollen Goldfische schwimmen. So ist's besser! Sehen Sie das, Mr. Maydig?«

»Es ist erstaunlich, es ist ganz unglaublich. Entweder Sie sind ein ganz raffinierter – aber nein –«

»Ich könnte es in alles und jedes verwandeln, alles, was es gibt«, sagte Mr. Fotheringay. »Also, sei eine Taube, ja?«

Im nächsten Moment flatterte eine blaue Taube im Zimmer herum, und Mr. Maydig duckte sich, so oft sie in seine Nähe kam. »Bleib still, wo du bist!« sagte Mr. Fotheringay, und die Taube hing regungslos in der Luft. »Ich kann sie wieder in eine Schale mit Blumen zurückverwandeln«, sagte er, und nachdem er die Taube auf den Tisch gestellt hatte, tat er auch dieses Wunder. »Ich nehme an, daß Sie bald Ihre Pfeife werden rauchen wollen«, sagte er und ließ den Tabakstopf wieder erscheinen.

Mr. Maydig hatte alle diese späteren Veränderungen mit fassungslosem Schweigen verfolgt. Er starrte Mr. Fotheringay an, hob den Tabakstopf sehr behutsam auf, untersuchte ihn und stellte ihn auf den Tisch zurück. »So etwas!« sagte er, das war die einzige Äußerung seiner Gefühle.

»Nachdem Sie das gesehen haben, ist es leichter, Ihnen zu erklären, warum ich gekommen bin«, sagte Mr. Fotheringay und begann einen langen und verwickelten Bericht über seine sonderbaren Erfahrungen. Er fing mit der Geschichte von der Lampe im »Langen Drachen« an, wiederholte Anspielungen auf Winch komplizierten die Erzählung. Während er sprach, verschwand der flüchtige Stolz, den Mr. Maydigs Verblüffung in ihm hervorgerufen hatte; er wurde wieder der ganz gewöhnliche, alltägliche Mr. Fotheringay. Mr. Maydig hörte gespannt zu, den Tabakstopf in der Hand, und sein Verhalten änderte sich im Lauf der Erzählung. Dann, als Mr. Fotheringay das Wunder mit dem dritten Ei berichtete, unterbrach ihn der Geistliche mit einer Bewegung seiner zitternd ausgestreckten Hand.

»Es ist möglich«, sagte er. »Es ist glaublich. Kein Zweifel, es ist höchst erstaunlich, aber es bringt eine Reihe von Problemen in Einklang. Die Macht, Wunder zu tun, ist eine Gabe, eine besondere Eigenschaft, wie Genie oder zweites Gesicht – bis jetzt ist sie nur sehr selten und an außerordentliche Menschen verliehen worden. In diesem Fall aber – ich habe immer über die Wunder Mohammeds gegrübelt und über die Yogiwunder und über die der Madame Blavatsky. Aber natürlich! Es ist ganz einfach eine Gabe. Es bestätigt so großartig die Beweisführungen unseres großen Denkers« – hier senkte Mr. Maydig die Stimme –, »Seiner Hoheit, des Herzogs von Argyll. Hier stoßen wir auf ein tieferes Gesetz, tiefgründiger selbst als die gewöhnlichen Naturgesetze. Ja, ja. Erzählen Sie jetzt weiter!«

Mr. Fotheringay fuhr fort, von seinem Mißgeschick mit Winch zu erzählen, und Mr. Maydig, der nicht länger verängstigt und verschreckt war, begann hektisch zu gestikulieren und unterbrach ihn von Zeit zu Zeit mit Ausrufen der Überraschung. »Das hat mir nämlich am meisten Sorgen gemacht«, fuhr Mr. Fotheringay fort, »und da brauche ich am dringendsten einen Rat; er ist ja jetzt in San Francisco – wo immer San Francisco auch sein mag –, aber es ist doch unbequem für ihn und für mich, das werden Sie gleich sehen, Mr. Maydig. Ich kann mir nicht vorstellen, daß er verstehen kann, was mit ihm geschehen ist, und er ist gewiß fürchterlich erschrocken und außer sich und versucht, mich zu erwischen. Sicher ist er schon hierher unterwegs. Ich schicke ihn alle paar Stunden durch ein Wunder zurück, wenn ich gerade daran denke, das kann er natürlich auch nicht verstehen, bestimmt ist es ihm aber sehr peinlich; und wenn er jedesmal eine Fahrkarte lösen muß, kostet es ihn doch eine Menge Geld. Ich habe für ihn getan, was ich konnte, aber für ihn ist es natürlich schwer, sich in meine Lage zu versetzen. Nachträglich ist mir eingefallen, daß seine Kleider vielleicht versengt worden sind – wenn der Hades so ist, wie man sich's vorstellt –, bevor ich ihn versetzt habe. In diesem Fall wird man ihn wohl in San Francisco eingesperrt haben. Ich habe ihm natürlich gleich, als es mir einfiel, neue Kleider angewünscht. Aber Sie sehen, daß ich in einer verteufelten Klemme stecke –«

Mr. Maydig sah ernsthaft drein. »Ich sehe, daß Sie in einer Klemme stecken. Ja, es ist eine schwierige Situation. Wie Sie das zu Ende bringen sollen ...« Er beendete den Satz nicht und dachte an etwas anderes.

»Nun, wir wollen Winch ein wenig beiseite lassen und uns mit der wichtigeren Frage beschäftigen. Ich glaube nicht, daß dies ein Fall von Schwarzer Magie oder dergleichen ist. Ich glaube nicht, daß auch nur der Schatten eines Verbrechens dabei ist, Mr. Fotheringay, nicht eine Spur, außer Sie verschweigen mir wichtige Tatsachen. Nein, es sind Wunder, reine Wunder, Wunder allerhöchster Klasse, wenn ich so sagen darf.«

Er ging vor dem Feuer auf und ab und gestikulierte lebhaft, während Mr. Fotheringay am Tisch saß, den Kopf in die Hand stützte und bekümmert aussah. »Ich weiß nicht, was ich mit Winch machen soll«, sagte er.

»Die Gabe, Wunder zu tun – anscheinend eine sehr mächtige Gabe«, sagte Mr. Maydig, »wird schon einen Ausweg für Winch finden, machen Sie sich keine Sorgen. Mein lieber Herr, Sie sind ein sehr bedeutender Mann – ein Mann mit den erstaunlichsten Möglichkeiten. Als Beweis die Beispiele hier. Und was Sie sonst noch machen können ...«

»Ja, mir sind schon ein, zwei Sachen eingefallen«, sagte Mr. Fotheringay. »Aber – manches kommt ein bißchen verdreht heraus. Sie haben doch vorhin die Fische gesehen? Falsche Schale und falsche Fische. Deshalb habe ich mir gedacht, daß ich jemand fragen muß.«

»Ein richtiger Weg«, sagte Mr. Maydig, »ein sehr richtiger Weg – ja, der einzig richtige Weg.« Er schwieg und blickte Mr. Fotheringay an. »Es ist tatsächlich eine Gabe ohne Grenzen. Wir wollen Ihre Kräfte ausprobieren. Ob sie wirklich sind – ob sie wirklich alles das sind, was sie zu sein scheinen.«

Und so unglaublich das klingen mag, Sonntag, den 10. November 1896, abends, begann Mr. Fotheringay im Studierzimmer des kleinen Hauses hinter der Kongregationskirche Wunder zu tun, ermuntert und angefeuert von Mr. Maydig. Die Aufmerksamkeit des Lesers wird besonders und nachdrücklich auf das Datum gelenkt. Er wird einwenden, hat wahrscheinlich schon eingewendet, daß gewisse Momente in dieser Geschichte unwahrscheinlich sind, daß, wenn irgend etwas von den geschilderten Dingen sich wirklich ereignet hätte, es vor einem Jahr in allen Zeitungen gestanden wäre. Die unmittelbar folgenden Details wird er besonders schwer glauben wollen, denn unter anderem bringen sie die Schlußfolgerung mit sich, daß der Leser vor einem Jahr in gewaltsamer, noch nie dagewesener Weise getötet worden ist. Im weiteren Verlauf dieser Geschichte wird alles vollkommen klar und glaubhaft werden, jeder gerechte und vernünftige Leser wird das zugeben. Aber wir sind noch nicht so weit, um schon das Ende dieser Geschichte zu erzählen, sie ist gerade erst ein Stückchen über die Mitte hinaus gediehen. Zuerst waren Mr. Fotheringays Wunder klein und bescheiden – kleine Kunststücke mit den Schalen und der Zimmereinrichtung, so schwächlich wie die Wunder der Theosophen, aber trotzdem wurden sie von seinem Mitarbeiter mit Ehrfurcht aufgenommen. Mr. Fotheringay hätte es vorgezogen, die Angelegenheit Winch endgültig zu erledigen, doch Mr. Maydig ließ es nicht zu. Aber nachdem sie ein Dutzend solcher häuslicher Belanglosigkeiten ausgeführt hatten, wuchs ihr Machtbewußtsein, ihre Erfindungskraft wurde angeregt, und ihr Ehrgeiz stieg. Das erste bedeutende Unternehmen entsprang dem Hunger der beiden und der Nachlässigkeit von Mrs. Minchin, der Wirtschafterin. Die Mahlzeit, zu der der Geistliche Mr. Fotheringay einlud, war lieblos zubereitet und keine sehr einladende Erfrischung für zwei emsige Wundertäter; aber sie nahmen Platz, und Mr. Maydig verbreiterte sich mehr bekümmert als ärgerlich über die Unzulänglichkeit seiner Wirtschafterin, ehe Mr. Fotheringay sich seiner Möglichkeiten entsann. »Glauben Sie nicht, Mr. Maydig«, sagt er, »daß ich so frei sein darf ...«

»Mein lieber Mr. Fotheringay! Aber natürlich! Nein, ich habe gar nicht daran gedacht.«

Mr. Fotheringay bewegte die Hand. »Was wollen wir essen?« fragte er großzügig, und nach Mr. Maydigs Wünschen unterzog er das Nachtessen einer gründlichen Verbesserung.

»Ich für mein Teil«, sagte er und betrachtete, was Mr. Maydig gewählt hatte, »ich habe immer am liebsten einen Krug starkes Bier und ein Stück Wurst, das werde ich mir bestellen. Ich habe keine große Vorliebe für Burgunder«, und sofort erschienen Bier und Wurst auf dem Tisch. Lange saßen sie beim Nachtessen und sprachen wie Gleichgestellte über die Wunder, die sie demnächst tun würden. Mr. Fotheringay wurde sich dessen plötzlich mit Erstaunen und Befriedigung bewußt. »Apropos, Mr. Maydig«, sagte Mr. Fotheringay, »vielleicht kann ich Ihnen auch in Ihren häuslichen Angelegenheiten helfen.«

»Ich verstehe Sie nicht ganz«, sagte Mr. Maydig und goß sich ein Glas wunderbaren alten Burgunders ein.

Mr. Fotheringay bestellte aus Zerstreutheit ein zweites Stück Wurst und steckte einen Bissen in den Mund. »Ich habe gedacht«, sagte er kauend, »daß ich vielleicht ein Wunder an Mrs. Minchin tun könnte und sie in eine bessere Frau verwandeln.«

Mr. Maydig stellte sein Glas nieder und sah zweifelnd vor sich hin. »Sie ist – sie läßt sich absolut nichts dreinreden, Mr. Fotheringay. Und überhaupt ist doch elf Uhr lange vorbei, sie ist sicher schon zu Bett gegangen und schläft. Glauben Sie denn –«

Mr. Fotheringay dachte über die Einwände nach. »Ich sehe nicht ein, warum es nicht getan werden sollte, während sie schläft.«

Zuerst widersetzte sich Mr. Maydig dieser Idee, dann gab er nach. Mr. Fotheringay gab seine Befehle, und die zwei Herren setzten ihre Mahlzeit fort, vielleicht mit etwas weniger Behaglichkeit als zuvor. Mr. Maydig erging sich in so optimistischen Vermutungen über die Veränderungen, die er am nächsten Tag an seiner Wirtschafterin entdecken würde, daß selbst Mr. Fotheringays übersinnlicher Verstand sie ein wenig übertrieben fand. Da hörten sie von oben eine Reihe verworrener Geräusche. Sie blickten einander fragend an, dann verließ Mr. Maydig rasch das Zimmer. Mr. Fotheringay hörte, wie er seine Wirtschafterin rief und dann leise über die Treppe zu ihr hinaufging.

Nach knapp einer Minute kam der Geistliche zurück, leichten Schrittes und mit strahlendem Gesicht. »Wunderbar!« sagte er. »Und rührend. Wirklich rührend.«

Er ging wieder vor dem Feuer auf und ab. »Reue – rührendste Reue. Durch den Türspalt habe ich's gesehen. Arme Frau! Eine ganz wunderbare Verwandlung. Sie ist aufgestanden, sie muß gleich aufgestanden sein. Aus dem Schlaf ist sie aufgestanden, um eine Privatflasche Schnaps, die sie in ihrem Kasten hatte, zu zerbrechen. Und gestanden hat sie's auch! Aber das gibt uns – das eröffnet ja höchst erstaunliche Ausblicke auf neue Möglichkeiten. Wenn wir sogar sie so wunderbar verwandeln können …«

»Die Sache scheint wirklich keine Grenzen zu haben«, sagte Mr. Fotheringay, »und was Mr. Winch betrifft –«

»Ganz und gar unbegrenzt.« Auf dem Kaminteppich stehend, entwickelte Mr. Maydig eine Reihe wunderbarer Pläne, die ihm erst nach und nach während des Redens einfielen. Die Schwierigkeit mit Winch überging er ganz.

Welcher Art diese Pläne waren, ist für diese Geschichte unwesentlich. Genug, daß sie im Geiste unendlichen Wohlwollens entworfen wurden, jenes Wohlwollens, das man nach einem guten Essen fühlt, genug auch, daß das Problem Winch ungelöst blieb. Es ist auch nicht nötig, zu berichten, welche dieser Pläne ausgeführt wurden. Es gab verblüffende Veränderungen. In später Nacht rannten Mr. Maydig und Mr. Fotheringay im Hochgefühl des Wundertäters über den frostigen Marktplatz, der still im Mondlicht lag. Mr. Maydig flatterte und gestikulierte, der kleine zerzauste Mr. Fotheringay war gar nicht mehr bedrückt von seiner Größe. Sie hatten alle Trunkenbolde in ihrem Wahlkreis geheilt, hatten alles Bier und allen anderen Alkohol in Wasser verwandelt – in diesem Punkt hatte Mr. Maydig Mr. Fotheringay überstimmt –, weiters hatten sie die Eisenbahnverbindungen ihrer Stadt wesentlich verbessert, hatten Flinders Sumpf trockengelegt, hatten den Boden auf einem nahen Hügel fruchtbar gemacht und die Warze des Vikars zum Verschwinden gebracht. Und jetzt wollten sie sehen, was mit dem beschädigten Damm von Southbridge zu machen wäre. »Der Ort«, keuchte Mr. Maydig, »wird morgen nicht mehr der gleiche sein. Wie überrascht und dankbar werden alle Leute sein!« Gerade in diesem Augenblick schlug die Kirchenuhr drei.

»Oho«, sagte Mr. Fotheringay, »drei Uhr ist's! Ich muß schauen, daß ich nach Hause komme. Um acht Uhr muß ich im Geschäft sein. Und außerdem würde Mrs. Wimms –«

»Wir fangen erst an«, sagte Mr. Maydig, berauscht von der unbeschränkten Macht. »Wir fangen gerade erst an. Denken Sie an all das Gute, das wir tun. Wenn die Leute aufwachen –«

»Aber –« sagte Mr. Fotheringay.

Mr. Maydig packte ihn plötzlich am Arm. Seine Augen glühten wild. »Mein lieber Freund«, sagte er, »es hat keine Eile. Schauen Sie nur –« er wies auf den Mond im Zenit –, »Josua!«

»Josua?« sagte Mr. Fotheringay.

»Josua«, sagte Mr. Maydig. »Warum nicht? Halten Sie ihn auf.«

Mr. Fotheringay starrte den Mond an.

»Das geht ein bißchen weit«, sagte er nach einer Pause.

»Warum nicht?« sagte Mr. Maydig. »Er bleibt natürlich nicht stehen. Halten Sie die Drehung der Erde auf, und die Zeit bleibt stehen. Damit tun wir doch nichts Schlimmes.«

»Hm!« sagte Mr. Fotheringay. »Gut.« Er seufzte. »Ich will es versuchen. Also –«

Er schloß alle Knöpfe an seinem Rock, nahm sein ganzes Selbstvertrauen zusammen und wandte sich an den bewohnbaren Erdball. »Hör jetzt auf, dich zu drehen, ja?« sagte Mr. Fotheringay.

Sogleich flog er Hals über Kopf durch die Luft, mit einer Geschwindigkeit von vielen Dutzend Meilen in der Minute. Trotz der zahllosen Kreise, die er in einer Sekunde beschrieb, dachte er noch, denn das Denken ist etwas Wunderbares, manchmal so träge wie flüssiges Pech, manchmal geschwind wie das Licht. Er dachte in einer Sekunde und befahl: »Ich will heil und gesund hinunterkommen, was auch immer geschehen mag, ich will heil und gesund hinunterkommen!«

Mr. Fotheringay hatte das gerade im richtigen Moment befohlen, denn seine Kleider waren von seinem rasenden Flug durch die Luft schon versengt. Er fiel also und landete mit einem heftigen, aber keineswegs schmerzhaften Krach auf etwas, was ein frisch aufgeworfener Erdhaufen zu sein schien. Eine gewaltige Masse aus Metall und Stein, außerordentlich ähnlich dem Glockenturm, der sonst in der Mitte des Marktplatzes stand, fiel neben ihm auf die Erde, prallte ab und zersplitterte wie eine platzende Bombe in Steine, Ziegel und Mauerwerk. Eine herumwirbelnde Kuh stieß an einen der größeren Blöcke und zerbarst wie ein Ei. Es gab einen Krach, der auch den heftigsten Lärm, den er bis jetzt erlebt hatte, wie das Aufprallen von Sandkörnern erscheinen ließ, dann krachte es noch mehrmals hintereinander, leiser und abflauend! Ein gewaltiger Sturm heulte über Himmel und Erde hinweg, so daß er kaum den Kopf heben konnte, um zu schauen. Eine Zeitlang war er zu atemlos und überrascht, um zu erfassen, wo er sich befand oder was geschehen war. Seine erste Bewegung war, sich an den Kopf zu greifen und sich zu versichern, daß dieses flatternde Haar ihm gehörte.

»Mein Gott!« keuchte Mr. Fotheringay, dem der Orkan das Sprechen schwermachte. »Da bin ich aber noch glücklich durchgerutscht. Was ist denn eigentlich los? Sturm und Gewitter, und noch vor einer Minute war so eine schöne Nacht. Maydig hat mich in die Geschichte hineingehetzt. Was für ein furchtbarer Sturm! Wenn ich weiter solche Verrücktheiten mache, wird mir sicher etwas Schreckliches geschehen. Wo ist eigentlich Maydig? Warum ist denn alles in so einem verdammten Durcheinander?«

Er blickte sich um, so gut sein flatternder Rock es ihm erlaubte. Das Aussehen aller Dinge war mehr als sonderbar. »Am Himmel ist doch alles in Ordnung«, sagte Mr. Fotheringay. »Aber mir scheint, nur dort oben, und auch dort sieht es aus, als ob ein schweres Unwetter käme. Aber da oben ist doch der Mond, genauso wie früher, hell wie am Tag. Aber alles andere – wo ist das Dorf? Wo, wo ist alles? Und was, um Himmels willen, hat diesen Sturm erregt – ich habe doch keinen befohlen!«

Mr. Fotheringay bemühte sich vergeblich, sich aufzurichten, und nach einem mißlungenen Versuch klammerte er sich mit allen vieren an den Boden. Er musterte die mondbeschienene Welt, den Rücken gegen den Wind, und die Enden seines Rockes flatterten über seinem Kopf. »Irgend etwas ist ernstlich in Unordnung geraten«, sagte Mr. Fotheringay, »Gott mag wissen, was.«

In dem grellweißen Lichtschein, durch den Staubschleier, den der heulende Sturm vor sich her trieb, war weit und breit nichts zu sehen als durcheinandergeworfene Erdmassen und Haufen von neuentstandenen Ruinen. Keine Bäume, keine Häuser, keine vertrauten Formen, nur ein wildes Chaos – aber jetzt verschwand auch das in der Finsternis, zwischen wirbelnden Staubsäulen und Wolkenfetzen, unter Blitzen und Donnerschlägen eines heranbrausenden Gewitters. Neben ihm, in dem fahlen Schein, lagen die Überreste einer Ulme, eine zerschmetterte Masse von Holzsplittern, geborsten von der Wurzel bis zum Gipfel, und daneben erhob sich eine ineinandergekeilte Menge von Eisentraversen aus dieser aufgehäuften Wirrnis – nur zu deutlich erkannte er den Viadukt.

Als Mr. Fotheringay die Drehung der festen Erde aufgehalten hatte, hatte er die unbedeutenden beweglichen Dinge auf ihrer Oberfläche vergessen. Die Erde dreht sich so schnell, daß ihre Oberfläche am Äquator bedeutend mehr als tausend Meilen in der Stunde zurücklegt, in unseren Breiten noch mehr als die Hälfte dieser Zahl. So waren das Dorf, Mr. Maydig, Mr. Fotheringay und alles und jedes mit einer Geschwindigkeit von neun Meilen in der Sekunde weggeschleudert worden – das heißt viel heftiger, als wenn man sie aus einer Kanone geschossen hätte. Und jedes menschliche Wesen, jede lebende Kreatur, jedes Haus und jeder Baum – die ganze uns bekannte Welt – war so weggeschleudert worden und zerschmettert und vollständig zerstört. Das war alles.

Diese Dinge konnte Mr. Fotheringay natürlich nicht voll erfassen, aber er bemerkte, daß sein Wunder schlecht ausgegangen war, und ihn erfaßte ein heftiger Widerwille gegen Wunder. Er stand jetzt im Finstern, denn die Wolken hatten sich zusammengezogen und hielten jeden Mondstrahl fern, und die Luft war erfüllt von krampfhaft kämpfenden, gequälten Hagelgeistern. Ein gewaltiges Brausen von Sturm und Gewässern erfüllte Himmel und Erde, und als er vorsichtig unter seinem Arm hervor durch Staub und Hagel in den Orkan schaute, sah er im zuckenden Licht der Blitze eine riesige Wasserwand auf sich zustürzen.

»Maydig!« kreischte Mr. Fotheringays schwache Stimme mitten im Aufruhr der Elemente. »Hierher, Maydig! Halt!« schrie er dem näher kommenden Wasser zu. »Halt, um Himmels willen! Nur einen Augenblick«, sagte er zu Blitz und Donner. »Wartet nur einen Augenblick, bis ich meine Gedanken gesammelt habe. Was soll ich jetzt machen? Was soll ich nur machen? Mein Gott! Wenn nur Maydig in der Nähe wäre! Wenn ich nur um Himmels willen dieses eine Mal noch alles in Ordnung bringen könnte!« Er blieb auf allen vieren und stemmte sich gegen den Sturm, eifrigst bemüht, alles in Ordnung zu bringen.

»Oh«, sagte er, »nichts, was ich befehle, soll geschehen, ehe ich ›Los‹ sage ... Warum habe ich nur nicht früher daran gedacht?«

Er erhob seine schwache Stimme gegen den Wirbelwind, er schrie lauter und lauter, in dem vergeblichen Bestreben, sich sprechen zu hören. »Also jetzt! Jetzt fange ich an! Nicht vergessen, was ich gerade gesagt habe. Zuallererst, wenn alles, was ich zu sagen habe, geschehen ist, will ich meine Wunderkraft verlieren, mein Wille soll so werden wie jeder andere, und alle diese gefährlichen Wunder sollen aufhören. Ich mag sie nicht. Mir wäre lieber, sie wären nicht geschehen. Viel lieber. Das ist einmal das erste. Das zweite ist – ich will wieder dort sein, wo ich war, ehe die Wunder begannen, alles soll so sein wie vor der Umdrehung der verdammten Lampe. Es ist ein großer Auftrag – aber es ist der letzte. Verstanden? Keine Wunder mehr, alles wie es war – ich wieder im ›Langen Drachen‹ mit meinem Bier in der Hand. So soll es sein! Ja!«

Er krallte sich in der Erde fest, schloß die Augen und sagte: »Los!«

Alles wurde vollkommen ruhig. Er bemerkte, daß er aufrecht stand.

»Das behaupten Sie«, sagte eine Stimme.

Er öffnete die Augen. Er war im Wirtshaus »Zum langen Drachen« und debattierte mit Toddy Beamish über Wunder. Er hatte flüchtig das Gefühl, etwas Wichtiges vergessen zu haben, aber das ging augenblicklich vorüber. Bis auf den Verlust seiner wunderbaren Kräfte war alles wieder so, wie es gewesen war; sein Verstand und sein Gedächtnis waren also genauso wie am Anfang der Geschichte, so daß er nicht das geringste von allem, was hier erzählt wurde, wußte, so daß er bis zum heutigen Tag nicht das geringste davon weiß. Und unter anderem glaubt er natürlich noch immer nicht an Wunder.

»Ich sage Ihnen, daß Wunder, in des Wortes wahrer Bedeutung, unmöglich geschehen können«, sagte er, »und ich bin bereit, meine Meinung bis aufs Messer zu verteidigen.«

»Das glauben Sie«, sagte Toddy Beamish, und: »Beweisen Sie's, wenn Sie können.«

»Hören Sie doch, Mr. Beamish«, sagte Mr. Fotheringay, »wir müssen uns zuerst darüber klar werden, was ein Wunder ist. Es ist etwas dem natürlichen Lauf der Dinge Entgegengesetztes, durch Willenskraft hervorgerufen ...«

Der neue Akzelerator

Eines steht fest: Wenn je ein Mensch, der eine Stecknadel suchte, einen Dukaten gefunden hat, so ist es mein guter Freund, Professor Gibberne. Ich habe schon früher von Forschern gehört, die weit über ihr Ziel hinausgeschossen sind, aber noch niemals so weit wie er. Er hat diesmal wirklich etwas gefunden, das – ohne zu übertreiben – das menschliche Leben revolutionieren kann. Das geschah, als er einfach ein Mittel zur Anregung schwacher Nerven suchte, das es kraftlosen Menschen ermöglichen sollte, sich den Anforderungen unserer stürmischen Zeit gewachsen zu zeigen. Ich habe die Mixtur jetzt mehrmals versucht, und es wird das beste sein, wenn ich die Wirkung, die sie auf mich ausübte, beschreibe. Aus meinem Bericht wird deutlich hervorgehen, daß es noch immer erstaunliche Erlebnisse für sensationslüsterne Leute gibt.

Professor Gibberne ist, wie viele Leute wissen, mein Nachbar in Folkestone. Wenn mir mein Gedächtnis keinen Streich spielt, so sind seine Bilder aus verschiedenen Lebensaltern schon im *Strand Magazine* erschienen – es dürfte gegen Ende des Jahres 1899 gewesen sein; aber ich kann leider das genaue Datum nicht feststellen, weil ich diesen Band jemandem geliehen habe, der ihn nie zurückgegeben hat. Manche Leser erinnern sich vielleicht an die hohe Stirne und die besonders langgezogenen schwarzen Augenbrauen, die dem Gesicht einen so mephistophelischen Zug geben. Gibberne bewohnt eines jener hübschen freistehenden Häuschen in gemischtem Stil, die das westliche Ende der Upper

Sandgate Road so interessant machen. Sein Haus ist das mit den flämischen Giebeln und mit der maurischen Säulenhalle. In dem Zimmer mit dem geteilten Erkerfenster arbeitet er, wenn er hier draußen wohnt, und dort haben wir auch abends oft miteinander geraucht und geplaudert. Er ist ein großer Spaßvogel, aber er spricht auch gern mit mir über seine Arbeit; er gehört zu jenen Menschen, die im Gespräch Hilfe und Anregung finden, und so konnte ich die Entstehung des »Neuen Akzelerators« von allem Anfang an verfolgen. Natürlich werden die meisten Experimente nicht in Folkestone gemacht, sondern in der Gower Street, in dem schönen, neuen Laboratorium beim Spital, das Gibberne als erster benützt hat.

Wie jeder, zumindest jeder intelligente Mensch weiß, genießt Gibberne sein wohlverdientes Ansehen für seine Forschungsarbeiten über die Wirkung der Medikamente auf das Nervensystem. Man sagt, daß er von Schlafmitteln, Beruhigungs- und Betäubungsmitteln mehr versteht als jeder andere. Auch als Chemiker steht er auf beträchtlicher Höhe, und ich nehme an, daß es in dem subtilen und komplizierten Dschungel von Rätseln, der Ganglienzellen und Wirbelfasern umschließt, kleine, von ihm erhellte Gebiete gibt, Lichtungen, die jedem lebenden Menschen unzugänglich bleiben, ehe er nicht seine Forschungsergebnisse reif zur Veröffentlichung findet. In den letzten Jahren hatte er besonders ausdauernd an der Erforschung der Nervenreizmittel gearbeitet, und schon vor der Entdeckung des »Neuen Akzelerators« hatte er schöne Erfolge aufzuweisen. Die Medizin verdankt ihm zumindest drei verschiedene und absolut sicher wirkende Kräftigungsmittel, die einen Wert ohnegleichen für berufstätige Menschen haben. In Fällen von Erschöpfung hat das als »Gibbernes B-Sirup« bekannte Präparat sicher mehr Menschenleben gerettet als irgendein Rettungsboot an der Küste.

»Bisher befriedigt mich aber kein einziges dieser Mittel«, sagte er mir vor fast einem Jahr. »Entweder steigern sie die geistigen Energien, ohne auf die Nerven zu wirken, oder sie erhöhen einfach die vorhandene Tatkraft durch Herabsetzung der nervösen Leistungsfähigkeit; außerdem sind alle diese Mittel unverläßlich und haben nur lokale Wirkung. Eines regt Herz und Eingeweide an, aber das Gehirn bleibt dumpf, eines wieder wirkt wie Champagner aufs Gehirn, dafür gar nicht aufs Sonnengeflecht. Was ich aber erreichen will, und was ich auch erreichen werde, wenn es im Bereich des Menschenmöglichen liegt, ist ein Reizmittel, das den ganzen Körper gleichmäßig anregt, das einen Menschen vom Kopf bis zur Zehenspitze im selben Moment aufrüttelt und ihn zwei-, ja dreimal rascher sein läßt als alle anderen. Eh? Das ist die Sache, hinter der ich her bin.«

»Man wird dabei müde werden«, sagte ich.

»Sicher, zweifellos. Aber man wird zum Beispiel auch zwei- oder dreimal so viel essen. Denken Sie doch nur, was die Sache bedeuten würde. Stellen Sie sich vor, Sie hätten so eine kleine Phiole« – er hob ein Fläschchen aus grünem Glas hoch und unterstrich seine Worte damit –, »und in dieser kostbaren Phiole liegt die Macht, zweimal so schnell zu denken, sich zweimal so rasch zu bewegen, zweimal so viel in einer bestimmten Zeit zu arbeiten wie sonst.«

»Aber ist denn so etwas möglich?«

»Ich glaube schon. Wenn nicht, so habe ich ein Jahr lang meine Zeit verschwendet. Diese verschiedenen Präparate aus Hypophosphaten etwa scheinen zu beweisen, daß etwas Derartiges ... Es wäre genug, wenn es auch nur eineinhalbmal beschleunigen würde.«

»Selbstverständlich«, sagte ich.

»Stellen Sie sich vor, Sie wären ein Staatsmann, vor eine wichtige Entscheidung gestellt, die Zeit drängt, es muß sofort etwas geschehen, eh?«

»Ich könnte in diesem Falle meinem Privatsekretär das Mittel geben«, sagte ich.

»Und doppelt Zeit gewinnen. Und denken Sie nur, Sie wollten zum Beispiel ein Buch fertigstellen.«

»Gewöhnlich wünsche ich, ich hätte es nie begonnen«, sagte ich.

»Oder ein Arzt, der zu Tode gehetzt ist, möchte sich niedersetzen und über einen Fall nachdenken. Oder ein Anwalt – oder ein Mensch, der für eine Prüfung büffelt.«

»Für solche Leute ist jeder Tropfen eine Guinee wert und noch mehr«, sagte ich.

»Oder bei einem Duell«, sagte Gibberne, »wo alles von der Geschwindigkeit abhängt, mit der man den Hahn abdrückt.«

»Oder beim Fechten«, echote ich.

»Sie sehen«, sagte Gibberne, »im großen und ganzen kann es wirklich gar keinen Schaden tun – außer vielleicht, daß es einen in unendlich geringem Maße rascher altern läßt. Man hat halt zweimal gelebt, während andere Leute nur einmal –«

»Ich glaube«, überlegte ich, »bei einem Duell – wäre das fair?«

»Das ist Sache der Sekundanten«, sagte Gibberne.

Ich ging noch näher an den Ausgangspunkt zurück. »Und Sie glauben wirklich, daß so etwas möglich ist?«

»Ebenso möglich«, sagte Gibberne und betrachtete etwas, das am Fenster vorbeiratterte, »wie ein Autobus. Nämlich –«

Er schwieg, lächelte mir geheimnisvoll zu und klopfte langsam mit der grünen Phiole an den Rand seines Schreibpults. »Ich glaube, ich kenne das Mittel ... Ich bin schon ganz nah daran.« Sein nervöses Lächeln verriet mir die Ernsthaftigkeit seiner Enthüllung. Es kam selten vor, daß er über seine Versuche sprach, ehe sie so gut wie abgeschlossen waren. »Und es kann sein, es kann sein – ich wäre nicht überrascht –, vielleicht geht's auch schneller als zweimal.«

»Es wird eine große Sache werden«, sagte ich auf gut Glück.

»Es wird eine große Sache werden, das glaube ich schon.«

Trotz alledem dürfte er nicht geahnt haben, wie groß die Sache sein würde.

Ich erinnere mich auch an einige spätere Gespräche über das Mittel. Er nannte es »Der neue Akzelerator«, und sooft er darüber sprach, wurden seine Mitteilungen zuversichtlicher. Manchmal sprach er aufgeregt über unerwartete physiologische Wirkungen, die dessen Anwendung mit sich bringen könnte, und wurde darüber ein bißchen unglücklich; manchmal betrachtete er es nur vom Standpunkt des Geldverdienens, und wir debattierten lang und eifrig darüber, wie das Präparat kommerziell am besten ausgenützt werden könnte. »Es ist eine gute Sache«, sagte Gibberne, »eine großartige Sache. Ich weiß, daß ich der Welt etwas gebe, und ich glaube, es ist nur vernünftig, von ihr zu erwarten, daß sie dafür zahlt. Die Würde der Wissenschaft in Ehren, aber ich denke, daß ich doch das Monopol auf das Mittel für – nun, etwa zehn Jahre haben muß. Ich sehe nicht ein, warum nur die Schinkenhändler den Spaß im Leben haben sollen.«

Mein eigenes Interesse an dem künftigen Heiltrank ließ mit der Zeit nicht nach, im Gegenteil. Ich habe immer eine seltsame Neigung für alles Metaphysische gehabt und für alles Paradoxe über Zeit und Raum, und jetzt schien es mir, daß Gibberne tatsächlich nichts weniger als die absolute Beschleunigung des Lebens vorbereitete. Angenommen, daß jemand wiederholt so ein Präparat gebraucht: Er würde gewiß ein tätiges Leben führen, erfüllt mit Höchstleistungen, aber er wäre mit elf Jahren erwachsen, mit fünfundzwanzig in mittleren Jahren und mit dreißig auf dem Weg zum senilen Verfall. Es schien mir, daß Gibberne für alle, die sein Mittel nehmen würden, nichts anderes bewirken würde, als die Natur für Juden und Orientalen getan hat. Die sind zwischen zehn und zwanzig reife Menschen, mit fünfzig Greise, und ihr Leben lang denken und handeln sie schneller als wir. Die wunderbare Wirkung gewisser Medikamente hat immer großen Eindruck auf mich gemacht. Man kann einen Menschen verrückt machen, ihn beruhigen, ihn unglaublich stark und geschickt machen oder zu einem hilflosen Klotz, man kann diese Leidenschaft aufstacheln, jene dafür besänftigen, alles mit Hilfe von Mitteln. Hier sollte nun ein neues Wunder dem Arsenal von Phiolen, das die Ärzte benützen, hinzugefügt werden! Aber Gibberne war viel zu sehr mit der technischen Vollendung beschäftigt, als daß er die Sache auch aus meinem Gesichtswinkel gründlich betrachtet hätte.

Am siebenten oder achten August sagte er mir, daß die Destillation, die für Gelingen oder Mißlingen ausschlaggebend sein müßte, während unseres Gesprächs im Gange sei. Am zehnten teilte er mir mit, daß die Sache vollendet sei: Der neue Akzelerator war greifbare Wirklichkeit geworden. Ich traf Gibberne, als ich Sandgate Hill hinauf gegen Folkestone ging – ich glaube, ich ging gerade zum Friseur. Er kam mir in großer Eile entgegen, ich nehme an, daß er mich aufsuchen wollte, um mir sofort von seinem Erfolg zu berichten. Ich erinnere mich, daß seine Augen ganz ungewöhnlich glänzten, seine Wangen waren gerötet, und ich bemerkte sogar die Beschwingtheit seiner Schritte.

»Es ist fertig«, rief er und packte mich bei der Hand. Er sprach sehr schnell. »Es ist mehr als fertig. Kommen Sie hinauf zu meinem Haus, und sehen Sie sich's an.«

»Wirklich?«

»Wirklich!« schrie er. »Ganz unglaublich! Kommen Sie sich's ansehen!«

»Und es wirkt – doppelt?«

»Mehr, viel mehr. Es macht mir fast angst. Kommen Sie hinauf, und schauen Sie sich das Zeug an. Kosten Sie's! Versuchen Sie's! Es ist das wunderbarste Mittel auf der Welt.« Er hielt mich am Arm fest, und so schnell, daß ich laufen mußte, ging er mit mir den Hügel hinauf, während er ununterbrochen laut redete. Viele Menschen drehten sich nach uns um, wie es Müßiggänger eben tun. Es war einer jener heißen, klaren Tage, die in Folkestone so häufig sind, mit unwahrscheinlich leuchtenden Farben und ganz scharfen Konturen. Natürlich wehte auch eine Brise, aber sie konnte mich unter diesen Umständen nicht kühl und trocken erhalten. Ich bat atemlos um Erbarmen.

»Ich gehe doch wirklich nicht schnell«, schrie Gibberne und verlangsamte seine Schritte zu einem raschen Marschtempo.

»Sie haben von dem Mittel genommen«, keuchte ich.

»Nein«, sagte er, »allerhöchstens einen Tropfen von dem Wasser, das noch in einem Becher war, den ich von den letzten Spuren des Mittels gereinigt habe. Gestern abend habe ich etwas genommen, aber das gehört schon der Vergangenheit an.«

»Und verdoppelt es?« fragte ich und näherte mich schwitzend der Haustür.

»Es vertausendfacht, viele tausend Male!« schrie Gibberne mit einer theatralischen Geste und stieß das frühenglisch geschnitzte Eichentor auf.

»Uff!« sagte ich, und folgte ihm zur Tür.

»Ich weiß nicht, wie oft es vervielfacht«, sagte er mit dem Haustorschlüssel in der Hand.

»Und Sie –«

»Es wirft ein ganz neues Licht auf die Physiologie der Nerven, es bringt die Theorie vom Sehen in eine ganz neue Situation! Weiß der Himmel, wievieltausendfach. Das werden wir alles erst später durch Versuche feststellen, wichtig ist, daß wir jetzt das Mittel ausprobieren.«

»Das Mittel ausprobieren?« sagte ich, als wir durch den Korridor gingen.

»Gewiß«, sagte Gibberne. Wir waren in seinem Studierzimmer angelangt. »Dort ist es, in der kleinen, grünen Phiole. Sie haben doch nicht am Ende gar Angst?«

Ich bin von Natur aus vorsichtig und nur in der Theorie abenteuerlustig. Ich hatte wirklich Angst. Aber anderseits ist man doch auch eitel.

»Aber«, sagte ich zögernd, »Sie sagen doch, daß Sie's schon versucht haben?«

»Ich hab's versucht«, sagte er, »sehe ich so aus, als ob es mir geschadet hätte? Nicht einmal gelbsüchtig bin ich geworden, und ich fühle –«

Ich setzte mich. »Geben Sie mir den Trank«, sagte ich. »Wenn es ganz schiefgeht, erspare ich mir wenigstens das Haareschneiden, das wohl eine der verabscheuungswürdigsten Pflichten eines Kulturmenschen ist. Wie nehmen Sie die Mixtur?«

»Mit Wasser«, sagte Gibberne und warf eine Wasserflasche um.

Er stand vor seinem Pult und sah mich an. Ich saß in

seinem Lehnstuhl, und sein Gehaben erinnerte mich plötzlich an einen teuren Spezialisten aus der Harley Street. »Es ist ein verrücktes Mittel, wissen Sie«, sagte er.

Ich machte eine Handbewegung.

»Vor allem muß ich Sie darauf aufmerksam machen, daß Sie die Augen schließen müssen, sowie Sie es nur unten haben, erst nach ungefähr einer Minute öffnen Sie sie wieder – aber sehr vorsichtig. Man sieht noch immer. Das Sehgefühl hängt von der Dauer der Vibration ab, nicht von der Anzahl der Eindrücke; aber wenn die Augen offen sind, erfolgt eine Art Erschütterung der Netzhaut, ein scheußliches, schwindliges Durcheinander im Moment des Trinkens. Lassen Sie sie also geschlossen.«

»Geschlossen«, sagte ich, »gut!«

»Und dann ist wichtig, daß Sie ruhig bleiben. Fangen Sie nicht an herumzuschlagen; Sie könnten sich eklig anhauen, wenn Sie's täten. Denken Sie daran, daß Sie sich einige tausendmal schneller bewegen als sonst, Herz, Lunge, Muskeln, Hirn – alles –, und Sie können sich tüchtig anschlagen, ohne es zu wissen. Sie werden es nicht wissen, verstehen Sie? Sie werden sich genauso fühlen wie jetzt. Nur wird alles auf der Welt scheinbar unendlich viel langsamer gehen als je vorher. Das macht die Sache so verteufelt merkwürdig.«

»Mein Gott«, sagte ich, »und Sie glauben –«

»Sie werden schon sehen«, sagte er und ergriff ein Meßglas. Er sah die Gegenstände auf seinem Schreibtisch an. »Gläser, Wasser, alles hier. Man darf für den ersten Versuch nicht zuviel nehmen.«

Glucksend tropfte der kostbare Inhalt aus der kleinen Phiole. »Vergessen Sie nicht, was ich Ihnen gesagt habe«, sagte er und goß den Inhalt des Meßglases in ein Wasserglas, wie ein italienischer Kellner Whisky messen würde. »Bleiben Sie zwei Minuten mit fest geschlossenen Augen und absolut ruhig sitzen, dann werden Sie mich sprechen hören.«

Er fügte der Dosis in jedem Glas ein wenig Wasser zu.

»Übrigens«, sagte er, »stellen Sie das Glas nicht nieder. Behalten Sie's in der Hand, und stützen Sie die Hand aufs Knie. Ja – so. Und jetzt –«

Er erhob das Glas.

»Auf den ›Neuen Akzelerator‹«, sagte ich.

»Auf den ›Neuen Akzelerator‹«, wiederholte er, wir stießen miteinander an und tranken, und im gleichen Augenblick schloß ich die Augen.

Man kennt dieses leere Gefühl des Nichtexistierens, in das man versinkt, wenn man narkotisiert wird. Eine nicht meßbare Zeit lang war es so. Dann hörte ich, wie Gibberne mir sagte, daß ich aufwachen solle. Ich fuhr zusammen und öffnete die Augen. Dort stand er wie zuvor, das Glas hielt er noch in der Hand. Es war leer, das war der einzige Unterschied.

»Nun?« sagte ich.

»Nichts Besonderes?«

»Nichts. Vielleicht etwas gehobene Stimmung, sonst nichts.«

»Geräusche?«

»Alles ist still«, sagte ich. »Bei Gott, ja! Wie still es ist. Ich höre nur ein leises Tröpfeln, wie wenn Regen auf verschiedene Gegenstände fällt. Was ist das?«

Ich glaube, er sagte: »Analysierte Geräusche«, aber ganz sicher weiß ich's nicht. Er blickte das Fenster an. »Haben Sie jemals einen Vorhang so an einem Fenster befestigt gesehen?«

Ich folgte seinem Blick, da stand der Rand des Vorhangs, die Ecke in der Höhe, wie mitten im Hochflattern eingefroren.

»Nein«, sagte ich, »das ist komisch.«

»Und hier«, sagte er und öffnete die Hand, die das Glas hielt. Natürlich zuckte ich zusammen, weil ich erwartete, daß das Glas schmetternd auf den Boden fallen würde. Aber weit gefehlt – es schien sich nicht einmal zu bewegen, es hing bewegungslos in der Luft. »Auf unserem Breitengrad«, sagte Gibberne, »sollte ein Gegenstand mit einer Geschwindigkeit von ungefähr 16 Fuß in der ersten Sekunde fallen. Dieses Glas fällt tatsächlich 16 Fuß in der ersten Sekunde. Nur fällt es noch nicht einmal den hundertsten Teil einer Sekunde, das kann Ihnen eine Idee vom Tempo meines Akzelerators geben!« Er fuhr mit der Hand rund um das langsam sinkende Glas, von oben und von unten. Endlich ergriff er es und stellte es sehr vorsichtig auf den Tisch. »Eh?« sagte er zu mir und lachte.

»Das scheint ganz in Ordnung zu sein«, sagte ich und begann mich sehr bedächtig von meinem Stuhl zu erheben. Ich fühlte mich vollkommen wohl, sehr leicht und behaglich, und mein Geist war von Vertrauen erfüllt. Ich war durch und durch beschleunigt. Mein Herz zum Beispiel schlug tausendmal in der Sekunde, aber es verursachte mir nicht das mindeste Unbehagen. Ich schaute zum Fenster hinaus. Ein unbeweglicher Radfahrer mit gesenktem Kopf, hinter dem eine gefrorene Staubwolke schwebte, bemühte sich, einen Ausflüglerwagen zu überholen. Die Pferde lagen im Galopp, doch sie rührten sich nicht vom Fleck. Ich starrte verblüfft auf dieses unwahrscheinliche Schauspiel. »Gibberne«, schrie ich, »wie lang wirkt dieses verdammte Mittel?«

»Weiß der Himmel«, antwortete er. »Das letztemal bin ich ins Bett gegangen und hab es ausgeschlafen. Ich sage Ihnen, ich hatte Angst. Es kann ungefähr ein paar Minuten gedauert haben – mir schienen's Stunden. Aber ich glaube, nach einer Weile hört es plötzlich auf zu wirken.«

Ich stellte voll Stolz fest, daß ich keine Angst hatte – wahrscheinlich, weil wir zu zweit waren. »Warum gehen wir eigentlich nicht aus?« fragte ich.

»Warum nicht?«

»Man wird uns sehen.«

»Kein Mensch! Ausgeschlossen! Wir werden doch tausendmal schneller sein als das schnellste Taschenspielerkunststück. Vorwärts! Welchen Weg? Fenster oder Tür?« Und schon gingen wir durchs Fenster hinaus.

Von allen meinen seltsamen Erlebnissen, den wirklichen und den eingebildeten, und von allen wirklichen oder eingebildeten Erlebnissen anderer Leute, von denen ich gelesen habe, war wohl das seltsamste und verrückteste der kleine Streifzug in Folkestone, mit Gibberne, unter dem Einfluß des »Neuen Akzelerators«. Wir gingen durch das Gittertor auf die Straße, und dort nahmen wir eine genaue Untersuchung des statuenhaft vorüberziehenden Fuhrwerks vor. Der obere Teil der Räder und einige Beine der Pferde vor dem Wagen, das Ende der Peitschenschnur und der Unterkiefer des Schaffners – der gerade zu gähnen begann – waren sichtlich in Bewegung, aber sonst schien das ganze schwerfällige Vehikel bewegungslos zu sein. Und ganz geräuschlos, mit Ausnahme eines schwachen Rasselns, das aus dem Hals eines Mannes kam. Und Teile dieses gefrorenen Gebäudes waren ein Kutscher, ein Schaffner und elf Leute! Der Eindruck, den wir hatten, als wir um das Ding herumgingen, war zuerst rasend komisch, dann peinlich. Das waren Menschen wie wir und doch nicht wie wir, erstarrt in nachlässigen Stellungen, gefesselt inmitten irgendeiner Bewegung. Ein Mädchen und ein Mann lächelten einander zu, was bedrohlich genug so aussah, als sollte es nie mehr aufhören; eine Frau in einem schlaff herunterhängenden Umhang stützte den Arm auf die Lehne und starrte Gibbernes Haus an, ohne zu blinzeln, mit dem Blick der Ewigkeit; ein Mann strich seinen Schnurrbart wie eine Wachsfigur, und ein anderer erhob seine langweilig steife Hand mit ausgestreckten Fingern zu seinem Hut, der schiefgerutscht war. Wir starrten sie an, wir lachten sie aus, wir schnitten ihnen Gesichter, und dann ergriff uns eine Art Grauen vor ihnen, wir wandten uns ab und überholten den Radfahrer, der zum Strand fuhr.

»Mein Gott«, schrie Gibberne plötzlich, »schauen Sie doch dorthin!«

Er deutete mit dem Finger auf eine Biene, die mit langsam schlagenden Flügeln, mit der Geschwindigkeit einer besonders trägen Schnecke durch die Luft glitt.

So kamen wir hinunter an den Strand. Dort erschien uns alles noch toller als vorher. Die Musik spielte im oberen Pavillon, aber alles, was wir hören konnten, war ein leises, keuchendes Gerassel, wie ein langgedehntes letztes Seufzen; von Zeit zu Zeit verwandelte es sich in ein Geräusch, das wie das langsame, gedämpfte Ticken einer Riesenuhr klang. Erstarrte Leute standen aufrecht da; merkwürdige, schweigende, befangen aussehende Puppen, labil aufgehängt inmitten eines Schrittes, einen Fuß in der Luft, promenierten auf dem Rasen. Ich kam dicht an einem Pudel vorbei, der mitten im Sprung schwebte, und ich konnte die langsame Bewegung seiner Beine beobachten, als er zu Boden sank. »Himmel, sehen Sie sich doch das an!« rief Gibberne, und wir blieben einen Moment stehen. Ein prächtiger Mann in weißem, zartgestreiftem Flanell, mit weißen Schuhen und einem Panamahut, drehte sich um und blinzelte zwei buntgekleideten Damen zu, an denen er gerade vorbeigekommen war. Blinzeln ist eine wenig anziehende Sache, wenn man es mit so viel Muße betrachten kann wie wir. Es verliert dann ganz die heitere

Leichtigkeit, und man bemerkt, daß das blinzelnde Auge sich nicht vollständig schließt, daß unter dem sich senkenden Lid der untere Rand des Augapfels sichtbar wird und ein weißer Strich. »Gott gebe, daß ich mir das merke«, sagte ich, »nie wieder werde ich blinzeln.«

»Oder lächeln«, sagte Gibberne mit einem Blick auf die antwortenden Zähne der Damen.

»Es ist so heiß«, sagte ich, »gehen wir langsamer.«

»Oh, vorwärts!« sagte Gibberne.

Wir suchten unseren Weg zwischen den Strandkörben. Viele von den Leuten, die in den Körben saßen, erschienen in ihrer passiven Haltung fast natürlich. Aber die verkrümmten scharlachroten Musiker waren kein angenehmer Anblick. Ein Herr mit dunkelrotem Gesicht war erstarrt inmitten eines Kampfes, den er gegen den Wind ausfocht, um seine Zeitung zusammenlegen zu können; es waren viele Anzeichen dafür vorhanden, daß diese trägen Leute einer ganz anständigen Brise ausgesetzt waren, einer Brise, die für unser Gefühl nicht existierte. Wir gingen weiter, entfernten uns ein wenig von der Menge, dann drehten wir uns um und beobachteten sie. Es war unwahrscheinlich wunderbar, diese Leute alle in Bilder verwandelt zu sehen oder zu realistischen Wachsfiguren erstarrt. Es war natürlich absurd, aber es erfüllte mich mit einem unvernünftigen, frohlockenden Überlegenheitsgefühl. Es war wirklich wie ein Wunder! Alles, was ich gesagt, getan und gedacht hatte, seit das Mittel in meinen Adern zu wirken begonnen hatte, war für diese Leute, für die Welt im allgemeinen, im Handumdrehen geschehen. »Der ›Neue Akzelerator‹«, begann ich, aber Gibberne unterbrach mich.

»Dort ist dieses ekelhafte alte Weib!« sagte er.

»Was für ein altes Weib?«

»Meine Nachbarin«, sagte Gibberne. »Mit einem

Schoßhund, der kläfft. Götter! Die Versuchung ist groß!«

Manchmal hat Gibberne etwas sehr Knabenhaftes und Impulsives an sich. Bevor ich mich mit ihm noch auseinandersetzen konnte, war er vorgestürzt, hatte das unglückliche Tier aus der sichtbaren Existenz fortgerissen und rannte ungestüm mit ihm auf die Klippen zu. Es war höchst merkwürdig. Die kleine Bestie bellte nicht, wedelte nicht mit dem Schwanz, gab nicht das geringste Lebenszeichen von sich. Sie blieb ganz steif in ihrer schläfrigen Ruhestellung. Gibberne hielt sie am Hals wie einen Holzhund fest. »Gibberne«, schrie ich, »lassen Sie ihn los!« Dann fiel mir etwas anderes ein. »Wenn Sie so rennen, Gibberne, werden Ihre Kleider Feuer fangen. Ihre Leinenhosen werden schon braun.«

Er schlug sich auf den Schenkel und blieb zögernd am Abhang stehen. »Gibberne«, schrie ich, als ich ihn erreicht hatte, »lassen Sie ihn los. Die Hitze ist zu arg! Weil wir so rennen! Zwei oder drei Meilen in der Sekunde. Der Lufwiderstand!«

»Was?« sagte er und schaute den Hund an.

»Der Luftwiderstand«, brüllte ich. »Dadurch entsteht Reibung! Wir sind zu schnell. Wie Meteore und dergleichen. Zu heiß! Und, Gibberne! Gibberne, es prikkelt an meinem ganzen Körper, eine Art Transpiration. Ich sehe, wie die Leute sich langsam bewegen. Ich glaube, das Mittel hört auf zu wirken. Lassen Sie den Hund los!«

»Eh?« sagte er.

»Es hört auf zu wirken«, wiederholte ich. »Wir sind zu stark erhitzt, und das Mittel hört auf zu wirken! Ich bin durch und durch naß.«

Er starrte erst mich an, dann die Musikkapelle, deren keuchendes Gerassel nun schon rascher war. Dann schleuderte er mit gewaltigem Schwung den Hund von sich, der flog in die Höhe und hing schließlich über einer Gruppe von Sonnenschirmen, unter der eine Gruppe Menschen plauderte. Gibberne packte meinen Ellbogen. »Beim Zeus« schrie er, »ich glaube es auch. Ein heißes Prickeln und – ja, der Mann dort bewegt sein Taschentuch! Deutlich zu sehen. Wir müssen schauen, daß wir fortkommen.«

Aber wir konnten nicht schnell genug verschwinden. Vielleicht zu unserem Glück. Denn wir wären wahrscheinlich gelaufen, und dann, glaube ich, wären wir wohl in Flammen aufgegangen. Wir wären sogar bestimmt in Flammen aufgegangen. An so etwas hatte nämlich keiner von uns gedacht … Aber bevor wir noch loslaufen konnten, hörte die Wirkung des Mittels auf. Es geschah in einem winzigen Sekundenbruchteil. Die Wirkung des »Neuen Akzelerators« ging vorüber, so schnell, wie ein Vorhang zugezogen wird. Im Nu war sie vorbei. Ich hörte Gibbernes unendlich besorgte Stimme. »Setzen Sie sich«, sagte er, und bums, setzte ich mich auf den Rasen am Rande der Klippen – es gloste, als ich mich setzte. Noch heute ist dort, wo ich saß, ein verbrannter Fleck im Gras zu sehen. Die Erstarrung ringsum schien zu schwinden, während ich mich setzte, die unartikulierten Schwingungen der Musik vereinigten sich zu einem Sturm von Tönen, die Spaziergänger stellten ihre Füße nieder und gingen ihrer Wege, Zeitungen und Fahnen begannen zu flattern, Lächeln wurde zu Worten, der Blinzler beendigte sein Blinzeln und ging selbstzufrieden weiter, und alle die sitzenden Leute bewegten sich und redeten.

Die ganze Welt war wieder lebendig geworden und bewegte sich so schnell wie wir, oder, besser gesagt, wir bewegten uns nicht schneller als die übrige Welt. Es war wie das Langsamerwerden, wenn der Zug in die Station fährt. Ein, zwei Sekunden lang schien sich alles im Kreis um mich zu drehen, ich hatte flüchtig das Gefühl von Seekrankheit – das war alles. Und der kleine Hund, der einen Augenblick dort in der Luft zu hängen schien, wohin ihn die Stoßkraft von Gibbernes Arm geschleudert hatte, fiel mit ungebremster Beschleunigung glatt durch den Schirm einer Dame.

Das war unsere Rettung. Außer einem korpulenten alten Herrn in einem Strandkorb, den unser Anblick in Erstaunen setzte und der uns auch später noch von Zeit zu Zeit mit finsterem Verdacht ansah und schließlich, wie ich glaube, etwas über uns zu seiner Pflegerin sagte, hat wohl kein anderer unser plötzliches Erscheinen bemerkt. Wir müssen aber auch unvermutet erschienen sein. Wir hörten fast sofort zu schwelen auf, trotzdem war der Rasen unter mir ungemütlich heiß. Die allgemeine Aufmerksamkeit, sogar die des Kurorchesters, das bei diesem Anlaß das einzige Mal in seiner Geschichte aus dem Takt kam, richtete sich auf das erstaunliche Ereignis. Noch erstaunlicher war das Gekläff und die Verwirrung, die die Tatsache hervorrief, daß ein würdiger, überfütterter Schoßhund, der ruhig im Schatten des Musikpavillons schlief, plötzlich auf der Westseite durch den Sonnenschirm einer Dame fiel – dank der außerordentlichen Geschwindigkeit seiner Bewegung durch die Luft in leicht versengtem Zustand. Und das geschah noch dazu in diesen absurden Zeiten, in denen wir alle versuchten, so spiritistisch, dumm und abergläubisch zu sein wie nur möglich! Die Leute sprangen auf, traten einander auf die Füße, Sessel wurden umgeworfen, der Strandwächter kam dahergerannt. Wie die Sache geordnet wurde, weiß ich nicht, wir waren vielmehr darauf bedacht, uns aus dem Staub zu machen und aus dem Gesichtskreis des alten Herrn im Strandkorb zu verschwinden, als genaue Erkundigungen einzuziehen. Sobald wir genügend abgekühlt waren und uns auch von Schwindel, Seekrankheit und unserer Verwirrung erholt hatten, standen wir auf, umgingen die Menge und lenkten unsere Schritte zurück zur Straße unterhalb des Hotels Metropole und zu Gibbernes Haus. Aber mitten durch den Lärm hörte ich ganz deutlich, wie der Herr, der neben der Dame mit dem zerrissenen Sonnenschirm gesessen war, einen der Sesselvermieter, auf dessen Kappe »Inspektor« stand, in unqualifizierter Weise beschimpfte. »Wer soll denn den Hund geworfen haben«, sagte er, »wenn nicht Sie?«

Die plötzliche Wiederkehr von Bewegung und gewohnten Geräuschen und unsere natürliche Besorgnis um uns selbst (unsere Kleider waren noch immer fürchterlich heiß, und Gibbernes weiße Hose war an den Schenkeln bräunlich versengt) hinderten mich leider daran, genaue Beobachtungen zu machen. Ich konnte tatsächlich auf dem Rückweg keine Beobachtung von irgendwelchem wissenschaftlichen Wert machen. Die Biene war natürlich verschwunden. Ich suchte den Radfahrer, aber er war schon außer Sicht oder durch andere Fuhrwerke verdeckt, als wir die Upper Sandgate Road erreichten; doch der Ausflüglerwagen mit seinen jetzt ganz lebendigen und beweglichen Insassen klapperte munter dahin und war fast schon bei der nächsten Kirche angelangt.

Wir stellten aber doch fest, daß das Fensterbrett, auf das wir beim Verlassen des Hauses gestiegen waren, leicht versengt war, und daß wir auf dem Kiesweg ungewöhnlich tiefe Fußspuren zurückgelassen hatten.

Auf diese Art und Weise machte ich die erste Bekanntschaft mit dem »Neuen Akzelerator«. Tatsächlich waren wir herumgerannt und hatten alles mögliche gesagt und getan, im Zeitraum von etwa einer Sekunde. Wir hatten eine halbe Stunde gelebt, während das Orchester vielleicht zwei Takte gespielt hatte. Aber uns schien die ganze Welt stillzuhalten, damit wir sie bequem studieren konnten. In Anbetracht aller Umstände, besonders der Tollkühnheit, mit der wir das Haus verlassen hatten, hätten wir viel unangenehmere Erfahrungen machen können. Gewiß hat es sich erwiesen, daß Gibberne noch viel zu lernen hat, bevor sein Präparat praktisch verwendbar ist, aber daß er auf dem richtigen Weg ist, steht außer Zweifel.

Seit jenem Abenteuer arbeitet er daran, die richtige Dosierung zu finden, und ich habe schon mehrmals und ohne das mindeste schlechte Resultat unter seiner Anleitung dosierte Mengen genommen; ich muß aber gestehen, daß ich mich nicht wieder ins Freie gewagt habe, wenn ich unter dem Einfluß des Akzelerators stand. Ich darf aber zum Beispiel erwähnen, daß diese Geschichte mit seiner Hilfe in einem Zug und ohne Unterbrechung geschrieben wurde (nur ein wenig Schokolade habe ich geknabbert). Ich habe um 6 Uhr 25 begonnen, und meine Uhr zeigt jetzt fast genau eine Minute nach der halben Stunde. Die Annehmlichkeit, inmitten eines Tages voll von Verabredungen einer langen, ungestörten Arbeitszeit sicher zu sein, kann nicht hoch genug geschätzt werden. Gibberne arbeitet jetzt an der quantitativen Handhabung seines Präparates, mit besonderer Berücksichtigung seiner eigentümlichen Wirkungen auf verschiedene Konstitutionen. Er hofft, dann auch einen Retardierer zu finden, durch den die jetzige, ziemlich übermäßige Wirkung des Akzelerators abgeschwächt werden soll. Der Retardierer wird natürlich die dem Akzelerator entgegengesetzte Wirkung haben; allein angewendet, soll er es dem Patienten ermöglichen, einige Sekunden über viele Stunden gewöhnlicher Zeit auszudehnen und so eine apathische Untätigkeit, ein gletschergleiches Fehlen jeder Lebhaftigkeit beizubehalten, auch inmitten der animiertesten oder enervierendsten Umgebung. Die beiden Mittel zusammen werden natürlich eine vollständige Revolution des zivilisierten Lebens herbeiführen. Es ist der Beginn unserer Flucht aus dem »Zeitgewand«, von dem Carlyle spricht. Während der Akzelerator uns dazu befähigen wird, uns mit ungeheurer Intensität auf jeden Moment oder jede Gelegenheit, die unsere äußerste Aufmerksamkeit und Energie erfordern, zu konzentrieren, wird es uns der Retardierer ermöglichen, in passiver Ruhe unendliche Kümmernisse und Beschwerden zu erdulden. Vielleicht bin ich in bezug auf den Retardierer, der doch erst entdeckt werden muß, ein bißchen zu optimistisch, aber über den Akzelerator gibt es keinen wie immer gearteten Zweifel mehr. Sein Erscheinen auf dem Markt in zweckentsprechender, kontrollierbarer und assimilierbarer Form ist nur mehr eine Frage von Monaten. Er wird in kleinen grünen Flaschen in jeder Apotheke oder Drogerie erhältlich sein; der Preis wird hoch sein, aber in Anbetracht seiner außerordentlichen Qualitäten keineswegs übermäßig. »Gibbernes Nervenakzelerator« wird er heißen, und er möchte ihn in drei Stärken herstellen können: zweihundertfach, neunhundertfach und zweitausendfach, kenntlich durch gelbe, rosa respektive weiße Etiketten.

Ohne Zweifel wird die Anwendung des Mittels eine Menge ganz unwahrscheinlicher Dinge möglich machen; denn es können natürlich höchst bemerkenswerte, vielleicht sogar kriminelle Handlungen straflos ausgeführt werden, wenn man sie sozusagen in eine Zeitlücke hineinschwindelt. Wie mit allen wirksamen Präparaten, wird auch mit diesem Mißbrauch getrieben werden. Wir haben natürlich auch diese Seite der Angelegenheit sehr gründlich besprochen und sind zu dem Resultat gekommen, daß das nur eine medizinisch-juristische Frage ist, die uns absolut nichts angeht. Wir werden den Akzelerator erzeugen und verkaufen. Welche Folgen sich daraus ergeben werden – wir werden es merken.

Die merkwürdige Geschichte von Davidsons Augen

Die zeitweilige Verwirrung der Sinne Sidney Davidsons wäre an sich schon merkwürdig genug gewesen, schenkt man aber der Erklärung Wades Glauben, so wird sie noch viel merkwürdiger. Diese Erklärung eröffnet die seltsamsten Vorstellungen von zukünftigen Begegnungen, man erahnt die Möglichkeit, plötzlich fünf Minuten auf der anderen Seite der Welt zu verbringen oder selbst bei seinen geheimsten Unternehmungen von unsichtbaren Augen beobachtet zu werden. Durch Zufall war ich Augenzeuge von Davidsons plötzlichem Anfall, und so bin ich wohl der geeignete Mann, die Geschichte niederzuschreiben.

Wenn ich sage, daß ich Zeuge seines Anfalls war, so heißt das, daß ich als erster hinzukam. Es geschah im Harlow College. Davidson war allein im großen Laboratorium. Ich schrieb in dem kleineren Zimmer, wo die Waagen stehen, doch hatte mich das Gewitter ganz aus dem Konzept gebracht. Nach einem besonders lauten Donnerschlag schien es mir, als sei im Nebenraum etwas Gläsernes zerbrochen. Ich hörte zu schreiben auf und lauschte. Zuerst vernahm ich nur das Trommeln des Hagels auf dem Wellblechdach; dann ein neuerliches Krachen – diesmal gab es keinen Zweifel, etwas Schweres war zu Boden gefallen. Im Nu sprang ich auf und öffnete die Tür zum großen Laboratorium.

Zu meiner Überraschung hörte ich ein sonderbares Lachen. Davidson stand schwankend mitten im Zimmer. Er hatte einen verwirrten Gesichtsausdruck, und ich hielt ihn im ersten Moment für betrunken. Er bemerkte mich nicht, sondern versuchte offenbar, etwas zu ergreifen, das – unsichtbar – einen Meter vor ihm in Augenhöhe hing. Langsam, zögernd streckte er seine Hand aus und fuhr ins Leere. »Was ist denn da geschehen?« fragte er und hob die Hand mit gespreizten Fingern zum Gesicht. »Zum Teufel«, rief er dann und begann seine Füße ungeschickt zu heben, so als glaubte er, sie an den Boden festgeleimt zu finden.

»Davidson!« schrie ich. »Was ist denn los mit dir?« Er wandte sich mir zu und suchte mich. Er schaute über mich hinweg, blickte mich direkt an, schaute nach rechts und links, und schien mich doch nicht zu sehen. »Wellen«, sagte er, »und ein wirklich hübsches Schiff. Ich könnte schwören, daß das eben Bellows' Stimme war. Hallo!« schrie er dann plötzlich aus Leibeskräften.

Ich glaubte, daß er einen Spaß mache. Dann sah ich, daß auf dem Fußboden um ihn herum Bruchstücke von unserem besten Elektrometer lagen. »Was ist denn passiert? Du hast das Elektrometer zerbrochen!«

»Das war wieder Bellows«, sagte er. »Die Freunde sind also geblieben, wenn auch meine Hände verschwunden sind. Was war das mit dem Elektrometer? Wo bist du eigentlich, Bellows?« Er taumelte auf mich zu. »Das verfluchte Zeug ist wie Butter«, sagte er. Er rannte schnurstracks gegen den Arbeitstisch und schlug sich hart an. »Das ist nicht so butterweich«, meinte er und blieb schwankend stehen.

Ich bekam Angst. »Was ist, um Himmels willen, mit dir geschehen, Davidson?«

Er blickte suchend in alle Richtungen. »Ich könnte darauf schwören, daß das Bellows' Stimme ist. Warum zeigst du dich nicht, Bellows?«

Er mußte wohl plötzlich blind geworden sein. Ich

ging auf ihn zu und legte ihm die Hand auf den Arm. Nie in meinem Leben habe ich einen Menschen so erschrecken gesehen. Er sprang zurück und blieb mit angstverzerrtem Gesicht in Verteidigungsstellung stehen. »Großer Gott«, schrie er, »was war das?«

»Verdammt, ich bin's – Bellows!«

Er zuckte zusammen, als er meine Stimme hörte und starrte – wie soll ich das nur beschreiben? – mitten durch mich hindurch. Dann begann er zu sprechen, aber nicht zu mir, sondern zu sich selbst. »Hier, bei hellem Tageslicht, auf dem flachen Strand. Kein Plätzchen, um sich zu verstecken.« Er blickte gehetzt um sich. »Ich laufe davon!« Er drehte sich plötzlich um und rannte Hals über Kopf in den großen Elektromagneten, so heftig, daß er sich an der Schulter und am Kiefer böse verletzte, wie wir später entdeckten. Er trat einen Schritt zurück und rief, nein, wimmerte beinahe: »Was ist denn um Gottes willen mit mir geschehen?« Dort stand er, schreckensbleich und zitternd, seine rechte Hand umklammerte die linke Schulter, mit der er an den Magneten geprallt war.

Ich war aufgeregt, und ich hatte Angst. Doch ich sagte: »Davidson, fürchte dich nicht!«

Wieder erschrak er beim Klang meiner Stimme, aber nicht mehr so heftig wie früher. Ich wiederholte meine Worte so deutlich und bestimmt, wie ich nur konnte.

»Bellows, bist du's« fragte er.

»Kannst du nicht sehen, daß ich's bin?«

Er lachte. »Ich kann mich nicht einmal selbst sehen. Wo sind wir denn, in des Teufels Namen?«

»Hier, im Laboratorium.«

»Im Laboratorium?« erwiderte er verblüfft und legte die Hand an die Stirn. »Ich war im Laboratorium – bis der Blitz kam, aber ich lasse mich aufhängen, wenn ich jetzt noch dort bin. Was ist das für ein Schiff?«

»Hier ist kein Schiff«, sagte ich. »Sei doch vernünftig!«

»Kein Schiff!« wiederholte er, schien aber meine Antwort sofort zu vergessen. »Ich nehme an«, fuhr er langsam fort, »daß wir beide tot sind. Das Komische ist nur, daß ich das Gefühl habe, daß mein Körper noch da ist. Wahrscheinlich gewöhnt man sich nicht so rasch an alles. Das Schiff ist sicher vom Blitz getroffen worden. Eine feine Sache, was, Bellows?«

»Sprich keinen Unsinn. Du bist sehr lebendig und stolperst da im Laboratorium herum. Soeben hast du das neue Elektrometer zerschlagen. Ich beneide dich nicht, wenn Boyce kommt.«

Er blickte starr auf die Diagramme an der Wand. »Ich muß taub sein«, sagte er dann. »Es wurde gerade eine Kanone abgefeuert, dort steigt der Rauch auf, aber ich habe keinen Schuß gehört.«

Wieder legte ich meine Hand auf seinen Arm, und diesmal erschrak er weniger. »Wir scheinen unsichtbare Körper zu haben«, sagte er. »Ah, da kommt ein Boot um die Landzunge. Es scheint hier im großen und ganzen ähnlich zu sein wie im alten Leben, nur das Klima ist anders.«

Ich schüttelte seinen Arm und schrie ihn an. »Wach auf, Davidson!«

In diesem Augenblick trat Boyce ein. Sowie er zu sprechen begann, rief Davidson aus: »Der alte Boyce ist also auch tot! Ein guter Spaß!« Ich beeilte mich zu erklären, daß Davidson sich in einer Art somnambuler Trance befinde. Boyce interessierte sich sehr für die Sache, und wir taten beide unser möglichstes, um Davidson aus seinem merkwürdigen Zustand zu erwekken. Er beantwortete unsere Fragen, richtete selbst auch einige an uns, aber seine Aufmerksamkeit galt doch seiner Halluzination von einer Bucht und einem Schiff.

Er sprach immer wieder Bemerkungen über das Schiff, über Davits und windgeschwellte Segel. Es war recht unheimlich, ihn in dem dämmrigen Laboratorium so reden zu hören.

Er war blind und hilflos. Wir führten ihn zwischen uns durch den Korridor in Boyces Privatzimmer, und während Boyce sich dort weiter mit ihm unterhielt und sich über diese Schiffsidee lustig machte, ging ich zu Professor Wade und bat ihn, sich Davidson einmal anzusehen. Die Stimme des Dekans beruhigte Davidson ein wenig. Er fragte, wo seine Hände wären und warum er denn bei jedem Schritt bis an die Hüften einsänke. Wade dachte lange über ihn nach – Sie wissen, wie er dabei die Stirn runzelt –, dann ließ er ihn das Sofa befühlen und führte dabei selbst seine Hand. »Das ist ein Sofa«, sagte Wade, »das Sofa in Professor Boyces Privatzimmer. Mit Roßhaarfüllung.«

Davidson berührte das Sofa, ließ seine Finger darüber gleiten und sagte, daß er es zwar fühlen, aber nicht sehen könne.

»Was sehen Sie denn?« fragte Wade. Davidson sagte, daß er nichts sehen könne als Sand und Muschelschalen. Wade ließ ihn etwas anderes betasten, sagte ihm, was es sei und beobachtete ihn scharf.

»Das Schiff ist fast unter dem Horizont verschwunden«, meinte Davidson plötzlich ohne Anlaß.

»Kümmern Sie sich jetzt nicht um das Schiff, Davidson, sondern hören Sie mich an«, sagte Wade. »Wissen Sie, was eine Halluzination ist?«

»O ja, so ziemlich.«

»Gut, also alles, was Sie sehen, ist eine Halluzination. Mißverstehen Sie mich nicht, Sie sind lebendig, Sie sind hier in Boyces Zimmer. Aber irgend etwas ist mit Ihren Augen geschehen. Sie können nicht sehen. Sie fühlen und hören, aber Sie können nicht sehen. Verstehen Sie mich?«

»Mir scheint, ich sehe zuviel.« Davidson rieb sich die Augen. »Was weiter?« fragte er.

»Das ist alles, lassen Sie sich dadurch nicht verwirren. Wir werden Sie in einem Wagen nach Hause bringen.«

»Warten Sie ein wenig.« Davidson dachte nach. »Bitte helfen Sie mir, ich möchte mich setzen. Es tut mir leid, daß ich Sie belästigen muß, aber bitte, erzählen Sie mir die ganze Sache noch einmal.«

Wade fing geduldig noch einmal von vorne an. Davidson schloß die Augen und preßte die Hände gegen die Stirn. »Ja«, sagte er dann, »so ist es. Wenn ich die Augen schließe, weiß ich, daß Sie recht haben. Du, Bellows, sitzt hier auf dem Sofa neben mir, ich bin wieder in England, und wir sitzen in einem finsteren Zimmer.«

Er öffnete die Augen. »Und da geht gerade die Sonne auf. Ich sehe die Rahen des Schiffes, das Meer ist unruhig, ein paar Vögel fliegen vorbei. Nie in meinem Leben habe ich etwas so Wirkliches gesehen. Und ich bin bis zum Hals im Sand versunken.«

Er beugte sich vor und bedeckte das Gesicht mit den Händen. Dann öffnete er die Augen wieder. »Dunkle See und Sonnenaufgang! Und dabei sitze ich auf einem Sofa in Boyces Zimmer! ... Gott steh mir bei!«

So begann es. Diese sonderbare Erkrankung von Davidsons Augen dauerte drei Wochen unverändert an. Es war ärger, als wäre er blind geworden. Davidson war völlig hilflos, er mußte gefüttert werden wie ein Vogel, der eben aus dem Ei gekrochen ist, keinen Schritt konnte er allein tun, man mußte ihn aus- und ankleiden. Wenn er ohne Hilfe gehen wollte, stolperte er oder rannte gegen Mauern und Türen. Nach wenigen Tagen hatte er sich daran gewöhnt, unsere Stimmen zu hören, ohne uns zu sehen; er hatte auch eingesehen, daß Wade ihm die Wahrheit gesagt hatte und daß er zu Hause lebte. Seine Verlobte – meine Schwester – besuchte ihn täglich und saß stundenlang bei ihm, während er von seiner Bucht erzählte. Es schien ihm unendlich wohlzutun, ihre Hand zu halten. Er erzählte, daß er während der Fahrt vom College heim, nach Hampstead, das Gefühl gehabt hätte, durch einen Sandhügel zu fahren – es war stockfinster drinnen – und durch Felsen und Bäume und andere massive Hindernisse. Als man ihn die Treppe zu seinem Zimmer hinaufgeführt hatte, war er ganz schwindlig geworden, und eine panische Angst vor dem Fallen hatte ihn ergriffen, denn er glaubte, dreißig oder vierzig Fuß hoch über den Klippen seiner eingebildeten Insel zu schweben. Er wiederholte immer von neuem, daß er alle Eier zerbrechen würde. Schließlich mußte man ihn in ein ebenerdiges Zimmer bringen und dort auf ein Sofa legen.

Nach Davidsons Schilderung war die Insel sehr öde, es gab fast keine Vegetation, nur kahle Felsen und eine Unzahl von Pinguinen. Das Meer war oft aufgewühlt, einmal ging ein heftiges Gewitter nieder, und Davidson schrie bei jedem Blitz auf. Einmal oder zweimal in den ersten Tagen krochen Seehunde an den Strand. Davidson erzählte, wie komisch es sei, wenn die Pinguine durch ihn hindurchwatschelten, und daß er mitten unter ihnen liegen konnte, ohne sie zu stören.

An ein merkwürdiges Ereignis erinnere ich mich. Er hatte den dringenden Wunsch zu rauchen. Wir drückten ihm eine Pfeife in die Hand – fast hätte er sich die Augen damit ausgestochen – und steckten sie an. Aber er schmeckte nichts, gar nichts. Ich weiß nicht, ob das in der Regel so ist, mir jedenfalls geht es genauso – auch ich habe keine Freude am Tabak, wenn ich den Rauch nicht sehen kann.

Der sonderbarste Teil dieser Vision kam aber erst, als Davidson auf Wades Anordnung in einem Rollstuhl an die frische Luft gebracht wurde. Ein Rollstuhl wurde gemietet, und Widgery, das taube und eigensinnige Hausfaktotum, führte ihn. Widgery hatte ganz eigene Ansichten über diese Heilspaziergänge. Meine Schwester traf die beiden auf der Straße nach King's Cross, in einem tiefgelegenen Teil Londons; Widgery ging ganz gemütlich daher, während Davidson sich in höchster Verzweiflung bemühte, seine Aufmerksamkeit auf sich zu lenken.

Als meine Schwester ihn ansprach, begann er zu weinen. »Oh, hilf mir aus dieser entsetzlichen Finsternis!« rief er und suchte ihre Hand. »Hilf mir hinaus, oder ich sterbe!« Er konnte nicht erklären, was geschehen war. Meine Schwester veranlaßte, daß er nach Hause geführt wurde, und als sie bergauf gegen Hampstead gingen, ließ sein Entsetzen nach. »Es tut wohl, die Sterne wieder zu sehen«, sagte er, obgleich es Mittag war und strahlend hell.

»Mir war, als hätte mich etwas unwiderstehlich zum Wasser gezogen«, erzählte er mir später. »Zuerst hat mich das nicht sehr beunruhigt. Natürlich war dort Nacht, eine herrliche Nacht.«

»Natürlich?« fragte ich, weil mir das sonderbar vorkam.

»Natürlich«, erwiderte er. »Dort ist immer Nacht, wenn hier Tag ist … Also, wir sind direkt ins Wasser gegangen, das still im Mondlicht glänzte – der Wellenschlag war kaum merklich. Die Oberfläche des Meeres glitzerte wie eine Haut, als wäre ein leerer Raum darunter. Sehr langsam, denn ich glitt wie auf einer schiefen Ebene hinein, stieg das Wasser bis zu meinen Augen. Dann ging ich unter, die Haut riß und legte sich um meine Augen. Der Mond machte oben am Himmel einen Sprung, er wurde grün und trüb; dunkel glühende Fische schossen wie Pfeile um mich herum, und andere Dinge, die aus leuchtendem Glas zu sein schienen. Ich kam durch ein Gewirr von ölig glänzendem Tang. Immer tiefer tauchte ich ins Wasser, ein Stern nach dem andern erlosch, der Mond wurde grüner und dunkler, und der Tang nahm glühendes Rot an. Alles war sehr undeutlich und geheimnisvoll und in zitternder Bewegung. Dabei hörte ich ununterbrochen das Kreischen der Räder des Rollstuhls, die Schritte der Vorübergehenden und die Rufe eines Zeitungsverkäufers.

Tiefer und tiefer sank ich ins Wasser. Es wurde schwarz wie Tinte um mich herum, nicht ein Strahl drang von oben in diese Finsternis, nur die phosphoreszierenden Dinge wurden immer heller. Die Schlangenäste der Wasserpflanzen flackerten wie die Flammen von Spirituslampen; aber nach einiger Zeit gab es keine Pflanzen mehr. Fische starrten mich mit offenen Mäulern an, sie schwammen um mich herum, in mich hinein, durch mich hindurch. Nie zuvor habe ich geahnt, daß es solche Fische gibt. Sie hatten feurige Linien an den Seiten, als wären sie mit einem Leuchtstift bemalt. Ein geisterhaftes Wesen mit einer Menge sich schlängelnder Arme schwamm träge vorbei. Dann sah ich durch die Düsternis ganz langsam eine nebelhafte, lichte Masse auf mich zukommen, die sich in der Nähe als eine Unzahl Fische entpuppte, die um etwas kämpften, das langsam dahintrieb. Ich fuhr gerade darauf zu und sah inmitten des Getümmels, vom Licht der Fische beleuchtet, zersplittertes Holz, Teile eines Schiffsrumpfes und glühende phosphoreszierende Formen, die hin- und hergeschüttelt und herumgezerrt wurden, wenn die Fische hineinbissen. Da versuchte ich, Widgerys Aufmerksamkeit zu erregen. Grauen packte mich. Uff! Ich wäre fast hineingefahren in diese halbzerfressenen – Dinge. Wenn deine Schwester nicht gekommen wäre – nicht auszudenken! Es waren große Löcher darin, Bellows, und … aber das kann ich dir nicht erzählen. Es war grauenhaft!«

Drei Wochen dauerte Davidsons merkwürdiger Zustand. Er sah, was wir damals für eine Phantomwelt hielten, und war stockblind für die wirkliche Welt rund um ihn. Dann, als ich ihn eines Dienstags besuchte, traf ich seinen Vater im Hausflur. »Er sieht seinen Daumen«, sagte der alte Herr mit Tränen des Glücks in den Augen, während er seinen Überrock anzog. »Er sieht seinen Daumen, Bellows! Er wird doch noch gesund werden.«

Ich stürzte in Davidsons Zimmer. Er hielt ein kleines Buch dicht vor sein Gesicht, sah es an und lachte unsicher.

»Es ist erstaunlich, da ist irgendein Fleck«, sagte er und zeigte mit dem Finger auf das Buch. »Ich bin wie gewöhnlich auf den Felsen, die Pinguine watscheln herum und schlagen wie immer mit den Flügeln. Da draußen ist ein Walfisch aufgetaucht, aber es ist schon zu finster, um ihn zu sehen. Aber wenn ich etwas da herhalte, so kann ich es sehen – ich sehe es wirklich! Es ist sehr ungenau und verschwommen, aber ich sehe es trotzdem, wie einen schwachen Widerschein seiner selbst. Heute früh, als man mich ankleidete, habe ich es bemerkt. Es ist wie ein Loch in dieser verteufelten Phantomwelt. Halte deine Hand neben meine! Nein, nicht dort. Da! Ich sehe sie. Die Wurzel deines Daumens und ein Stückchen Manschette! Es sieht aus wie eine Geistererscheinung, ein Stück deiner Hand ragt aus dem dunklen Himmel hervor. Genau daneben geht eben eine Gruppe von Sternen auf wie ein Kreuz.«

Von diesem Tage an besserte sich Davidsons Befinden. Seine Berichte über die Veränderung, die mit ihm vorging, waren genauso überzeugend wie die Berichte über die Vision. Die Flecke in seinem Gesichtsfeld wurden häufiger, die Phantomwelt wurde undeutlicher, sozusagen durchscheinend, und wie durch Ritzen begann er die wirkliche Welt wieder zu sehen. Die Flecke wurden größer, zahlreicher, liefen ineinander, breiteten sich aus, bis nur vereinzelte blinde Stellen zurückblieben. Er war nun wieder imstande, sich allein fortzubewegen, ohne Hilfe zu essen, zu lesen, zu rauchen, sich wie ein gewöhnlicher Sterblicher zu benehmen. Zuerst war es sehr verwirrend für ihn, daß diese zwei Bilder übereinandergriffen wie die Wechselbilder einer Laterna magica. Aber nach kurzer Zeit schon konnte er Wirklichkeit und Illusion voneinander unterscheiden.

Anfangs war er restlos glücklich und nur darauf bedacht, seine Heilung durch Übungen in frischer Luft und durch Kräftigungsmittel zu beschleunigen. Aber als sein seltsames Eiland immer mehr verblaßte, begann er sich lebhaft dafür zu interessieren. Besonders wünschte er noch einmal auf den Meeresgrund zu gelangen, und er wanderte viele Stunden durch die tiefer liegenden Bezirke Londons und suchte das versunkene Wrack, das er dahintreiben gesehen hatte. Der Glanz des echten Tageslichtes ließ bald seine Schattenwelt verblassen, aber nachts in einem finsteren Zimmer konnte er immer noch die schaumbespritzten Felsen der Insel sehen und die drollig hin- und herwatschelnden Pinguine. Aber auch diese Bilder wurden immer matter, und bald nachdem er meine Schwester geheiratet hatte, sah er sie zum letztenmal.

Jetzt komme ich aber zum sonderbarsten Teil meiner Geschichte. Etwa zwei Jahre nach seiner Heilung speiste ich bei den Davidsons und traf dort einen Mann namens Atkins. Er ist Marineoffizier und ein angenehmer, gesprächiger Mensch. Er war mit meinem Schwager befreundet und gefiel auch mir bald ausgezeichnet. Er war mit Davidsons Kusine verlobt und zog ein Etui mit Photographien aus der Tasche, um uns eine neue Aufnahme seiner Braut zu zeigen. »Wenn es euch interessiert«, sagte er, »könnt ihr hier auch meine alte *Fulmar* sehen.«

Davidson warf einen flüchtigen Blick auf das Bild. »Mein Gott«, rief er dann, »ich könnte schwören –«

»Was denn?« fragte Atkins.

»Daß ich dieses Schiff schon gesehen habe.«

»Ich wüßte nicht wo. Seit sechs Jahren hat es die Südsee nicht verlassen, und vorher –«

Davidson unterbrach ihn. »Das ist das Schiff, von dem ich geträumt habe; ganz gewiß ist es das Schiff! Es lag in der Nähe einer Insel, die von Pinguinen bevölkert war, und einmal wurde eine Kanone abgefeuert.«

»Du lieber Himmel!« rief Atkins, nachdem er Einzelheiten von Davidsons Erkrankung gehört hatte, »wie konntest du das nur träumen?«

Und dann erzählte er, daß tatsächlich an dem Tage, an dem Davidson erkrankt war, H. M. S. *Fulmar* in der Nähe einer kleinen Felseninsel in der Südsee gelegen war. Einige Leute der Besatzung waren abends an Land gegangen, um Pinguineier zu suchen. Da sie sich aber zu lang aufhielten und außerdem ein Gewitter aufzog, hatten sie auf der Insel übernachtet und waren erst am nächsten Morgen auf das Schiff zurückgekehrt. Atkins war mit auf der Insel gewesen und bestätigte nun Wort für Wort die Schilderung, die Davidson von ihr und vom Schiff gegeben hatte. Keiner von uns hegte nur den leisesten Zweifel daran, daß Davidson wirklich alles gesehen hat. Während sein Körper in London war, sah sein geistiges Auge ganz genau, was auf jener fernen

Insel geschah. Wie das möglich war, bleibt ein undurchdringliches Geheimnis.

Dies vollendet die merkwürdige Geschichte von Davidsons Augen. Es ist vielleicht der bestverbürgte Fall einer wirklichen Fernvision. Es gibt keine Erklärung dafür, nur eine Theorie von Professor Wade. Aber seine Erklärung greift in die vierte Dimension über und gibt wissenschaftliche Begründungen für theoretisch mögliche Spielarten von Entfernung. Mir scheint das alles bloßer Unsinn zu sein, allerdings bin ich kein Mathematiker. Mein Argument, daß nichts die Tatsache ändern kann, daß die Insel achttausend Meilen weit entfernt ist, beantwortet Wade damit, daß zwei Punkte auf einem Blatt Papier einen Meter weit voneinander entfernt sein können, sich einander aber nähern, wenn man das Papier zusammenbiegt. Vielleicht kann der Leser dieser Beweisführung folgen, ich verstehe sie nicht. Wade scheint zu glauben, daß Davidsons Netzhaut, als er sich zwischen den Polen des großen Elektromagneten befand, eine außerordentliche Verkrümmung erlitten haben müsse, als der Blitz das elektrische Kraftfeld plötzlich veränderte.

Wade glaubt beweisen zu können, daß der Gesichtssinn eines Menschen unabhängig vom Körper in einem beliebigen Teil der Welt leben kann. Er hat, um seine Theorie zu beweisen, sogar Tierversuche angestellt, bislang ist es ihm aber nur gelungen, einigen Hunden das Augenlicht zu rauben. Meines Wissens ist dies das einzige Resultat seiner Arbeit, allerdings habe ich ihn jetzt einige Wochen nicht gesehen. Ich war in letzter Zeit überaus beschäftigt, so daß ich ihn nicht besuchen konnte. Aber seine ganze Theorie erscheint mir phantastisch. Nur – die Sache mit Davidson hat sich tatsächlich ereignet, und ich stehe persönlich für die Richtigkeit jedes Details meiner Erzählung ein.

Das Kristall-Ei

Bis vor einem Jahr lag in der Nähe von Seven Dials ein kleiner, schmutzig aussehender Laden, über dem in verwitterten gelben Buchstaben stand: »C. Cave, Antiquitäten«. Im Schaufenster lagen die ausgefallensten Dinge: einige Elefantenzähne und eine unvollständige Garnitur Schachfiguren, eine Schachtel mit künstlichen Augen, zwei Tiger- und ein Menschenschädel, mehrere ausgestopfte Affen, von denen einer eine Lampe hielt, ein unmoderner Sekretär, ein von Fliegen beschmutztes Straußenei, Angelgerät, ein ungewöhnlich schmutziges, leeres Aquarium und ein eiförmiges Stück Kristall. Und darauf blickten zwei Leute, die vor dem Schaufenster standen, einer von ihnen ein großer, magerer Geistlicher, der andere ein schwarzbärtiger junger Mann mit dunkler Gesichtsfarbe und unauffällig angezogen. Der junge Mann sprach eifrig gestikulierend auf seinen Begleiter ein und schien das Kristall-Ei dringend kaufen zu wollen.

Während sie dort standen, kam Mr. Cave aus dem Hinterzimmer in seinen Laden. Als er die Männer erblickte und sah, was ihre Aufmerksamkeit erregte, machte er ein langes Gesicht. Wie schuldbewußt warf er einen Blick über die Schulter und schloß leise die Tür zum Hinterzimmer. Er war ein kleiner alter Mann mit blassem Gesicht und eigenartig wäßrigen blauen Augen. Sein Haar war von schmutzigem Grau; er trug einen schäbigen, blauen Gehrock und hatte abgetretene Hausschuhe an den Füßen. Er beobachtete die beiden Männer, die sich draußen unterhielten. Der Geistliche griff tief in eine Hosentasche, betrachtete prüfend eine Handvoll Geld und lächelte. Mr. Cave sah noch bedrückter aus, als sie in den Laden kamen.

Der Geistliche fragte ohne Umstände nach dem Preis des Kristall-Eis. Mr. Cave blickte nervös auf die Tür zum Hinterzimmer und sagte: »Fünf Pfund.« Der Geistliche erklärte den Preis für zu hoch – er war tatsächlich viel höher, als Mr. Cave zu verlangen gedachte, wenn er das Ei verkaufte – und versuchte, etwas abzuhandeln. Mr. Cave ging zur Ladentür und machte sie auf. »Fünf Pfund ist der Preis!« sagte er, als ob er wünschte, sich eine nutzlose Diskussion zu ersparen. Gerade da zeigte sich in der Glasscheibe der nach hinten führenden Tür die obere Hälfte eines Frauengesichts und starrte neugierig auf die beiden Kunden. »Fünf Pfund ist der Preis!« wiederholte Mr. Cave mit einem Zittern in der Stimme.

Der dunkelhäutige junge Mann hatte bisher nur als Zuschauer dabeigestanden und Cave scharf beobachtet. Jetzt sprach er. »Geben Sie ihm fünf Pfund«, sagte er. Der Geistliche blickte ihn an, wie um zu sehen, ob er es ernst meinte, und als er seinen Blick dann wieder auf Mr. Cave richtete, sah er, daß dessen Gesicht blaß geworden war. »Es ist eine Menge Geld«, sagte der Geistliche, griff in die Tasche und fing wieder an, seine Mittel zu zählen. Er besaß wenig mehr als dreißig Shilling und wandte sich an seinen Begleiter. Das gab Mr. Cave Gelegenheit, sich zu sammeln, und er begann aufgeregt zu erklären, daß der Kristall nicht ohne weiteres verkäuflich wäre. Seine Kunden waren natürlich überrascht und fragten, weshalb er nicht sofort daran gedacht hätte. Mr. Cave war verwirrt, blieb jedoch bei seiner Erklärung, daß der Kristall heute nicht verkauft werden könnte, da er einem Kunden, der sich den Kauf noch überlegen wollte, versprochen hätte, ihn aufzuheben. Die beiden anderen hielten das für eine Ausrede, mit der Mr. Cave den Preis höher treiben wollte, und taten, als ob sie gehen wollten. In diesem Augenblick jedoch erschien eine Frau mit Stirnfransen und kleinen Augen aus dem Hinterzimmer.

Sie hatte plumpe Gesichtszüge, war beleibt und viel größer als Mr. Cave. »Der Kristall *ist* zu verkaufen!« sagte sie, »und fünf Pfund sind ein guter Preis dafür. Ich weiß nicht, was du dir dabei denkst, wenn du das Angebot der Herren ablehnst?!«

Mr. Cave, sehr aufgeregt durch die Störung, blickte ärgerlich über den Rand seiner Brille und erklärte, er habe das Recht, sein Geschäft so zu führen, wie er es für richtig halte. Es gab einen Wortwechsel, dem die Kunden interessiert und erheitert zuhörten und in dem sie gelegentlich Mrs. Cave zustimmten. Der hartbedrängte Mr. Cave blieb hartnäckig bei seiner Erklärung und wurde immer aufgeregter. Der junge Orientale machte dem sonderbaren Streit ein Ende, indem er vorschlug, sie würden in zwei Tagen wiederkommen – damit der andere Kunde sich inzwischen entscheiden könnte. »Und dann müssen wir auf fünf Pfund bestehen!« sagte der Geistliche. Mrs. Cave entschuldigte sich wegen ihres Mannes, indem sie erklärte, daß er manchmal ›ein bißchen komisch wäre‹, und die beiden Kunden gingen, während das Ehepaar eine erhitzte Diskussion begann.

Mrs. Cave nahm kein Blatt vor den Mund. Der arme kleine Mann, der vor Aufregung zitterte, brachte alles durcheinander, beharrte einerseits auf der Geschichte mit dem Kunden, mit dem er schon verhandelt hätte, und versicherte anderseits, daß der Kristall gut und gern zehn Guineen wert wäre. »Weshalb hast du dann fünf Pfund verlangt?« fragte seine Frau scharf. »Laß mich meine Geschäfte bitte selbst machen!« sagte Mr. Cave.

Bei Mr. Cave wohnten ein Stiefsohn und eine Stieftochter, und beim Abendbrot wurde die Unterhaltung über das Kristall-Ei wieder aufgenommen. Keiner von ihnen hielt viel von Mr. Caves geschäftlichen Methoden, und sein Verhalten heute schien ihnen der Gipfelpunkt der Dummheit zu sein.

»Nach meiner Meinung hat er sich schon vorher geweigert, den Kristall zu verkaufen«, sagte der Stiefsohn, ein schlaksiger Lümmel von achtzehn.

»Aber *fünf Pfund!*« sagte die Stieftochter, eine streitsüchtige junge Frau von sechsundzwanzig.

Mr. Caves Antworten waren jämmerlich; er konnte immer nur schwach murmelnd beteuern, daß er sein eigenes Geschäft am besten kenne. Sie vertrieben ihn von dem halbgegessenen Abendbrot in den Laden; seine Ohren glühten, und hinter seinen Brillengläsern standen Tränen des Ärgers. »Weshalb habe ich den Kristall im Schaufenster liegengelassen? Diese Dummheit!« Das war die Sorge, die ihn beherrschte. Im Augenblick sah er keinen Ausweg, durch den er den Verkauf vermeiden konnte.

Nach dem Abendbrot zogen sein Stiefsohn und die Stieftochter sich elegant an und gingen aus. Seine Frau zog sich nach oben zurück; Mr. Cave ging wieder in den Laden und blieb dort bis spätabends, angeblich, um ein Aquarium für den Verkauf fertig zu machen, in Wirklichkeit zu einem geheimen Zweck, der besser später erklärt werden wird. Am nächsten Tag entdeckte Mrs. Cave, daß der Kristall nicht mehr im Schaufenster, sondern hinter einigen gebrauchten Büchern lag. Sie legte ihn wieder an eine ins Auge fallende Stelle, stritt aber nicht mehr darüber, weil nervöse Kopfschmerzen ihr die Lust dazu nahmen. Mr. Cave war zerstreuter als sonst und dazu noch ungewöhnlich reizbar. Nachmittags, als seine Frau schlief, nahm er den Kristall wieder aus dem Schaufenster.

Am folgenden Tag brachte Mr. Cave selbst eine Lieferung fort, und in seiner Abwesenheit fiel Mrs. Cave wieder der Kristall ein, und sie dachte darüber nach, was sie mit einem überraschenden Geldregen von fünf Pfund am besten anfangen könnte. Schon war ihr manches Angenehme eingefallen, als das Lärmen der Ladentürklingel sie nach vorn rief. Der Kunde war ein Student, der sich darüber beklagte, daß ihm einige Frösche nicht geliefert worden waren, die er zum vergangenen Tag bestellt hatte. Mrs. Cave war mit diesem besonderen Geschäftszweig ihres Mannes nicht einverstanden, und der Kunde, der in etwas aggressiver Stimmung gekommen war, zog sich nach kurzem Wortwechsel zurück – ganz höflich, soweit es ihn betraf. Mrs. Caves Blicke richteten sich dann auf das Schaufenster, weil der Anblick des Kristalls ihr die Gewißheit der fünf Pfund und einer Erfüllung ihrer Träume bot. Sie war sehr überrascht, als sie sah, daß er fort war.

Als Mr. Cave gegen Viertel vor zwei zurückkam, fand er den Laden in ziemlicher Verwirrung und seine Frau in wilder Verbitterung vor. Als die Türklingel seine Rückkehr verkündigte, kam ihr wütendes Gesicht hinter dem Ladentisch hervor, und sofort beschuldigte sie ihn, ›es versteckt zu haben‹.

»Was versteckt?« fragte Mr. Cave.

»Den Kristall!«

Daraufhin stürzte Mr. Cave, offensichtlich höchst überrascht, zum Schaufenster. »Ist er nicht hier?« sagte er. »Du lieber Himmel! Wie konnte das geschehen! Wo ist er denn geblieben?«

In diesem Augenblick kam Mr. Caves Stiefsohn von hinten in den Laden und fluchte hemmungslos. Er arbeitete als Lehrling bei einem Gebrauchtmöbelhändler und war eben zum Essen nach Hause gekommen. Er war ärgerlich, weil das Essen nicht fertig war.

Als er jedoch vom Verschwinden des Kristalls hörte, vergaß er sein Essen, und sein Ärger richtete sich gegen den Stiefvater. Zuerst dachte er natürlich, er hätte ihn versteckt. Aber Mr. Cave bestritt energisch, etwas davon zu wissen, und beschuldigte schließlich erst seine Frau, dann den Stiefsohn, den Kristall genommen zu haben, um ihn heimlich zu verkaufen. Das führte zu einem Streit, durch den der Stiefsohn eine halbe Stunde zu spät in seinen Möbelladen kam.

Abends wurde der Streit wieder aufgenommen, diesmal unter dem Vorsitz der Stieftochter. Das Abendessen endete damit, daß Mr. Cave weglief und die Tür mit großem Krach zuschmetterte. Der Rest der Familie äußerte ungehemmt seine Ansichten über ihn und ging dann auf die Jagd nach dem Kristall. Sie durchsuchten das ganze Haus, vom Boden bis zum Keller.

Am nächsten Tag erschienen die beiden Kunden wieder. Mrs. Cave empfing sie fast mit Tränen und erklärte, daß niemand sich vorstellen könnte, was sie im Laufe ihrer Ehe alles mit Mr. Cave durchgemacht hatte. Auch das Verschwinden des Kristalls schilderte sie ausführlich. Der Geistliche und der Orientale lächelten sich schweigend zu und sagten, es wäre alles ganz außergewöhnlich. Als Mrs. Cave ihnen die Geschichte ihres ganzen Lebens erzählen zu wollen schien, schickten sie sich an, den Laden zu verlassen. Daraufhin bat Mrs. Cave den Geistlichen um seine Adresse, damit sie ihn benachrichtigen könne, falls sie den Kristall doch noch auftriebe. Die Adresse wurde bald danach verlegt.

Nun müssen wir ohne Beschönigung erklären, daß Mr. Cave gelogen hatte. Er wußte genau, wo der Kristall war – in den Räumen von Mr. Jacoby Wace, Prosektor-Assistent im St.-Catherine-Krankenhaus, Westbourne Street. Von Mr. Wace stammten auch die Einzelheiten dieser Geschichte. Cave hatte den Forscher gebeten, den Kristall zu verwahren. Mr. Wace stand mit Cave in seltsamer Beziehung. Er interessierte sich für ausgefallene Charaktere und hatte den alten Mann schon mehr als einmal zu sich eingeladen und mit ihm geraucht und getrunken. Er kannte den ständigen Ärger, dem Cave von seiner Familie her ausgesetzt war. Mr. Cave versprach ihm, später die Gründe für sein außergewöhnliches Interesse an dem Kristall zu erklären. Am selben Abend kam er deshalb zu Mr. Wace.

Er erzählte eine komplizierte Geschichte. Der Kristall sei mit anderen Stücken eines Raritätenhändlers bei einer Zwangsversteigerung in seinen Besitz gelangt, sagte er, und da er nicht wußte, wieviel er wert war, hatte er ihn mit zehn Shilling ausgezeichnet. Monatelang hatte er bei ihm herumgelegen, und er wollte den Preis schon herabsetzen, als er eine sonderbare Entdekkung machte.

Zu jener Zeit war sein Gesundheitszustand schlecht; überdies litt er unter der schlechten Behandlung, die seine Frau und die Stiefkinder ihm zuteil werden ließen. Seine Frau war eitel, anspruchsvoll, gefühllos und trank heimlich; seine Stiefkinder nutzten ihn aus und behandelten ihn mit Verachtung. Die Anforderungen, die sein Geschäft an ihn stellte, waren zu schwer für ihn, und Mr. Wace glaubte, daß Mr. Cave selbst auch öfter trank. Mr. Cave war in guten Verhältnissen aufgewachsen und hatte eine gute Erziehung genossen. Jetzt litt er an Melancholie und wochenlanger Schlaflosigkeit. Wenn seine Gedanken ihm nachts unerträglich wurden, stand er leise auf und wanderte im Hause umher. Eines Morgens im August ging er gegen drei Uhr in den Laden.

Der ganze Raum lag in undurchdringlichem Dunkel, nur an einer Stelle glomm ein Lichtschein, und er stellte fest, daß er von dem Kristall-Ei ausging, das auf dem Ladentisch lag. Ein dünner Lichtstrahl fiel durch einen Spalt im Rolladen und schien es zu erhellen.

Mr. Cave überlegte, daß dies den Gesetzen der Optik widersprach, die er in der Jugend gelernt hatte. Das wissenschaftliche Interesse wurde in ihm wach; er untersuchte den Kristall und fand zu seiner Überraschung, daß das Licht nicht gleichmäßig ausgestrahlt wurde, sondern sich innerhalb des Eis bewegte, als ob der Kristall ein mit leuchtendem Dampf gefüllter Hohlkörper wäre. Während er ihn hin und her bewegte, um ihn unter verschiedenen Blickpunkten zu betrachten, und dabei einmal zwischen Ei und Lichtstrahl geriet, sah er, daß der Kristall trotzdem weiterleuchtete. Erstaunt darüber trug er ihn in die dunkelste Ecke des Ladens. Dort blieb er vier oder fünf Minuten lang hell, wurde dann langsam dunkler und erlosch schließlich ganz. Er legte ihn wieder in den dünnen Lichtstrahl, und sofort leuchtete er abermals.

Soweit konnte Mr. Wace die erstaunliche Geschichte bestätigen – an Hand einiger Experimente, die er selbst machte.

Von Anfang an war Mr. Cave von diesem Licht im Kristall fasziniert, sprach jedoch mit keinem Menschen über seine Beobachtungen. Er fand, daß der Kristall mit wachsender Tageshelle aufhörte zu leuchten. Wenn er sich aber ein dickes Samttuch über den Oberkörper hängte und den Kristall darunterhielt, stellte er auch am Tage leuchtende Bewegungen darin fest.

Und eines Tages, als er den Kristall unter dem Tuch hin und her drehte, entdeckte er wieder etwas Neues. Es kam ihm vor, als ob er einen Augenblick lang eine seltsame Landschaft in dem Kristall gesehen hätte. Als er ihn herumdrehte, gerade als das Licht schwächer wurde, sah er dasselbe Bild noch einmal.

Es wäre langweilig, alle Einzelheiten der Entdeckung Mr. Caves zu schildern. Das Ergebnis war: Wenn man den Kristall in einen Winkel von ungefähr 137 Grad zur Richtung des Lichtstrahls brachte und hineinblickte, sah man das klare Bild einer weiten, eigenartigen Landschaft. Sie hatte keine Ähnlichkeit mit einem Traumbild, sondern wirkte vollkommen real, und je stärker das Licht war, desto realer wirkte das Bild. Es war wie ein Film – das heißt, gewisse Objekte darin bewegten sich, langsam und regelmäßig, und wenn man den Blickwinkel änderte, änderte sich auch das Bild. Als ob man durch ein ovales Glas eine Ansicht betrachtete und das Glas dabei drehte, um sie von einem anderen Gesichtswinkel aus zu betrachten.

Mr. Caves Darstellung – versichert Mr. Wace – war überaus eingehend und frei von allen gefühlsmäßigen Zusätzen, die bezeichnend für halluzinatorische Eindrücke sind. Aber alle Versuche, in dem schwachen Opalisieren des Kristalls etwas Ähnliches klar zu sehen, waren erfolglos. Wo Mr. Cave ein Bild sah, konnte Mr. Wace nur einen verschwommenen Nebel erblicken.

Die Ansicht, die Mr. Cave schilderte, war stets eine ausgedehnte Ebene, und immer schien er sie von beträchtlicher Höhe aus zu überblicken, wie von einem Turm. Nach Osten und Westen war die Ebene in weiter Entfernung von riesigen, rötlichen Felsen begrenzt, die sich von Norden nach Süden erstreckten. Die östliche Felsenreihe war dem Beschauer näher als die westliche; einmal sah Mr. Cave die Sonne darüber aufgehen, sah dabei auch eine Menge schwebender Objekte, die er für Vögel hielt. Unter ihm lag eine lange Reihe von Gebäuden; er schien auf sie hinunter zu sehen; und wenn sie sich dem verschwommenen, gebrochenen

Rande des Bildes näherten, wurden sie undeutlich. Neben einem breiten, glänzenden Kanal standen seltsam geformte Bäume von moosgrüner und grauer Farbe. Und etwas Großes und herrlich Gefärbtes flog über das Bild. Beim erstenmal sah Mr. Cave diese Bilder nur blitzartig; seine Hände zitterten, und er konnte den Kopf nicht ruhig halten; die Erschcinungen kamen und gingen, wurden nebelhaft und undeutlich.

Das nächste klare Bild, das er nach einigen vergeblichen Versuchen eine Woche später zu sehen bekam, gewährte ihm einen Blick über die ganze Länge des Tals. Dieses Bild unterschied sich von dem ersten, doch war er überzeugt – und diese Überzeugung wurde durch spätere Beobachtungen bestätigt –, daß er die sonderbare Welt vom gleichen Standpunkt betrachtete, jedoch in eine andere Richtung blickte. Die lange Fassade des großen Bauwerks, auf dessen Dach er vorher hinuntergeblickt hatte, stand nun weiter entfernt. Er erkannte das Dach. Vor der Fassade lag eine große Terrasse von ungewöhnlicher Länge, in deren Mitte riesige, schlanke Masten standen, die kleine, glänzende Objekte trugen, die das Licht der untergehenden Sonne reflektierten. Die Bedeutung dieser kleinen Objekte blieb Mr. Cave unklar, bis er nach einiger Zeit Mr. Wace die Szene beschrieb. Über der Terrasse hing ein Dickicht üppiger, schöner Pflanzen, und jenseits davon erstreckte sich eine weite Rasenfläche, auf der Tiere lagen, die riesigen Käfern ähnelten. Dahinter lag eine Straße aus rötlichen Steinen, und noch weiter entfernt eine große, von *roten* Pflanzen umsäumte Wasserfläche. Die Luft schien voll von Vogelschwärmen; hinter dem Fluß standen herrliche Häuser in einem Wald von moosgrünen, mit Flechten bewachsenen Bäumen. Und plötzlich flatterte etwas mehrere Male über das Bild, und ein Gesicht oder vielmehr die obere Hälfte eines

Gesichts mit sehr großen Augen erschien so dicht vor seinen eigenen, als ob es auf der anderen Seite des Kristalls wäre. Mr. Cave war so erschrocken und beeindruckt von der vollkommenen Realität dieser Augen, daß er den Kopf zurückbog. Dabei wurde der Kristall dunkler und erlosch ganz.

Je öfter er dieses Bild sah und sich in seine Einzelheiten vertiefte, desto mehr ergriff es von ihm Besitz und wurde zur Besessenheit. Seine Geschäfte versah er gleichgültig und zerstreut und dachte nur an den Augenblick, da er seine Beobachtungen fortsetzen konnte. Und dann kamen ein paar Wochen nach der ersten Entdeckung die beiden Kunden mit ihrem Angebot, und er konnte den Kristall nur mit knapper Not retten.

Solange die Geschichte Mr. Caves Geheimnis war, blieb sie ein reines Wunder, mit dem er sich so heimlich beschäftigte wie ein Kind in einen ihm verbotenen Garten späht. Mr. Wace aber besaß einen besonders klaren und folgerichtig arbeitenden Verstand. Sofort, nachdem er den Kristall gesehen und sich auch durch das Feststellen des Leuchtens mit eigenen Augen davon überzeugt hatte, daß Mr. Caves Darstellung mindestens zum Teil richtig war, ging er daran, die Sache systematisch zu untersuchen. Mr. Cave war erpicht darauf, möglichst oft sein Wunderland zu betrachten, und kam jeden Abend von halb neun bis halb elf, manchmal auch am Tage, ebenso an den Sonntagnachmittagen. Mr. Wace machte ständig Aufzeichnungen und bewies durch sein wissenschaftliches Vorgehen die Beziehung, die zwischen der Richtung des in den Kristall fallenden Lichtstrahls und der Lage des Bildes bestand. Und indem er den Kristall in eine Schachtel legte, die den erregenden Lichtstrahl nur durch ein kleines Loch fallen ließ, und das Zimmer mit schwarzen Vorhängen außerdem verdunkelte, verbesserte er die Bedingungen für den Beobachter so, daß er nach kurzer Zeit imstande war, das Bild in jeder Richtung zu überblicken, die er wünschte.

Die Beobachtungen machte stets Mr. Cave, während Mr. Wace notierte, was Cave ihm während seiner Beobachtungen berichtete. Wenn das Licht im Kristall verblaßte, wurde er in seine Schachtel gelegt und das elektrische Licht eingeschaltet. Mr. Wace stellte Fragen, um schwierige Punkte zu klären.

Mr. Caves Aufmerksamkeit richtete sich auf die vogelähnlichen Geschöpfe, die er anfangs so zahlreich gesehen hatte. Er korrigierte seinen ersten Eindruck, und er hielt sie eine Zeitlang für Fledermäuse. Dann dachte er, grotesk genug, sie könnten Engel sein. Ihre Köpfe waren rund und sonderbar menschlich, hatten breite, silbrige Flügel ohne Federn und nicht wie Vogel- oder Fledermausflügel geformt. Der Körper war klein, doch mit zwei Bündeln zum Greifen geeigneter Organe ausgestattet, ähnlich langen Fühlern, die unmittelbar unter dem Mund saßen. So unglaublich es Mr. Wace anfangs vorkommen wollte – es war nicht daran zu zweifeln, daß diesen Geschöpfen die großen Gebäude und der wundervolle Park gehörte, der das Bild so herrlich erscheinen ließ. Und Mr. Cave entdeckte, daß die Häuser – von anderen Eigentümlichkeiten abgesehen – keine Türen besaßen, sondern große, kreisförmige Fenster für den Ein- und Ausflug dieser Geschöpfe.

Von den glänzenden Objekten auf den Masten, die auf den Terrassen standen, ist schon gesprochen worden. Allmählich ging es Mr. Cave auf, nachdem er sie an einem besonders günstigen Tag genau betrachtet hatte, daß jeder dieser Gegenstände ein ebensolcher Kristall war wie der, in den er blickte.

Gelegentlich flatterte eins der großen fliegenden Geschöpfe zu einem dieser Kristalle hinauf, faltete seine

Flügel zusammen, wickelte die Fühler um den Mast und blickte unverwandt in den Kristall, manchmal bis zu fünfzehn Minuten lang. Und eine Reihe von Beobachtungen, die Mr. Wace vorschlug, überzeugte beide Männer davon, daß der Kristall, in den sie selbst blickten, an der Spitze des äußersten Mastes befestigt war, und daß einmal wenigstens ein Bewohner dieser anderen Welt in Mr. Caves Gesicht geblickt hatte, während er von der anderen Seite hindurchsah.

So viel über die wesentlichen Tatsachen. Falls wir nicht alles für eine geistreiche Erfindung von Mr. Wace halten, müssen wir eins von zwei Dingen glauben: entweder, daß Mr. Caves Kristall gleichzeitig in zwei Welten sein konnte und daß, während er ihn in einer Welt umhertrug, der Kristall in der anderen Welt fest an ein- und derselben Stelle blieb, was vollkommen vernunftwidrig zu sein scheint. Oder sonst, daß er in einer sonderbaren Beziehung zu einem anderen, genau gleichen Kristall in der anderen Welt stand, so daß unter bestimmten Bedingungen jeder der beiden Beobachter in dem entsprechenden Kristall dasselbe wie der andere sah. Vorläufig wissen wir nicht, wie zwei Kristalle derart *en rapport* stehen könnten, wissen jedoch genug, um zu begreifen, daß es nicht völlig unmöglich ist.

Und wo lag diese andere Welt? Auch diesbezüglich schaffte Mr. Waces scharfe Intelligenz schnell Klarheit. Die Sterne, die nachts am Himmel der anderen Welt standen, waren dieselben, die wir von der Erde aus sehen, und standen in derselben Konstellation zueinander. Die andere Welt mußte also irgendwo in unserem Sonnensystem liegen, und zwar höchstens einige hundert Millionen Meilen von uns entfernt. Indem er dieser Spur nachging, stellte Mr. Wace fest, daß der mitternächtliche Himmel von einem dunkleren Blau war als unser Himmel im Winter, und daß die Sonne etwas kleiner zu sein schien. *Und es gab zwei kleine Monde!* Sie waren auch kleiner als unser Mond, und einer von ihnen bewegte sich so schnell, daß die Bewegung deutlich erkennbar war. Bei jeder Umdrehung wurden diese Monde verdunkelt, weil ihre Bahnen so nahe an ihrem Hauptplaneten verliefen. Und all dies entsprach vollkommen den Bedingungen, die auf dem Mars herrschen mußten.

Es scheint durchaus einleuchtend zu sein, daß Mr. Cave, wenn er in seinen Kristall blickte, tatsächlich den Planeten Mars und seine Bewohner sah. Und wenn das zutraf, dann war der Abendstern, der glänzend hell am Marshimmel leuchtete, nichts anderes als unsere Erde.

Eine Zeitlang schienen die Marsbewohner nichts von Mr. Caves Beobachtungen gewußt zu haben. Ein- oder zweimal blickte einer durch einen der Kristalle, flog jedoch nach kurzer Zeit zu einem anderen Mast, als ob der Durchblick unbefriedigend gewesen wäre.

In dieser Zeit konnte Mr. Cave das Verhalten der geflügelten Leute beobachten, ohne gestört zu werden, und obwohl sein Bericht darüber notwendigerweise undeutlich und bruchstückartig sein mußte, war er trotzdem sehr beeindruckend. Man stelle sich den Eindruck vor, den ein Marsbewohner bekommen würde, dem es gelingt, vom Turm der St.-Martins-Kirche aus London zu sehen, und zwar jedesmal höchstens vier Minuten lang. Mr. Cave konnte nicht mit Sicherheit sagen, ob die geflügelten Marsbewohner dieselben wie die auf den Straßen und Terrassen Umherspringenden waren, und ob die letzteren, wenn sie wollten, auch Flügel ausstrecken konnten. Mehrere Male sah er plumpe Zweifüßler, entfernt an Affen erinnernd, weiß und teilweise durchsichtig, die unter den flechtenbewachsenen Bäumen etwas aßen, und einmal flohen einige von ihnen vor einem der springenden Marsbewohner. Der letztere fing einen der Zweifüßler mit seinen Fühlern, und dann erlosch das Bild plötzlich und überließ Mr. Cave quälender Ungewißheit. Bei einer anderen Gelegenheit erschien ein ungeheures Etwas, das Mr. Cave zuerst für ein riesiges Insekt hielt, und bewegte sich mit rasender Schnelligkeit auf der Straße neben dem Kanal. Als es näher kam, entdeckte Mr. Cave, daß es ein Mechanismus aus glänzendem Metall und von komplizierter Bauart war. Im nächsten Augenblick war es verschwunden.

Nach einiger Zeit versuchte Mr. Wace die Aufmerksamkeit der Marsbewohner zu erregen, und als wieder einmal die seltsamen Augen eines von ihnen dicht vor dem Kristall erschienen, rief Mr. Cave es ihm zu und sprang zurück. Sie schalteten das Licht ein und gestikulierten, als ob sie Signale gäben. Als Mr. Cave dann aber wieder in den Kristall blickte, war der Marsbewohner verschwunden.

Diese Beobachtungen gingen bis in den November hinein. Dann dachte Mr. Cave, der Argwohn seiner Familie wegen des Kristalls hätte sich gelegt, und nahm ihn öfter mit nach Hause, um sich jederzeit, wenn er Lust bekam, damit beschäftigen zu können.

Im Dezember hatte Mr. Wace wegen der bevorstehenden Examen viel zu tun, und die Sitzungen wurden für eine Woche verschoben, und dann sah er zehn oder elf Tage lang nichts von Mr. Cave. Da Wace viel daran lag, die Untersuchungen wiederaufzunehmen, ging er nach Seven Dials. Mr. Caves Laden war geschlossen.

Er klopfte, und der Stiefsohn öffnete ihm die Tür. Er rief Mrs. Cave, die in billiger, aber auffallender Witwentracht erschien. Mr. Wace erfuhr, daß Cave tot sei und schon beerdigt worden war. Sie beschäftigte sich nur mit ihren eigenen Aussichten und den Einzelheiten der Trauerfeier, doch schließlich gelang es Mr. Wace, die Umstände von Mr. Caves Tod zu erfahren. Er war einen Tag nach seinem letzten Besuch bei Mr. Wace frühmorgens tot in seinem Laden gefunden worden, mit dem Kristall zwischen seinen eiskalten Händen. Er lächelte im Tode, sagte Mrs. Cave. Als er gefunden wurde, muß er schon fünf oder sechs Stunden tot gelegen haben.

Wace war stark erschüttert und machte sich bittere Vorwürfe darüber, daß er die leicht erkennbaren Krankheits-Symptome des alten Mannes nicht beachtet hatte. Hauptsächlich jedoch dachte er an den Kristall und fing an, vorsichtig danach zu fragen – er kannte Mrs. Caves Eigentümlichkeiten. Als er erfuhr, daß er verkauft worden war, bekam er einen Schreck.

Kaum hatte man Caves Leiche nach oben gebracht, war Mrs. Cave auf den Gedanken gekommen, dem Geistlichen zu schreiben, der für den Kristall fünf Pfund geboten hatte, fand aber trotz eifrigen Suchens seine Adresse nicht. Da es ihnen an Mitteln fehlte, um Cave so beerdigen zu lassen, wie die Würde eines alten Einwohners von Seven Dials es verlangte, hatte sie sich an einen befreundeten Geschäftskollegen in der Great Portland Street gewandt, der sehr entgegenkommend einen Teil der Waren zum Schätzwert übernommen hatte, darunter den Kristall. Mr. Wace brachte ein paar Beileidsworte an und eilte dann sofort zur Great Portland Street. Hier erfuhr er, daß das Kristall-Ei schon an einen großen, dunklen Mann in grauem Anzug verkauft worden war. Und damit findet die seltsame Geschichte ein jähes Ende. Der Händler aus der Great Portland Street wußte nicht, wer der große Mann in Grau war, noch hatte er ihn aufmerksam genug betrachtet, um ihn genau beschreiben zu können. Eine Weile blieb Mr. Wace noch im Laden und quälte den Händler mit sinnlosen Fragen, um seiner Erregung Luft zu machen. Als er schließlich einsah, daß die ganze Sache hoffnungslos war, kehrte er in seine Wohnung zurück.

Sein Verdruß und seine Enttäuschung waren natürlich groß. Er gab Anzeigen in Zeitschriften auf, die wahrscheinlich von Sammlern gelesen wurden. Er schrieb auch Briefe an *The Daily Chronicle* und *Nature,* aber beide Zeitungen argwöhnten einen schlechten Witz, baten ihn, es sich noch einmal zu überlegen, und warnten ihn davor, durch eine so sonderbare, unbeweisbare Geschichte seinen Ruf als Wissenschaftler in Gefahr zu bringen. Überdies hatte er augenblicklich in seiner Stellung viel zu tun. So gab er sein Suchen nach dem Kristall nach etwa einem Monat bis auf gelegentliche Fragen bei einigen Händlern widerwillig auf, und seitdem ist das Ei verschwunden geblieben.

Es ist müßig, darüber nachzudenken, ob es für immer verschwunden bleiben wird oder nicht. Wenn der gegenwärtige Besitzer ein Sammler ist, hätte er über die Nachforschungen Mr. Waces von den Antiquitätenhändlern etwas erfahren müssen. Es ist Mr. Wace gelungen, Mr. Caves Geistlichen und den Orientalen zu entdecken – sie sind der Reverend James Parker und der junge Fürst von Bosso-Kuni auf Java. Ich verdanke ihnen gewisse Einzelheiten. Der Fürst hatte aus reiner Neugier Interesse an dem Kristall gehabt. Er wollte ihn unbedingt kaufen, weil Cave so sonderbar zögerte ihn herzugeben. Ebenso möglich ist, daß der Käufer im zweiten Falle gar kein Antiquitätensammler war, sondern das Ei nur nebenbei gekauft hat, und daß es augenblicklich, im Umkreis einer Meile von mir, als Wohnzimmerschmuck oder Briefbeschwerer dient, ohne daß jemand von seiner ausgefallenen Eigenart etwas ahnt.

Meine eigenen Ansichten in dieser Frage stimmen

praktisch mit denen Mr. Waces überein. Ich glaube, der Kristall auf dem Mars und das Kristall-Ei Mr. Caves stehen in irgendeinem physischen, wenn auch gegenwärtig unerklärlichen Sinne *en rapport,* und wir beide glauben ferner, daß der irdische Kristall – wahrscheinlich in weit zurückliegender Zeit – von jenem Planeten hierhergeschickt worden ist, um den Marsbewohnern ein Bild von den Verhältnissen auf der Erde zu ermöglichen. Möglicherweise befinden sich die Gegenstücke zu den Kristallen auf den anderen Masten auch auf unserer Erdkugel. Und möglicherweise wird bald wieder ein Kristall-Ei entdeckt.

Die Äpyornis-Insel

Der Mann mit dem Narbengesicht beugte sich über den Tisch und musterte mein Bündel.

»Orchideen?« fragte er.

»Ein paar«, sagte ich.

»Zypripedien?« fragte er.

»In der Hauptsache«, sagte ich.

»Irgendwas Neues? Nein? Das dachte ich mir. Ich hab die Inseln vor fünfundzwanzig – nein, siebenundzwanzig Jahren abgeklappert. Wenn Sie da irgendwas Neues finden – na ja, dann ist's wirklich funkelnagelneu! Viel hab ich nicht übriggelassen!«

»Ich bin kein Sammler«, sagte ich.

»Ich war damals noch jung«, fuhr er fort. »Herrgott! Wie bin ich herumgerast!« Er blickte mich abschätzend an. »Zwei Jahre war ich in Ostindien und sieben in Brasilien. Dann ging ich nach Madagaskar.«

»Ein paar Forscher kenn' ich dem Namen nach«, sagte ich und machte mich auf eine weitschweifige Geschichte gefaßt. »Für wen haben Sie gesammelt?«

»Die Dawsons. Haben Sie je den Namen Butcher gehört?«

»Butcher? Butcher?« Irgendwo hatte ich den Namen schon gehört. Dann fiel es mir ein – der Fall Butcher gegen Dawsons. »Donnerwetter!« sagte ich, »Sie sind der Mann, der mit ihnen prozessiert hat – um vier Jahre Gehalt? – Der auf eine öde Insel verschlagen worden ist.«

»Zu dienen!« sagte der Mann mit der Narbe und verbeugte sich. »Komischer Fall, was? Auf der einen

Seite ich, der ich auf besagter Insel ein kleines Vermögen machte und nicht einmal was leistete dafür, und auf der anderen Seite sie, einfach außerstande, mir zu kündigen! Der Gedanke hat mir, während ich dort war, oft Spaß gemacht! Ich stellte lange Rechnungen darüber auf – in riesigen ornamentalen Ziffern – rings über die ganze Insel.«

»Wie kam es denn dazu?« sagte ich. »So ganz genau kann ich mich nicht mehr auf den Fall besinnen.«

»Tja ... Sie haben vom Äpyornis gehört?«

»Das will ich meinen! Erst vor ein oder zwei Monaten erzählte mir Andrews von einer neuen Spezies, an der er gerade arbeitete. Knapp bevor ich abreiste. Sie haben, wie es scheint, einen Schenkelknochen gefunden – fast eine Elle lang. Das Ding muß ein Ungetüm gewesen sein!«

»Da haben Sie schon recht«, sagte der Mann mit der Narbe. »Es war ein Ungetüm. Sindbads Vogel Rock war nichts als ein Abklatsch davon. Wann haben sie denn die Knochen gefunden?«

»Vor drei oder vier Jahren – 1891, glaub ich. Warum?«

»Warum? Weil ich sie gefunden hab – Herrgott, ja, das ist jetzt fast zwanzig Jahre her. Wenn die Dawsons sich nicht so blödsinnig angestellt hätten wegen des Gehalts, so hätten sie das schönste Monopol darauf haben können ... Meine Schuld war's wahrhaftig nicht, daß das verdammte Boot sich losriß ...«

Er machte eine Pause. »Ich vermute, es wird derselbe Platz sein. Eine Art Sumpf, ungefähr neunzig Meilen nördlich von Antananarivo. Kennen Sie vielleicht zufällig die Gegend? Man muß im Boot an der Küste entlangfahren. Sie erinnern sich nicht mehr daran?«

»Nein. Ich nicht. Aber ich glaube, Andrews sagte etwas von einem Sumpf.«

»Das muß es sein. An der Ostküste ist es. Und es ist irgendwas im Wasser, was die Dinge vor dem Vermodern bewahrt. Es riecht wie Kreosot, es erinnerte mich an Trinidad. Haben sie auch noch Eier gefunden? Ein paar von den Eiern, die ich fand, waren anderthalb Fuß lang. Der Sumpf geht rundherum, müssen Sie wissen, und schneidet gerade dieses Stückchen ab. Meist Salzwasser, übrigens … Na ja … War das ein Leben! Die Dinger selber fand ich ganz zufällig. Wir suchten Eier – ich und zwei Eingeborene, in einem von ihren drolligen, zusammengebundenen Kanus, und dabei fanden wir auch die Knochen. Wir hatten ein Zelt mit und Lebensmittel für vier Tage; und an einer von den festeren Stellen ließen wir uns häuslich nieder. Jetzt noch – wenn ich bloß daran denke – kommt mir der Teergeruch von damals in die Nase! Eine ganz eigene Art von Arbeit ist es. Man durchsucht den Schlamm mit eisernen Stangen, wissen Sie. Und gewöhnlich zerschlägt man dabei die Eier. Möcht' wissen, wie lang es wohl her ist, daß diese Äpyornisse eigentlich lebten. Die Missionare behaupten, unter den Eingeborenen existieren noch Legenden aus der Zeit, als sie lebten; aber selber hab ich nie eine derartige Geschichte gehört. Eins ist sicher: Die Eier, die wir fanden, waren frisch, als wären sie eben erst gelegt worden. Frisch! Während wir sie zum Boot hinuntertrugen, ließ einer von meinen Schwarzen eines auf einen Stein fallen, und es zerbrach. Wie hab ich den Kerl angeschnauzt! Aber es war einfach himmlisch – als wär' es eben erst gelegt worden – nicht eine Spur von Geruch – und dabei war die Mutter seit – wer weiß – vierhundert Jahren tot! Behauptete, ein Insekt hätte ihn gebissen. Übrigens – um wieder auf meine Geschichte zu kommen: Wir hatten den ganzen Tag damit verbracht, im Morast zu graben und die paar Eier unbeschädigt herauszukriegen, und wir waren alle ganz überzogen mit scheußlichem, schwarzem Schlamm, und ich war natürlich sehr übler Laune. Soviel ich weiß, waren es die einzigen Eier, die unzerbrochen, ohne auch nur einen Sprung, gefunden worden sind. Später sah ich mir einmal die an, die sie im Naturgeschichtlichen Museum in London haben; alle waren sie voller Sprünge und zusammengeleimt. Meine waren vollständig in Ordnung; und ich hatte vor, daheim ein ganz schönes Geschäft mit ihnen zu machen. Natürlich ärgerte ich mich über den blödsinnigen Kerl, der die Frucht einer Arbeit von drei Stunden einfach fallen ließ – wegen eines bloßen Insekts. Ich gab's ihm auch ziemlich deutlich zu verstehen.«

Der Mann mit der Narbe zog eine Tonpfeife heraus. Ich schob ihm meinen Tabakbeutel hin. Geistesabwesend stopfte er seine Pfeife.

»Und wie war's denn mit den anderen? Haben Sie die nach Hause gebracht? Ich erinnere mich nicht mehr …«

»Das ist eben das Merkwürdige an der Geschichte. Noch drei andere hatte ich. Ganz frische Eier. Na schön! Wir legten sie ins Boot, und ich ging ins Zelt hinauf, um Kaffee zu kochen, und ließ meine beiden Schwarzen drunten am Strand. Der eine beschäftigte sich mit seinem Insektenstich, und der andere half ihm dabei. Der Gedanke, daß die Kerle sich die seltsame Lage, in der ich mich befand, zunutze machen und einen Streit vom Zaun brechen würden, kam mir überhaupt nicht. Aber ich denke mir, daß das Insektengift und die Hiebe, die ich ihm gegeben hatte, den einen wild machten – er war immer ein rachsüchtiger Kerl gewesen –, und der überredete den andern.

Ich weiß noch – ich saß da und rauchte und kochte Wasser auf einer Spiritusmaschine, die ich auf derartigen Expeditionen immer mitnahm. Dabei bewunderte ich den Sumpf im Sonnenuntergang. Ganz schwarz und blutigrot war er, lauter Streifen, ein wundervoller Anblick. Dahinter stieg die Hügellandschaft grau und dunstig auf, darüber lag ein Himmel, rot wie der Schlund eines Hochofens. Und fünfzig Meter hinter mir waren diese verfluchten Schwarzen und beschlossen ohne jede Rücksicht auf die friedvolle Stille, mit dem Boot durchzugehen und mich einfach zurückzulassen – mit Lebensmitteln für drei Tage, einem Leinenzelt und einem kleinen Krug Wasser! Ich hörte auf einmal eine Art Bellen hinter mir – und da waren sie auch schon in ihrem Kanu – ein miserables Boot – etwa zwanzig Meter vom Land entfernt. Mir wurde sofort klar, was los war. Mein Gewehr lag im Zelt, und außerdem hatte ich keine Kugeln, sondern bloß Vogelschrot. Das wußten sie. Aber ich hatte einen kleinen Revolver in der Tasche, und den riß ich heraus, während ich zum Strand hinunterrannte.

›He! Zurück!‹ rief ich, den Revolver schwingend.

Sie plapperten irgendwas, und der Mann, der das Ei zerbrochen hatte, rief ganz laut hurra! Ich zielte auf den andern, weil er unverwundet war und das Ruder führte, und verfehlte ihn. Sie lachten. Trotzdem, ich ließ mich nicht beirren. Ich wußte, daß ich ruhig bleiben mußte. Ich zielte wieder auf ihn, und diesmal sprang er mit dem Knall hoch! Er lachte diesmal auch nicht. Beim drittenmal traf ich ihn in den Kopf, er ging über Bord und mit ihm das Ruder. Es war ein ganz außergewöhnlich glücklicher Schuß für einen Revolver. Fünfzig Meter weit muß es immerhin gewesen sein. Er versank im Nu. Ob erschossen oder einfach betäubt und ertrunken, das weiß ich nicht. Dann fing ich an, hinter dem andern Kerl dreinzurufen, er möchte doch zurückkommen; aber er verkroch sich in dem Kanu und wollte nicht. So schoß ich denn schließlich mit dem Revolver auf ihn, traf ihn aber nicht.

Wie ein Narr bin ich mir vorgekommen – das kann ich Ihnen sagen! Da stand ich auf der verfluchten, öden Küste, hinter mir nichts als Sumpf und vor mir nichts als das flache Meer in seiner Nach-Sonnenuntergangs-Kälte und das schwarze Kanu, das langsam und sicher aufs Meer hinaustrieb. Ich kann Ihnen sagen, ich habe die Dawsons und Jamrachs und Museen und überhaupt alles zu allen Teufeln gewünscht! Ich brüllte hinter dem Nigger her, zurückzukommen, bis meine Stimme nur noch ein Kreischen war.

Es half nichts – ich mußte ihm nachschwimmen und sehen, wie ich mit den Haien fertig wurde. Ich öffnete mein Klappmesser und nahm es zwischen die Zähne, zog meine Kleider aus und watete hinein. Sobald ich im Wasser war, verlor ich das Kanu aus den Augen, aber ich hielt grade darauf zu, so gut ich konnte. Ich hoffte, der Mann drin würde zu dumm sein, ordentlich zu steuern, und es würde in derselben Richtung weitertreiben. Bald kam es auch so ungefähr gegen Südwest wieder über den Horizont herauf. Die Nachglut des Sonnenuntergangs war jetzt vollständig vorüber, und die Schatten der Nacht krochen herauf. Die Sterne schimmerten durch das Blau. Ich schwamm wie ein Preisschwimmer, so sehr auch bald meine Arme und Beine schmerzten.

Na, jedenfalls erreichte ich ihn, als die Sterne alle so nach und nach heraus waren. Als es dunkler wurde, fing ich an, allerhand glühende Körper im Wasser zu sehen, Phosphoreszenz, wissen Sie. Manchmal machte es mich ganz schwindlig. Ich wußte kaum, was Sterne waren und was Phosphoreszenz und ob ich auf dem Kopf schwamm oder auf den Beinen. Das Kanu war schwarz wie die Sünde und das Wellengekräusel unter seinem

Bug wie flüssiges Feuer. Natürlich hütete ich mich, gleich hineinzuklettern. Erst mußte ich sehen, was er trieb. Er schien in einen Klumpen zusammengekauert hinten im Boot zu liegen, das Heck ragte ganz aus dem Wasser. Das Ding drehte sich, während es trieb, langsam um sich selber – so eine Art Walzer, wissen Sie. Ich schwamm zum Heck und zog es herunter – ich erwartete natürlich, er würde aufwachen. Dann fing ich an hineinzuklettern – immer mit dem Messer in der Hand und auf einen Überfall gefaßt. Aber er regte sich überhaupt nicht. Schließlich saß ich in dem Heck des kleinen Kanus und trieb über die stille, phosphoreszierende See, über mir das ganze Heer der Sterne, und wartete, daß irgend etwas geschehen würde.

Nach einer langen Weile rief ich ihn beim Namen, aber er antwortete nicht. Ich war zu müde, um mich der Gefahr auszusetzen, zu ihm hinzugehen. So saßen wir eben da. Ich vermute, ich bin ein- oder zweimal eingedöst. Als der Morgen dämmerte, sah ich, daß er mausetot war wie ein Türnagel, und ganz gedunsen und blaurot. Meine drei Eier und die Knochen lagen mitten im Kanu, die Wasserflasche und ein bißchen Kaffee und Biskuits in eine Zeitung eingewickelt zu seinen Füßen und eine Zinnflasche mit Methylspiritus unter ihm. Es war kein Ruder da, oder überhaupt irgend etwas außer der Spiritusflasche, was man statt dessen hätte benützen können; ich beschloß also, mich treiben zu lassen, bis man mich auflesen würde. Ich nahm eine kurze Leichenschau vor, tippte auf irgendeinen Skorpion oder ein unbekanntes Insekt und warf ihn dann über Bord.

Darauf trank ich einen Schluck Wasser, aß ein paar Biskuits und sah mich um. Ein Mann, der so herunter ist, wie ich es damals war, sieht vermutlich überhaupt nicht weit; jedenfalls war keine Spur mehr von Madagaskar oder irgendeinem Festland mehr zu sichten. Ich sah ein Segel in südwestlicher Richtung gehen, das aussah wie ein Schoner, aber der Rumpf erschien überhaupt nicht über dem Horizont. Nach und nach stieg die Sonne immer höher und fing an, auf mich herunterzubrennen. Herrgott! Mir kochte fast das Gehirn! Ich versuchte, meinen Kopf ins Wasser zu stecken; aber nach einer Weile fiel mein Blick auf die Zeitung, und ich legte mich flach ins Kanu und breitete sie über mich. Wundervolle Erfindungen, die Zeitungen! Ich hatte noch nie vorher eine gründlich gelesen; aber es ist merkwürdig, auf was der Mensch alles verfallen kann, wenn er allein ist, wie ich's war. Ich glaube, ich hab diesen alten, famosen *Cap-Argus* wohl zwanzigmal gelesen. Der Teer, mit dem das Kanu verschmiert war, rauchte geradezu vor Hitze und warf große Blasen.

Zehn Tage lang trieb ich so«, sagte der Mann mit der Narbe. »Eine Kleinigkeit, wenn man's so erzählt, nicht? Jeder Tag glich dem vorhergehenden. Außer morgens und abends hielt ich nicht einmal Ausschau – die Hitze war zu höllisch! Nach den ersten drei Tagen sah ich überhaupt kein Segel mehr, und die paar, die ich sah, bemerkten mich gar nicht. Ungefähr in der sechsten Nacht fuhr ein Schiff an mir vorüber, kaum eine halbe Meile entfernt, alle Lichter waren angezündet und die Luken offen – wie eine große Feuerfliege sah es aus. An Bord war Musik. Ich stand auf und schrie und kreischte hinüber. Am zweiten Tag brach ich eins von den Äpyorniseiern an – kratzte an einem Ende die Schale weg, Stück für Stück, und versuchte es und freute mich, als ich fand, daß man es gut essen konnte. Es schmeckte ein bißchen herb – ich meine nicht schlecht, sondern so ähnlich wie Enteneier. Auf der einen Seite des Dotters war eine Art kreisrunder Fleck, ungefähr sechs Zoll im Durchmesser, mit blutigen

Streifen drin und einer weißen, leiterartigen Stelle, die mir sonderbar vorkam; aber ich begriff damals nicht, was sie bedeutete, und war auch keineswegs geneigt, wählerisch zu sein. Mit Zwieback und einem Schluck Wasser reichte mir das Ei drei Tage lang. Daneben kaute ich Kaffeebohnen – recht erfrischend und belebend. Das zweite Ei öffnete ich ungefähr am achten Tag, und ich war ganz bestürzt.«

Der Mann mit der Narbe hielt einen Augenblick inne. »Ja«, sagte er dann, »es entwickelte sich. Ich kann mir vorstellen, daß Sie das nur schwer glauben können. Mir ging es so, obwohl ich das Ding vor mir sah. Da war nun das Ei vielleicht dreihundert Jahre lang in dem kalten, schwarzen Schlamm versunken gelegen. Aber ein Irrtum war ausgeschlossen. Der – wie sagt man? – Embryo war da, mit seinem dicken Kopf und gekrümmtem Rücken und dem sichtbaren Herzschlag in der Kehle. Der Dotter war ganz verschrumpelt, und alles war mit großen dünnen Häuten bedeckt. Da saß ich und brütete die Eier des größten aller ausgestorbenen Vögel aus, in einem kleinen Kanu mitten im Indischen Ozean! Wenn der alte Dawson das gewußt hätte! Das war schon vier Jahre Gehalt wert! Was meinen Sie?

Na, einerlei – ich mußte das kostbare Zeug aufessen, bis auf den letzten Krümel, eh' ich das Riff erblickte; und ein paar von den Bissen waren scheußlich unangenehm. Das dritte ließ ich unbeschädigt. Ich hielt es gegen das Licht, aber die Schale war zu dick, als daß ich auch nur einen schwachen Schimmer hätte sehen können von dem, was drinnen vor sich ging. Und obgleich ich mir einbildete, Blut pulsieren zu hören, konnte das auch ein Sausen in meinen eigenen Ohren sein, wie wenn man an einer Muschel horcht.

Dann tauchte das Atoll auf. Es kam ganz plötzlich dicht neben mir aus dem Sonnenaufgang. Ich trieb geradewegs darauf zu, bis ich nur noch ungefähr eine halbe Meile vom Ufer entfernt war; dann wechselte die Strömung, und ich mußte mit den Händen und mit Stücken der Äpyorniseierschalen nach Leibeskräften rudern, um an Land zu kommen. Na, jedenfalls kam ich hin. Es war ein gewöhnliches Atoll, eine Koralleninsel im Umfang von ungefähr vier Meilen, mit ein paar Bäumen und einer Quelle, und die Lagune war voll von Papageifischen. Ich schaffte das Ei an Land und legte es an einen geschützten Ort, wo die Flut es nicht erreichen konnte und die Sonne drauf schien, um ihm jede Möglichkeit zu verschaffen; darauf zog ich das Kanu auf den Strand und ging auf Entdeckungsreisen. Merkwürdig, wie langweilig solch ein Atoll ist! Sobald ich eine Quelle gefunden hatte, schien alles Interesse erschöpft zu sein. Als ich ein Junge war, dachte ich, nichts könnte schöner und abenteuerlicher sein als so eine Robinson-Crusoe-Geschichte; aber das Ding war so eintönig wie ein Predigtbuch. Ich wanderte umher und suchte mir meine Nahrung und dachte dabei an allerhand; aber ich kann Ihnen sagen, ich langweilte mich fast zu Tode, noch ehe der erste Tag um war. Wissen Sie, ich hatte Glück gehabt – noch am selben Tag schlug das Wetter um. Gegen Norden zog ein Gewitter auf, das auch die Insel streifte; in der Nacht kam ein Platzregen, und der Sturm heulte und tobte über mich hin. Wissen Sie – viel hätte nicht dazu gehört, das Kanu umzukippen.

Ich schlief unter dem Kanu, und das Ei lag glücklicherweise weiter oben am Ufer im Sand. Das erste, woran ich mich erinnere, war ein Wasserguß über meinen Körper und ein Lärm, als ob hundert Kieselsteine gleichzeitig gegen das Boot prasselten. Ich hatte eben von Antananarivo geträumt, und ich richtete mich auf und rief nach Intoshi, um sie zu fragen, was zum Henker denn los wäre, und tastete nach dem Stuhl, wo die Streichhölzer immer lagen. Dann fiel mir ein, wo ich war. Phosphoreszierende Wellen rollten heran, als wollten sie mich auffressen, sonst war die Nacht um mich her pechschwarz. Der Sturm heulte. Die Wolken waren ganz tief, und der Regen strömte herab, als ob der Himmel versänke und sie droben über dem Firmament das Wasser ausschöpften. Eine große Woge kam zischend, wie eine feurige Schlange, auf mich zugerollt; da riß ich aus. Gleich darauf fiel mir das Kanu ein, und als das Wasser fauchend zurückstürzte, lief ich wieder hinunter; aber das Ding war fort. Darauf kam mir der Gedanke an das Ei, und ich tappte in der Finsternis hin. Es war völlig in Ordnung und außer Reichweite selbst der höchsten Wellen; und ich setzte mich daneben und streichelte es wie einen guten Kameraden. Herrgott! War das eine Nacht!

Vor Tagesanbruch war der Sturm vorüber. Als es anfing zu dämmern, war kein Wolkenfetzchen mehr am Himmel, und am ganzen Strand lagen zersplitterte Bootsplanken – sozusagen das aufgelöste Skelett meines Kanus. Na, das gab mir jedenfalls was zu tun; ich baute daraus und aus zwei oder drei beieinanderstehenden Bäumen eine Hütte. Und just an diesem Tag war das Ei ausgebrütet.

Ausgebrütet, Verehrtester – während ich meinen Kopf darauf gebettet hatte und schlief! Ich hörte ein Krachen und fuhr auf – und da sah ich: Das eine Ende des Eis war aufgepickt, und ein kleiner, brauner Kopf guckte mich draus an. – ›Donnerwetter!‹ sagte ich. ›Grüß Gott!‹ Und unter einiger Schwierigkeit kam er heraus.

Im Anfang war er ein netter, freundlicher, kleiner Kerl – so ungefähr von der Größe einer kleinen Henne –, ganz ähnlich wie die meisten jungen Vögel, bloß größer. Sein Gefieder war zuerst schmutzigbraun – mit einer Art grauer Kruste darauf, die sehr bald abfiel; eigentlich keine Federn, sondern eher flaumiges Haar. Ich kann gar nicht sagen, wie froh ich war, als ich ihn sah! Glauben Sie mir – Robinson Crusoe schildert seine Einsamkeit nicht annähernd schrecklich genug! Jedenfalls war es eine interessante Gesellschaft. Er guckte mich an, zwinkerte und rollte die Augen wie ein Huhn; er zirpte und fing an herumzupicken, als ob das rein gar nichts wäre, mit dreihundert Jahren Verspätung ausgebrütet zu werden. ›Freu' mich, deine Bekanntschaft zu machen, Freitag!‹ sagte ich, denn natürlich war es für mich, sobald ich entdeckte, daß das Ei im Kanu sich weiterentwickelte, eine abgemachte Sache gewesen, daß er Freitag heißen würde, wenn er überhaupt auskröche. Seine Ernährung machte mir ein bißchen Sorge; ich gab ihm darum gleich ein tüchtiges Stück Papageifisch. Er nahm's und riß den Schnabel auf – wollte mehr! Das freute mich; denn so, wie die Umstände nun einmal lagen – wenn er besonders wählerisch gewesen wäre, hätte ich ihn schließlich eben doch selber aufessen müssen.

Sie können sich gar nicht denken, was für ein interessanter Vogel dieses Äpyornisküken war. Gleich von Anfang an lief es hinter mir drein. Er stand neben mir und wartete, während ich in der Lagune fischte, und nahm sich seinen Anteil von allem, was ich fing. Dabei war er auch ganz verständig. Es gab da gewisse eklige grüne, warzige Dinger, so ungefähr wie eingemachte Essiggurken, die am Strand herumlagen; einmal probierte er eins davon, und das warf ihn um. Von da ab würdigte er die Dinger keines Blickes mehr.

Und wie er wuchs! Man sah ihn förmlich wachsen! Da ich nie ein besonderer Gesellschaftsmensch gewesen war, behagte mir seine ruhige, freundliche Art ganz ausgezeichnet. Fast zwei Jahre lang waren wir beide miteinander so glücklich, wie man überhaupt sein konnte auf unserer Insel. Geschäftssorgen hatte ich nicht – ich wußte ja, mein Gehalt lag bei den Dawsons und brachte Zinsen. Ab und zu sahen wir ein Segel, aber in unsere Nähe kam nie eines. Ich schaffte mir einen Zeitvertreib, indem ich die Insel mit Ornamenten aus allerhand mannigfaltigen Seesternen und Muscheln dekorierte. Überall, auf dem ganzen Ort herum, schrieb ich ›Äpyornis-Insel‹ – in großen Buchstaben, so ungefähr wie man's drüben in der Heimat an Bahnhöfen in farbigen Steinen sieht, mit mathematischen Berechnungen und allerhand Zeichnungen. Wie oft lag ich da und beobachtete meinen geliebten Vogel, wie er herumstelzte und wuchs und wuchs; und dachte dabei, wie ich mir ein Vermögen verdienen würde, wenn ich ihn ausstellte – falls ich überhaupt je wieder von hier wegkäme. Nach der ersten Mauser wurde er schön: Er bekam einen Schopf und einen blauen Bart und einen ganzen Strauß grüner Federn hinten. Dann sann ich oft nach, ob eigentlich die Dawsons ein Recht auf ihn hätten oder nicht. In der Regenzeit und bei stürmischem Wetter lagen wir gemütlich in der Schutzhütte, die ich aus dem alten Kanu gezimmert hatte, und ich erzählte ihm allerhand Märchen über meine Leute daheim. Und nach dem Sturm wanderten wir miteinander um die Insel herum und sahen, ob irgendwas angetrieben war. Es war ein rechtes Idyll, das kann man wohl sagen. Hätt' ich bloß ein bißchen Tabak gehabt – es wäre einfach ein Paradies gewesen!

Es ging ungefähr aufs Ende des zweiten Jahres zu, als die Sache nicht mehr so recht stimmte in unserem kleinen Paradies. Freitag war jetzt so ungefähr vierzehn Fuß hoch bis zum Schnabel, mit einem breiten, großen Kopf – etwa wie der Kopf einer Spitzhacke – und zwei riesigen braunen, gelbumränderten Augen, die nebeneinander standen wie Menschenaugen – nicht seitlich wie bei Hühnern. Sein Gefieder war prächtig, weniger im Halbtrauerstil des Straußes, sondern eher wie ein Kasuar, was Farbe und Feinheit anbelangt. Und dann – auf einmal – fing er an, den Kamm gegen mich aufzustellen und sich aufzuplustern und alle Anzeichen eines bösartigen Temperaments zu zeigen …

Schließlich kam dann eine Zeit, in der ich beim Fischen ziemliches Pech hatte; und da fing er an, mit einem seltsam nachdenklichen Ausdruck um mich herumzulaufen. Ich dachte erst, er hätte vielleicht Seegurken oder sonst was gefressen; aber tatsächlich war es die reine Unzufriedenheit, die ihn plagte. Ich war selber auch hungrig, und als ich schließlich einmal einen Fisch fing, wollte ich ihn für mich allein. Wir waren beide an jenem Morgen schlecht aufgelegt. Er pickte nach dem Fisch und packte ihn, und ich gab ihm einen kleinen Knuff an den Kopf, damit er ihn fahrenlassen sollte – da fuhr er auf mich los. Donnerwetter!«

Der Mann deutete auf seine Narbe. »Das da hat er mir ins Gesicht gehauen! Und dann schlug er nach mir aus. Wie ein Fußtritt von einem Pferd war es. Ich stand auf, und weil ich sah, daß er nicht aufhören würde, machte ich, daß ich fortkam. Ich hielt die Hände vors Gesicht, aber er rannte auf seinen langen, hageren Beinen schneller als ein Rennpferd und schlug immerzu wie ein Schmiedehammer auf mich ein und hämmerte mit seiner Spitzhacke unentwegt auf meinen Hinterkopf. Ich lief zur Lagune und watete schließlich bis an den Hals hinein. Als er ans Wasser kam, blieb er stehen – er konnte es nicht ausstehen, wenn seine Füße naß wurden – und fing an zu schreien, ungefähr wie ein Pfau, bloß noch unmelodischer. Dann stolzierte er am Ufer auf und ab. Ich muß gestehen – ich kam mir sehr klein vor, als ich sah, wie das liebe Fossil sich so aufspielte. Mein Kopf und Gesicht bluteten und – na ja, mein ganzer Körper war übersät mit Wunden und Schrammen.

Ich beschloß, über die Lagune zu schwimmen und ihn eine Weile allein zu lassen, bis die Sache wieder ins Gleichgewicht gekommen wäre. Ich kletterte auf die höchste Palme, und da saß ich und überlegte mir die Geschichte. Ich glaube, in meinem ganzen Leben hat mich nichts so gekränkt wie das. Einfach die brutale Undankbarkeit dieses Geschöpfs. Ich war ihm mehr als ein Bruder gewesen, hatte ihn ausgebrütet und aufgezogen. Ein großer, plumper, vorsintflutlicher Vogel! Und ich – ein menschliches Lebewesen – der Erbe von Jahrtausenden Zivilisation und wer weiß was alles!

Ich dachte, nach einer Weile würde er schon von selbst anfangen, die Dinge in diesem Licht zu sehen und sich wegen seines Benehmens ein bißchen zu schämen. Ich dachte, wenn ich vielleicht bald ein paar anständige Fische fangen und mich ihm dann so ganz beiläufig nähern und sie ihm anbieten würde, so würde er vernünftig werden. Es dauerte eine ganze Weile, bis ich lernte, wie rachsüchtig und unversöhnlich so ein vorsintflutlicher Vogel sein kann! Einfach aus Bosheit!

Ich will nichts weiter sagen von all den kleinen Anstrengungen, die ich machte, um den Vogel wieder freundlich zu stimmen. Ich kann's einfach nicht. Noch heute werde ich schamrot beim bloßen Gedanken an all die Demütigungen und Zurückweisungen, die diese verdammte Kuriosität mir zufügte. Ich versuchte es mit Gewalt. Ich warf von sicherer Entfernung aus mit Korallenstücken nach ihm; aber er verschlang sie bloß. Ich schleuderte mein offenes Messer nach ihm und verlor es fast, obwohl es zu groß war, als daß er es hätte verschlucken können. Ich versuchte ihn auszuhungern und hörte auf zu fischen; aber er pickte während der Ebbe den ganzen Strand nach Würmern ab und brachte sich auf die Art durch. Die Hälfte meiner Zeit verbrachte ich bis zum Hals im Wasser, die andere Hälfte auf irgendeiner Palme. Eine davon war nicht hoch genug, und als er mich darauf erwischte, feierte er wahre Orgien an meinen Waden. Es wurde ganz unerträglich. Ich weiß nicht, ob Sie je versucht haben, auf einer Palme zu schlafen. Es war ein Alptraum. Und dann – bedenken Sie doch – die Schande! Auf der einen Seite dieses ausgestorbene Biest, das wie ein ungnädiger Herzog auf der Insel herumstelzte – und auf der andern Seite ich, der nicht einmal den Fuß auf die Erde setzten durfte! Ich habe oft geweint vor Ärger und Ermüdung! Ich schrie es ihm ins Gesicht, daß ich keine Lust hätte, mich von so einem verdammten Anachronismus auf einer öden Insel schikanieren zu lassen. Ich forderte ihn auf, sich doch einen Seefahrer aus seinem eigenen Zeitalter herauszupicken. Aber er fletschte bloß seinen Schnabel und bedrohte mich. Scheußlicher, riesiger Vogel – nichts als Beine und Hals!

Wie lang das so weiterging, möchte ich gar nicht sagen. Ich hätte ihn schon eher umgebracht, wenn ich bloß gewußt hätte wie. Na, jedenfalls fand ich schließlich ein Mittel, ihn unschädlich zu machen. Es ist ein südamerikanischer Trick. Ich band alle meine Angelschnüre zusammen – mit Seegras und ähnlichem – und machte so eine Art fester Leine, vielleicht zwölf Meter lang oder noch mehr; und an den Enden befestigte ich zwei Korallenklumpen. Ich brauchte eine ganze Weile dazu, denn dazwischen mußte ich immer wieder in die Lagune oder auf eine Palme flüchten – je nachdem. Schließlich schwang ich die Leine so schnell wie möglich über dem Kopf und warf sie nach ihm. Das erstemal verfehlte ich ihn; aber das zweitemal schlang sich der Strick prächtig um seine Beine, immer wieder und wieder … Plumps! Er fiel um. Ich stand dabei bis zur Hüfte in der Lagune; und sobald er am Boden lag, war ich auch schon aus dem Wasser und sägte mit meinem Messer an seinem Hals.

Noch jetzt mag ich gar nicht daran denken. Wie ein Mörder kam ich mir dabei vor, so zornig ich auch auf ihn war. Als ich so über ihn gebeugt stand und ihn auf dem weißen Sand bluten sah, und seine schönen, großen Beine zuckten und schlugen im letzten Todeskampf – es war nicht schön!

Mit dieser Tragödie kam die Einsamkeit wie ein Fluch über mich. Großer Gott! Sie können sich gar keinen Begriff davon machen, wie ich Heimweh hatte nach dem Vogel! Ich saß neben dem Kadaver und betrauerte ihn, und es fröstelte mich ordentlich, wenn ich über das öde, stumme Riff blickte! Ich dachte daran, was für ein lustiges, kleines Tier er gewesen war als frisch geschlüpftes Küken, und erinnerte mich an tausend heitere Streiche, die er mir gespielt hatte, ehe alles so schiefging. Ich dachte, wenn ich ihn bloß verwundet hätte, hätte ich ihm vielleicht so nach und nach ein besseres Verständnis beibringen können. Wenn ich irgendwie die Möglichkeit gehabt hätte, die Korallenfelsen aufzugraben, so hätte ich ihn gern beerdigt. Mir war ganz zumute, als wäre er menschlich gewesen. Ich konnte, so wie die Verhältnisse lagen, gar nicht daran denken, ihn aufzuessen; so warf ich ihn in die Lagune, und die kleinen Fische pickten ihn sauber ab. Nicht einmal die Federn behielt ich zurück. Dann kam eines Tages irgendein Kerl, der in einer Jacht draußen herumsegelte, auf den Gedanken, nachzusehen, ob mein Atoll noch existierte.

Es kam wirklich keinen Augenblick zu früh. Ich war

ganz krank vor lauter Einsamkeit und wußte bloß noch nicht, ob ich einfach ins Wasser gehen sollte, um der Sache auf die Art ein Ende zu machen, oder lieber an Land einen Weg suchen sollte.

Ich verkaufte dann die Knochen an einen Mann namens Winslow – ein Händler in der Nähe des Britischen Museums –, der behauptet, er hätte sie an den alten Havers weiterverkauft. Havers scheint gar nicht begriffen zu haben, daß sie so besonders groß waren, und so wurde man erst nach seinem Tode auf sie aufmerksam. Man nannte sie dann Äpyornis – wie war es doch?«

»Aepyornis vastus«, sagte ich. »Komisch – vor kurzem noch hat einer meiner Freunde gerade davon gesprochen. Als sie einen Äpyornis mit einem drei Fuß langen Schenkelknochen fanden, glaubten sie, sie hätten das Höchste erreicht und nannten ihn *Aepyornis maximus.* Darauf brachte irgend jemand einen vier Fuß und sechs Zoll langen Schenkelknochen ans Licht, und den nannten sie *Aepyornis Titan.* Schließlich, nachdem der alte Havers gestorben war, fand man Ihren *vastus* in seiner Sammlung, und zuletzt tauchte noch ein *vastissimus* auf.«

»Ja, das hat mir Winslow erzählt«, sagte der Mann mit der Narbe. »Und wenn Sie noch mehr Äpyornisse finden«, meinte er, »wird sicher irgendeinen besonders schlauen Wissenschaftler der Schlag treffen. Immerhin – es war doch ein merkwürdiges Erlebnis, nicht wahr?«

Ein Traum von Armageddon

Der Mann mit dem weißen Gesicht bestieg den Zug in Rugby. Er bewegte sich langsam, trotz des Drängens des Schaffners; und als er noch draußen auf der Plattform stand, bemerkte ich, wie krank er aussah. Mit einem Seufzer sank er in die Ecke mir gegenüber, machte einen matten Versuch, seine Reisedecke um sich zu schlagen und saß dann regungslos da, stumpf ins Leere starrend. Bald aber fühlte er, daß ich ihn beobachtete; er sah mich an und streckte müde die Hand nach seiner Zeitung aus. Darauf blickte er wieder zu mir herüber.

Ich tat, als läse ich. Ich fürchtete, ihn unabsichtlich belästigt zu haben, und war erstaunt, als er mich gleich darauf ansprach.

»Entschuldigung … ich habe Sie nicht verstanden«, sagte ich.

»Ihr Buch«, wiederholte er und streckte einen hageren Zeigefinger aus, »handelt von Träumen.«

»Augenscheinlich!« erwiderte ich. Es waren Fortnum-Roscoes *Dream-States,* und der Titel stand auf dem Umschlag.

Eine Weile war er still, als suchte er nach Worten. »Ja«, sagte er dann. »Aber erklären kann es doch keiner.« Einen Augenblick vermochte ich ihm nicht zu folgen. »Es weiß ja keiner …« fügte er dann hinzu.

Ich betrachtete ihn ein bißchen aufmerksamer.

»Träume und Träume«, sagte er, »das ist zweierlei.« Auf Bemerkungen dieser Art lasse ich mich grundsätzlich nie ein. »Ich glaube …«, er zögerte. »Haben Sie einmal geträumt? Ich meine wirklich und lebhaft?«

»Ich träume sehr selten«, entgegnete ich. »Ich glaube kaum, daß ich in einem Jahr auch nur dreimal lebhaft träume.«

»Ah!« sagte er. Einen Augenblick lang schien er seine Gedanken zu sammeln. »Und Ihre Träume vermischen sich nie mit Ihren Erinnerungen?« fragte er plötzlich. »Es kommt Ihnen nie der Zweifel: Hab ich das eigentlich erlebt? Oder hab ich es nicht erlebt?«

»Kaum. Vielleicht hie und da eine momentane Unsicherheit. Ich glaube, das kommt bei den wenigsten Menschen vor.«

»Und was sagt er ...?« Er deutete auf das Buch.

»Er sagt, von Zeit zu Zeit käme es vor, und erklärt es in der üblichen Art mit ganz besonderer Empfänglichkeit, wodurch sich die Seltenheit der Erscheinung erklärt. Ich vermute, Sie kennen all diese Theorien mehr oder weniger ...«

»Nur wenig. Ich weiß eigentlich nur, daß sie falsch sind.«

Seine abgezehrte Hand spielte eine Weile mit dem Lederriemen des Fensters. Ich wollte schon wieder anfangen zu lesen, doch beschleunigte das augenscheinlich seine nächste Bemerkung. Er beugte sich so weit vor, daß er mich fast berührte.

»Gibt es nicht so etwas wie logisches, fortschreitendes Träumen? Was jede Nacht wiederkehrt?«

»Ich glaube wohl. Fast alle Bücher über Geisteskrankheiten führen derartige Fälle an.«

»Geisteskrankheiten! Na ja! Das wird es ja wohl sein. Dahin gehört es ja auch. Aber ich meine ...« Er blickte auf seine spitzen Knöchel. »Ist das immer ein Traum? Ist es überhaupt ein Traum? Oder ist es etwas anderes? Könnte es nicht auch etwas anderes sein?«

Ich hätte die Unterhaltung kurz abgebrochen, wäre nicht dieses angstverzerrte Gesicht gewesen ... Noch heute sehe ich den Ausdruck seiner farblosen Augen und die rotumränderten Lider vor mir. Wer kennt nicht diesen Blick?

»Ich rede ja nicht bloß über eine Diskussionsmöglichkeit«, fuhr er fort. »Aber es bringt mich um!«

»Das Träumen?«

»Wenn Sie es Träume nennen wollen. Nachtaus, nachtein. Und wie lebendig ... so lebendig, daß das hier«, er deutete auf die Landschaft, die an unserem Fenster vorüberflog, »unwirklich scheint im Vergleich dazu. Ich weiß kaum mehr, wer ich bin und was ich tue.« Er brach ab. »Jetzt noch ...«

»Sie meinen ... es ist immer derselbe Traum?« fragte ich.

»Er ist zu Ende.«

»Sie meinen ...?«

»Ich bin tot. Gestorben.«

»Tot. Gestorben?«

»Zermalmt ... getötet ... Und mein ganzes Ich, so wie es in jenem Traum war, ist tot. Für immer tot! Ich träumte, ein anderer Mensch zu sein, der in einem ganz andern Teil der Welt und in einer ganz andern Zeit lebte. Nacht für Nacht hab ich das geträumt. Immer neue Szenen und Ereignisse, bis es zum Letzten kam ...«

»Bis Sie gestorben sind?«

»Bis ich gestorben bin.«

»Und seitdem ...«

»Nein!« sagte er. »Gott sei Dank! Das war das Ende meines Traumes ...«

Eins war klar: Die Geschichte dieses Traums würde mir nicht erspart bleiben. Schließlich hatte ich noch eine gute Stunde zu fahren, die Dämmerung sank immer schneller, und Fortnum-Roscoe ist nicht besonders unterhaltend. »In einer andern Zeit?« fing ich wieder an. »Heißt das, in einem andern Zeitalter?«

»Ja.«

»In einem vergangenen?«

»Nein – in einem künftigen.«

»Einem künftigen? Also etwa im Jahr dreitausend?«

»Ich weiß nicht, welches Jahr es war. Wenn ich schlief, das heißt, wenn ich träumte, wußte ich's; aber nicht jetzt, nicht jetzt, wenn ich wach bin. Ich habe wer weiß wieviel vergessen, seit ich aus jenen Träumen aufgewacht bin, so gut ich es damals auch wußte, damals, als ich – nun ja, träumte. Wie nannten sie es doch damals?« Er griff sich sichtlich verwirrt an die Stirn. »Nein«, sagte er dann. »Ich hab's vergessen.«

Ein schwaches Lächeln flog über sein Gesicht. Einen Augenblick lang fürchtete ich wirklich, er würde mir seinen Traum überhaupt nicht erzählen. Für gewöhnlich hasse ich Leute, die ihre Träume erzählen. Aber das schien mir doch anders … Ich versuchte sogar, ihm nachzuhelfen. »Also, es fing an …«, schlug ich vor.

»Es war lebendig, von allem Anfang an. Ich schien plötzlich mittendrin aufzuwachen. Und das Seltsame ist, daß in den Träumen, von denen ich spreche, mir nie eine Erinnerung an das Leben kam, das ich hier und jetzt lebe. Als ob das Traumleben, solange es währte, mich ganz ausfüllte. Vielleicht … Aber ich will Ihnen erzählen, wie alles war, so gut ich mich überhaupt erinnern kann. Genau weiß ich überhaupt nichts, bis ich auf einmal auf einer Loggia saß, die auf das Meer hinausging. Ich hatte geschlafen und erwachte auf einmal, frisch, lebendig und keine Spur traumhaft, weil das Mädchen mir nicht mehr Kühlung zufächelte.«

»Das Mädchen?«

»Ja, das Mädchen. Sie dürfen mich nicht unterbrechen. Sonst verliere ich den Faden.« Er hielt jäh inne. »Sie halten mich nicht für verrückt, was?« fragte er.

»Nein«, erwiderte ich. »Sie haben geträumt. Erzählen Sie mir Ihren Traum.«

»Also – wie gesagt – ich wachte auf, weil das Mädchen nicht mehr fächelte. Ich war nicht etwa erstaunt, daß ich an jenem Ort war … oder über sonst irgend etwas, wissen Sie. Ich hatte gar nicht das Gefühl, als ob das alles plötzlich gekommen wäre. Ich nahm es ganz einfach, wie es war. Alle Erinnerung an dieses Leben, das Leben des zwanzigsten Jahrhunderts, war einfach fort, als ich aufwachte, vergangen wie ein Traum. Ich wußte genau, wer ich war, wußte, daß mein Name nicht mehr Cooper war, sondern Hedon, war mir meiner Stellung im Leben ganz bewußt. Später, als ich aufwachte, hab ich vieles vergessen – irgendwie fehlt da das Bindeglied. Aber damals war alles klar und selbstverständlich.« Wieder zögerte er, griff nach dem Fensterriemen, bog den Kopf vor und sah mich halb flehend an. »Das kommt Ihnen blödsinnig vor?«

»Nein, nein!« rief ich. »Weiter! Erzählen Sie mir, wie Ihre Loggia aussah.«

»Es war keine eigentliche Loggia – ich weiß nicht, wie ich es nennen soll. Es war ein Raum, der nach Süden ging. Klein. Alles lag im Schatten, außer dem Halbkreis über dem Balkon, der Himmel und Meer umfaßte, und der Ecke, wo das Mädchen stand. Ich saß auf einem metallenen Ruhebett mit leichten, gestreiften Kissen. Das Mädchen beugte sich über die Balkonbrüstung und wandte mir den Rücken zu. Der Schein des Sonnenaufgangs fiel auf ihr Ohr, auf ihre Wange. Über ihrem hübschen, weißen Nacken, den kleinen Löckchen, die sich darauf kräuselten, ihren weißen Schultern lag die Sonne. Ihr anmutiger Körper war im kühlen blauen Schatten. Ihre Kleidung war … wie kann ich sie beschreiben? Leicht … fließend … Und wie sie so dastand, kam es plötzlich über mich, wie schön, wie reizend sie war, als ob ich sie zum erstenmal sähe. Als ich mich schließlich mit einem Seufzer halb auf meinen Ellbogen erhob, wandte sie mir ihr Antlitz zu ...« Er verstummte.

»Dreiundfünfzig Jahre lang hab ich in dieser Welt gelebt. Ich hab eine Mutter gehabt, Schwestern, Freunde, ein Weib und Töchter. Ich kenne all ihre Gesichter, jeden Zug in ihren Gesichtern. Und doch – das Gesicht jenes Mädchens ist weit lebendiger in mir. Ich kann es mir jederzeit zurückrufen, als sähe ich es eben jetzt. Ich könnte es heute zeichnen oder malen. Und dennoch ...« Wieder verstummte er. Und ich sagte kein Wort.

»Ein Traumgesicht ... ein Traumgesicht. Sie war schön, doch nicht von der Schönheit, die beängstigt, die kalt ist, Anbetung fordert wie die Schönheit einer Heiligen. Auch nicht die Art von Schönheit, die heftige Leidenschaft erregt. Sondern etwas Durchleuchtetes, Strahlendes. Süße Lippen, die strahlend lächelten, und tiefe, graue Augen. Und wie anmutig sie sich bewegte. Sie war ganz Freude, ganz Anmut.« Er schwieg, das Antlitz auf die Brust gebeugt, im Schatten. Dann blickte er wieder zu mir auf und fuhr fort, ohne jeglichen weiteren Versuch zu tun, als glaube er selber nicht an seine Geschichte.

»Sehen Sie ... all meine Pläne und mein Streben, meinen ganzen Ehrgeiz, alles, wofür ich gearbeitet, was ich gewollt hatte, hatte ich um ihretwillen aufgegeben. Ich war einer der Großen im Norden, einflußreich, alteingesessen, mit klingendem Namen. Aber was war das alles im Vergleich zu ihr! Ich war mit ihr hierher geflüchtet, in die Stadt der sonnigen Freude, und hatte alles andere ruhig seinem Schicksal und Lauf überlassen, bloß um wenigstens noch einen letzten Rest meines Lebens zu retten. Solange ich sie geliebt hatte, ehe ich wußte, daß sie sich überhaupt um mich kümmerte, ehe sich meine Phantasie so weit verstieg, daß sie einmal den Mut haben würde – ja, daß wir beide den Mut haben würden, war mein ganzes Leben eitel und hohl, nichts als Staub und Asche gewesen. Es war auch Staub und Asche. Nacht für Nacht, lange, lange Tage hatte ich mich nach ihr gesehnt, hatte nach ihr verlangt, war meine ganze Seele um das Verbotene gekreist ...

Aber wie kann ein Mann einem andern solche Dinge erzählen! Es ist ein leises Regen, ein Hauch, ein Licht, das kommt und geht. Nur daß, solange es da ist, alles anders ist. Die Sache war die – ich ging während einer Krise fort und überließ sie einfach ihrem Schicksal.«

»Wen – sie?«

»Die Menschen droben im Norden. Sehen Sie, ich war – wenigstens in meinem Traum – ein großer Mann gewesen, einer von denen, an die die Menschen glauben, um die sie sich scharen. Millionen Menschen, die mich nie gesehen hatten, waren bereit, alles zu tun, alles zu wagen, bloß auf Grund ihres Glaubens an mich. Jahrelang hatte ich es gespielt, das große, schwierige Spiel, dieses unsichere, ungeheuerliche politische Spiel von Intrigen und Verrat, von Worten und Taten. Es war eine Riesenwelt, eine Welt des Umsturzes; und ich hatte mir endlich eine Art Führerschaft über die Meute errungen – man nannte sie die Meute –, so eine Art Kompromiß von schurkischen Plänen und gemeinem Ehrgeiz und einer leichtbeweglichen, gedankenlosen Menge von Schlagwörtern – die Meute, die die Welt in Lärm und Blindheit hielt, Jahr um Jahr, während sie immer weiter dahintrieb, rettungslos dahintrieb, auf das schreckliche Unheil zu. Aber ich weiß ja, Sie können die Nuancen und Komplikationen jenes Jahres, des Jahres soundsoviel nach unserem nicht begreifen. Ich –

in meinem Traum – wußte und sah alles, bis auf die kleinste Einzelheit. Ich glaube, ich hatte eben, ehe ich aufwachte, davon geträumt, und der schwache Umriß irgendeiner neuen, seltsamen Weiterentwicklung, die meine Phantasie mir vorgespiegelt hatte, geisterte noch um mich herum, während ich mir die Augen rieb. Es war irgendeine unsaubere Geschichte, und ich dankte Gott, als ich im Sonnenlicht erwachte. Ich richtete mich auf, blieb so sitzen und beobachtete das Mädchen. Ich freute mich, daß ich all der Unruhe, der Torheit, der lärmenden Leidenschaft entflohen war, ehe es zu spät war. Ja, dachte ich, dies allein ist Leben! Liebe und Schönheit, Verlangen und Entzücken – sind sie nicht mehr wert als all das trostlose Ringen um nebelhafte, titanische Ziele? Und ich zürnte mir selbst, daß ich je den Ehrgeiz gehabt hatte, einer von den ›Großen‹ zu sein, statt mein Leben der Liebe zu weihen. Aber dann dachte ich, wenn meine Jugend nicht so streng und hart gewesen wäre, so hätte ich mich vielleicht an eitle und wertlose Weiber vergeudet; und bei dem Gedanken wandte sich mein ganzes Sein in Liebe und süßer Zärtlichkeit meiner süßen Geliebten, meiner Herrin und Gebieterin zu, die endlich gekommen war und mich durch ihren unwiderstehlichen Zauber gezwungen hatte, jenem Leben Valet zu sagen.

›Ja, du bist es wert!‹ sagte ich, nicht in der Absicht, daß sie es hören sollte! ›Du wiegst alles auf, du Geliebteste! Stolz – Ehrgeiz – Ruhm – alles! Liebe! Ach! Dich besitzen ist mehr wert als alles!‹ Sie hörte mein Vor-mich-hin-Murmeln und wandte sich um.

›Komm und sieh!‹ rief sie … noch jetzt hör ich es, ›komm und sieh den Sonnenaufgang auf dem Monte Solaro.‹ Ich weiß noch, wie ich aufsprang und neben sie trat. Sie legte ihre eine weiße Hand auf meine Schulter und deutete mit der andern auf die großen

Steinmassen, die, so schien es, nach und nach langsam zum Leben erröteten. Und ich sah sie, aber vor allem sah ich, wie das Sonnenlicht ihr Gesicht, die Linie ihrer Wange, ihren Nacken liebkoste. Wie soll ich Ihnen das Bild beschreiben, das vor uns lag? Wir waren in Capri …«

»Ich bin dort gewesen«, sagte ich. »Ich habe den Monte Solaro erklettert und auf dem Gipfel Vero Capri getrunken, ein trübes Gesöff, ungefähr wie Most.«

»Ah!« sagte der Mann mit dem bleichen Gesicht. »Dann können Sie mir vielleicht sagen – dann wissen Sie vielleicht, ob es wirklich Capri war. Denn ich bin in diesem Leben nie dort gewesen. Ich muß es Ihnen erst beschreiben. Wir waren in einem kleinen Raum, einem von ungeheuer vielen kleinen Räumen, sehr kühl und sonnig, der sehr hoch über dem Meer aus einem Kalkvorgebirge herausgehauen war. Die ganze Insel war ein einziges großes Hotel, ein unerklärlicher Komplex. Auf der andern Seite waren meilenweit riesige schwimmende Hotels und riesige Plattformen, auf denen die Flugmaschinen landeten. Stadt der Freuden nannte man es. Zu Ihrer Zeit gab es das natürlich nicht. Oder vielmehr heutzutage gibt es das nicht. Natürlich! Heutzutage! Na ja!

Also … unser Zimmer lag an der äußersten Spitze des Vorgebirges, so daß wir den Ausblick nach Osten und Westen hatten. Im Osten ragte eine Felsenklippe etwa tausend Fuß hoch auf, kalt und grau mit Ausnahme eines kleinen, schmalen Goldrands; dahinter waren die Sireneninsel und eine Steilküste, die im heißen Sonnenlicht verschwamm. Wandte man sich nach Westen, so waren da eine kleine Bucht und ein Strand, noch ganz im Schatten. Und aus diesem Schatten hob sich frei und mächtig der Solaro, rosig, goldgekrönt. Und dahinter schwamm der weiße Mond, und vor uns lag das tausendfarbene Meer mit tausend Pünktchen von kleinen Segelbooten.

Nach Osten zu waren die kleinen Boote natürlich grau und ganz deutlich und klar, aber im Westen waren es Schiffchen aus Gold, glänzendem Gold, fast wie kleine Flammen. Und gerade unter uns war ein Fels, aus dem die Wellen einen Bogen herausgewaschen hatten. Rings um den Felsen brach sich das Wasser in Schaum und Grün, und unter dem Bogen glitt ein Kahn hervor.«

»Ich kenne den Felsen«, sagte ich. »Ich bin dort beinahe ertrunken. Man nennt ihn Faraglioni;«

»I Faraglioni? Ja, so nannte sie ihn«, antwortete der Mann mit dem weißen Gesicht. »Eine Geschichte knüpfte sich daran – aber die –« Er preßte die Hand wieder gegen die Stirn. »Nein!« sagte er dann, »die Geschichte hab ich vergessen.

Also das ist das erste, woran ich mich erinnere, der erste Traum, den ich hatte – jener kleine schattige Raum und die wundervolle Luft und der Himmel und meine süße Herrin mit ihren leuchtenden Armen und ihrem anmutigen Gewand, und wie wir saßen und miteinander flüsterten. Wir redeten im Flüsterton, nicht weil jemand da war, der uns hätte hören können, sondern weil unsere Seelen einander noch so unbekannt waren, daß unsere Gedanken fast erschraken, sich ausgesprochen zu hören ... Darum gingen sie auf leisen Sohlen.

Nach einer Weile wurden wir hungrig; wir verließen unser Zimmer und kamen durch einen seltsamen Korridor mit einem rollenden Fußboden in ein großes Frühstückszimmer mit einem Springbrunnen und Musik. Es war ein heiterer, freudiger Ort, mit Sonnenlicht und Wassergeplätscher und dem Murmeln gezupfter Saiten. Und wir saßen und aßen und lächelten einander an; und ich kümmerte mich nicht um einen Mann, der mich von einem benachbarten Tisch beobachtete.

Später gingen wir in die Tanzhalle, aber ich kann sie nicht beschreiben. Es war ein Riesenraum, größer als jedes Gebäude, das Sie je gesehen haben. Und hoch oben in die Wand einer Galerie war das alte Tor von Capri eingelassen. Lichtsäulen, Stämme und Strahlen von Gold quollen aus den Pfeilern wie Springbrunnen, strömten wie Morgenlicht über die Decke, verwoben sich wie Verschwörerpläne. Rings um die große Arena für die Tanzenden standen schöne Figuren, seltsame Drachen und verschlungene Groteskgestalten, die Lichter trugen. Der ganze Raum war überflutet von einem künstlichen Licht, vor dem der junge Tag erröten mußte. Und wie wir so durch die Menge schritten, wandten die Menschen sich um und blickten uns nach; denn alle Welt kannte meinen Namen und mein Gesicht und wußte, wie ich mit einem Male Ehrgeiz und Kampf von mir geworfen hatte, um hierherzukommen. Sie musterten auch die Dame an meiner Seite, obgleich die Geschichte, wie sie mein geworden, zur Hälfte unbekannt war oder falsch berichtet wurde. Und ich weiß, daß es nur wenige unter den anwesenden Männern gab, die mich nicht glücklich priesen – trotz aller Schmach und Schande, die über meinen Namen gekommen war.

Die Luft war voll von Musik, voll von harmonischen Düften, voll vom Rhythmus schöner Bewegung. Tausende von schönen Menschen schwärmten durch die Halle, drängten sich auf den Galerien, saßen in unzähligen Nischen. Sie waren in prächtige Farben gekleidet und mit Blumen bekränzt. Tausende tanzten um die große Arena unter den weißen Bildern antiker Götter, und herrliche Reigen von Jünglingen und Mädchen fanden einander. Auch wir beide tanzten, doch nicht die trübsinnigen Monotonien eurer Tage – ich meine unserer –, sondern Tänze, die schön waren, berauschend! Noch jetzt sehe ich sie, meine süße Herrin, wie sie tanzt ... wie sie freudvoll tanzt. Sie tanzte mit ernster Miene. Sie tanzte mit ernster Würde, und dennoch lächelte sie mir zu, und ihre Augen liebkosten mich. Sie lächelte – und ihre Augen liebkosten mich.

Auch die Musik war anders«, murmelte er. »Etwa – nein, ich kann es nicht beschreiben. Aber sie war unendlich reicher und voller und abwechslungsreicher als irgendeine Musik, die ich im Wachen gehört habe. Und dann – gerade nachdem wir aufgehört hatten zu tanzen – kam ein Mann auf mich zu und sprach mich an. Es war ein hagerer, energisch aussehender Mensch, merkwürdig nüchtern gekleidet für jenen Ort. Ich hatte schon im Frühstückssaal gesehen, daß er mich beobachtete, und war später, während wir in die Tanzhalle gingen, seinem Blick ausgewichen. Aber jetzt, als wir in der kleinen Nische saßen und uns heiter an der Freude all der Menschen erfreuten, die auf dem glänzenden Boden kamen und gingen, trat er herzu, berührte meinen Arm und redete mich an, so daß ich ihn anhören mußte. Er wünschte, mich ein paar Minuten lang unter vier Augen zu sprechen.

›Nein‹, sagte ich. ›Ich habe keine Geheimnisse vor dieser Dame. Was wünschen Sie mir zu sagen?‹ Er erwiderte, es sei etwas, was einer Dame recht langweilig oder zum mindesten trocken vorkommen müsse. ›Mir vielleicht auch!‹ sagte ich.

Er sah sie an, fast hilfeflehend. Dann fragte er mich plötzlich, ob ich von der großen Fehde-Erklärung gehört hätte, die Evesham erlassen hätte. Evesham, müssen Sie wissen, war früher nach mir der zweite Mann in der Führerschaft jener großen Partei im Norden gewesen. Er war ein gewalttätiger, harter und taktloser Mensch;

und der einzige, der ihn hatte zügeln und besänftigen können, war ich. Ich glaube, mehr noch um seinet- als um meinetwillen hatten die andern meine Fahnenflucht so schwer empfunden. Darum weckte auch diese Frage mein altes Interesse an dem Leben, das ich auf einen Augenblick beiseite geschoben hatte.

›Ich habe mich seit vielen Tagen um überhaupt nichts mehr gekümmert‹, sagte ich. ›Was hat Evesham gesagt?‹ Und daraufhin begann der Mann, in vollem Eifer; und ich muß gestehen, sogar mich überraschte Eveshams rücksichtsloses Draufgängertum in der wilden herausfordernden Rede, die er vom Stapel gelassen hatte. Der Bote, den sie mir gesandt hatten, erzählte mir nicht bloß von Eveshams Rede, sondern ging weiter – er fragte mich um Rat und deutete an, wie notwendig sie mich daheim brauchten. Und während er sprach, saß meine süße Herrin – vorgebeugt – und beobachtete unser beider Gesichter.

Meine alte Gewohnheit, Pläne zu schmieden und zu organisieren, behauptete ihr Recht. Ich sah mich selber, wie ich auf einmal wieder in den Norden zurückkehrte, sah die ganze dramatische Wirkung meiner Handlungsweise vor mir. Alles, was der Mann mir gesagt hatte, sprach dafür, daß die Partei zwar in sich selbst verwirrt, aber doch nach außenhin noch nicht geschädigt war. Wenn ich zurückginge, würde ich stärker sein als zuvor. Und dann dachte ich an meine süße Herrin. Sie verstehen – wie soll ich Ihnen das sagen? Es waren da gewisse Punkte in unseren Beziehungen – so wie die Dinge stehen, brauch' ich Ihnen das ja nicht näher auseinanderzusetzen –, die es unmöglich machten, daß sie bei mir blieb. Ich mußte sie verlassen; noch mehr, ich mußte offen und anerkanntermaßen auf sie verzichten, wenn ich alles, was überhaupt in meiner Macht stand, droben im Norden erreichen wollte. Und der

Mann, während er zu mir und zu ihr sprach, wußte das, wußte so gut wie sie, daß der Weg zurück zu meiner Pflicht erst Trennung – und dann völligen Verzicht bedeutete. Und vor diesem Gedanken zerflatterte der Traum von einer Umkehr. Eben, als der Mann anfing, sich zu schmeicheln, daß seine Beredsamkeit mich in ihren Bann zöge, wandte ich mich plötzlich nach ihm um.

›Was hab ich jetzt noch mit alldem zu schaffen?‹ sagte ich. ›Damit bin ich fertig. Glauben Sie, ich sei hierhergekommen, um mit euch und euren Leuten zu kokettieren?‹

›Nein‹, erwiderte er. ›Aber –‹

›Weshalb könnt ihr mich denn nicht in Frieden lassen? Ich bin fertig mit all solchen Dingen! Ich bin nichts mehr als ein Privatmann!‹

›Ja!‹, entgegnete er. ›Aber haben Sie auch alles bedacht? All dies Kriegsgeschrei, die rücksichtslosen Herausforderungen, die wilden Angriffe …‹

Ich erhob mich. ›Nein!‹ rief ich. ›Ich will Sie nicht anhören! Ich hab mir all diese Dinge überlegt, ich habe sie gewogen, und ich bin gegangen!‹

Er schien zu überlegen, ob er noch weiter in mich dringen könne. Er blickte von mir zu der Frau, die dasaß und uns beobachtete. ›Also Krieg!‹ sagte er, als spräche er zu sich selber. Dann wandte er sich langsam ab und entfernte sich.

Ich stand in einem Wirbel von Gedanken, den seine Botschaft in mir erregt hatte. Dann hörte ich die Stimme meiner süßen Herrin. ›Lieber‹, sagte sie, ›wenn sie dich brauchen!‹

Sie vollendete ihren Satz nicht. Ich blickte in ihr süßes Gesicht, und die Waagschale meiner Stimmung schwankte und senkte sich.

›Sie brauchen mich nur, damit ich tue, was sie selber

sich nicht zu tun getrauen‹, sagte ich. ›Wenn sie Evesham mißtrauen, so müssen sie das mit ihm ausmachen.‹

Sie blickte mich zweifelnd an. ›Aber Krieg ...‹, sagte sie.

Ich sah in ihrem Gesicht einen Zweifel, den ich schon öfter gesehen hatte – Zweifel an mir, an ihr – der erste Schatten der Entdeckung, die uns – wenn sie sich völlig und ganz enthüllte – für immer auseinandertreiben mußte. Aber mein Geist war älter als der ihre; und ich konnte noch beeinflussen.

›Liebste‹, sagte ich, ›du sollst dich nicht um solche Dinge kümmern. Es gibt keinen Krieg. Es wird kein Krieg kommen. Ganz sicher wird kein Krieg kommen. Die Zeit der Kriege ist vorbei. Vertrau auf mich, ich weiß, wie der Fall liegt. Sie haben kein Recht auf mich, Liebste. Niemand hat ein Recht auf mich. Ich kann mein Leben selbst wählen. Und ich habe gewählt.‹

›Aber – Krieg!‹ sagte sie.

Ich setzte mich neben sie. Ich legte den Arm um sie; ich nahm ihre Hand in meine. Ich bemühte mich, ihre Zweifel zu verjagen und sie wieder auf Frohes, Heiteres zu bringen. Ich belog sie, und während ich sie belog, belog ich mich selber. Und sie war nur zu geneigt, mir zu glauben, nur zu geneigt, zu vergessen.

Sehr bald war der Schatten wieder verjagt, und wir eilten zu unserem Badeplatz in der Grotta del Bovo Marino, wo wir jeden Tag badeten. Wir schwammen und bespritzten einander, und mir war, als würde ich in dem tragenden Wasser etwas, was leichter, stärker war als ein Mensch. Schließlich stiegen wir triefend ans Land und sprangen voller Lust zwischen den Klippen umher. Dann zog ich einen trockenen Badeanzug an, und wir setzten uns in die Sonne und ließen uns rösten, und ich nickte ein, den Kopf an ihre Knie gelehnt, und sie strich mir ganz leise mit der Hand übers Haar, und ich schlief ein. Plötzlich, als ob eine Violinsaite spränge, wachte ich auf und war in meinem Bett in Liverpool, im Alltagsleben von heute …

Eine Weile konnte ich nicht glauben, daß all dies lebendig Erlebte nichts gewesen sein sollte als ein Traum. Ja, wirklich, ich konnte nicht glauben, daß es ein Traum war, trotz aller ernüchternden Wirklichkeit der Dinge um mich her. Ich nahm mein Bad, ich zog mich an, gewohnheitsmäßig, und während ich mich rasierte, überlegte ich, weshalb ich – gerade ich – die Frau, die ich liebte, verlassen sollte, um zu der phantastischen Politik im harten, kämpferischen Norden zurückzukehren? Und wenn auch Evesham die Welt wieder zum Rückschritt zwang, zum Krieg – was ging das mich an? Ich war ein Mensch und hatte das Herz eines Menschen! Weshalb sollte ich die Verantwortlichkeit eines Gottes fühlen für das Schicksal der Welt?

Natürlich, wissen Sie, ganz so denke ich sonst nicht, wenn es sich um Geschäfte handelt. Ich meine, um meine handgreiflichen Geschäfte. Ich bin Rechtsanwalt, müssen Sie wissen, und weiß, was ich will …

Aber die Vision war so lebendig, so gar nicht wie ein gewöhnlicher Traum, daß mir fortwährend kleine belanglose Einzelheiten ins Gedächtnis kamen: Ein Ornament auf einer Buchhülle, die im Frühstückszimmer auf der Nähmaschine meiner Frau lag, erinnerte mich schmerzlich an den vergoldeten Streifen, der um die Bank in der Nische lief, wo ich mit dem Abgesandten meiner ehemaligen Partei gesprochen hatte. Haben Sie je von einem Traum gehört, der so beschaffen war?«

»Wie beschaffen?«

»So, daß einem nachher noch alle möglichen kleinen Einzelheiten einfallen, die man vergessen hatte.«

Ich dachte nach. Ich hatte mir das früher nie überlegt. Aber es war ganz richtig, was er sagte.

»Nein«, sagte ich. »Grade das, glaube ich, kommt bei Träumen nie vor.«

»Nein«, erwiderte er. »Aber gerade das war bei mir der Fall. Sie müssen wissen, ich bin Rechtsanwalt in Liverpool, und ich konnte nicht anders – ich mußte mich manchmal selber fragen, was die Klienten und Geschäftsleute, mit denen ich in meiner Kanzlei sprach, denken würden, wenn ich ihnen plötzlich erzählen wollte, ich sei verliebt in ein Mädchen, das etwa zwei Jahrhunderte später geboren werden würde, und daß ich mich mit der Politik meiner Ururururenkel herumquäle. Ich war an diesem Tag hauptsächlich damit beschäftigt, einen Baukontrakt mit einer Laufzeit von neunundneunzig Jahren abzuschließen. Es handelte sich um einen vielbeschäftigten Privatmann, und wir wollten ihn nach allen Seiten absichern. Ich hatte eine Besprechung mit ihm, und er zeigte sich dabei von einer Ungeduld, daß ich noch höchst gereizt zu Bett ging. In jener Nacht hatte ich keinen Traum. Ebensowenig in der folgenden Nacht, wenigstens keinen, dessen ich mich entsinnen könnte.

Etwas von der lebhaften Wirklichkeit meiner Überzeugung schwand. Ich fing an, ganz bestimmt zu fühlen, daß es ein Traum war. Und dann kam es wieder.

Als der Traum – vier Tage später – wiederkam, war er ganz anders. Ich glaube bestimmt, daß auch im Traum vier Tage verstrichen waren. Vieles hatte sich inzwischen im Norden ereignet, und die Schatten der Ereignisse lagen wieder zwischen uns und ließen sich diesmal nicht so leicht verjagen. Ich weiß, daß ich anfing zu grübeln. Weshalb sollte ich denn justament zurückgehen, für den ganzen Rest meines Lebens zurückkehren zu Mühe und Arbeit, zu Beleidigung und fortwährendem Unbefriedigtsein, bloß um Hunderte von Millionen ganz gewöhnlicher Leute, die ich nicht liebte, die ich nur zu oft verachten mußte, vom Unheil und Verderben des Krieges und fortwährender Mißregierung zu retten? Schließlich, wer wußte überhaupt, ob es mir gelingen würde? Sie liefen ja auch alle nur ihren eigenen, engen Zielen nach. Weshalb sollte nicht auch ich als Mensch leben? Und aus solchen Gedanken riß mich ihre Stimme; ich hob den Blick.

Ich war wach, und ich war draußen und ging. Wir waren über die Stadt der Freuden emporgestiegen, waren schon fast auf dem Gipfel des Monte Solaro und blickten hinunter auf die Bucht. Es war Spätnachmittag und sehr klar. Fern zur Linken hing Ischia in goldenem Dunst zwischen Himmel und Erde. Neapel stand kalt und weiß gegen die Hügel, und vor uns war der Vesuv, mit einer langen, schlanken Rauchfahne, die gen Süden wehte, und die Ruinen von Torre dell'Annunziata und Castellammare glitzerten ganz nah ...«

Ich unterbrach ihn plötzlich: »Sie sind natürlich schon in Capri gewesen?«

»Nur im Traum«, sagte er, »nur in meinem Traum. Auf der ganzen Bucht – jenseits Sorrent – schwammen Paläste der Freudenstadt – angekettet und verankert. Und im Norden lagen die breiten, schwimmenden Plattformen, auf denen die Aeroplane landeten. Aeroplane fielen jeden Nachmittag aus der Luft und brachten Tausende von Vergnügungslustigen von allen Enden der Erde nach Capri und zu seinen Freuden. All das also dehnte sich unten vor unseren Blicken. Aber wir sahen das nur so nebenbei. Denn der Abend brachte ein ungewöhnliches Schauspiel. Fünf Kriegsaeroplane, die lange nutzlos in den fernen Arsenalen der Rheinmündung geschlafen hatten, manövrierten heute am östlichen Himmel. Evesham hatte sie – als Überraschung für die Welt – nebst andern bauen lassen und an alle möglichen Orte geschickt, um bedrohliche

Kreise zu ziehen. Sie waren sein Druckmittel in dem großen und rücksichtslosen Spiel, das er spielte. Das überraschte sogar mich. Er war eine von den unglaublich rücksichtslosen, energievollen Persönlichkeiten, die augenscheinlich bloß vom Himmel gesandt sind, um Unheil anzurichten. Seine Energie machte auf den ersten Blick einen wundervollen Eindruck von Tüchtigkeit. Aber er hatte weder Phantasie noch Erfindungsgabe, nichts als eine leere, gedankenlose, vorwärtsstrebende Willenskraft und einen fanatischen Glauben an sein törichtes, blödsinniges ›Glück‹, das ihm immer folgen würde. Ich weiß noch, wie wir auf dem Vorgebirge standen und das Geschwader beobachteten, das in der Ferne kreuzte, und wie ich innerlich die volle Bedeutung dieses Schauspiels abwog; denn ich sah ja deutlich, wohin das alles führen mußte. Ja, auch jetzt noch war es nicht zu spät. Auch jetzt noch konnte ich zurückkehren und die Welt retten. Die Völker des Nordens würden mir folgen, das wußte ich, wenn ich bloß in einem einzigen Punkt ihren moralischen Maßstab respektierte. Der Osten und der Süden würden sich mir anvertrauen, wie sie sich noch keinem anderen Nordländer anvertraut hatten. Und ich wußte, ich brauchte dem Mädchen neben mir den Fall bloß vorzulegen, und sie würde mich gehen lassen; doch nicht, weil sie mich nicht liebte!

Aber ich wollte nicht! Ich wollte genau das Gegenteil. So kurz vorher erst hatte ich die Last der Verantwortung von mir geworfen; ich war noch ein so ungewohnter Deserteur von der Pflicht, daß dies taghelle, nüchterne ›Muß‹ mein Wollen überhaupt nicht berührte. Mein Wollen war – leben! Freuden genießen! Meine süße Herrin glücklich machen! Aber obgleich dies Gefühl, große, breite Pflichten versäumt zu haben, keine Macht über mich hatte, machte es mich doch stumm und nachdenklich; es raubte den Tagen, die ich verlebte, ihre halbe Helle und stürzte mich des Nachts in düstere Gedanken. Und während ich stand und Eveshams Aeroplane, diese Vögel endlosen Unheils kreisen sah, stand sie neben mir und beobachtete mich mit fragenden Augen, mit von Bangen überschattetem Ausdruck und verstand alles ganz genau! Ihr Gesicht war grau, denn die Sonne verblaßte am Himmel. Es war nicht ihre Schuld, daß sie mich festhielt. Sie hatte mich gebeten, von ihr zu gehen, und in der Nacht bat sie mich unter Tränen wieder, zu gehen.

Der Gedanke an sie riß mich endlich aus meinem Brüten: Ich wandte mich hastig zu ihr und forderte sie zu einem Wettlauf auf, den Berghang hinab. ›Nein‹, sagte sie, als ob dies wie ein Mißton in ihrem Ernst klänge. Aber ich war entschlossen, diesen Ernst zu brechen und riß sie mit – kein Mensch, der außer Atem ist, kann wirklich trüb und traurig sein –, und als sie stolperte, schob ich meine Hand durch ihren Arm, und so liefen wir weiter. So liefen wir abwärts, an zwei Männern vorüber, die sich umwandten, starr vor Staunen über mein Benehmen – sie mußten mein Gesicht erkannt haben. Als wir halbwegs den Hang unten waren, ertönte in der Luft ein seltsames Motorengeräusch: Wir blieben stehen, und gleich darauf kamen über den Gipfel des Hügels diese Kriegsdinger geflogen – eins hinter dem andern.«

Der Erzähler zögerte; er wollte sie augenscheinlich beschreiben und wußte nicht recht wie.

»Wie sahen sie aus?« fragte ich.

»Sie waren noch nie im Kampf gewesen«, sagte er. »Sie waren genau wie unsere heutigen Panzerschiffe, unerprobt im Kampf. Kein Mensch wußte, niemand wußte, was sie würden leisten können, mit Männern in ihrem Innern, die mit ganzem Herzen bei der Sache wären. Die wenigsten dachten überhaupt darüber nach. Es waren große, dahintreibende Dinger, ungefähr wie Speerspitzen ohne Schaft, und an Stelle des Schafts ein Propeller.«

»Stahl?«

»Nicht Stahl.«

»Aluminium?«

»Nein, nein, nichts Derartiges. Eine Mischung, die sehr weitverbreitet war – etwa wie Blech. Man nannte es – warten Sie –!« Er preßte die Finger seiner Hand gegen die Stirn. »Ich vergesse auch alles!« sagte er.

»Und sie waren mit Kanonen bewaffnet?«

»Sie hatten kleine Kanonen mit Explosivgeschossen. Die Kanonen feuerten nach rückwärts, aus dem untern Ende des Schafts sozusagen, und mit dem Schnabel rammten sie. So wenigstens funktionierte es in der Theorie, verstehen Sie; aber sie hatten noch nie gekämpft. Kein Mensch konnte mit Sicherheit sagen, wie es eigentlich vor sich gehen würde. Und mittlerweile mochte es – das konnte ich mir gut vorstellen – recht schön sein, dieses Durch-die-Luft-Wirbeln – rasch und leicht, wie ein Flug junger Schwalben. Wahrscheinlich versuchten die Kapitäne überhaupt gar nicht, allzu genau auszudenken, wie es in Wirklichkeit sein würde. Und diese fliegenden Kriegsmaschinen, verstehen Sie, waren bloß ein kleiner Teil all der Kriegsrüstungen, die während des langen Friedens erfunden und einstweilen noch unerprobt waren. Auf alle möglichen Dinge verfielen die Menschen, teuflische, sinnlose Dinge; Dinge, die nie eine Probe bestanden hatten; riesige Maschinen, fürchterliche Geschosse, ungeheure Kanonen. Sie wissen ja, wie diese Art von genialen Menschen arbeitet: Sie erzeugen ihre Produkte, wie der Biber seine Dämme baut, ohne sich im geringsten Gedanken zu machen über die Flüsse, die sie aus ihrer Bahn lenken!

Während wir im Zwielicht den Serpentinenpfad zu unserem Hotel hinabstiegen, sah ich alles ganz deutlich vor mir: sah, wie leidenschaftlich und unausweichlich alles auf Krieg drängte – Krieg in Eveshams verrückter und gewalttätiger Macht. Ich ahnte auch, was Krieg bedeuten mußte unter solchen neuen Bedingungen. Aber auch jetzt noch – obgleich ich wußte, daß ich mir vielleicht die letzte Gelegenheit entschlüpfen ließ, vermochte ich mich nicht zur Rückkehr zu entschließen.« Er seufzte. »Es war meine letzte Chance. Wir gingen erst in die Stadt, als der Himmel voller Sterne stand. Dann wanderten wir die hohe Terrasse auf und ab, und sie riet mir, wieder zurückzugehen.

›Liebster!‹ sagte sie, und ihr süßes Gesicht blickte zu mir auf, ›dies ist Tod! Das Leben, das du hier lebst, ist Tod! Geh zurück zu ihnen, geh zurück zu deiner Pflicht –‹

Und sie fing an zu weinen, und unter Schluchzen, und während sie sich fest an meinen Arm anklammerte, sagte sie noch immer: ›Geh zurück! Geh zurück!‹ Plötzlich verstummte sie. Und als ich sie ansah, las ich in einem einzigen Moment auf ihrem Gesicht den Gedanken, der ihr durch den Kopf schoß. Es war einer von den Augenblicken, in denen man sieht!

›Nein!‹ sagte ich.

›Nein?‹ wiederholte sie überrascht, und ich glaube ein bißchen erschrocken über diese Antwort auf ihren stummen Gedanken.

›Nichts‹, fuhr ich fort, ›nichts wird mich mehr zurückführen. Ich habe gewählt. Ich habe gewählt, Liebste; und die Welt soll tun, was sie will. Was auch wird – ich will dieses Leben leben, für dich! Nichts soll mich davon abhalten; nichts, du Liebste. Und solltest du sterben –‹

›Ja?‹ murmelte sie leise.

›So würde ich mit dir sterben!‹

Und ehe sie noch etwas sagen konnte, fing ich mit aller Beredsamkeit an zu sprechen. Damals, in jenem Leben, konnte ich das! Ich sang das Hohelied der Liebe, ich hüllte das Leben, das wir lebten, in einen Mantel von Heroismus, von Ruhm. Ich stellte das, von dem ich abgefallen war, als etwas Hartes dar, etwas Unedles, dem gegenüber Fahnenflucht ein Schönes war. All meine Kraft setzte ich daran, einen Nimbus darum zu breiten; denn ich wollte ja nicht nur sie überzeugen, sondern auch mich. Und so redeten wir, und sie klammerte sich an mich – hin- und hergerissen zwischen einer Welt, deren Größe sie ahnte, und einer Welt, deren Süße sie kannte. Schließlich wurde ich heroisch und machte aus all dem drohenden Unheil der Welt nichts als eine Art wunderbaren Rahmen für unsere einzig dastehende Liebe; und so berauschten wir zwei armseligen, in unserem wundervollen Irrtum befangenen, oder besser, von unserem erhabenen Irrtum trunkenen Geschöpfe uns unter den stillen Sternen.

Und der Augenblick der Entscheidung ging vorüber. Es war die letzte Chance, die sich mir bot. Schon während wir hier auf und ab schritten, faßten die Regierungen des Südens und des Ostens ihren Entschluß, und die feurige Antwort, die Eveshams rücksichtslose Politik für immer vernichten sollte, nahm Form und Gestalt an und wartete. Über ganz Asien, über den ganzen Ozean, über den ganzen Süden hin zitterten Luft und Draht in dem einen großen Aufruf: Zu den Waffen!

Sie müssen sich klarmachen, daß kein Mensch damals wußte, was Krieg war; daß keiner sich die Greuel vorstellen konnte, die der Krieg mit all diesen neuen Erfindungen bringen konnte. Ich nehme an, daß die meisten immer noch glaubten, er würde in der Hauptsache aus blitzenden Uniformen, aus lärmenden Kommandorufen, aus Triumphgeschrei und Bannern und Musikkapellen bestehen. Und das zu einer Zeit, in der die halbe Welt ihre Lebensmittel aus Gebieten bezog, die zehntausend Meilen entfernt lagen.«

Der Mann mit dem weißen Gesicht hielt inne. Ich blickte ihn an; er starrte zu Boden. Ein kleiner Bahnhof, eine Reihe von Gepäckwagen, ein Signalhäuschen und die Hinterwand des kleines Hauses huschten am Waggonfenster vorüber; dann kam mit rasselndem Rattern und Poltern eine Brücke, die den Lärm des Zuges dröhnend zurückwarf.

»Von da ab«, fuhr er fort, »hab ich oft geträumt. Drei Wochen lang war jener Traum mein Leben. Das Schlimmste waren die Nächte, in denen ich nicht träumen konnte, wenn ich mich in diesem verfluchten Leben auf meinem Bett wälzte und irgendwo dort, in einem Land, in einer Zeit, die ich verloren hatte, Dinge vor sich gingen, denkwürdige, schreckliche Dinge. Ich lebte überhaupt nicht mehr; mein Tag, meine Tage, meine wachen Tage, das Leben, das ich jetzt lebe, sind ein blasser, ferner Traum – ein grauer Rahmen, der Einband des Buches.«

Er verfiel in Grübeln.

»Alles könnte ich Ihnen erzählen, alles, jede kleinste Einzelheit des Traums; aber was ich tagsüber tat … nein! Davon kann ich nichts sagen, davon weiß ich nichts mehr. Mein Gedächtnis ist dahin. Die Tatsachen des Lebens lassen mich im Stich.« Er beugte sich vor und preßte die Hand gegen die Augen. Lange schwieg er so.

»Und dann?« fragte ich endlich.

»Der Krieg brach aus wie eine Windsbraut.«

Er starrte vor sich hin. Vielleicht sah er unaussprechliche Dinge.

»Und dann?« drängte ich weiter.

»Bloß ein Hauch von Unwirklichkeit, und alles wäre eine nächtliche Erscheinung gewesen«, sagte er leise, wie einer, der mit sich selber redet. »Aber es waren keine Nachtgespenster, nein, es waren keine Nachtgespenster!«

Er schwieg so lang, daß ich befürchtete, ich würde vielleicht den Schluß der Erzählung überhaupt nie erfahren. Aber nach einer Weile sprach er weiter, immer in demselben Ton eines zögernden, unsicheren Selbstbekenntnisses.

»Was blieb uns übrig als Flucht? Ich hatte nie gedacht, daß der Krieg Capri berühren würde. Mir war immer gewesen, als stünde Capri ganz außerhalb, wäre ein Gegensatz zu dem allem; aber zwei Abende später hallte die ganze Insel wider von Geschrei und Lärm, jede Frau und fast jeder zweite Mann trug ein Abzeichen – Eveshams Abzeichen –, und man hörte keine andere Musik mehr als einen schrillen Kriegsgesang. Überall meldeten sich Freiwillige; in den Tanzhallen wurde exerziert. Die ganze Insel schwirrte und summte von einander widersprechenden Gerüchten; immer wieder hieß es, die ersten Schlachten seien schon geschlagen. Das hatte ich nicht erwartet. Ich wußte zuwenig vom Leben der Vergnügungen, als daß ich mit der leidenschaftlichen Hitze aller Anfänger hätte rechnen können. Was mich selber betrifft, so stand ich ganz außerhalb. Ich war wie ein Mensch, der die Sprengung eines Pulvermagazins hätte verhüten können. Aber es war zu spät. Ich war niemand mehr; jeder eingebildete Gelbschnabel mit einem Abzeichen zählte mehr als ich. Die Menge stieß und drängte uns und brüllte uns in die Ohren; der verfluchte Kriegsgesang betäubte uns; ein Weib schrie meiner süßen Herrin Hohnworte nach, weil sie kein Abzeichen trug. Wir gingen zurück in unsere Wohnung, geschmäht, verstört – meine Liebste weiß und stumm, ich zitternd vor Wut. So empört war ich, daß ich mit ihr hätte Streit anfangen können, wenn ich auch nur den Schatten einer Anklage in ihren Augen entdeckt hätte. All meine Herrlichkeit war von mir abgefallen. Ich wanderte in unserer Felsenzelle auf und ab; draußen war das dunkle Meer und im Süden ein Licht, das aufflammte und verschwand und wiederkehrte.

›Wir müssen fort von hier!‹ sagte ich immer wieder. ›Ich habe meinen Standpunkt gewählt, und ich will an diesen Widerwärtigkeiten nicht teilhaben. Ich will nichts zu tun haben mit diesem Krieg. Wir haben unser Leben von all diesen Dingen abgesondert. Hier ist kein Zufluchtsort mehr für uns. Wir wollen gehen.‹

Schon am nächsten Tag waren wir auf der Flucht vor dem Krieg, der die ganze Welt durchraste. Und von da an war alles nur noch Flucht – alles nur noch Flucht!« Er versank in tiefe Gedanken.

»Wie lange dauerte es noch?« Er antwortete nicht. »Wie viele Tage?«

Sein Gesicht war weiß und verzerrt, seine Hände ballten sich zu Fäusten. Er nahm gar keine Notiz von meiner Frage. Ich versuchte ihn durch Fragen wieder auf seine Geschichte zu bringen. »Wohin sind Sie dann gegangen?« sagte ich.

»Wann?«

»Als Sie Capri verließen.«

»Nach Südwesten«, sagte er und blickte mich kurz an. »In einem Boot.«

»Warum nicht mit einem Aeroplan?«

»Sie waren alle in Feindeshand.«

Ich fragte nicht weiter. Und bald darauf fing er von selbst wieder an. Er sprach tonlos und ohne jede Erregung.

»Wozu dann aber? Wenn dieser Kampf, dieses Morden und Toben wirklich Leben ist – wozu haben wir dann dieses Verlangen nach Schönheit und Genuß? Wenn es überhaupt keine Zufluchtsstätte gibt, wenn nirgends eine Stätte des Friedens ist, wenn alle unsere Träume von stillen Orten nichts sind als Torheit und Fallstrick – weshalb haben wir dann solche Träume? Es war doch wahrhaftig kein unedles Sehnen, kein gemeines Verlangen, das uns so weit gebracht hatte! Liebe war es. Liebe hatte uns von den anderen abgesondert. Liebe war zu mir gekommen, mit ihren Augen, im Gewand ihrer Schönheit – herrlicher als alles im Leben; in des Lebens eigenster Gestalt und Farbe hatte sie mich gerufen. Und ich hatte alle Stimmen zum Schweigen gebracht, hatte eine Antwort gehabt auf alle Fragen und war zu ihr gegangen. Und nun war da plötzlich nichts als Krieg und Tod.«

Ich hatte eine Idee. »Schließlich«, sagte ich, »war es vielleicht doch nur ein Traum!«

»Ein Traum!« schrie er mich an, »ein Traum, wenn sogar jetzt noch –«

Zum erstenmal wurde er lebendig. Ein schwaches Rot trat auf seine Wangen. Er streckte die Hand aus, ballte sie zur Faust und schlug sich heftig aufs Knie. Dann sprach er weiter, ohne mich noch einmal anzusehen. »Wir sind nichts als Phantome«, sagte er, »und Phantome von Phantomen, Sehnsüchte wie Wolkenschatten. Unser Wille gleicht der Spreu, die der Wind verweht; die Tage vergehen, und Brauch und Gewohnheit tragen uns hindurch, so wie ein Zug den Schatten seiner Lichter mit sich trägt – genauso ist es! Aber eins ist wirklich und wahrhaftig kein Traumgebilde, sondern ewig und von Dauer. Es ist der Kern meines Lebens, und alles andere darum herum ist untergeordnet und unwichtig. Ich habe dieses Traummädchen geliebt! Und sie und ich, wir sind beide tot!

Ein Traum! Wie kann ein Traum sein, was ein lebendiges Leben in unstillbaren Kummer stürzte und alles, wofür ich gelebt habe, wertlos und sinnlos macht?

Bis zum letzten Augenblick, bevor sie getötet wurde, hielt ich es noch für möglich zu entkommen«, fuhr er fort. »Die ganze Nacht, den ganzen Morgen, als wir von Capri nach Salerno segelten, sprachen wir von Rettung. Voller Hoffnung waren wir, und bis zum Ende verließ sie uns nicht – Hoffnung auf das Leben, das wir zusammen leben würden, fern von allem, von Schlacht und Kampf, von den wilden und eitlen Leidenschaften, von dem leeren Willkürgesetz der Welt: ›Du sollst!‹ und ›Du sollst nicht!‹ Wir schwebten darüber, als wäre unser Kreuzzug heilig, als wäre die Liebe eines Menschen zum andern eine heilige Mission …

Sogar als wir von unserem Boot aus den hellen großen Felsen von Capri erblickten, der schon zerklüftet und entstellt war von Geschützen und Schanzen und all den anderen Festungsanlagen, ahnten wir nichts von dem bevorstehenden Gemetzel, obgleich die ganze Wut der Vorbereitungen an Hunderten Stellen vom Grau der Staub- und Rauchwolken gekennzeichnet war. Im Gegenteil, ich erging mich noch in allerhand poetischen Wendungen darüber. Da stand der Fels – noch immer schön, trotz all seiner Narben, mit seinen zahllosen Fenstern und Säulenbogen und Gängen, Galerie auf Galerie, tausend Fuß hoch, ein riesiges graues Schnitzwerk, dazwischen rebenumsponnene Terrassen, Zitronen- und Orangenhaine, Massen von Agaven und Feigen und Wölkchen von Mandelblüten. Unter dem Torbogen über Piccola Marina kamen Boote hervor, und als wir um das Vorgebirge bogen und das Festland vor uns sahen, trieben dort weitere kleine Boote vor dem Wind nach Südwesten. Bald war es eine stattliche Anzahl, und die entfernteren lagen wie kleine ultramarinfarbene Kleckse im Schatten der östlichen Klippe. ›Liebe und Vernunft‹, sagte ich, ›die vor dem Wahnsinn des Krieges flüchten!‹

Obgleich wir bald darauf ein Geschwader von Aeroplanen über den südlichen Himmel fliegen sahen, beachteten wir es gar nicht. Es war eine Linie von kleinen Punkten am Himmel, dann noch mehr Punkte am südöstlichen Horizont und noch mehr, bis der ganze Himmel über uns vollständig bedeckt war mit blauen Punkten. Einmal waren es bloß dünne kleine Streifen Blau, dann wieder ein großer Klecks, dann schwenkten ein paar um, und die Sonne fiel darauf, und sie wurden zu kurz aufzuckenden Blitzen. So kamen sie heran, steigend, fallend, immer größer und größer, wie ein riesiger Flug Möwen oder Krähen oder ähnlicher Vögel. Sie flogen immer in derselben wunderbar einheitlichen Formation; und je näher sie kamen, desto breiter wurde die Himmelsfläche, die sie einnahmen. Die südliche Staffel schwang sich wie eine Wolke aus Pfeilspitzen vor die Sonne. Dann schwenkten sie plötzlich um und flogen nach Osten, wurden kleiner und kleiner und klarer und klarer, bis sie vom Himmel verschwanden. Und jetzt bemerkten wir im Norden, hoch oben über Neapel, Eveshams Kriegsmaschinen wie einen abendlichen Mückenschwarm.

Aber das schien uns nicht weiter zu berühren als ein Flug Vögel. Sogar das Grollen der Kanonen fern im Südosten schien für uns ohne Bedeutung zu sein. Und an jedem Tag, in jedem Traum schwebten wir von da an noch immer gleichsam über der Welt und suchten den Ort, wo wir in Frieden leben und lieben durften. Wir waren staubig und befleckt vom mühsamen Wandern, halbverhungert, entsetzt über die Toten, die wir gesehen hatten, erschüttert über die Landleute, die vor uns her geflüchtet waren, denn bald zog das Unwetter des Krieges über die Halbinsel. All das prägte sich uns tief ein, doch das Resultat war der immer festere Entschluß, uns zu retten. Oh! Wie tapfer sie war! Wie geduldig! Sie, die noch nie die Härten des Lebens gekostet hatte, sie hatte Mut für zwei – für sich und für mich! Wir gingen und gingen, dahin und dorthin, immer auf der Suche nach einer Fluchtmöglichkeit. Wir wanderten durch ein Land, das von Kriegshorden schon völlig überschwemmt und ausgeplündert war. Zuerst trafen wir noch auf andere Flüchtlinge, aber wir hielten uns abseits. Einige entkamen nach Norden, andere gingen in dem Strom von Landleuten, der die Landstraßen überflutete, unter. Viele ließen sich einfach anwerben und wurden in den Norden gebracht. Vielen imponierte das Ganze auch. Aber wir hielten uns abseits. Wir hatten kein Geld bei uns, mit dem wir uns hätten den Durchlaß nach Norden erkaufen können; und der Gedanke, daß meine süße Herrin einfach den Händen jener Freibeuter anheimgegeben sein sollte, ließ mich schaudern. Wir waren in Salerno gelandet; von Cava waren wir zurückgeschickt worden; dann hatten wir versucht, auf einem Paß über den Monte Alburno nach Tarent zu kommen; aber der Mangel an Nahrung hatte uns wieder zurückgetrieben, und so waren wir endlich bis zu den Sümpfen von Paestum gelangt, wo die großen Tempel verlassen stehen. Ich hatte die unklare Idee, daß wir vielleicht in Paestum ein Boot finden und uns wieder auf die See hinauswagen könnten. Und hier holte uns die Schlacht ein.

Ich war von einer Art Seelenblindheit besessen. Ich sah ja gut, daß wir im großen Netz des Weltkriegs gefangen waren. Wie oft hatten wir die Heere des Nordens an- und abrücken gesehen, hatten aus der Ferne beobachtet, wie sie die Berge wegbar machten für den Transport der Munition, für das Auffahren der Geschütze. Einmal dachten wir sogar, sie hätten auf uns geschossen, hätten uns für Spione gehalten; jedenfalls war ein Schuß über uns hingefahren. Mehrere Male hatten wir uns auch schon vor über uns schwebenden Aeroplanen im Wald versteckt.

Aber all diese Dinge, die Nächte der Flucht und des Leides zählen heute nicht mehr ... Wir waren endlich auf einem offenen Platz in der Nähe der großen Tempel von Paestum angelangt. Es war ein öder, steiniger, mit Dornbüschen bewachsener Platz, leer und einsam und so flach, daß eine Gruppe von Eukalyptus ganz in der Ferne sich fast bis zur Wurzel abhob. Wie ich das noch heute vor mir sehe! Meine süße Herrin saß unter einem Busch, um ein bißchen zu ruhen; denn sie war sehr müde und schwach. Und ich stand neben ihr und versuchte zu berechnen, wie weit oder wie nah wohl das Geschützfeuer, das unaufhörlich ertönte, sein mochte. Sie verstehen: Die Kämpfenden waren noch weit voneinander entfernt und fochten mit den furchtbaren neuen Waffen, die bisher noch nie in Gebrauch gewesen waren: Geschütze, die viel weiter trugen, als das Auge reicht, und Aeroplane, die ... ja, welche Wirkung die Aeroplane haben würden, wer konnte das voraussagen?

Ich wußte, daß wir zwischen zwei Armeen waren, die sich einander stetig näherten. Ich wußte, daß wir in Gefahr waren und nicht bleiben durften und nicht rasten.

Obgleich all diese Gedanken in mir ganz lebhaft und deutlich waren, blieben sie doch eigentlich im Hintergrund, als ob sie uns im Grunde eigentlich gar nichts angingen. Vor allem dachte ich an meine süße Herrin. Und eine schmerzvolle Trauer erfüllte mich. Zum erstenmal hatte sie sich besiegt erklärt, war sie in Weinen ausgebrochen. Ich hörte ihr Schluchzen hinter mir, aber ich drehte mich absichtlich nicht um; ich wußte, sie mußte einmal weinen! Zu lang hatte sie sich aufrechterhalten – um meinetwillen. Es war das beste für sie, dachte ich: Sie sollte weinen und sich ausruhen, und dann würden wir unseren beschwerlichen Weg fortsetzen. Ich hatte ja keine Ahnung von der nahen Gefahr. Noch heute, noch jetzt sehe ich sie, wie sie da vor mir saß – ihr weiches Haar hing ihr wirr um die Schultern – sehe die eingefallenen blassen Wangen.

›Wenn wir auseinandergegangen wären!‹ sagte sie. ›Wenn ich dich hätte gehen lassen!‹

›Nein‹, sagte ich. ›Auch jetzt noch bereue ich nichts. Ich will nichts bereuen. Ich habe gewählt, und ich will aushalten bis ans Ende.‹«

»Und dann –«

»Über uns in der Luft blitzte etwas auf und zersplitterte, und ringsumher hörte ich Geschosse, die ein Geräusch machten, als ob man plötzlich eine Handvoll Erbsen auf die Erde würfe. Sie schlugen Splitter von den Steinen ab, zwischen denen wir saßen, prasselten gegen die Felsblöcke. Dann war es vorüber ...«

Er preßte die Hand auf den Mund und fuhr sich mit der Zunge über die Lippen.

»Beim Aufblitzen hatte ich mich umgedreht ... Wissen Sie – sie stand aufrecht da – sie stand aufrecht da, wissen Sie, und machte einen Schritt auf mich zu – als ob sie mich erreichen wollte – und sie war durchs Herz geschossen.«

Er verstummte und starrte mich an. Ich fühlte die ganze törichte Hilflosigkeit, die man in solchen Fällen empfindet. Einen Moment hielt ich seinem Blick stand; dann sah ich zum Fenster hinaus. Eine lange Weile schwiegen wir beide. Als ich ihn endlich wieder anblickte, saß er zurückgelehnt, mit verschränkten Armen in seiner Ecke und nagte an seinen Knöcheln. Plötzlich biß er sich auf einen Nagel und starrte ihn an.

»Ich trug sie«, sagte er, »in meinen Armen hinüber zu den Tempeln. Als ob es noch darauf ankäme! Ich weiß nicht, warum. Sie waren mir wie eine Art Heiligtum, wissen Sie – wahrscheinlich, weil sie schon so lange dastanden. Sie muß fast augenblicklich gestorben sein. Aber ich redete mit ihr auf dem ganzen Weg.«

Neues Schweigen.

»Ich habe die Tempel gesehen«, sagte ich unvermittelt. Er hatte mir das Bild jener stillen, sonnenbeschienenen Säulengänge aus verwittertem Sandstein merkwürdig lebendig vor Augen gezaubert.

»Der braune war es, der große braune. Ich setzte mich auf eine umgestürzte Säule und hielt sie in meinen Armen. Stumm – nachdem das erste, zusammenhanglose Gestammel vorüber war ... Nach einer Weile kamen die Eidechsen wieder hervor und huschten umher, als wäre gar nichts Außergewöhnliches geschehen – als wäre nichts anders geworden ... Es war eine ungeheure Stille. Die Sonne stand so hoch, und die Schatten lagen so still, sogar die Weidenschatten auf dem Säulengebälk – trotz des dumpfen Donnerns und Krachens, das über den ganzen Himmel lief.

Mir ist, als entsänne ich mich noch, daß die Aeroplane von Süden kamen und daß die Schlacht sich nach Westen zog. Ein Aeroplan wurde getroffen und kippte und stürzte ins Wasser. Ich weiß das noch, obgleich es mich nicht im mindesten interessierte. Es schien so bedeutungslos. Wie eine verwundete Möwe sah er aus, die noch eine Zeitlang auf dem Wasser flattert. Ich sah ihn durch den Säulengang des Tempels – ein schwarzes Ding im leuchtenden, blauen Wasser.

Drei- oder viermal detonierten Geschosse an der Küste. Dann hörte auch das auf. Jedesmal huschten die Eidechsen davon und versteckten sich für eine Weile. Weiteres Unheil richteten die Granaten nicht an, außer daß einmal eine Kugel den Stein dicht neben mir streifte und einen frischen, hellen Riß über seine Oberfläche zog. Als die Schatten länger wurden, schien die Stille noch intensiver zu werden.

Das Sonderbare«, bemerkte er mit dem Ausdruck eines Mannes, der nichtssagende Konversation macht, »ist, daß ich nichts dachte, daß ich überhaupt nichts *dachte.* Ich saß zwischen den Steinen und hielt sie in den Armen, in einer Art von Lethargie, von Leblosigkeit.

Ich weiß auch nichts mehr von meinem Erwachen. Ich weiß nicht mehr, wie ich mich an jenem Tag ankleidete. Ich war auf einmal in meinem Büro; vor mir lag ein Haufen geöffneter Briefe, und ich weiß nur, wie absurd und unwirklich es mir vorkam, daß ich da war, weil ich doch in Wirklichkeit betäubt in jenem Tempel in Paestum saß, mit einem toten Mädchen im Arm. Ich las meine Briefe ganz mechanisch. Ich habe vergessen, was darin stand.«

Er verstummte, und ein langes Schweigen trat ein.

Plötzlich bemerkte ich, daß wir die Senkung von Chalk Farm nach Euston hinabfuhren. Ich war erstaunt, wie rasch die Zeit vergangen war. Und ich stellte ihm eine brutale Frage – im Ton von »Jetzt oder nie!«.

»Und haben Sie noch einmal geträumt?«

»Ja.« Es schien, als müsse er sich zwingen, zu Ende zu erzählen. Seine Stimme klang ganz leise.

»Einmal noch, und da nur für ein paar Augenblicke. Es war, als sei ich plötzlich aus einer großen Apathie aufgewacht, als hätte ich mich in eine sitzende Stellung aufgerichtet, und ihr Körper lag neben mir auf den

Steinen. Ein langgestreckter, hagerer Körper. Gar nicht sie, wissen Sie. So kurze Zeit, und es war gar nicht mehr sie.

Ich glaube, ich hörte Stimmen. Ich weiß es nicht. Ich weiß nur noch ganz deutlich, daß Menschen in unsere Einsamkeit eindrangen und daß das die letzte, schimpfliche Vergewaltigung war.

Ich erhob mich und ging durch den Tempel; und da sah ich erst einen, mit einem gelben Gesicht, in einer schmutzigweißen, mit Blau besetzten Uniform, und dann mehrere. Sie erklommen die alte Mauer der toten Stadt und hockten sich oben nieder. Kleine, helle, in der Sonne blitzende Gestalten … Und da kauerten sie, die Waffe in der Hand, und spähten vorsichtig um sich.

Dann sah ich weiter hinten andere und noch andere an einem anderen Punkt der Mauer. Eine lange, unregelmäßige Reihe von Soldaten in einer offenen Linie. Gleich darauf erhob sich der, den ich zuerst gesehen hatte, und erteilte ein Kommando; und seine Leute hasteten über die Mauer herab und die hohen Weidengebüsche, auf den Tempel zu. Er kletterte mit herunter, ihnen immer voraus. So kam er geradewegs auf mich zu, und als er mich sah, blieb er stehen.

Erst hatte ich diese Leute aus bloßer Neugier beobachtet; aber als ich sah, daß sie beabsichtigten, sich dem Tempel zu nähern, fühlte ich mich verpflichtet, ihnen das zu verbieten. Ich schrie den Offizier an: ›Was wollen Sie hier! Hier bin ich! Hier bin ich mit meiner Toten!‹

Er starrte mich an und rief mir dann in einer mir unbekannten Sprache etwas zu. Ich wiederholte, was ich gesagt hatte. Wieder rief er etwas, und ich verschränkte die Arme und stand still. Gleich darauf sagte er etwas zu seinen Leuten und näherte sich mir. Er trug ein bloßes Schwert in der Hand.

Ich bedeutete ihm, wegzubleiben, aber er kam näher und näher. Dann sagte ich ihm wieder, sehr deutlich und sehr geduldig: Sie dürfen nicht hierherkommen. Das sind alte Tempel, und ich bin hier mit meiner Toten. Bald war er so nah, daß ich sein Gesicht deutlich sehen konnte. Es war ein schmales Gesicht, mit stumpfen grauen Augen und schwarzem Schnurrbart. Auf der Oberlippe hatte er eine Narbe; und er war schmutzig und ungewaschen. Fortwährend rief er mir alle möglichen unverständlichen Worte zu, wahrscheinlich Fragen.

Ich weiß jetzt, daß er Angst vor mir hatte; aber damals kam mir der Gedanke nicht. Als ich versuchte, ihm die Lage zu erklären, unterbrach er mich mit herrischer Stimme; wahrscheinlich befahl er mir, den Weg freizugeben. Dann versuchte er, einfach an mir vorbeizugehen; aber ich packte ihn am Arm. Ich sah, wie sein Gesichtsausdruck plötzlich wechselte.

›Du Narr!‹ schrie ich ihn an. ›Siehst du denn nicht? Sie ist tot!‹

Er zuckte zurück und sah mich mit grausamen Augen an. Ich sah, wie ein rascher Entschluß darin aufblitzte. Dann verschwand die Lust aus seinem Gesicht, und mit einer finstern Grimasse zückte er sein Schwert, holte weit aus und –«

Er verstummte jäh.

Ich fühlte einen Wechsel im Rhythmus des Zugs. Bremsen kreischten, der Wagen ratterte und stieß. Die Welt der Wirklichkeit erhob ihre lärmende, durchdringende Stimme. Ich sah durch die dampfbeschlagenen Fenster riesige elektrische Lichter von ihren hohen Masten in den Nebel niederleuchten, sah Reihen von leeren Wagen vorübergleiten, sah ein Signal seine roten und grünen Augen in das düstere Londoner Zwielicht bohren. Dann blickte ich wieder auf das hagere Gesicht mir gegenüber.

»Er stieß mir sein Schwert ins Herz. Irgendwie spürte ich Staunen, doch weder Furcht noch Schmerz, einfach Verwunderung, als es mich durchbohrte, als ich fühlte, wie das Schwert durch meinen Körper drang. Es tat gar nicht weh, müssen Sie wissen. Es tat gar nicht weh.«

Jetzt sah man die gelben Lichter des Bahnhofs vorübergleiten, erst rasch, dann langsamer, und endlich mit einem Ruck stillstehen. Nebelhafte Gestalten eilten draußen hin und her.

»Euston!« rief eine Stimme.

»Sie wollen also sagen ...«

»Nein – kein Schmerz ... kein Stich ... kein Brennen. Einfach Verwunderung ... und dann Dunkelheit, die alles überflutete. Das verschwitzte, brutale Gesicht vor mir, das Gesicht des Mannes, der mich getötet hatte, wurde immer kleiner ... entfernter ... Und schließlich war es gar nicht mehr ...«

»Euston!« lärmte und schrie es draußen. »Euston!«

Die Waggontür wurde aufgerissen. Ein Strom von Lärm drang herein. Der Schaffner sah uns an. Das Geräusch schließender Türen, klappernder Pferdehufe und – mehr in der Ferne – das monotone, unaufhörliche Brausen des Londoner Verkehrs drang an mein Ohr. Zahllose Lichter erhellten den Bahnsteig.

»Eine Flut von Dunkel, die ausbrach ... sich über alles ausbreitete ... alles übergoß ...«

»Gepäck, mein Herr?« sagte der Schaffner.

»War das das Ende?« fragte ich.

Er zögerte. Dann – fast unhörbar – erwiderte er: »Nein!«

»Das heißt ...?«

»Ich konnte sie nicht mehr erreichen. Sie war dort – auf der anderen Seite des Tempels – und –«

»Was?« drängte ich. »Was denn?«

»Schreckgespenster!« schrie er. »Ja, Schreckgespenster! O Gott! Riesige Vögel! Sie kämpften um etwas und zerfleischten es!«

Plattners Geschichte

Ob man der Geschichte von Gottfried Plattner Glauben schenken soll oder nicht, ist, im Hinblick auf den Wert von Beweisen, eine heikle Frage. Einerseits gibt es sieben Augenzeugen – um ganz genau zu sein, sechseinhalb Augenpaare – und eine unleugbare Tatsache; andererseits haben wir – wie soll ich sagen – Vorurteile, den sogenannten gesunden Menschenverstand und das Beharren auf vorgefaßte Meinungen. Es hat wohl kaum jemals sieben glaubwürdigere Zeugen gegeben, und kaum je stand eine Tatsache so fest wie die Umkehrung von Gottfried Plattners anatomischer Struktur, und doch – es gibt keine absurdere Geschichte als die, die sie zu erzählen haben! Den unglaublichsten Teil der Geschichte trägt der ehrenwerte Gottfried dazu bei (denn ich betrachte ihn als einen der sieben Zeugen). Der Himmel möge verhüten, daß ich mich dazu verleiten ließe, dem Aberglauben durch allzu leidenschaftliche Unparteilichkeit Vorschub zu leisten und das Schicksal der Kirchenväter zu teilen. Eigentlich glaube ich, daß an dieser Sache mit Gottfried Plattner irgend etwas nicht stimmt, aber ebenso offen muß ich zugeben, daß ich nicht weiß, was daran nicht stimmen soll. Es hat mich überrascht, wieviel Glauben der Geschichte von höchst unerwarteter und maßgeblicher Seite geschenkt wurde. Aber es ist für den Leser wohl am besten, wenn ich die Geschichte erzähle, ohne ihn mit Bemerkungen aufzuhalten.

Trotz seines Namens ist Gottfried Plattner gebürtiger Engländer. Sein Vater war Elsässer, der in den sechziger

Jahren nach England kam, ein ehrbares englisches Mädchen aus untadeligen Verhältnissen heiratete und nach einem erfüllten und recht ereignislosen Leben (das, soviel ich weiß, hauptsächlich dem Verlegen von Parkettböden gewidmet war) 1887 starb. Gottfried ist siebenundzwanzig Jahre alt. Er ist, dank seiner ererbten Dreisprachigkeit, Lehrer für moderne Fremdsprachen an einer kleinen Privatschule im Süden Englands. Für den flüchtigen Beobachter unterscheidet er sich in nichts von anderen Lehrern für moderne Sprachen an anderen kleinen Privatschulen. Seine Kleidung ist weder betont teuer noch betont modisch, andererseits aber auch nicht besonders billig oder schäbig. Seine Gesichtsfarbe ist ebenso wie seine Größe und Körperhaltung unauffällig. Man würde vielleicht feststellen, daß sein Gesicht, wie das der meisten Menschen, nicht ganz symmetrisch ist: Das rechte Auge ist ein wenig größer als das linke, sein Unterkiefer wirkt auf der rechten Seite ein wenig schwerer als links. Wenn man seine Brust entblößte, um den Herzschlag zu fühlen, fände man wahrscheinlich, daß sein Herz schlüge wie das eines jeden anderen Menschen auch. Aber in diesem Falle würden die Ansichten eines flüchtigen und eines aufmerksamen Beobachters auseinandergehen. Denn im Gegensatz zu ersterem fände der geübte Beobachter sein Herz ganz und gar nicht gewöhnlich. Und wenn man den oberflächlichen Beobachter darauf aufmerksam machte, könnte auch er ohne weiteres die Besonderheit feststellen. Gottfrieds Herz schlägt in der rechten Seite seiner Brust.

Nun ist das nicht die einzige Anomalie seines Körperbaues, obwohl es die einzige ist, die einem medizinischen Laien sogleich auffallen könnte. Sorgfältiges Abhören und Abklopfen der inneren Organe Gottfrieds durch einen bekannten Chirurgen scheint auf die Tatsache zu deuten, daß tatsächlich sämtliche asymmetrischen Teile seines Körpers auf ähnliche Weise von ihrem richtigen Platz versetzt worden sind. Der rechte Lappen seiner Leber liegt auf der linken, der linke auf der rechten Seite, während sich seine Lungenflügel auf gleiche Weise entgegengesetzt finden. Noch auffälliger ist, daß wir, wenn wir Gottfried nicht für einen hervorragenden Schauspieler halten wollen, glauben müssen, daß seine rechte Hand vor kurzem zu seiner linken geworden ist. Seit den Vorkommnissen, die wir so unparteiisch wie möglich betrachten wollen, hat er die größten Schwierigkeiten beim Schreiben, außer wenn er mit der linken Hand von rechts nach links schreibt. Mit der rechten Hand kann er nicht werfen, bei den Mahlzeiten bringt er Messer und Gabel durcheinander, und seine Vorstellungen von den Regeln des Straßenverkehrs – er pflegt mit dem Fahrrad zu fahren – sind immer noch ein gefährliches Chaos. Und es gibt nicht die Spur eines Beweises dafür, daß Gottfried vor diesen Ereignissen auch nur andeutungsweise Linkshänder war.

Über noch eine weitere verwunderliche Tatsache ist in dieser absurden Angelegenheit zu berichten. Gottfried kann drei Photographien vorlegen. Sie zeigen ihn zunächst im Alter von fünf oder sechs Jahren, wie er schmollt und seine dicken Beinchen unter einem Schottenrock hervorstreckt. Auf diesem Bild ist sein linkes Auge ein wenig größer als das rechte. Sein jetziges Aussehen ist genau umgekehrt. Die Photographie des vierzehnjährigen Gottfried scheint zwar diesen Tatsachen zu widersprechen, aber das erklärt sich damit, daß sie eines jener billigen Photos ist, die damals in Mode waren. Sie wurden direkt auf Metall aufgenommen und gaben daher die aufgenommenen Gegenstände wie ein Spiegel seitenverkehrt wieder. Die dritte

Photographie zeigt ihn mit einundzwanzig Jahren und bestätigt die anderen. Damit scheinen Beweise von außerordentlicher Überzeugungskraft für die Behauptung vorzuliegen, daß Gottfrieds linke und rechte Seite vertauscht worden sind. Wie jedoch ein menschliches Wesen derart verändert werden kann, läßt sich nur äußerst schwierig erklären, es sei denn durch ein phantastisches und sinnloses Wunder.

Eine mögliche Erklärung für diesen Tatbestand wäre eine umständliche Mystifikation Plattners, die er auf die von der Norm abweichende Lage seines Herzens aufbaut. Photographien können gefälscht sein, Linkshändigkeit kann vorgetäuscht werden. Aber der Charakter des Mannes gibt keine Veranlassung zu einer solchen Vermutung. Er ist ein ruhiger, praktischer, unauffälliger und geistig völlig gesunder Mensch. Er trinkt gern Bier, raucht nur mäßig, geht täglich spazieren und schätzt den Wert seiner Lehrtätigkeit durchaus vernünftig ein. Plattner verfügt über eine gute, aber unausgebildete Tenorstimme, und es bereitet ihm Vergnügen, volkstümliche und fröhliche Lieder zu singen. Er liest gern, aber nicht übertrieben viel – hauptsächlich Romane mit einer unaufdringlich frommen, optimistischen Grundstimmung. Er schläft gut und träumt selten. Kurz, er ist absolut nicht der Mensch, dem die Erfindung phantastischer Geschichten zuzutrauen ist. Er ist auch weit davon entfernt, der Welt seine Geschichte aufzudrängen, sondern hat sich in dieser Angelegenheit außerordentlich zurückhaltend verhalten. Erkundigungen begegnet er mit einer gewissen gewinnenden Art – Schüchternheit ist wohl das richtige Wort –, die auch die mißtrauischsten Frager entwaffnet. Er scheint sich aufrichtig dafür zu schämen, daß ihm etwas derart Ungewöhnliches zugestoßen ist.

Man kann nur bedauern, daß Plattner eine Obduktion nach seinem Tode ablehnt und dadurch vielleicht ein für allemal den hieb- und stichfesten Beweis für die Umkehr der rechten und linken Hälften seines Körpers verhindert. Denn hauptsächlich an diesem Tatbestand hängt die Glaubwürdigkeit seiner seltsamen Geschichte. Es gibt keine Möglichkeit, einen Menschen zu pakken und ihn im Raum, den normale Menschen als Raum begreifen, so zu bewegen, daß dadurch die Umkehrung seiner Körperhälften bewirkt werden könnte. Was auch immer man tut, seine rechte Seite wird immer die rechte und die linke Seite immer die linke Seite bleiben. Mit einem völlig flachen dünnen Gegenstand ist das natürlich etwas anderes. Wenn man eine Figur aus Papier ausschneidet, irgendeine Figur mit einer rechten und einer linken Seite, kann man ihre Seiten ganz einfach dadurch vertauschen, daß man sie hochhebt und umdreht. Aber bei einem festen Körper ist das anders. Mathematiker erklären uns, daß es einzig und allein dadurch möglich ist, die rechte und linke Seite eines festen Körpers zu vertauschen, daß man diesen Körper regelrecht aus dem Raum, wie wir ihn kennen, herausnimmt – das heißt, ihn aus seiner normalen Existenz herausnimmt und ihn irgendwo außerhalb des irdischen Raumes herumdreht. Das klingt ohne Zweifel etwas abstrus, aber jeder, der ein wenig Ahnung von mathematischer Theorie hat, wird dem Leser die Richtigkeit dieser Behauptung bestätigen. Um die Angelegenheit technisch auszudrücken: Die merkwürdige Umkehrung von Plattners linker und rechter Körperhälfte ist der Beweis dafür, daß er aus dem irdischen Raum in die vierte Dimension gelangt und wieder in unsere irdische Welt zurückgekehrt ist. Wenn wir uns nicht als Opfer umständlicher und unmotivierter Machenschaften betrachten wollen, müssen wir wohl glauben, daß dies wirklich geschehen ist.

Soweit die greifbaren Tatsachen. Nun kommen wir zum Bericht über die Phänomene, die sein zeitweiliges Verschwinden von dieser Welt begleiteten. Plattner erfüllte in der Privatschule von Sussexville nicht nur die Pflichten eines Lehrers für lebende Fremdsprachen, sondern unterrichtete auch Chemie, Handelsgeographie, Buchhaltung, Kurzschrift, Zeichnen und noch diesen oder jenen anderen Gegenstand, welcher, je nach den wechselnden Launen der Eltern seiner Schüler, deren Aufmerksamkeit erweckte. Er wußte wenig oder gar nichts von diesen verschiedenen Lehrgegenständen, aber im Gegensatz zu öffentlichen Schulen sind in höheren Privatschulen die Kenntnisse des Lehrers, sehr zu Recht, keinesfalls so wichtig wie ein moralisch hochstehender Charakter und die untadeligen Manieren eines Gentleman. In Chemie war er besonders unzulänglich und wußte, wie er selbst sagt, nichts. Nur die Drei Gase kannte er (was auch immer die Drei Gase sein mögen). Da jedoch seine Schüler zunächst einmal gar nichts wußten und alle ihre Kenntnisse von ihm bezogen, verursachte das etliche Semester lang weder ihm noch jemand anderem irgendwelches Unbehagen. Dann kam ein kleiner Junge namens Whibble an die Schule, dem offenbar von irgendeinem boshaften Verwandten eine äußerst wißbegierige Geisteshaltung anerzogen worden war. Dieser kleine Junge folgte den Unterrichtsstunden Plattners mit ausgeprägtem und anhaltendem Interesse, und um seinen Eifer für diesen Lehrgegenstand deutlich zu zeigen, brachte er immer wieder irgendwelche Substanzen mit in die Schule, damit Plattner sie analysiere. Plattner fühlte sich durch seine offenkundige Macht, Interesse zu erwecken, geschmeichelt. Er baute auf die Unwissenheit des Knaben und analysierte diese mitgebrachten Substanzen; er gab sogar noch irgendwelche allgemein gehaltene Erklärungen hinsichtlich ihrer Zusammensetzung ab. Ja, er fühlte sich durch seinen Schüler sogar soweit angeregt, daß er ein Lehrbuch über analytische Chemie erwarb und es studierte, während er die abendliche Lernstunde der Knaben beaufsichtigte. Zu seiner Überraschung stellte er fest, daß Chemie ein recht interessanter Gegenstand ist.

Bis dahin verläuft die Geschichte durchaus gewöhnlich. Nun aber tritt das grünliche Pulver auf den Plan. Die Quelle dieses grünlichen Pulvers scheint unglücklicherweise nicht auffindbar. Der Schüler Whibble erzählt eine etwas unwahrscheinlich klingende Geschichte, daß er es in einem Päckchen in einer aufgelassenen Lehmgrube unweit der Downs, der sich weithin erstreckenden Heide, gefunden habe. Es wäre eine großartige Sache gewesen, für Plattner wie möglicherweise auch für die Familie des Schülers Whibble, hätte man dieses Pulver dort an Ort und Stelle mit einem Streichholz angezündet. Es steht fest, daß der junge Herr es jedenfalls nicht in einem Päckchen in die Schule brachte, sondern in einem gewöhnlichen, mit einer Maßeinteilung versehenen, acht Unzen fassenden Medizinfläschchen, das mit zusammengedrehtem Zeitungspapier zugestöpselt war. Er überreichte es Plattner am Ende des Nachmittagsunterrichts. Vier Knaben mußten nach dem Gebet noch in der Schule bleiben, um irgendwelche vernachlässigten Aufgaben zu erledigen, und Plattner beaufsichtigte sie in einem Klassenzimmer, in dem üblicherweise der Chemieunterricht abgehalten wurde. Die Ausrüstung für die Durchführung von Versuchen im Chemieunterricht zeichnet sich in der Privatschule von Sussexville, wie in den meisten Privatschulen dieses Landes, durch äußerste Einfachheit aus. Sie wird in einem Schränkchen aufbewahrt, das in einer Nische steht und etwa das Fassungsvermögen eines gewöhnlichen Reisekoffers hat. Plattner, den seine Aufsichtstätigkeit langweilte, hatte das Auftauchen Whibbles mit seinem grünen Pulver anscheinend als angenehme Abwechslung empfunden und, nachdem er das genannte Schränkchen aufgeschlossen hatte, sogleich mit seinen analytischen Experimenten begonnen. Whibble setzte sich zu seinem Glück in sichere Entfernung und sah ihm zu. Die vier Übeltäter, die vortäuschten, völlig vertieft in ihre Arbeit zu sein, beobachteten Plattner heimlich mit größtem Interesse. Denn selbst innerhalb der Grenzen der Drei Gase waren Plattners Chemieversuche, soviel ich höre, eher tollkühn.

Ihre Aussagen über Plattners Vorgehen sind ziemlich gleich. Er schüttete ein wenig von dem grünen Pulver in ein Reagenzglas und probierte nacheinander die Wirkung von Wasser, Salzsäure, Salpetersäure und Schwefelsäure auf die Substanz aus. Da dies zu keiner Reaktion führte, leerte er ein kleines Häufchen – fast die Hälfte des Flascheninhalts – auf eine Platte und versuchte es mit einem Zündholz. Er hielt das Medizinfläschchen in der linken Hand. Das Zeug begann zu schmelzen, zu qualmen – dann explodierte es mit ohrenbetäubendem Knall und einer grell aufleuchtenden Stichflamme.

Die fünf Knaben, die durchaus auf Katastrophen gefaßt waren, duckten sich, als sie den Blitz aufleuchten sahen, unter ihre Pulte, und keiner von ihnen trug ernsthafte Verletzungen davon. Das Fenster wurde auf den Spielplatz hinausgeschleudert, die Tafel stürzte von ihrer Staffelei. Die Unterlage, auf die Plattner das Pulver geschüttet hatte, zersplitterte in kleinste Teile. Von der Decke fiel Verputz. Sonst geschah an dem Schulgebäude oder seiner Einrichtung weiter kein Schaden, und die Knaben, die nichts von Plattner sahen, glaubten zuerst, er wäre zu Boden gestürzt und läge, ihren Blikken entzogen, unter dem Katheder. Sie sprangen von ihren Plätzen auf, um ihm zu Hilfe zu eilen, und fanden zu ihrer Verwunderung seinen Platz leer. Noch verwirrt von der plötzlichen Heftigkeit der Explosion, liefen sie zur offenen Tür, in der Vorstellung, er müßte verletzt worden und aus dem Zimmer gestürzt sein. Aber Carson, der erste, prallte in der Tür beinahe mit dem Schuldirektor, Mr. Lidgett, zusammen.

Mr. Lidgett ist ein korpulenter, leicht erregbarer Mann mit nur einem Auge. Die Knaben schildern, wie er in das Zimmer gestürmt kam und einen jener erzürnten Ausrufe ausstieß, welche reizbare Schulmeister üblicherweise zu gebrauchen pflegen, wenn nichts Ärgeres geschieht. »Vermaledeiter Possenreißer!« rief er. »Wo ist Mr. Plattner?« Die Knaben sind sich über diese Worte völlig einig. »Zappelphilipp«, »Rotznase« und »Possenreißer« gehören anscheinend zu den üblichen und oft gebrauchten Ausdrücken in Mr. Lidgetts schulischer Umgangssprache.

Wo ist Mr. Plattner? Das war eine Frage, die in den nächsten Tagen immer wieder gestellt werden sollte. Es schien tatsächlich, als wäre die wilde Übertreibung »in Luft aufgelöst« einmal wirklich wahr geworden. Nirgends war auch nur das winzigste Teilchen von Plattner zu entdecken. Kein Tröpfchen Blut, nicht ein Fetzen seiner Kleidung war zu finden. Offenbar hatte es ihn vollständig aus dieser Existenz gesprengt, ohne daß auch nur der kleinste Splitter zurückgeblieben war. Nicht einmal so viel wie ein Stecknadelkopf, um diesen sprichwörtlichen Ausdruck zu gebrauchen. Die Tatsache, daß Gottfried Plattner durch die Explosion vollständig verschwunden ist, steht außer Zweifel.

Es ist nicht notwendig, hier näher auf die Aufregung einzugehen, die dieses Ereignis in der Privatschule von

Sussexville, in Sussexville selbst und darüber hinaus hervorrief. Es ist auch durchaus möglich, daß der eine oder andere Leser dieser Seiten sich erinnert, während der letzten Sommerferien in etwas abgewandelter und verblaßter Form von dieser Aufregung gehört zu haben. Lidgett, so scheint es, tat sein möglichstes, um die Geschichte zu unterdrücken und zu bagatellisieren. Er führte eine Strafe von fünfundzwanzig Zeilen für jede Erwähnung von Plattners Namen bei den Schülern ein und erklärte in der Klasse, ganz genau zu wissen, wo sich sein Assistent aufhalte. Er fürchte, so erklärte er, daß die Möglichkeit einer Explosion, trotz umständlicher Vorsichtsmaßregeln bei den auf ein Minimum beschränkten Versuchen im Chemieunterricht, dem Ruf der Schule schaden könnte, ebenso wie jegliche Mystifizierung von Plattners Abreise. Und er tat wirklich alles in seiner Macht Stehende, um den Vorfall so wenig ungewöhnlich wie möglich erscheinen zu lassen. Daher nahm er besonders die fünf Augenzeugen des Vorfalls in ein so strenges Kreuzverhör, daß sie an ihrer eindeutigen Sinneswahrnehmung zu zweifeln begannen. Aber trotz dieser Bemühungen erregte die Geschichte, in übertriebener und entstellter Form, in der Umgebung für kurze Zeit heftig die Gemüter, und etliche Eltern nahmen ihre Söhne unter fadenscheinigen Vorwänden aus der Schule. Ein keineswegs unwesentlicher Punkt rund um diesen Vorfall ist die Tatsache, daß eine große Anzahl von Leuten in der Umgebung während der aufregenden Tage vor Plattners Wiederkehr ungewöhnlich lebhaft von ihm träumten, und diese Träume glichen einander auf sonderbare Weise. In fast allen Träumen wurde Plattner, manchmal allein, manchmal in Gesellschaft, gesehen, wie er in einem glänzenden und schillernden Licht umherwanderte. Immer war sein Gesicht blaß und kummervoll, und in manchen Fällen versuchte er, sich dem Träumenden durch Gesten verständlich zu machen. Ein oder zwei der Knaben bildeten sich ein, offenbar unter dem Einfluß des Alptraums, daß Plattner sich ihnen mit außerordentlicher Geschwindigkeit näherte und ihnen aus unmittelbarer Nähe fest in die Augen blickte. Andere flohen zusammen mit Plattner vor sonderbar schemenhaften Geschöpfen von kugelförmiger Gestalt. Aber all diese Phantasien vergaß man im Verlauf der Untersuchungen und Überlegungen, als Plattner am zweiten Mittwoch nach der an einem Montag erfolgten Explosion zurückkehrte.

Die Umstände seiner Rückkehr waren ebenso einmalig wie die seines Abgangs. Soweit man Mr. Lidgetts einigermaßen temperamentvolle Andeutungen aus Plattners zögernden Erklärungen ergänzen kann, war der erstere am Mittwochabend gegen Sonnenuntergang, nachdem er die Schüler aus der abendlichen Lernstunde entlassen hatte, in seinem Garten mit dem Pflücken und Verzehren von Erdbeeren beschäftigt, einer Frucht, die er ganz außerordentlich schätzt. Sein Garten ist ein großer, altmodischer Garten, dem Einblick von außen glücklicherweise durch eine hohe, efeubewachsene Ziegelmauer entzogen. Als Mr. Lidgett sich eben über eine besonders reich tragende Pflanze beugte, zuckte ein Blitz über den Himmel, während gleichzeitig ein heftiger Donner krachte. Noch ehe Mr. Lidgett sich umsehen konnte, traf ihn von hinten heftig etwas Schweres. Das geschah mit solcher Wucht, daß er vornüber kippte, wobei er die Erdbeeren in der Hand zerquetschte und der seidene Hut – Mr. Lidgett hält sich an die überkommenen Vorstellungen von Gelehrtenkleidung – ihm mit einem heftigen Ruck über die Stirn nach vorn und beinahe völlig über sein eines Auge geschoben wurde. Das schwere Geschoß, das da seitlich über ihn hinwegfuhr und zwischen die Erdbeerstauden plumpste, entpuppte sich als unser langvermißter Mr. Gottfried Plattner in einem einigermaßen derangierten Zustand. Er saß ohne Kragen da und hutlos, sein Hemd war schmutzig, und seine Hände waren blutig. Mr. Lidgett war so verärgert und überrascht, daß er, auf allen vieren verharrend, den Hut noch über das Auge gezogen, Plattner heftige Vorhalte wegen seines respektlosen und unberechenbaren Verhaltens machte.

Diese kaum idyllisch zu nennende Szene vervollkommnet die äußere Fassung der Plattner-Geschichte – sozusagen ihre öffentliche, für Außenstehende bestimmte Seite. Es erübrigt sich hier, auf alle Einzelheiten der Entlassung Plattners durch Mr. Lidgett einzugehen. Sie sind mit allen Namen und Daten und Hinweisen in dem umfangreichen Bericht über diese Vorkommnisse nachzulesen, welcher der Gesellschaft für die Untersuchung übernatürlicher Phänomene vorgelegt wurde. Die außergewöhnliche Umkehrung von Plattners rechter und linker Körperhälfte fiel zunächst kaum auf, erst nach einem Tag, als er an der Tafel von rechts nach links schrieb. Diese merkwürdigen, seine Umkehrung bestätigenden Umstände verbarg er eher, als daß er sie hervorkehrte, da er fürchtete, sie könnten seine Situation unter diesen neuen Umständen eher ungünstig beeinflussen. Die Veränderung der Lage seines Herzens wurde einige Monate später entdeckt, als man ihm unter Narkose einen Zahn zog. Damals ließ er es, wenn auch unwillig, zu, daß man ihn oberflächlich untersuchte und daß darüber ein kurzer Bericht in der »Zeitschrift für Anatomie« erschien. Damit sind alle Fakten aufgezählt, und wir können uns nun Plattners Schilderung dieser Angelegenheit zuwenden.

Zunächst jedoch lassen Sie uns eindeutig unterscheiden zwischen dem vorausgehenden Teil dieser Geschichte und dem, was folgt. Alles, was ich bisher erzählt habe, ist durch Beweise belegt, die selbst ein Staatsanwalt gelten lassen würde. Jeder einzelne Zeuge ist noch am Leben; der Leser – wenn er die nötige Zeit haben sollte – kann die Burschen morgen aufspüren oder auch dem schreckeneinflößenden Lidgett die Stirn bieten, kann Kreuzverhöre anstellen, sie in Fallen locken und nach Herzenslust Untersuchungen vornehmen. Gottfried Plattner selbst mit seinem verdrehten Herzen und den drei Photographien kann herbeigeschafft werden. Es kann als erwiesen gelten, daß er infolge einer Explosion neun Tage lang verschwunden war, auch daß er auf fast ebenso ungestüme Weise wieder auftauchte, in einer Art, die Mr. Lidgett außerordentlich irritierte, wie immer es sich im einzelnen abgespielt haben mag. Es steht fest, daß er seitenverkehrt zurückkehrte, auf die gleiche Weise, wie einem sein Bild vom Spiegel zurückgeworfen wird. Aus der letztgenannten Tatsache folgt, wie ich bereits festgestellt habe, daß Plattner sich während dieser neun Tage in einem Daseinszustand gänzlich außerhalb unseres gewohnten irdischen Raumes befunden haben muß. Die Beweiskraft dieser Feststellungen ist tatsächlich viel stärker als jene, auf Grund deren viele Mörder gehenkt werden. Aber bezüglich seines eigenen Berichtes darüber, wo er gewesen ist, mit seinen wirren Erklärungen und den oft widersprüchlichen Einzelheiten, müssen wir uns einzig und allein auf Mr. Gottfried Plattners Wort verlassen. Ich möchte ihn nicht in Mißkredit bringen, aber ich muß darauf hinweisen, was so viele Schriftsteller, die übernatürliche Phänomene beschreiben, verabsäumen – daß wir hier vom praktisch Unleugbaren zu jenen Bereichen übergehen, welche jeder vernünftige Mensch ein Recht hat zu glauben oder abzulehnen, je nachdem, was er für angebracht hält. Die vorhergegangenen Feststellungen lassen Plattners Schilderung einleuchtend erscheinen; durch ihr Abweichen von allgemein üblichen Erfahrungen ließe sie sich der Phantasie zuordnen. Ich ziehe es vor, das Urteil des Lesers weder in die eine noch in die andere Richtung zu lenken, sondern die Geschichte einfach so wiederzugeben, wie Plattner sie mir erzählt hat.

Er schilderte mir seine Erlebnisse, wie ich festhalten möchte, in meinem Haus in Chistlehurst; und sobald er mich an jenem Abend verlassen hatte, begab ich mich in mein Arbeitszimmer und schrieb alles genauso nieder, wie ich es mir gemerkt hatte. Er war so freundlich, die maschinengeschriebene Niederschrift anschließend durchzulesen, so daß ihre Richtigkeit im wesentlichen nicht geleugnet werden kann.

Er erklärt, daß er im Augenblick der Explosion fest überzeugt war zu sterben. Für Psychologen ist die Tatsache bemerkenswert, daß er während seines Rückwärtsfluges klar dachte und sich fragte, ob er gegen das Chemiekästchen oder gegen die Tafel geschleudert würde. Seine Fersen schlugen auf den Boden auf, und er taumelte und fiel schwerfällig in sitzende Position auf etwas Festes mit einer weichen Oberfläche. Einen Augenblick lang war er durch den heftigen Aufprall wie betäubt. Dann roch es intensiv nach versengtem Haar, und er vermeinte, Lidgett nach ihm fragen zu hören. Man wird verstehen, daß sein Geist eine Zeitlang sehr verwirrt war.

Zu Beginn hatte er eindeutig das Gefühl, sich noch immer im Klassenzimmer zu befinden. Ganz deutlich nahm er die Überraschung der Knaben und den Eintritt Mr. Lidgetts wahr. In diesem Punkt ist er ganz sicher. Ihre Bemerkungen konnte er nicht hören, aber das führte er auf die ohrenbetäubende Wirkung des Experimentes zurück. Die Gegenstände um ihn herum erschienen merkwürdig dunkel und verschwommen, was er sich mit der einleuchtenden, wenn auch irrtümlichen Vorstellung erklärte, die Explosion hätte eine große dunkle Rauchwolke verursacht. In diesem düsteren Licht bewegten sich die Gestalten Lidgetts und der Knaben schweigend und so schwach sichtbar wie Gespenster. Plattners Gesicht brannte noch von der sengenden Hitze des Feuerstrahls. Er war, sagt er, »ganz durcheinander«. Seine erste klare Überlegung scheint seiner eigenen Gesundheit gegolten zu haben. Er vermeinte, vielleicht blind und taub geworden zu sein. Behutsam tastete er seine Gliedmaßen und das Gesicht ab. Allmählich wurde seine Sicht klarer, und voll Erstaunen bemerkte er, daß die vertrauten Pulte und das übrige Mobiliar des Klassenzimmers ihn nicht mehr umgaben. Nur verschwommene, undeutliche graue Formen standen an ihrer Stelle. Dann geschah etwas, das ihn laut aufschreien ließ und seine betäubten Sinne augenblicklich wieder völlig zum Leben erweckte. *Zwei der Knaben marschierten, heftig gestikulierend, nacheinander mitten durch ihn hindurch!* Und keiner von beiden ließ auch nur im geringsten erkennen, daß er ihn wahrgenommen hätte. Welche Gefühle das in Plattner hervorrief, ist schwer zu beschreiben. Er spürte sie nicht stärker, sagte er, als man einen Nebelschwaden spürt.

Plattners nächster Gedanke war, daß er tot sei. Da er jedoch mit durch und durch gesunden Ansichten in diesen Dingen aufgewachsen war, erstaunte es ihn einigermaßen, festzustellen, noch immer in seinem Körper zu stecken. Der zweite Schluß, zu dem er kam, war, daß nicht er, sondern die anderen tot wären: Die Explosion mußte die Sussexville-Privatschule zerstört und jede darin befindliche Seele außer ihm selbst getötet haben. Aber auch das war alles andere als erfreulich. Und so blieb ihm nichts anderes übrig als die Rolle des erstaunten Beobachters.

Um ihn herum war alles außerordentlich finster: Zuerst schien ihn ebenholzfarbene Schwärze zu umgeben. Über ihm stand ein schwarzes Firmament. Die einzige Andeutung von Licht in der ganzen Szenerie war ein schwacher grünlicher Schimmer in einer Richtung am Rande des Himmels, gegen den sich eine Wellenlinie schwarzer Hügel vom Horizont abhob. Dies war zumindest sein erster Eindruck. Sobald sich seine Augen an die Dunkelheit gewöhnten, fing er an, verschiedene Schattierungen grünlicher Farbe in der ihn umgebenden Nacht zu unterscheiden. Gegen diesen Hintergrund hoben sich anscheinend die Möbel und die Insassen des Klassenzimmers ab wie phosphoreszierende Geistererscheinungen, schwach und nicht faßbar. Er streckte seine Hand aus und stieß sie ohne jede Anstrengung neben dem Kamin durch die Wand des Zimmers.

Er erzählt, wie sehr er sich anstrengte, die Aufmerksamkeit der anderen zu erregen. Er rief Mr. Lidgett, er versuchte, die Knaben festzuhalten, wenn sie hin und her gingen. Von diesen Bemühungen ließ er erst ab, als Mrs. Lidgett, die er als Hilfslehrer verständlicherweise nicht mochte, das Zimmer betrat. Er sagt, das Gefühl, auf der Welt zu sein und doch nicht an ihr teilzuhaben, war außerordentlich unangenehm. Er vergleicht seine damaligen Empfindungen recht zutreffend mit denen einer Katze, die durch ein Fenster eine Maus beobachtet. Wann immer er einen Versuch unternahm, sich der verschwommenen, vertrauten Welt um ihn herum mitzuteilen, mußte er feststellen, daß eine unsichtbare, unbegreifliche Barriere dies verhinderte.

Dann wandte er seine Aufmerksamkeit seiner greifbaren Umgebung zu. Er stellte fest, daß er das Medizinfläschchen noch unzerbrochen in der Hand hielt, mit dem Rest des grünen Pulvers darin. Er steckte es in die Tasche und begann, seine Umgebung abzutasten. Offenbar saß er auf einem Felsblock, der mit weichem Moos bedeckt war. Das dunkle Land um ihn herum konnte er nicht sehen, das blasse, verschwommene Bild des Klassenzimmers löschte es aus; aber er hatte das Gefühl (vielleicht auf Grund eines kühlen Windes), als befände er sich auf dem Gipfel eines Hügels, und zu seinen Füßen fiele ein Tal steil ab. Das grüne Leuchten am Horizont schien an Umfang und Intensität zuzunehmen. Er stand auf und rieb sich die Augen.

Dann machte er anscheinend ein paar Schritte, stapfte ein steiles Stück hinunter, stolperte, fiel beinahe hin und setzte sich wieder auf einen zerklüfteten Felsklumpen, um die Dämmerung zu beobachten. Es fiel ihm auf, daß die ihn umgebende Welt vollkommen still war. Sie war ebenso still, wie sie finster war, und obwohl ein kalter Wind hügelan blies, fehlten das Rascheln des Grases und das Seufzen der Zweige, die ihn eigentlich hätten begleiten müssen. Daher konnte er hören, wenn er es auch nicht sah, daß der Hügelhang, auf dem er stand, felsig und kahl war. Das grüne Licht wurde mit jedem Augenblick heller, während ein schwaches, durchsichtiges Blutrot darin auftauchte, das aber die Schwärze des Himmels über ihm und auch die Felsenödnis um ihn nicht mildern konnte. Im Hinblick auf das, was dann folgte, neige ich zu der Annahme, daß die Röte eine auf den Kontrast zurückzuführende optische Täuschung war. Mit einem Male flatterte etwas Schwarzes gegen das fahle Gelb und Grün des Horizontes, dann stieg der dünne und durchdringende Ton einer Glocke aus der schwarzen Niederung unter ihm auf. Mit dem zunehmenden Licht wuchs ein bedrükkendes Gefühl der Erwartung.

Wahrscheinlich verging eine Stunde oder mehr, während er dort saß, während das merkwürdige grüne Licht mit jedem Augenblick heller und heller wurde und langsam in flammenden Fingern aufwärts wanderte, dem Zenit zu. Während die Helligkeit zunahm, verblaßte die geisterhafte Vision *unserer* Welt mehr und mehr, relativ oder absolut gesehen. Wahrscheinlich beides, denn es muß ungefähr um die Zeit unseres irdischen Sonnenuntergangs gewesen sein. Was seine Sicht über unsere Welt anbelangt, so hatte Plattner mit den paar Schritten hügelabwärts den Boden des Klassenzimmers durchschritten und saß jetzt offenbar mitten in der Luft in dem größeren unteren Schulzimmer. Er sah die Internatsschüler deutlich, aber noch viel schwächer, als er Lidgett gesehen hatte. Sie arbeiteten an ihren abendlichen Schulaufgaben, und er stellte mit Interesse fest, daß sie bei ihren Euklid-Formelübungen ein unerlaubtes Hilfsmittel benützten, eine Formelsammlung, von deren Existenz er bis dahin nichts gewußt hatte. Mit der Zeit verblaßten die Schüler immer mehr, im gleichen Ausmaß, in dem das Licht der grünen Morgendämmerung zunahm.

Als er in das Tal hinunterblickte, sah er, daß das Licht weit über die felsigen Hänge hinuntergewandert war und nun ein schwacher grüner Schimmer, wie der eines Leuchtkäfers, die dichte Schwärze der Schlucht aufhellte. Und fast im gleichen Augenblick erhob sich der Rand eines riesigen Himmelskörpers von strahlendem Grün über die basaltfarbenen Wellen der fernen Bergkette, und um ihn stiegen die entsetzlichen steilen Felshänge in ihrer schauerlichen Ödnis in grünem Licht und tiefen rötlichschwarzen Schatten auf. Er bemerkte jetzt eine große Zahl kugelförmiger Gegenstände, die wie Löwenzahnsamen über dem Boden entlangtrieben, aber alle weit entfernt auf der gegenüberliegenden Seite der Schlucht. Die Glocke unten dröhnte schneller und schneller in ungeduldiger Dringlichkeit, und etliche Lichter bewegten sich hierhin und dorthin. Die Knaben, die an ihren Pulten arbeiteten, waren nun kaum mehr wahrnehmbar, waren verblaßt.

Dieses Verlöschen unserer Welt, sobald die grüne Sonne jenes anderen Universums aufging, ist ein bemerkenswerter Punkt, den Plattner immer wieder betont. Während der Nacht der Anderen Welt ist es schwierig, sich vom Fleck zu bewegen, auf Grund der Lebendigkeit, in der die Dinge dieser irdischen Welt sichtbar sind. Es ist mir ein schwer erklärbares Rätsel, warum wir denn dann auf dieser Welt keinen Blick von jener anderen Welt erhaschen können. Vielleicht ist es auf die verhältnismäßig helle, lebhafte Beleuchtung dieses unseres Planeten zurückzuführen. Plattner beschreibt den hellsten Mittag der Anderen Welt als nicht annähernd so hell wie diese Welt bei Vollmond, während ihre Nacht tiefschwarz ist. Infolgedessen ist die Lichtmenge, selbst in einem normal dunklen nächtlichen Raum, ausreichend, um die Dinge jener Anderen Welt für uns unsichtbar zu machen, nach dem gleichen Prinzip, nach dem ein schwaches Phosphoreszieren nur bei tiefster Finsternis sichtbar ist. Ich habe, seit Plattner mir seine Geschichte erzählt hat, immer wieder versucht, etwas von dieser Anderen Welt zu sehen, indem ich bei Nacht lange Zeit in der Dunkelkammer eines Photographen gesessen bin. Ich habe tatsächlich undeutlich die Formen grünlicher Hänge und Felsen gesehen, allerdings, das muß ich zugeben, wirklich nur äußerst undeutlich. Vielleicht ist dem Leser mehr Erfolg beschieden. Plattner hat mir erzählt, daß er seit seiner Rückkehr Orte der Anderen Welt in seinen Träumen gesehen und wiedererkannt hat, aber das ist wahrscheinlich auf seine Erinnerung an diese Landschaft zurückzuführen. Es erscheint durchaus möglich, daß Menschen mit ungewöhnlich scharfen Augen gelegentlich einen Blick in jene sonderbare Welt um uns erhaschen können.

Aber ich schweife ab. Als die grüne Sonne aufging, nahm Plattner in der Schlucht eine lange Straße schwarzer Gebäude wahr, wenn auch nur dunkel und undeutlich, und nach einigem Zögern stieg er den steilen Abhang zu ihnen hinab. Der Abstieg war lang und außerordentlich mühselig, nicht nur wegen der ungewöhnlichen Steilheit, sondern auch wegen der vielen Geröllbrocken, mit denen der ganze Abhang übersät war. Das Geräusch seines Abstiegs – hin und wieder schlugen seine Absätze Funken aus den Felsen – schien nun der einzige Laut in dem ganzen Universum, denn das Läuten der Glocke war verstummt. Als er sich ihnen näherte, erkannte er, daß die verschiedenen Gebäude große Ähnlichkeit mit Grüften und Mausoleen und Grabdenkmälern hatten, nur waren sie alle einheitlich schwarz, im Gegensatz zum Weiß der meisten irdischen Grabstätten. Und dann sah er aus dem größten Gebäude eine Anzahl bleicher, runder, blaßgrüner Gestalten ausschwärmen, so wie Menschen aus einer Kirche strömen. Sie gingen in verschiedenen Richtungen auf der breiten Straße des Ortes davon. Manche verschwanden auf Seitenwegen und tauchten auf den steilen Hängen des Hügels wieder auf, andere betraten die kleinen schwarzen Gebäude, die den Weg säumten.

Beim Anblick dieser rundlichen Dinger, die da auf ihn zutrieben, blieb Plattner stehen und starrte sie an. Sie gingen nicht, sie besaßen wirklich keine Gliedmaßen. Und sie hatten das Aussehen menschlicher Köpfe, unter denen kaulquappenähnliche Körper baumelten. Er war zu erstaunt über ihre Absonderlichkeit, zu erfüllt davon, um wirkliche Angst vor ihnen zu empfinden. Sie trieben auf ihn zu, vor dem kühlen Wind her, der bergan blies, so wie Seifenblasen im Lufthauch dahintreiben. Als er das nächste der auf ihn zukommenden Wesen ansah, erkannte er, daß es wirklich ein menschlicher Kopf war, obgleich mit übergroßen Augen, der einen solchen Ausdruck von Kummer und Qual zeigte, wie er ihn nie zuvor in einem menschlichen Antlitz gesehen hatte. Es erstaunte ihn, als er bemerkte, daß es sich nicht ihm zuwandte, um ihn anzublicken, sondern irgendeinem nicht sichtbaren, sich bewegenden Gegenstand zu folgen und diesen zu beobachten schien. Einen Augenblick lang war er verwirrt, dann kam ihm der Gedanke, daß dieses Wesen mit seinen riesigen Augen vielleicht etwas beobachtete, das in jener Welt geschah, die er soeben verlassen hatte. Es kam näher und näher, und Plattner war zu erstaunt, um aufzuschreien. Es gab, als es dicht an ihn herankam, ganz schwache, kummervolle Laute von sich. Dann berührte es sein Gesicht mit einem sanften Schlag – die Berührung fühlte sich sehr kalt an – und trieb an ihm vorbei und aufwärts, dem Kamm des Hügels zu.

Plötzlich durchfuhr es Plattner: Dieses Gesicht hatte sonderbarerweise eine starke Ähnlichkeit mit Lidgett. Dann wandte er seine Aufmerksamkeit den anderen Köpfen zu, die nun in dichten Scharen hügelan schwärmten. Keinem war auch nur im geringsten anzumerken, daß er ihn zur Kenntnis nähme. Ein oder zwei kamen zwar seinem Kopf ganz nahe und folgten beinahe dem Beispiel des ersten, aber unwillkürlich duckte er sich mit einer raschen Bewegung und wich so einer Berührung aus. Auf den meisten Gesichtern stand der gleiche Ausdruck vergeblicher Trauer, den er auf dem ersten gesehen hatte, und er hörte von ihnen die gleichen schwachen kummervollen Laute. Ein oder zwei weinten, und einer, der rasch hügelan rollte, zeigte einen Ausdruck satanischer Wut. Andere waren kalt und unbewegt, und in etlichen Augen sah er einen Ausdruck zufriedener Anteilnahme. Einer zumindest war beinahe in einem Rausch von Glückseligkeit. Plattner kann sich nicht erinnern, bei jenen, die er damals sah, noch irgendwelche Ähnlichkeiten entdeckt zu haben.

Wohl etliche Stunden lang beobachtete er, wie diese seltsamen Gestalten sich über die Hügel verteilten, und nach einer Weile, als keine mehr aus den eng beisammenstehenden schwarzen Gebäuden in der Schlucht herauskamen, setzte er seinen Abstieg fort. Nach unten hin nahm die Dunkelheit um ihn derart rasch zu, daß er sehr achtgeben mußte, keinen Fehltritt zu tun. Der Himmel über ihm war nun von einem leuchtenden Blaßgrün. Er verspürte weder Hunger noch Durst. Als er dann später doch hungrig und durstig wurde, fand er einen kalten Wasserlauf, der mitten durch die Schlucht floß, und das spärliche Moos auf den Felsblöcken, von dem er schließlich in seiner Verzweiflung kostete, schmeckte nicht übel.

Er tastete sich zwischen den Grüften hindurch, die das Tal entlang standen, und suchte irgendeinen Schlüssel zum Verständnis all dieser unerklärlichen Dinge zu finden. Nach langer Zeit kam er zum Eingang des großen, mausoleumähnlichen Gebäudes, aus dem zuvor die Köpfe herausgekommen waren. Drinnen brannte auf einer Art Altar aus Basalt eine Gruppe von grünen Lichtern, und ein Glockenstrang hing aus einem Glockenturm mitten in das Gebäude hinein. Rings um die Wände lief eine Inschrift aus feurigen Buchstaben, die ihm unbekannt waren. Während er noch die Bedeutung all dessen zu ergründen suchte, hörte er den leisen Widerhall schwerer Schritte, die sich entlang der Straße entfernten. Er lief wieder in die Dunkelheit hinaus, aber er konnte nichts sehen. Einen Augenblick lang dachte er daran, am Glockenstrang zu ziehen, doch dann entschloß er sich, den Schritten zu folgen. Aber obwohl er weit lief, konnte er sie nie einholen; und sein Rufen blieb ohne jede Wirkung. Die Schlucht schien sich unendlich weit zu erstrecken. Über ihre ganze Länge war sie so finster wie die Erde unter einem nächtlichen Sternenhimmel, während das unheimliche grüne Tageslicht am obersten Rand der steilen Hänge lag.

Unten im Tal war jetzt keiner dieser Köpfe. Anscheinend waren sie alle eifrig oben auf den Hügeln beschäftigt. Wenn er aufblickte, sah er sie hierhin und dorthin treiben, manche schwebten immer an derselben Stelle, andere flogen rasch durch die Luft. Sie erinnerten ihn, so sagte er, an »große Schneeflocken«. Nur waren diese hier schwarz und blaßgrün.

Plattner behauptet, mit der Verfolgung der festen, steten Schritte, die er nie einholte, mit dem Vortasten in neue Regionen dieses endlosen Teufelsgrabens, mit dem Auf- und Abklettern an erbarmungslosen Berghängen, dem Umherwandern auf den Gipfeln und dem Beobachten der dahintreibenden Gesichter den Großteil der sieben oder acht Tage verbracht zu haben. Er zählte sie nicht, sagt er. Obwohl er ein- oder zweimal Blicke auf sich ruhen fühlte, wechselte er mit keiner lebenden Seele ein Wort. Er schlief zwischen den Felsblöcken am Berghang. Von der Schlucht aus blieben die Dinge unserer Welt unsichtbar, weil sie vom irdischen Standpunkt aus tief unterhalb der Erdoberfläche lag. Von den Höhen aus wurde, sobald der irdische Tag begann, unsere Welt für ihn sichtbar. Manchmal stolperte er über die dunklen grünen Felsen oder konnte im letzten Moment noch am Rande eines steilen Abgrunds stehenbleiben, während rings um ihn die grünen Äste der Alleen von Sussexville schwankten; ein andermal schien ihm, als wanderte er durch die Straßen von Sussexville oder beobachtete, selbst ungesehen, die privaten Vorgänge in irgendeinem Haushalt. Und dann entdeckte er, daß zu fast jedem menschlichen Wesen unserer Welt einige jener dahinschwebenden Köpfe gehören. Jeder Mensch auf der Welt wird ununterbrochen von diesen hilflosen körperlosen Wesen beobachtet.

Was sind sie – diese Beobachter der Lebenden? Plattner konnte es nie erfahren. Zwei von ihnen, die ihn dann plötzlich fanden und ihm folgten, glichen seinem Vater und seiner Mutter, wie er sie aus seiner Kindheit in Erinnerung hatte. Hier und da ließen andere Gesichter ihre Blicke auf ihm ruhen. Augen wie jene von Toten, die einmal Einfluß auf ihn gehabt hatten oder ihm etwas angetan hatten, von Verstorbenen, die ihm in seiner Jugend oder in seinem weiteren Leben geholfen hatten. Immer, wenn sie ihn anblickten, überkam Plattner ein eigenartig intensives Gefühl der Verantwortlichkeit. Er versuchte mit seiner Mutter zu sprechen, aber sie antwortete ihm nicht. Sie blickte ihm traurig, unverwandt und zärtlich, und – wie ihm vorkam – auch ein wenig vorwurfsvoll in die Augen.

Plattner erzählt diese Geschichte ganz einfach. Er unternimmt auch keinen Versuch, sie zu erklären. Es bleibt uns überlassen, Vermutungen darüber anzustellen, wer diese Beobachter der Lebenden sein mögen, oder, falls sie wirklich die Toten sind, warum sie dann so intensiv und leidenschaftlich eine Welt beobachten, die sie für immer verlassen haben. Es könnte sein – mir jedenfalls erschiene das gerecht –, daß wir, wenn unser Leben vorbei ist, wenn wir nicht mehr zwischen Gut und Böse wählen können, dennoch Zeuge sein müssen, wie sich die Folgen der Dinge, die wir getan, die wir begonnen haben, nach uns entwickeln und auswirken. Wenn die menschliche Seele nach dem Tode weiterlebt, dann bleibt die menschliche Anteilnahme gewiß auch über den Tod hinaus bestehen. Aber das ist nur meine eigene Vermutung hinsichtlich der Bedeutung jener von Plattner gesehenen Dinge. Plattner selbst bietet uns keine Deutung, denn man hat auch ihm keine gegeben. Das möge der Leser gütigst klar und deutlich zur Kenntnis nehmen. Einen Tag nach dem anderen wanderte er mit wirrem Kopf in dieser grünbeleuchteten Welt außerhalb der Welt umher, erschöpft und, nach einigen Tagen, schwach und hungrig. Bei Tag – das heißt, während unseres irdischen Tages – verdroß und bekümmerte ihn der geisterhafte Anblick seiner alten, vertrauten Umwelt von Sussexville. Er konnte nicht sehen, wo er seinen Fuß hinsetzen sollte, und immer wieder spürte er die Berührung der einen oder anderen dieser beobachtenden Seelen kalt auf seinem Gesicht. Nach dem Einbruch der irdischen Dunkelheit verwirrte die Unzahl dieser Beobachter rings um ihn her mit ihrem intensiven Kummer seinen Geist auf unbeschreibliche Weise. Eine große Sehnsucht, in dieses irdische Leben zurückzukehren, das so nahe und doch so fern war, verzehrte ihn. Das Unirdische, von dem er umgeben war, bedrückte seine Seele und seinen Geist auf das schmerzlichste. Wie sehr ihn die Wesen, die ihn selbst verfolgten, beunruhigten, konnte er mit Worten nicht ausdrücken. Immer wieder schrie er sie an, um sie davon abzubringen, ihn ständig anzustarren; er schalt sie, floh immer wieder vor ihnen. Sie blieben stets stumm und unbeirrbar. Wie sehr er auch versuchte, über den unebenen Grund vor ihnen davonzulaufen, sie folgten ihm überall hin.

Am Abend des neunten Tages hörte Plattner die unsichtbaren Schritte von weit weg, unten in der Schlucht, näher kommen. Er wanderte entlang dem breiten Kamm jenes Hügels, auf den er beim Eintritt in diese merkwürdige Andere Welt gefallen war. Er wandte sich um, wollte in die Schlucht hinabeilen und tastete sich hastig weiter, als ihn etwas innehalten ließ. Er blickte in ein Haus in einer Seitengasse hinter der Schule. Die beiden Menschen in dem Zimmer kannte er vom Sehen. Die Fenster standen offen, die Jalousien waren hochgezogen, und die sinkende Sonne schien so unmittelbar hinein, daß es zunächst ganz deutlich sichtbar wurde, ein lebhaftes Rechteck von einem Zimmer, das wie das Bild einer Laterna magica auf der schwarzen Landschaft und der fahlen grünen Morgendämmerung »seiner« Welt lag. Zusätzlich zum Licht der Abendsonne war in dem Zimmer soeben eine Kerze angezündet worden.

Auf dem Bett lag ein großer magerer Mann, sein erschreckend weißes Gesicht hob sich unheimlich von dem zerknüllten Kopfkissen ab. Die zusammengekrampften Hände hatte er über den Kopf erhoben. Auf dem kleinen Tischchen neben dem Bett standen ein paar Medizinflaschen, neben einem Krug mit Wasser und einem leeren Glas lag eine Scheibe Brot. Ab und zu öffnete der hagere Mann die Lippen, um etwas zu sagen, aber er konnte das Wort nicht aussprechen. Die Frau jedoch bemerkte gar nicht, daß er etwas wollte, denn sie war eifrig damit beschäftigt, Papiere aus einem altmodischen Schreibtisch in der gegenüberliegenden Ecke des Zimmers zu räumen. Zuerst war dieses Bild ganz deutlich und lebhaft, aber mit zunehmender Helligkeit der grünen Dämmerung dahinter wurde es schwächer und schwächer und immer durchsichtiger.

Als die widerhallenden Geräusche näher und näher kamen, diese Schritte, die in jener Anderen Welt so laut klingen und in dieser so unhörbar leise, bemerkte Plattner, daß sich um ihn zahllose schemenhafte Gesichter aus der Dunkelheit versammelten und die beiden Leute in dem Zimmer beobachteten. Nie zuvor hatte er so viele Beobachter der Lebenden gesehen. Eine Gruppe hatte nur Augen für den Leidenden in diesem Zimmer, andere beobachteten mit unendlicher Qual die Frau, wie sie mit gierigen Augen krampfhaft etwas suchte, das sie nicht finden konnte. Sie drängten sich um Plattner, verstellten ihm die Sicht, stießen an sein Gesicht; er war umgeben vom Lärm ihrer vergeblichen Klagen. Er konnte die Szene nur gelegentlich klar erkennen. Sonst verschwamm das Bild zitternd hinter dem Schleier des Lichtes, das von den sich bewegenden Gestalten reflektiert wurde. In dem Zimmer muß es sehr still gewesen sein, und Plattner sagt, daß die Flamme der Kerze in einem vollkommenen senkrechten Rauchfaden aufstieg. In seinen Ohren jedoch dröhnten jeder Schritt und sein Echo wie Donnerschläge. Und die Gesichter! Besonders zwei, dicht bei der Frau: Eines war ebenfalls das einer Frau, weiß, mit klaren Zügen, ein Gesicht, das vielleicht einmal kalt und hart gewesen war, das nun aber von einem Hauch von Weisheit gemildert war, die dieser Erde fremd ist. Das andere hätte das des Vaters der Frau sein können. Beide waren offenbar gebannt von dem Anblick einer Handlung von hassenswerter Gemeinheit – so hatte es den Anschein –, gegen die sie nichts mehr unternehmen und die sie nicht mehr verhindern konnten. Dahinter standen andere, vielleicht Lehrer, die Übles gelehrt hatten, Freunde, deren Einfluß versagt hatte. Und auch über dem Mann sammelten sich Gesichter, viele, doch schienen sie nicht Eltern oder Lehrer zu sein. Gesichter, die vielleicht einmal gemein gewesen waren. Und im Vordergrund stand ein mädchenhaftes Antlitz, weder zornig noch vorwurfsvoll, sondern ganz einfach geduldig und erschöpft und, wie es Plattner schien, auf seine Erlösung wartend. Angesichts dieser Menge von unheimlichen Gesichtern versagte sein Beschreibungsvermögen. Sie versammelten sich pünktlich zum Glokkenschlag, und er erblickte sie alle auf einmal innerhalb einer Sekunde. Anscheinend war er so aufgeregt, daß seine ruhelosen Finger ganz unwillkürlich die Flasche mit dem grünen Pulver aus der Tasche zogen und er sie vor der Brust hielt. Aber daran erinnert er sich nicht.

Mit einemmal verstummten die Schritte. Er wartete auf den nächsten, und es herrschte Stille. Und dann, ganz plötzlich, durchschnitt der erste Glockenschlag wie eine dünne, scharfe Klinge die unerwartete Ruhe. Zugleich begann die Menge der Gesichter hin und her zu schwanken, und rings um ihn hob ein immer lauter werdendes Weinen an. Die Frau hörte nichts. Sie verbrannte jetzt etwas in der Kerzenflamme. Beim zweiten Glockenschlag verschwamm alles, und ein eiskalter Windstoß blies durch die Schar der Beobachter. Sie wirbelten um ihn herum wie ein Häufchen welker Herbstblätter im Frühlingswind, und beim dritten Glockenschlag streckte sich etwas durch sie hindurch bis zu dem Bett. Jeder kennt einen Lichtstrahl. Doch dies war wie ein Strahl von Finsternis, und als Plattner wieder hinblickte, erkannte er einen schattenhaften Arm und eine Hand.

Die grüne Sonne stand nun ganz oben über der schwarzen Wüste am Horizont, und das Bild des Zimmers war sehr blaß geworden. Plattner konnte sehen, daß das Bettzeug herumgeworfen wurde und daß es darunter zuckte. Die Frau blickte erschrocken über ihre Schulter.

Die Wolke der Beobachter erhob sich hoch in die Luft wie ein Wölkchen grünen Staubs vor dem Wind und stob rasch zu dem Tempel hinab in die Schlucht. Da begriff Plattner die Bedeutung des schattenhaften schwarzen Armes, der sich über seine Schulter hinweggestreckt hatte, um seine Beute zu ergreifen. Er wagte nicht, den Kopf zu wenden, um den Schatten hinter dem Arm zu sehen. Mit einer gewaltigen Anstrengung bedeckte er die Augen und begann zu laufen. Er machte vielleicht zwanzig Schritte, dann rutschte er auf einem Stein aus und stürzte. Er fiel vornüber auf die Hände, und die Flasche zerbrach und explodierte, als er den Boden berührte.

Im nächsten Augenblick fand er sich, benommen und blutend, Lidgett gegenüber in dem alten, von einer Mauer umgebenen Garten hinter der Schule sitzen.

Und damit endet die Geschichte von den Erlebnissen Gottfried Plattners. Ich habe, und ich hoffe mit Erfolg, der natürlichen Versuchung des Romanschriftstellers widerstanden, sie auszuschmücken. Ich habe diese Geschichte so weit wie möglich in der gleichen Reihenfolge erzählt, in der Plattner sie mir erzählt hat. Sorgfältig habe ich jeden Versuch vermieden, um der Wirksamkeit willen stilistisch und im Aufbau etwas zu ändern. Es wäre zum Beispiel ein leichtes gewesen, die Szene mit dem Totenbett zu einer Art Verschwörung umzuarbeiten, in die Plattner hätte verwickelt sein können. Aber ganz abgesehen von den Einwänden, die man gegen die Verfälschung einer ungewöhnlichen wahren Geschichte erheben mag, würde jeder solche schäbige Trick meiner Ansicht nach die eigentümliche Wirkung zunichte machen, die von dieser dunklen Welt mit ihrem fahlen grünlichen Licht ausgeht und den darin umherschwebenden Beobachtern der Lebenden, von der Anderen Welt, die, für uns unsichtbar und unzugänglich, dennoch ständig um uns ist.

Es bleibt noch zu erwähnen, daß sich in Vincent Terrace, gleich hinter dem Schulgarten, tatsächlich ein Todesfall ereignete. Soviel man feststellen konnte, war es genau in dem Augenblick, in dem Plattner zurückkehrte. Der Verstorbene war ein Versicherungsagent, der mit dem Eintreiben der Zahlungen betraut war. Seine Witwe, die viel jünger war als er, heiratete vorigen Monat Mr. Whymper, einen Tierarzt aus Allbeeding. Da der hier wiedergegebene Teil der Geschichte in verschiedenen Abwandlungen in Sussexville die Runde machte, war sie mit der Verwendung ihres richtigen Namens einverstanden, unter der Bedingung, deutlich und klar ihren nachdrücklichen Widerspruch gegen jede Einzelheit von Plattners Bericht über die letzten Augenblicke ihres verstorbenen Mannes zum Ausdruck zu bringen. Sie habe kein Testament verbrannt, sagt sie, obwohl Plattner sie niemals einer solchen Handlung beschuldigte. Ihr Mann habe nur ein Testament verfaßt und dies kurz nach ihrer Eheschließung. Allerdings war Plattners Beschreibung dieses Zimmers für einen Menschen, der es nie gesehen hatte, erstaunlich genau.

Und noch eines möchte ich betonen – auch auf die Gefahr hin, mich lästigerweise zu wiederholen –, um nicht den Anschein zu erwecken, allzu vertrauensselige abergläubische Ansichten zu fördern. Plattners neuntägige Abwesenheit von dieser Welt ist, glaube ich, erwiesen. Aber das beweist noch nicht seine Geschichte. Es ist durchaus vorstellbar, daß man auch außerhalb unseres gewohnten Raumes Halluzinationen haben kann. Das zumindest sollte der Leser auf jeden Fall bedenken.

Die seltsame Orchidee

Beim Kauf von Orchideen spielt immer ein gewisser spekulativer Reiz mit. Man hat das braune geschrumpfte Knollengewebe vor sich, und im übrigen muß man auf sein Urteil vertrauen, auf den Auktionär oder auf sein Glück, je nach Neigung und Geschmack. Die Pflanze kann am Absterben oder schon verdorrt oder einfach ein vorteilhafter Kauf sein, vielleicht aber – denn dies ist wiederholt geschehen – entfaltet sich vor den entzückten Augen des glücklichen Besitzers langsam, Tag um Tag, eine neue Art, eine ungewohnte Fülle, eine seltsame Biegung der Blütenlippe, die zartere Färbung oder eine unerwartete Mimikry. Stolz, Schönheit und Gewinn blühen zusammen an einem feinen grünen Trieb, manchmal sogar Unsterblichkeit. Und wenn das neue Naturwunder einen eigenen Namen braucht, was wäre da so naheliegend wie der Name seines Entdeckers? »Johnsmithia«! Es gibt schlechtere Namen.

Es war vielleicht die Hoffnung auf eine glückliche Entdeckung, die Winter-Wedderburn zu einem so häufigen Besucher dieser Auktionen machte – die Hoffnung und auch die Tatsache, daß er auf dieser Welt nicht irgendeiner nützlichen Beschäftigung nachging. Er war ein schüchterner, einsamer, eher erfolgloser Mann, sein Einkommen reichte gerade aus, um ihm das Notwendigste zu beschaffen, aber er besaß nicht genug geistige Energie, um sich eine anspruchsvolle Tätigkeit zu suchen. Er hätte Briefmarken oder Münzen sammeln, Horaz übersetzen oder Bücher binden oder eine neue Art von Kieselalgen erfinden können. Doch wie es sich traf, züchtete er Orchideen, und sein Ehrgeiz war ein kleines Gewächshaus.

»Ich habe das Gefühl«, sagte er beim Kaffee, »daß mir heute etwas zustoßen wird.« Er sprach – so wie er sich bewegte und dachte – langsam.

»Oh, sag *das* nicht!« sagte seine Haushälterin, die auch seine entfernte Kusine war. Denn »etwas zustoßen« war eine Beschönigung, die für sie nur *eine* Bedeutung hatte.

»Du verstehst mich falsch. Ich meine nichts Unangenehmes … obschon ich kaum weiß, was ich eigentlich meine.

Heute«, fuhr er nach einer Pause fort, »verkaufen Peters eine Anzahl Pflanzen von den Andamanen und aus Indien. Ich werde hingehen und schauen, was sie haben.« Er reichte ihr seine Tasse zum zweitenmal.

»Sind das die Sachen, die jener bedauernswerte junge Mann sammelte, von dem du mir kürzlich erzählt hast?« fragte seine Kusine, als sie den Kaffee eingoß.

»Ja«, sagte er, in Gedanken verloren über einer Scheibe Toast.

»Mir passiert nie etwas«, bemerkte er kurz darauf und begann laut zu denken. »Ich möchte wissen, warum? Anderen Leuten passiert immer etwas. Zum Beispiel Harvey. Erst letzte Woche am Montag hob er ein Sixpencestück auf, am Mittwoch hatten alle seine Küken den Hühnerwurm, am Freitag kehrte seine Kusine von Australien zurück, und am Samstag brach er sich das Bein. Was für ein aufregender Wirbel! – verglichen mit mir.«

»Ich glaube, ich wäre lieber ohne so viel Aufregung«, sagte seine Haushälterin. »Es kann nicht gut sein für dich.«

»Ich denke auch, es ist mühsam. Doch … siehst du,

mir passiert nie etwas. Als kleiner Junge hatte ich nie Unfälle. Ich verliebte mich nie, als ich größer wurde. Heiratete nie ... Ich möchte wissen, wie einem Menschen zumute ist, dem etwas zustößt, etwas wirklich Außergewöhnliches.

Dieser Orchideen-Sammler war erst sechsunddreißig – zwanzig Jahre jünger als ich –, als er starb. Und er war zweimal verheiratet und einmal geschieden gewesen; er hatte viermal die Malaria, und einmal brach er sich den Oberschenkel. Er brachte einmal einen Malaien um, und einmal wurde er von einem vergifteten Pfeil verwundet. Und am Schluß wurde er im Dschungel von Blutegeln getötet. Es muß sehr beschwerlich gewesen sein, aber auch sehr interessant, weißt du – mit Ausnahme vielleicht der Blutegel.«

»Ich bin sicher, daß es für ihn nicht gut war«, sagte sie mit Überzeugung.

»Vielleicht nicht.« Und dann schaute Wedderburn auf seine Uhr. »Dreiundzwanzig Minuten nach acht. Ich nehme den Viertel-vor-zwölf-Zug, damit ich genügend Zeit habe. Ich glaube, ich werde meine Alpaca-Jacke anziehen – es ist warm genug – und meinen grauen Filzhut und die braunen Schuhe. Ich vermute –«

Er blickte durch das Fenster zum heiteren Himmel und zum sonnenbeschienenen Garten und dann nervös auf das Gesicht seiner Kusine.

»Ich glaube, du nimmst besser einen Schirm mit, wenn du nach London fährst«, sagte sie mit einer Stimme, die keine abschlägige Antwort duldete. »Da ist der ganze lange Heimweg von der Station bis hierher.«

Als er zurückkehrte, befand er sich in einem Zustand milder Erregung. Er hatte einen Kauf getätigt. Es geschah selten, daß er sich schnell genug dazu entschließen konnte, etwas zu erwerben, aber diesmal hatte er es getan.

»Es sind Vanda«, sagte er, »und ein Dendrobium und einige Palaeonophis.« Er musterte seine Einkäufe liebevoll, während er seine Suppe aß. Sie waren auf dem makellosen Tischtuch vor ihm ausgebreitet, und er erzählte seiner Kusine alles über sie, als er sich langsam durch sein Abendessen aß. Er hatte die Gewohnheit, alle seine Londoner Besuche am Abend ein zweitesmal zu erleben, zu ihrer und seiner eigenen Unterhaltung.

»Ich wußte, daß heute etwas geschehen würde. Und ich habe all diese gekauft. Einige von ihnen – einige von ihnen –, ich habe das sichere Gefühl, weißt du, daß einige von ihnen außergewöhnlich sein werden. Ich kann es nicht erklären, aber ich habe ein genauso sicheres Gefühl, als wenn mir jemand *gesagt* hätte, daß einige von diesen Pflanzen sich als etwas Besonderes erweisen werden.

Diese« – er zeigte auf einen zusammengeschrumpften Wurzelstock – »ist nicht identifiziert. Es kann eine Palaeonophis sein – oder auch nicht. Es kann eine neue Art sein oder sogar eine neue Gattung. Und es war die letzte, die der arme Batten gesammelt hat.«

»Ihr Aussehen gefällt mir nicht«, sagte seine Haushälterin. »Sie hat eine so häßliche Form.«

»Für mich scheint sie kaum eine Form zu besitzen.«

»Ich kann diese Dinger nicht leiden, die vorstehen«, sagte seine Haushälterin.

»Sie wird morgen in einem Topf versorgt werden.«

»Sie sieht aus«, sagte die Haushälterin, »wie eine Spinne, die sich totstellt.«

Wedderburn lächelte und betrachtete die Wurzel, indem er den Kopf zur Seite neigte. »Es ist bestimmt kein schönes Knollengewächs. Aber man kann diese Sachen nie in ihrem trockenen Zustand beurteilen. Vielleicht entwickelt sich eine wirklich schöne Orchidee daraus. Wieviel ich morgen zu tun haben werde! Ich muß mir heute abend genau überlegen, was ich mit diesen Dingen anfangen will, und morgen werde ich mich an die Arbeit machen.

Sie fanden den armen Batten, wie er tot oder sterbend in einem Mangrovensumpf lag – ich habe vergessen, ob er bereits tot war oder nicht«, begann er nach kurzer Zeit von neuem, »wobei ausgerechnet eine dieser Orchideen von seinem Körper zusammengedrückt wurde. Er hatte einige Tage unter einer Art Tropenfieber gelitten, und ich glaube, daß er in Ohnmacht fiel. Diese Mangrovensümpfe sind sehr ungesund. Jeder Blutstropfen, hieß es, wurde ihm von den Blutegeln des Dschungels ausgesaugt. Vielleicht war es gerade diese Pflanze hier, deren Gewinn ihm das Leben kostete.«

»Ich mache mir deshalb nicht mehr aus ihr.«

»Männer müssen arbeiten, Frauen dürfen weinen«, sprach Wedderburn in tiefem Ernst.

»Stell dir vor, entfernt von jeder Annehmlichkeit in einem scheußlichen Sumpf zu sterben! Stell dir vor, an einem Fieber erkrankt zu sein, ohne ein anderes Mittel als Chlorodyn und Chinin zur Verfügung zu haben – wenn man die Männer sich selbst überließe, würden sie von Chlorodyn und Chinin leben –, umgeben von gräßlichen Eingeborenen! Man sagt, die Andaman-Insulaner seien ganz abscheuliche Kerle – und auf jeden Fall können sie kaum gute Krankenpfleger sein, ohne die nötige Ausbildung. Und all das, damit die Leute in England Orchideen haben!«

»Ich glaube nicht, daß es angenehm war, aber manchen Männern gefällt das«, sagte Wedderburn. »Jedenfalls waren die Eingeborenen seiner Gruppe zivilisiert genug, um für seine ganze Sammlung Sorge zu tragen, bis sein Kollege, ein Ornithologe, wieder aus dem Innern des Landes zurückkehrte; obschon sie die Art der Orchidee nicht bestimmen konnten und sie welken ließen. Und es macht diese Dinge interessanter.«

»Es macht sie widerlich. Ich hätte Angst, daß Malaria daran haften könnte. Und stell dir nur vor, daß eine Leiche über diesem häßlichen Gebilde lag! Ich habe bis jetzt gar nicht daran gedacht. So! Wahrhaftig, ich weigere mich, noch einen Bissen von diesem Nachtessen anzurühren.«

»Ich werde sie vom Tisch entfernen, wenn du es wünschest, und sie auf die Fensterbank legen.«

Während der nächsten paar Tage war er in der Tat außerordentlich beschäftigt in seinem feuchten kleinen Gewächshaus, hantierte mit Holzkohle, Stücken von Teakholz, Moos und all den anderen Geheimnissen des Orchideenzüchters. Er fand, er habe eine wundervoll ereignisreiche Zeit. Am Abend pflegte er seinen Freunden von den neuen Orchideen zu erzählen, und immer wieder gab er seiner Erwartung auf etwas Seltsames Ausdruck.

Verschiedene der Vandas und das Dendrobium gingen unter seiner Pflege ein, aber bald darauf begann die merkwürdige Orchidee Zeichen von Leben zu zeigen. Er war erfreut und holte seine Haushälterin direkt vom Marmeladeeinkochen weg, damit sie es sehe, unmittelbar nachdem er die Entdeckung gemacht hatte.

»Das ist eine Knospe«, sagte er, »und bald werden da viele Blätter sein, und diese kleinen Dinge, die hier herauswachsen, sind Luftwurzeln.«

»Sie kommen mir vor wie kleine weiße Finger, die aus dem Braunen herausragen«, sagte die Haushälterin. »Ich kann sie nicht leiden.«

»Warum nicht?«

»Ich weiß es nicht. Sie sehen aus wie Finger, die versuchen, an dich heranzukommen. Ich kann nichts für meine Zuneigungen und Abneigungen.«

»Ich bin nicht sicher, aber ich *glaube* nicht, daß mir irgendwelche Orchideen mit genau solchen Luftwurzeln bekannt sind. Mag sein, daß ich es mir einbilde. Du siehst, sie sind am Ende ein wenig abgeplattet.«

»Ich kann sie nicht ausstehen«, sagte seine Haushälterin, schauderte plötzlich und wandte sich ab. »Ich weiß, es ist sehr dumm von mir – und es tut mir sehr leid, besonders, da du die Dinger so gern hast. Aber ich muß immer an diese Leiche denken.«

»Aber vielleicht ist es nicht gerade diese Pflanze. Das war nur eine Mutmaßung von mir.«

Seine Haushälterin zuckte die Achseln. »Auf jeden Fall gefällt sie mir nicht«, sagte sie.

Wedderburn fühlte sich ein wenig verletzt durch ihre Abneigung gegen die Pflanze. Aber dies hinderte ihn nicht daran, mit ihr von Orchideen im allgemeinen und von dieser ganz besonderen Orchidee zu sprechen, wann immer er Lust dazu hatte.

»Es gibt so wunderliche Dinge bei Orchideen«, sagte er eines Tages, »solche Möglichkeiten von Überraschungen. Du weißt, Darwin stellte Untersuchungen über ihre Befruchtung an und zeigte, daß die ganze Struktur einer gewöhnlichen Orchideenblüte darauf angelegt ist, daß Falter den Blütenstaub von Pflanze zu Pflanze tragen. Nun, es scheint, daß viele Orchideen bekannt sind, deren Blüten unmöglich auf diese Art befruchtet werden können. Einige der Cypripediums zum Beispiel; man kennt keine Insekten, die eine Befruchtung bewirken könnten, und auf einigen von ihnen hat man nie Samen gefunden.«

»Aber wie bilden sie neue Pflanzen?«

»Durch Ausläufer und Knollen und diese Art von

Ausstülpungen. Das läßt sich leicht erklären. Das Rätsel ist, wozu sind die Blüten da?

Sehr wahrscheinlich«, fügte er hinzu, »ist *meine* Orchidee etwas Besonderes in dieser Art. Wenn dem so ist, werde ich sie studieren. Ich habe oft daran gedacht, Forschungen zu betreiben, wie Darwin es tat. Aber bis jetzt habe ich keine Zeit dafür gefunden, oder etwas anderes ist dazwischengekommen. Nun beginnen sich die Blätter zu entfalten. Ich wünschte sehr, daß du sie dir ansehen würdest!«

Doch sie sagte, im Orchideenhaus sei es so heiß, daß sie Kopfschmerzen bekomme. Sie hatte die Pflanze nochmals gesehen, und die Luftwurzeln, von denen jetzt einige mehr als einen Fuß lang waren, hatten sie unglücklicherweise an Fühler erinnert, die nach etwas tasten, und sie drangen in ihre Träume ein, wuchsen mit unglaublicher Schnelligkeit auf sie zu, so daß sie sich zu ihrer eigenen restlosen Zufriedenheit dazu entschlossen hatte, die Pflanze nicht mehr zu sehen, und Wedderburn ihre Blätter allein bewundern mußte. Sie besaßen die gewöhnliche breite Form und glänzten in dunklem Grün mit tiefroten Flecken und Punkten gegen den Stengel hin. Er kannte keine anderen Blätter, die genau gleich waren. Die Pflanze befand sich auf einer niedrigen Bank nahe beim Thermometer, und daneben sorgte eine einfache Vorrichtung, die darin bestand, daß Wasser auf die Heißwasserleitung tropfte, für feuchte Luft. Und er verbrachte seine Nachmittage nun mit einiger Regelmäßigkeit damit, über das bevorstehende Erblühen seiner seltsamen Pflanze nachzusinnen.

Und schließlich geschah das große Ereignis. Kaum hatte er das kleine Glashaus betreten, wußte er, daß die Knospe aufgebrochen war, obschon seine große Palaeonophis Lowii die Ecke verdeckte, wo sein neuer Liebling stand. Ein fremder Geruch erfüllte die Luft, ein köstlicher, durchdringend süßer Duft, der jeden anderen in diesem vollgestopften, dampfenden Gewächshaus übertönte.

Sobald er dies bemerkt hatte, eilte er zu der seltsamen Orchidee. Und siehe! Die herabhängenden grünen Triebe trugen nun drei große Blütenstände, von denen diese überwältigende Süße herkam. Er stellte sich vor sie hin, in einem Taumel der Bewunderung. Die Blüten waren weiß, mit goldorangefarbenen Streifen auf den Blütenblättern; auf der schweren Blütenlippe, einem kompliziert gewundenen, vorstehenden Gebilde, mischte sich ein wundervoll bläuliches Purpur mit Gold. Er erkannte sogleich, daß es sich um eine ganz neue Gattung handelte. Und der unerträgliche Duft! Wie heiß es hier drinnen war! Die Blüten verschwammen vor seinen Augen.

Er wollte nachsehen, ob die Temperatur stimmte. Er tat einen Schritt gegen das Thermometer. Plötzlich schien alles ins Wanken zu geraten. Die Klinkerplatten auf dem Boden tanzten auf und ab. Dann die weißen Blüten, die grünen Blätter hinter ihnen, das ganze Gewächshaus schien sich zur Seite zu neigen, und dann in einem Schwung nach oben.

Um halb fünf bereitete seine Kusine den Tee, nach ihrer unverrückbaren Gewohnheit. Aber Wedderburn kam nicht.

»Er betet diese schreckliche Orchidee an«, sagte sie zu sich selbst und wartete zehn Minuten. »Seine Uhr muß stillgestanden sein. Ich will ihn rufen.«

Sie ging auf geradem Weg zum Treibhaus, öffnete die Tür und rief seinen Namen. Es kam keine Antwort. Sie bemerkte, daß die Luft sehr stickig war und erfüllt von einem starken Duft. Dann sah sie, daß etwas auf den Steinplatten zwischen den Heißwasserröhren lag.

Ungefähr eine Minute lang stand sie bewegungslos.

Er lag mit dem Gesicht nach oben zu Füßen der seltsamen Orchidee. Die fühlerähnlichen Luftwurzeln schwebten nicht mehr frei in der Luft, sondern waren zu einem Bündel von grauen angespannten Seilen vereint, die mit ihren Enden sein Kinn, seinen Hals und seine Hände berührten.

Sie wurde nicht klug daraus. Dann sah sie, daß unter einer der Luftwurzeln auf seiner Wange ein kleines Blutbächlein floß.

Mit einem dumpfen Schrei stürzte sie auf ihn zu und versuchte, ihn von den blutegelartigen Saugern zu befreien. Sie knipste zwei der Fühler ab, und ihr Saft tropfte rot heraus.

Dann begann der überwältigende Duft der Blüte ihren Kopf schwindlig zu machen. Wie sie sich an ihm festklammerten! Sie zerrte an den zähen Strängen, er und der weiße Blütenstand verschwammen vor ihr. Sie fühlte, daß sie in Ohnmacht fallen würde, wußte, daß sie es nicht durfte. Sie verließ ihn und öffnete hastig die nächste Tür, und nachdem sie einen Augenblick lang nach frischer Luft geschnappt hatte, kam ihr ein glänzender Einfall. Sie hob einen Blumentopf auf und zerschlug die Scheiben am Ende des Gewächshauses. Dann trat sie wieder ein. Nun zerrte sie mit neuer Kraft an Wedderburns bewegungslosem Körper, wobei die seltsame Orchidee zu Boden stürzte. Sie hielt sich noch immer mit der grimmigen Hartnäckigkeit an ihrem Opfer fest. Halb von Sinnen schleifte sie ihn zusammen mit der Pflanze ins Freie.

Dann beschloß sie, die Saugwurzeln einzeln wegzureißen, und eine Minute später hatte sie ihn befreit und zog ihn weg von dem Ungeheuer.

Er war weiß und blutete aus einem Dutzend runder Flecken.

Der Mann, der in Haus und Garten allerlei Arbeiten ausführte, kam herbei, erstaunt darüber, daß Glas in Brüche ging, und sah, wie sie auftauchte und den bewußtlosen Körper mit rotbeschmierten Händen wegschleppte. Einen Moment dachte er unmögliche Dinge.

»Bring ein wenig Wasser!« schrie sie, und ihre Stimme vertrieb seine Hirngespinste. Als er mit ungewöhnlicher Schnelligkeit mit dem Wasser zurückkehrte, fand er sie vor Aufregung weinend, wie sie, Wedderburns Kopf auf ihr Knie gebettet, Blut von seinem Gesicht wischte.

»Was ist los?« sagte Wedderburn, seine Augen halb öffnend, um sie sogleich wieder zu schließen.

»Geh, und bitte Annie, zu mir herauszukommen, und dann rufe sofort Dr. Haddon«, sagte sie zu dem Mann mit dem Wasser. Und als sie sah, daß er zögerte, fügte sie hinzu: »Ich werde dir alles erzählen, wenn du zurück bist.«

Nach kurzer Zeit öffnete Wedderburn die Augen zum zweitenmal, und als sie sah, daß ihn das Rätsel seiner Lage verwirrte, erklärte sie ihm: »Du bist im Gewächshaus ohnmächtig geworden.«

»Und die Orchidee?«

»Ich werde mich um sie kümmern«, sagte sie.

Wedderburn hatte eine ziemliche Menge Blut verloren, doch im übrigen keine bedeutende Verletzung erlitten. Sie gaben ihm Weinbrand mit Fleischbrühe vermischt und trugen ihn hinauf in sein Schlafzimmer. Seine Haushälterin erzählte die unglaubwürdige Geschichte in Bruchstücken Dr. Haddon. »Kommen Sie zum Orchideenhaus und überzeugen Sie sich«, sagte sie.

Die kalte Luft blies von außen durch die offene Tür, und der überschwengliche Duft hatte sich fast verflüchtigt. Die meisten der abgerissenen Luftwurzeln lagen schon zusammengeschrumpft mitten auf einer Anzahl dunkler Flecken auf den Klinkerplatten. Der Blütenstengel war beim Herunterfallen der Pflanze gebrochen, und die Blütenblätter wurden welk und braun an den Rändern. Der Arzt beugte sich herab, bemerkte dann, daß sich eine Luftwurzel noch immer schwach bewegte, und zögerte.

Am nächsten Morgen lag die seltsame Orchidee noch immer dort, nun schwarz und von Fäulnis bedroht. Die Tür schlug im Morgenwind auf und zu, und die stattliche Reihe von Wedderburns Orchideen lag zusammengeschrumpft am Boden verstreut. Wedderburn selbst aber, heiter und gesprächig oben in seinem Schlafzimmer, sonnte sich im Glanz seines merkwürdigen Abenteuers.

Die Geschichte des verstorbenen Mr. Elvesham

Ich schreibe diese Geschichte auf, obwohl ich nicht erwarte, daß man mir glauben wird, aber vielleicht kann ich dadurch dem nächsten Opfer einen Fluchtweg bahnen. Vielleicht bringt ihm mein Unglück Nutzen. Mein eigener Fall ist hoffnungslos, das weiß ich, und ich bin jetzt auch in gewissem Maße auf mein Schicksal gefaßt.

Mein Name ist Edward George Eden. Ich bin in Trentham in Staffordshire geboren, wo mein Vater Gärtner war. Ich verlor meine Mutter mit drei und meinen Vater mit fünf Jahren. Mein Onkel, George Eden, adoptierte mich. Er war Junggeselle, hatte sich selbst von unten hinaufgearbeitet und war in Birmingham als unternehmender Journalist wohlbekannt. Er finanzierte mir die beste Erziehung, erweckte in mir den Ehrgeiz, in der Welt vorwärtszukommen, und hinterließ mir bei seinem Tod vor vier Jahren sein gesamtes Vermögen, ungefähr fünfhundert Pfund nach Ausbezahlung aller Abzüge. Ich war damals achtzehn. In seinem Testament riet er mir, das Geld für mein Studium zu verwenden. Ich war schon entschlossen, Arzt zu werden, und dank seiner über das Grab hinausreichenden Großmut und dem Glück, daß ich ein Stipendium bekam, wurde ich Student der Medizin an der Universität in London. Zur Zeit des Beginns meiner Geschichte wohnte ich in University Street 11, in einer kleinen Dachstube, die sehr schäbig ausgestattet war. Die zugigen Fenster blickten auf den Hof. Der kleine Raum diente mir zum Wohnen und Schlafen, denn ich war entschlossen, meine Mittel möglichst bis zum letzten Pfennig auszunützen.

Ich wollte eben ein Paar Schuhe zum Flickschuster in Tottenham Court Road tragen, als ich zum erstenmal dem kleinen Mann mit dem gelben Gesicht begegnete, mit dem mein Leben jetzt so unentwirrbar verknotet ist. Er stand am Rand des Gehsteigs und starrte unschlüssig die Türnummer an, als ich öffnete. Sein Blick – aus glanzlosen, grauen Augen mit roten Rändern – fiel auf mich, und sein Gesicht nahm sofort einen Ausdruck runzliger Liebenswürdigkeit an. »Sie kommen gerade im richtigen Moment!« sagte er. »Ich hatte die Nummer Ihres Hauses vergessen. Guten Tag, Mr. Eden!«

Ich war etwas erstaunt über diese vertrauliche Anrede, denn ich hatte den Mann mein Lebtag nicht gesehen. Ich ärgerte mich auch ein bißchen, daß er mich mit den Stiefeln unterm Arm überraschen mußte. Er bemerkte meinen kühlen Empfang.

»Sie möchten wissen, wer zum Henker ich eigentlich bin, was? Ein Freund – seien Sie ganz versichert! Ich habe Sie schon früher gesehen, wenn auch Sie mich nicht gesehen haben. Kann ich hier irgendwo mit Ihnen reden?«

Ich zögerte. Die Schäbigkeit meines kleinen Zimmers droben war nichts für jeden erstbesten Fremden. »Vielleicht könnten wir die Straße entlanggehen«, sagte ich. »Ich bin leider verhindert –« Mit einer Handbewegung vollendete ich den Satz.

»Das trifft sich ausgezeichnet!« erwiderte er und wandte sich erst nach der einen, dann nach der anderen Seite. »In welcher Richtung wollen wir gehen?«

Ich ließ meine Stiefel im Hausflur zu Boden gleiten. »Hören Sie mich an!« sagte er plötzlich. »Es handelt sich da um eine recht langwierige Geschichte. Kommen Sie mit, Mr. Eden, und nehmen Sie den Lunch mit mir. Ich bin ein alter Mann und nicht besonders gut in Erklärungen, und bei meiner dünnen Stimme und dem Wagengerassel …«

Dabei legte er überredend eine knochige, zittrige Hand auf meinen Arm. Ich war noch nicht so alt, als daß ein alter Mann mir nicht hätte einen Lunch anbieten dürfen. Trotzdem war ich nicht wirklich erfreut über die plötzliche Einladung. »Ich möchte lieber –« begann ich. »Aber ich möchte lieber«, fiel er mir ins Wort. »Und eine gewisse Rücksicht dürfen meine grauen Haare ja wohl beanspruchen.« So willigte ich denn ein und ging mit ihm.

Er führte mich zu Blavitski. Ich mußte langsam gehen, um mich seinem Schritt anzupassen. Und bei einem Lunch, wie ich noch nie einen gehabt hatte, betrachtete ich ihn näher, während er meinen einleitenden Fragen geschickt auswich. Sein glattrasiertes Gesicht war hager und runzlig, die eingeschrumpften Lippen zeigten ein falsches Gebiß, und sein weißes Haar war dünn und ziemlich lang; er kam mir klein vor – freilich, die meisten Leute kamen mir klein vor –, und sein Rücken war rund und gebeugt. Während ich ihn beobachtete, mußte ich wohl oder übel bemerken, daß auch er mich musterte, indem er seine Augen mit einem sonderbaren Ausdruck von Gier über mich hinlaufen ließ, von meinen breiten Schultern auf meine sonnverbrannten Hände und wieder hinauf zu meinem sommersprossigen Gesicht. »Und jetzt«, sagte er, als wir unsere Zigaretten ansteckten, »muß ich Ihnen sagen, worum es sich handelt.

Ich muß Ihnen vor allem sagen, daß ich ein alter Mann bin, ein sehr alter Mann.« Er hielt einen Moment inne. »Und der Zufall will, daß ich ein großes

Vermögen habe, das ich nun bald werde zurücklassen müssen, und daß ich kein Kind und niemand habe, dem ich es hinterlassen könnte.«

Mir kam der Gedanke an einen Hochstapler, und ich beschloß, ein scharfes Auge auf den kleinen Rest meiner fünfhundert Pfund zu haben.

Er fuhr fort, sich über seine Einsamkeit zu ergehen und die Sorge, die es ihm bereite, eine geeignete Verwendung für sein Geld zu finden. »Ich habe ja diesen und jenen Plan erwogen – Wohltätigkeitsanstalten, Stiftungen, Stipendien, öffentliche Bibliotheken – und bin am Ende zu dem Entschluß gekommen« – er heftete seine Augen auf mein Gesicht –, »daß ich mir irgendeinen jungen Menschen suchen will – von hohem Streben und reiner Gesinnung – und arm, gesund an Leib und Seele, und ihn kurzerhand zu meinem Erben machen, ihm alles geben will, was ich habe.« Er wiederholte: »Ihm alles geben, was ich habe. So daß er mit einem Male aus aller Sorge und allem Kampf, in denen er aufgewachsen ist, zu Freiheit und Macht erhoben werden soll.«

Ich versuchte, möglichst wenig Interesse zu zeigen. Mit schlecht gespielter Gleichgültigkeit sagte ich: »Und ich soll Ihnen, etwa in meiner Eigenschaft als Mediziner, helfen, diese Persönlichkeit zu finden?«

Er lächelte und blickte mich über seine Zigarette weg an; und ich lachte auch ein bißchen, wie er so stillschweigend meine erkünstelte Bescheidenheit entlarvte. »Was für eine Karriere könnte solch ein Mensch machen!« sagte er. »Es erfüllt mich fast mit Neid, wenn ich daran denke, wie ich aufgehäuft habe, damit ein anderer verbrauchen kann –

Aber es sind selbstverständlich Bedingungen daran geknüpft, Lasten, die er auf sich nehmen müßte. Er müßte zum Beispiel meinen Namen annehmen. Man kann nicht alles erwarten, ohne selbst etwas zu geben. Und ich müßte einen Einblick haben in seine sämtlichen Lebensverhältnisse, ehe ich ihn annehmen könnte. Er muß durch und durch gesund sein. Ich muß seine Vorgeschichte kennenlernen, muß wissen, wie sein Vater und Großvater gestorben sind, über sein Privatleben müssen die genauesten Erkundigungen eingezogen werden –«

Das bremste meinen Eifer, mir im stillen selbst zu gratulieren, ein wenig. »Und verstehe ich also recht«, begann ich, »daß ich –?«

»Ja!« sagte er fast heftig. »Sie! Sie!«

Ich erwiderte kein Wort. Meine Phantasie führte wilde Wirbeltänze auf, und meine angeborene Skepsis war nicht imstande, ihren Rausch zu dämpfen. Ich empfand auch nicht die geringste Spur von Dankbarkeit. Ich wußte nicht, was ich sagen sollte oder wie ich es sagen sollte. »Aber weshalb gerade ich?« fragte ich schließlich.

Er hätte zufällig durch Professor Haslar von mir gehört, sagte er, als von einem typischen gesunden und verständigen jungen Menschen, und er wünsche nach Möglichkeit, sein Geld jemand zu hinterlassen, dessen Gesundheit und Vernunft verbürgt seien.

Das war meine erste Begegnung mit dem kleinen, alten Mann. Über sich selbst blieb er verschlossen; er wolle seinen Namen jetzt noch nicht nennen, sagte er. Und nachdem ich noch einige Fragen beantwortet hatte, verließ er mich vor dem Eingang des Lokals. Ich bemerkte, daß er beim Bezahlen der Rechnung eine Handvoll Goldstücke aus der Tasche zog. Merkwürdig war es, wie er immer wieder die körperliche Gesundheit ganz besonders betonte. Wie wir es verabredet hatten, beantragte ich noch am selben Tag eine hohe Lebensversicherung in einer prominenten Versicherungsgesellschaft, und die Ärzte der Gesellschaft ließen mir in den nächsten acht Tagen kaum eine freie Minute. Aber auch das genügte ihm noch nicht, und er bestand darauf, daß ich mich auch noch von dem berühmten Dr. Henderson untersuchen ließ. Es wurde Freitag in der Pfingstwoche, ehe er eine Entscheidung traf. Ganz spät am Abend, es war fast neun Uhr, rief er mich von den chemischen Gleichungen, die ich für meine Prüfung büffelte, hinunter. Er stand im Hausflur unter der schwachen Gasflamme, und sein Gesicht war ein groteskes Durcheinander von Schatten. Er erschien mir noch zusammengefallener als das erstemal, und seine Wangen waren noch hohler.

Seine Stimme bebte vor Erregung. »Alles ist zu meiner Zufriedenheit ausgefallen, Mr. Eden«, sagte er. »Alles ist ganz und gar zu meiner Zufriedenheit ausgefallen. Und auf jeden Fall müssen Sie heute abend mit mir essen und Ihre – Thronbesteigung feiern.« Ein Hustenanfall unterbrach ihn. »Sie werden nicht lange warten müssen«, fuhr er fort, wischte sich mit dem Taschentuch über die Lippen und griff mit seiner langen knöchernen Klaue nach meiner Hand. »Ganz gewiß nicht mehr lange!«

Wir traten auf die Straße und winkten eine Droschke heran. Ich erinnere mich noch ganz deutlich jeder Einzelheit jener Fahrt – die rasche, angenehme Bewegung, der lebhafte Kontrast zwischen Gas- und Öllaternen und elektrischem Licht, das Menschengedränge in den Straßen, das Restaurant in der Regent Street, zu dem wir fuhren, und das üppige Abendbrot, das uns serviert wurde. Anfänglich brachten mich die Blicke, die der Kellner auf meinen groben Anzug warf, ein bißchen aus der Fassung, und ich wußte nicht, was ich mit den Olivenkernen anfangen sollte. Aber als der Champagner mein Blut erwärmte, lebte meine Zuversicht wieder auf. Erst sprach der alte Mann von sich selber. Seinen Namen hatte er mir schon in der Droschke genannt: Er war Egbert Elvesham, der große Philosoph, dessen Name mir schon von meinen Schuljahren her vertraut war. Ich konnte es kaum glauben, daß der Mann, dessen Intellekt schon so frühzeitig mein Denken beeinflußt hatte, diese große Abstraktion, sich plötzlich in dieser gebrechlichen, vertrauten Erscheinung verwirklichen sollte. Ich denke mir, jeder junge Mensch, der plötzlich unter Prominente geraten ist, hat etwas von meiner Enttäuschung durchgemacht. Elvesham sprach jetzt von der Zukunft, die die versiegenden Ströme seines Lebens mir bald gebahnt hinterlassen würden! Von Häusern, Urheberrechten, Kapitalanlagen; nie hatte ich geahnt, daß Philosophen so reich sein könnten. Fast mit einem Anflug von Neid sah er mir zu, wie ich aß und trank. »Was für eine Lebensfähigkeit Sie haben!« sagte er und fügte dann mit einem Seufzer – einem Seufzer der Erleichterung, kam es mir damals vor – hinzu: »Lang wird es nicht mehr dauern.«

»O ja!« sagte ich – der Kopf wirbelte mir schon vor Sekt –, »ich habe ja vielleicht eine Zukunft vor mir – und zwar eine ganz besonders angenehme, dank Ihrer Güte! Ich werde von jetzt ab die Ehre haben, Ihren Namen zu tragen. Aber Sie haben eine Vergangenheit. Und zwar eine Vergangenheit, die meine ganze Zukunft aufwiegt.«

Er schüttelte den Kopf und lächelte – wie mir schien, mit teils trauriger Anerkennung meiner schmeichelhaften Bewunderung. »Ihre Zukunft!« sagte er – »würden Sie sie – ganz ehrlich – wirklich eintauschen?« Der Kellner kam eben mit Likören. »Sie werden vielleicht nicht ungern meinen Namen, meine äußere Stellung annehmen; aber würden Sie tatsächlich – und gern – meine Jahre auf sich nehmen?«

»Mit alldem, was Sie geleistet haben – ja!« sagte ich artig.

Er lächelte wieder. »Kümmel für beide!« befahl er dem Kellner und wandte dann seine Aufmerksamkeit einem kleinen Papierpäckchen zu, das er aus der Tasche gezogen hatte. »Solche Stunden«, sagte er, »nach dem Abendessen sind die Stunden der kleinen Dinge des Lebens. Da hab ich ein Stückchen unveröffentlichter Weisheit.« Er öffnete das Päckchen mit zitternden gelben Fingern und zeigte mir ein Häufchen mattrosa Pulvers.

»Das –« fuhr er fort – »nun, Sie sollen selber raten, was es ist. Aber Kümmel – wenn man bloß die Spur von dem Pulver hineingibt – ist der reine Himmel!« Und seine großen, blaßgrauen Augen beobachteten mich mit einem unergründlichen Ausdruck.

Fast hatte es für mich etwas Verletzendes, daß dieser große Meister seinen Geist mit dem Aroma von Likören beschäftigen konnte. Trotzdem tat ich, als interessiere ich mich sehr für diese seine kleine Schwäche; ich war schon betrunken genug für solch kleine Kriechereien.

Er verteilte das Pulver in die kleinen Gläser, und indem er sich plötzlich mit seltsamer und unerwarteter Würde erhob, streckte er mir seine Hand entgegen. Ich tat es ihm nach, und die Gläser klangen zusammen. »Auf eine baldige Thronfolge!« sagte er und hob das Glas an die Lippen.

»Nicht darauf!« sagte ich hastig. »Nicht darauf!«

Er hielt inne. Das Glas war ungefähr in der Höhe seines Kinns, seine Augen bohrten sich in meine.

»Auf ein langes Leben!« sagte ich.

Er zögerte. »Auf ein langes Leben!« wiederholte er dann mit einem plötzlichen bellenden Lachen; und mit ineinanderverschlungenen Blicken leerten wir die kleinen Gläschen. Sein Blick haftete fest an dem meinen, und während ich das Zeug hinunterschluckte, hatte ich ein merkwürdig durchdringendes Gefühl. Der erste Tropfen auf meiner Zunge brachte mein Hirn in wütenden Aufruhr; es war, als empfände ich eine tatsächliche physische Regung in meinem Schädel, und ein zischendes Brausen füllte meine Ohren. Ich fühlte nichts von dem Geschmack auf meiner Zunge, dem Aroma in meiner Kehle. Ich sah bloß die graue Eindringlichkeit seines Blicks, der in dem meinen brannte. Der Trank, die Verwirrung meines Geistes, das Lärmen und Regen in meinem Kopf – alles schien eine endlose Zeit zu dauern. Seltsame unklare Eindrücke von halbvergessenen Dingen wirbelten und schwanden an der Grenze meines Bewußtseins. Schließlich brach er den Bann. Mit einem plötzlichen lauten Seufzer setzte er sein Glas nieder. »Nun?« sagte er.

»Wundervoll!« sagte ich, obschon ich das Zeug gar nicht geschmeckt hatte. Mein Kopf wirbelte. Ich setzte mich. Mein Gehirn war ein Chaos. Dann wurde mein Beobachtungsvermögen klar und scharf, als sähe ich alles in einem Konkavspiegel. Elveshams Benehmen hatte auf einmal etwas Nervöses, Hastiges. Er riß seine Uhr heraus und sah mit verzerrtem Gesicht darauf. »Sieben Minuten nach elf. Und ich muß heute nacht – sieben – fünfundzwanzig – Waterloo! Ich muß augenblicklich fort!« Er rief nach der Rechnung und kämpfte mit seinem Mantel. Dienstbeflissene Kellner eilten herbei. Im nächsten Augenblick drückte ich ihm über dem Schutzleder einer Kutsche zum Abschied die Hand – immer noch mit einem absurden Gefühl, als sei alles außergewöhnlich deutlich und scharf und einzeln ausgeprägt – so etwa – ja, wie soll ich es ausdrücken? – als sähe ich nicht bloß, sondern fühlte durch ein umgekehrtes Opernglas.

»Ah bah – dieses Zeug!« sagte er und preßte die Hand gegen die Stirn. »Ich hätte es Ihnen nicht geben sollen. Sie werden morgen rasende Kopfschmerzen haben! Warten Sie einen Augenblick. Da!« Er händigte mir einen kleinen, flachen Gegenstand aus, der aussah wie eine Brausetablette.

»Trinken Sie das in Wasser aufgelöst, ehe Sie zu Bett gehen. Das andere war ein Narkotikum. Erst wenn Sie zu Bett gehen, hören Sie! Das wird Ihnen den Kopf wieder klar machen. So! Und nun ein letztesmal Ihre Hand – Futurus!«

Ich ergriff seine verschrumpften Finger. »Leben Sie wohl!« sagte er. Und nach der Art, wie er dabei die Lider senkte, dachte ich, er stehe ebenfalls ein bißchen unter der Wirkung seines hirnverdrehenden Mittels.

Noch einmal fiel ihm etwas ein. Er faßte hastig in seine Brusttasche und zog ein zweites Päckchen heraus, diesmal eine Rolle von der Größe und Gestalt eines Rasierbestecks. »Da!« sagte er »Fast hätt' ich es vergessen. Öffnen Sie es nicht, ehe ich morgen komme; aber nehmen Sie es jetzt mit.«

Es war so schwer, daß ich es fast hätte fallen lassen. »Schon recht!« lallte ich, und er grinste mir durch das Droschkenfenster zu, während der Kutscher sein Pferd mit einem Peitschenknall weckte. Es war ein weißes Paket, das er mir gegeben hatte, an beiden Enden und quer drüber rot versiegelt. »Wenn das nicht Geld ist«, dachte ich, »so ist es Platin oder Blei.«

Ich steckte es sorgfältig in die Tasche und wanderte mit wirbelndem Kopf zwischen den Regent-Street-Bummlern und durch die dunklen Seitenstraßen hinter Portland Road nach Hause. Ich entsinne mich noch ganz deutlich meiner Gefühle während dieser Wanderung, so seltsam sie auch waren. Ich war immerhin noch so weit bei Sinnen, daß ich meinen sonderbaren

Geisteszustand merkte und mich fragte, ob das Zeug, das ich getrunken hatte, vielleicht Opium gewesen sei – ein Gift, das außerhalb des Bereichs meiner Erfahrungen lag. Es ist jetzt schwierig zu erklären, inwiefern dieser geistige Zustand so ganz besonders eigentümlich war; am ehesten könnte man es so ungefähr als eine Art geistiger Kreuzsprünge bezeichnen. Während ich die Regent Street hinaufwanderte, hatte ich in mir eine sonderbare Überzeugung, als müsse es Waterloo Station sein, und zugleich einen unerklärlichen Impuls, ins Polytechnikum wie in einen Zug einzusteigen.

Ich rieb mir die Augen, und es war die Regent Street. Wie soll ich es beschreiben? Ein geschickter Schauspieler sieht einen ganz ruhig an; er schneidet eine Grimasse – und plötzlich – ein ganz anderer Mensch! Ich weiß nicht, ob es zu übertrieben klingt, wenn ich sage, daß mir in jenem Augenblick die Regent Street just so vorkam? Nachdem ich mich schließlich vergewissert hatte, daß es wirklich die Regent Street war, verwirrten mich allerlei phantastische Reminiszenzen, die auf unerklärliche Weise auftauchten. »Hier war es«, dachte ich, »wo ich vor dreißig Jahren mit meinem Bruder Streit hatte.« Worauf ich in Lachen ausbrach, zum Erstaunen und Wohlgefallen einer Gruppe von Nachtschwärmern. Vor dreißig Jahren existierte ich gar nicht, und eines Bruders hatte ich mich mein Lebtag nicht rühmen können. Das Zeug mußte ganz einfach flüssiger Wahnwitz sein; denn ein stechender Schmerz um diesen verlorenen Bruder wollte und wollte mich nicht loslassen. In der Portland Road nahm die Verrücktheit wieder eine andere Form an. Ich begann, mich an Geschäfte zu erinnern, die längst verschwunden waren, und die Straße von heute mit der, wie sie ehedem gewesen war, zu vergleichen. Wirres und verstörtes Denken läßt sich ja gewiß wohl erklären nach alledem, was ich getrunken hatte; aber was mich beunruhigte, waren diese seltsam lebendigen fatamorganaartigen Erinnerungen, die sich da in meinen Geist eingeschlichen hatten. Und nicht bloß die, die sich eingeschlichen hatten, sondern auch die, die verschwunden waren. Ich blieb vor der Tierhandlung von Stevens stehen und geißelte mein Hirn geradezu, um herauszufinden, in welcher Beziehung er eigentlich zu mir stand. Ein Omnibus fuhr vorüber; es klang genau wie das Rattern eines Zuges. Es war, als müßte ich diese Erinnerung aus einem fernen, tiefen, dunklen Schacht herausgraben. »Aber natürlich!« sagte ich endlich. »Er hat mir ja für morgen drei Frösche versprochen! Komisch, daß ich das vergessen konnte!«

Ich weiß nicht, ob man den Kindern heutzutage noch sogenannte Nebelbilder zeigt? Bei denen – das weiß ich noch – tauchte immer ein Bild auf wie ein undeutliches Gespenst, und wuchs, bis es das vorhergehende verdrängt hatte. Genauso, schien es mir, kämpfte eine ganze Reihe von neuen Empfindungen mit denen meines altgewohnten Ich.

Verwirrt und ein bißchen beängstigt ging ich über die Euston Road zur Tottenham Court Road und bemerkte kaum, was für einen ungewohnten Weg ich da nahm; denn sonst kürzte ich immer ab durch das dazwischenliegende Netzwerk von Seitenstraßen. Ich bog in die University Street ein und entdeckte, daß ich meine Hausnummer vergessen hatte. Nur mit großer Mühe rief ich mir meine »11« ins Gedächtnis zurück, und auch dann kam es mir vor, als sei es etwas, das irgendein längst vergessener Mensch mir gesagt hatte. Ich versuchte, meine Gedanken zu festigen, indem ich mir die Einzelheiten des Abendessens zurückrief; aber ums Leben konnte ich mir kein Bild von dem Aussehen meines Gastgebers machen. Ich sah ihn bloß als schattenhaften Umriß, ungefähr wie man sein eigenes Bild in einer spiegelnden Fensterscheibe sehen würde. An seiner Stelle sah ich dagegen in einer seltsamen Vision mich selber, erhitzt, mit glänzenden Augen und sehr redselig an einem Tisch sitzen.

»Ich muß das andere Pulver nehmen«, sagte ich. »Das wird ja immer unmöglicher!«

Ich suchte meine Kerze und die Streichhölzer auf der falschen Seite des Flurs und war im Zweifel, in welchem Stockwerk mein Zimmer eigentlich lag. »Ich bin betrunken«, dachte ich. »Das steht fest!« Und ich stolperte ganz unnötigerweise auf der Treppe, um diese Behauptung möglichst zu bestätigen.

Auf den ersten Blick kam mir mein Zimmer ungewohnt vor. »Blödsinn!« sagte ich und starrte umher. Es schien, als ob dies Aufraffen mir mein eigenes Ich zurückbrächte, und als ob das seltsame Fatamorganagefühl wieder zu dem konkreten, vertrauten würde. Da war noch immer der alte Spiegel, in dessen Rahmen meine Notizen über Eiweiß steckten. Mein abgetragener Werktagsanzug lag auf dem Fußboden. Und trotzdem – irgendwie war es nicht wirklich. Ich fühlte, wie sich in meine Gedanken ein ganz seltsames Empfinden schleichen wollte, als säße ich in einem Eisenbahnwagen, in einem Zug, der eben anhielt, und als blickte ich durchs Fenster hinaus auf irgendeine unbekannte Station. Ich umklammerte energisch den Bettpfosten, um mich meiner selbst zu vergewissern. »Wer weiß – vielleicht ist es eine Art Hellsehen!« sagte ich. »Ich muß an die Gesellschaft für Psychische Forschung schreiben.«

Ich legte die Rolle auf meinen Waschtisch, setzte mich aufs Bett und begann meine Stiefel auszuziehen. Es war, als wäre das Bild meiner jetzigen Empfindungen über ein anderes Bild gemalt, das immer wieder hervorschimmerte. »Verflucht!« dachte ich. »Verlier' ich denn den Verstand? Oder bin ich an zwei Stellen gleichzeitig?« Halb entkleidet schüttete ich das Pulver in ein Glas und stürzte es hinunter. Es gärte und zeigte eine kalkig-gelbe Farbe. Noch ehe ich recht im Bett war, hatten meine Gedanken sich beruhigt. Ich fühlte noch das Kissen an meiner Wange; gleich darauf muß ich eingeschlafen sein.

Ich erwachte ganz plötzlich aus einem Traum von seltsamen Tieren. Ich lag auf dem Rücken. Jeder kennt ja wohl dieses schwere, aufgeregte Träumen, aus dem man zwar munter, aber seltsam niedergedrückt erwacht. Ich hatte einen sonderbaren Geschmack im Mund, ein müdes Gefühl in den Gliedern und fühlte mich am ganzen Körper unglücklich. Ich ließ meinen Kopf regungslos auf dem Kissen liegen und hoffte, daß dieses Gefühl von Fremdheit und Entsetzen bald wieder verschwinden und ich wieder einschlafen würde. Statt dessen nahm das unheimliche Empfinden nur immer zu. Anfangs bemerkte ich nicht, daß in meiner Umgebung etwas nicht stimmte. Im Zimmer war ein schwaches Licht, so schwach, daß es sich kaum vom Dunkel unterschied, und die Möbel hoben sich als verschwommene Kleckse völligen Dunkels davon ab. Ich spähte, halb unter der Bettdecke verborgen, um mich.

Erst kam mir der Gedanke, es sei jemand ins Zimmer gedrungen, um mir meine Rolle Geld zu stehlen; aber nachdem ich ein paar Minuten still dagelegen hatte, regelmäßig atmend, um Schlaf zu simulieren, erkannte ich, daß das bloße Einbildung war. Trotzdem ließ mich die unbehagliche Überzeugung nicht los, daß irgend etwas nicht stimmte. Mit Anstrengung hob ich den Kopf vom Kissen und blickte um mich ins Dunkel. Was es war, das begriff ich nicht. Ich sah die undeutlichen Formen um mich an, die größeren und kleineren Finsternisse, die Vorhänge, Tisch, Kamin, Bücherständer und all das bezeichneten. Dann fing ich an, etwas Fremdes in diesen Formen der Dunkelheit zu entdekken. Hatte das Bett sich umgedreht? Dort drüben mußten doch die Bücherständer stehen; und etwas Verhülltes, Fahles erhob sich da, etwas, das unmöglich ein Bücherständer sein konnte, mochte ich es ansehen, wie ich wollte. Mein über einen Stuhl geworfenes Hemd konnte es nicht sein; dazu war es viel zu groß.

Ich überwand ein fast kindisches Grauen, warf die Decke zurück und fuhr mit dem einen Bein aus dem Bett, doch anstatt von meinem Feldbett auf den Boden zu kommen, merkte ich, daß mein Fuß kaum den Rand der Matratze erreichte. Ich machte sozusagen einen zweiten Schritt und setzte mich am Rand des Bettes auf. Neben meinem Bett mußte auf dem wackeligen Stuhl die Kerze mit den Streichhölzern stehen. Ich streckte die Hand aus – nichts! Ich fuhr mit der Hand im Dunkeln herum und berührte ein Etwas von weichem, dickem Stoff, das leise rauschte. Ich packte es und zog daran; es schien ein vom Kopfende meines Bettes herabhängender Vorhang zu sein.

Ich war jetzt völlig wach und fing an zu begreifen, daß ich in einem fremden Zimmer lag. Das verwirrte mich. Ich versuchte, mir den vorhergegangenen Abend ins Gedächtnis zu rufen. Auf einmal konnte ich mich sonderbarerweise ganz genau erinnern: wie wir zu Abend aßen, wie ich die kleinen Pakete in Empfang nahm, wie ich mich selber fragte, ob ich eigentlich betrunken sei, wie ich mich langsam auszog, wie kühl das Kissen sich an meinem erhitzten Gesicht anfühlte. Ein plötzliches Mißtrauen überkam mich. War das gestern nacht gewesen oder die Nacht vorher? Jedenfalls – dieses Zimmer war mir fremd, und ich konnte mir nicht vorstellen, wie ich hierhergeraten war. Der undeutliche, fahle Umriß wurde blasser, und ich bemerkte, daß es ein Fenster war, vor dem sich die dunkle Form eines ovalen Toilettenspiegels von der schwachen Morgendämmerung, die durch die Gardine sickerte, abhob. Ich erhob mich; ein sonderbares Gefühl von Schwäche und Unsicherheit überraschte mich. Mit ausgestreckten, zitternden Händen ging ich langsam auf das Fenster zu, stieß aber trotzdem unterwegs mit dem Knie gegen einen Stuhl. Ich tastete hinter dem Spiegel, der groß und mit schönen Bronzeleuchtern versehen war, nach der Vorhangschnur, aber ich fand keine. Zufällig kam mir schließlich die Quaste in die Hand, eine Feder schnappte, und die Gardine rollte in die Höhe.

Ich blickte auf eine Landschaft, die mir vollkommen fremd war. Der Himmel war bedeckt, und durch das fedrige Grau der Wolkenmassen sickerte ein schwaches, dämmeriges Halblicht. Am fernen Horizont zeigte die Wolkendecke einen blutroten Saum. Unten war alles undeutlich und verschwommen, dunkel; in der Ferne liefen Hügelketten ineinander, eine nebelhafte Masse von Gebäuden ragte wie Türme empor, Bäume wirkten wie verschüttete Tinte, und unter dem Fenster lag ein Geschnörkel von schwarzen Büschen und blaßgrauen Wegen. Es war mir so gar nicht vertraut, daß ich im ersten Augenblick glaubte, noch zu träumen. Ich befühlte den Toilettentisch; er schien aus irgendeinem polierten Holz gearbeitet und war üppigst ausgestattet – kleine Fläschchen aus Kristall und eine Bürste lagen darauf. Auch ein sonderbarer kleiner Gegenstand lag auf einem Teller – hufeisenförmig fühlte er sich an, mit glatten, harten Vorsprüngen. Streichhölzer oder eine Kerze konnte ich nicht finden.

Ich wandte mich wieder ins Zimmer. Nun, da die Gardine aufgezogen war, traten die Möbel wie bleiche Gespenster aus dem Dunkel hervor. Ein riesiges Himmelbett stand da, und der Kamin am Fußende hatte eine große, weiße Verkleidung, die wie Marmor schimmerte.

Ich lehnte mich gegen den Toilettentisch, schloß die Augen, öffnete sie wieder und versuchte zu denken. Das alles war viel zu wirklich, als daß es ein Traum hätte sein können. Fast neigte ich zu der Annahme, daß irgendwo in meinem Gedächtnis noch eine Lücke sein müsse – eine Folge jener seltsamen Flüssigkeit, die ich getrunken hatte. Vielleicht hatte ich meine Erbschaft schon angetreten und hatte die Erinnerung verloren an das, was zwischen heute und dem Tag lag, an dem mir mein Glück verkündet worden war. Vielleicht würden die Dinge von selbst wieder klarer werden, wenn ich noch ein bißchen wartete. Und doch, mein Abendessen mit dem alten Elvesham stand jetzt ganz merkwürdig lebendig und frisch in meiner Erinnerung. Der Sekt, die beflissenen Kellner, das Pulver, die Liköre. Ich hätte meine Seele darauf wetten können, daß all dies sich erst vor wenigen Stunden ereignet hatte.

Und dann geschah etwas – etwas so Alltägliches und doch für mich so Entsetzliches, daß mich noch heute beim bloßen Gedanken an jenen Moment schaudert. Ich redete laut. Ich sagte: »Wie zum Teufel bin ich denn hierhergeraten?« Und die Stimme war nicht meine Stimme.

Es war nicht meine Stimme! Die Artikulation war verwischt, die ganze Resonanz meiner Schädelknochen war anders. Um mich meiner selbst zu vergewissern, strich ich mit der einen Hand über die andere. Ich fühlte lose Hautfalten, die knöcherne Schlaffheit des Alters ... »Ganz gewiß –« sagte ich mit der fürchterlichen Stimme, die sich da irgendwie meiner Kehle bemächtigt hatte, »ganz gewiß ist es nur ein Traum!« Plötzlich, ganz automatisch, fuhr ich mir mit den Fingern in den Mund. Meine Zähne waren weg. Meine Fingerspitzen glitten über welkes verschrumpeltes Zahnfleisch. Mir wurde übel vor Ekel und Entsetzen. Ich empfand den leidenschaftlichen Wunsch, mich selber, mein eigenes Ich zu sehen, mir die unheimliche Veränderung, die mit mir vorgegangen war, auf einmal und in ihrem vollen Grauen klarzumachen. Ich wankte zum Kamin und tastete auf dem Sims nach Streichhölzern. Während ich dahinstolperte, überfiel mich ein bellender Husten, und ich zog das dicke Flanellnachthemd, das um mich schlotterte, enger. Streichhölzer waren auch keine da. Und ich merkte plötzlich, daß ich kalte Hände und Füße hatte. Hustend, mit rinnender Nase und vermutlich auch leise vor mich hingreinend tastete ich mich zu meinem Bett zurück.

»Es ist ja doch ein Traum!« wimmerte ich vor mich hin, während ich wieder ins Bett kletterte. »Ganz gewiß nur ein Traum!« So recht nach Greisenart wiederholte ich das immer wieder. Ich zog mir die Bettücher über die Schultern, über die Ohren. Ich schob die Hand fest entschlossen unters Kissen: Ich wollte schlafen. Natürlich war es ein Traum. Mit dem Morgen würde der Traum vorüber sein, und ich würde aufwachen wie immer, stark und gesund, zu meiner Jugend und meinen Studien erwachen. Ich schloß die Augen, atmete regelmäßig, und da ich nicht einschlafen konnte, fing ich an, das Einmaleins herzusagen.

Aber es ging nicht. Ich konnte nicht einschlafen. Und eine Überzeugung von der unerbittlichen Wirklichkeit der Veränderung, die mit mir vorgegangen war, reifte immer mehr in mir heran. Bald lag ich mit weit offenen Augen da, das Einmaleins war vergessen, und meine knöchernen Finger tasteten an meinem verschrumpelten Zahnfleisch herum. Es war so – ich war plötzlich unvermittelt ein alter Mann geworden. Ich war auf irgendeine unbegreifliche, unerklärliche Art gleichsam durch mein Leben durchgerutscht und zum Greis geworden. Ich war irgendwie um das Beste im Leben betrogen worden – um Liebe, um Kampf, um Kraft und Hoffnung. Ich verkroch mich in dem Kissen und versuchte mir selber einzureden, daß derartige Halluzinationen ja vorkämen. Fast unmerklich, stetig wurde die Dämmerung heller ... Schließlich ließ ich die Hoffnung auf weiteren Schlaf fahren, setzte mich im Bett auf und sah mich um. Kaltes Zwielicht erhellte das ganze Zimmer. Es war geräumig und gut ausgestattet – das beste Zimmer, in dem ich bisher geschlafen hatte. Auf einem kleinen Gestell in einer Nische erblickte ich bald auch eine Kerze und Streichhölzer. Ich warf die Laken zurück, stand auf und zündete die Kerze an. Ich fröstelte in der rauhen Morgenluft, obschon es Sommer war. – Darauf wankte ich zitternd, so daß das Lichthütchen gegen den Leuchter klapperte, zum Spiegel und erblickte – Elveshams Gesicht! Es war nicht weniger schrecklich, weil ich das schon befürchtet hatte. Er war mir immer schwächlich und jämmerlich elend vorgekommen; aber wie ich ihn jetzt so sah, bloß mit einem groben Flanellhemd bekleidet, das über der Brust offen stand und den sehnigen dürren Hals enthüllte – ihn an Stelle meines eigenen Körpers –, ich kann diesen jämmerlichen Verfall gar nicht beschreiben! Die hohlen Wangen, die vereinzelten schmutziggrauen Haarsträhnen, die triefenden, trüben Augen, die zitternden, vertrockneten Lippen, über denen immer ein Streifchen Rosa auftauchte und hinter denen man immer das scheußliche schwärzliche Zahnfleisch sah! Wer ganz ist – ein Mensch, dessen Körper und Seele eins sind, so wie es die Natur seiner Jahre mit sich bringt –, der kann sich nicht vorstellen, was die teuflische Gefangenschaft für mich bedeutete! Jung sein, voll von Wünschen und der Energie der Jugend – und zugleich gefangen und bald darauf zermalmt sein in dieser wankenden Ruine von einem Menschen! Aber ich verliere den Faden meiner Erzählung …

Eine Zeitlang muß ich geradezu betäubt gewesen sein von der Veränderung, die über mich hereingebrochen war. Es war heller Tag, als ich mich endlich so weit aufraffte, um nachdenken zu können. Ich war auf irgendeine unerklärliche Art verwandelt. Nur wie das hatte zugehen können – wenn nicht Hexerei im Spiel war –, das wußte ich nicht. Und während ich darüber nachdachte, wurde mir das teuflische Genie Elveshams klar. Es kam mir ganz selbstverständlich vor: So wie ich in seinem Körper steckte, so war er jetzt Herr des meinen, das heißt, meiner Kraft, meiner Zukunft. Aber wie sollte ich das beweisen? Dann – als ich weiter darüber nachdachte, erschien mir das alles selber so unglaublich, und meine Gedanken wirbelten so durcheinander, daß ich mich selber kneifen, meine zahnlosen Gaumen befühlen, mich im Spiegel betrachten, die Dinge um mich berühren mußte, ehe ich wieder den Tatsachen nüchtern gegenüberstand. War alles Leben Halluzination? War ich wirklich Elvesham? Und Elvesham ich? Hatte ich einfach einmal nachts von Eden geträumt? Existierte überhaupt ein Eden? Aber – wenn ich Elvesham war, so müßte ich mich doch am nächsten Morgen darauf besinnen können, wo ich war, auf den Namen der Stadt, in der ich lebte, auf das, was geschehen war, ehe ich anfing zu träumen. Ich kämpfte mit meinen Gedanken. Ich rief mir die seltsame Duplizität meiner nächtlichen Erinnerungen zurück. Aber mein Geist war jetzt ganz klar. Auch nicht die Spur einer Erinnerung außer der aus meinen Eden-Tagen wollte noch in mir aufsteigen.

»Es ist einfach zum Verrücktwerden!« rief ich mit

meiner dünnen Greisenstimme. Ich stolperte vom Bett auf, schleppte mich mit schwächlichen, bleiernen Gliedern zum Waschtisch und steckte mein graues Haupt in eine Waschschüssel voll kalten Wassers. Dann, während ich mich abtrocknete, versuchte ich es noch einmal. Es half nichts. Ich fühlte es ohne Zweifel: Ich war Eden, nicht Elvesham! Aber Eden in Elveshams Körper!

Hätte ich in irgendeinem anderen Jahrhundert gelebt, hätte ich eben mein Schicksal auf mich genommen und mich als Verhexten betrachtet. Aber in unseren skeptischen Tagen gelten Wunder nicht mehr. Es war einfach ein psychologischer Trick. Und was ein Mittel und festes Anstarren angerichtet hatten, das konnte irgendein anderes Mittel und anderes festes Anstarren oder irgendeine derartige Behandlung auch wieder ins Lot bringen. Es war ja nicht das erstemal, daß ein Mensch die Erinnerung verlor. Aber Erinnerungen vertauschen – verwechseln, wie man Regenschirme verwechselt? Ich mußte lachen. Ach! Es war kein gesundes Lachen! Es war ein greisenhaftes winselndes Gekicher. Ich hatte auf einmal die Vorstellung, wie der alte Elvesham mich auslachte, und ein Taumel wütenden Zorns, wie ich ihn sonst gar nicht kannte, überfiel mich plötzlich. Ich fing hastig an, die Kleidungsstücke anzuziehen, die überall auf dem Boden herumlagen, und erst als ich angezogen war, merkte ich, daß ich im Gesellschaftsanzug war. Ich öffnete den Schrank und fand darin einige Straßenanzüge, ein paar karierte Hosen und einen altmodischen Gehrock. Ich zog ihn an, stülpte eine würdige Kappe auf mein Haupt und wankte – hustend und erschöpft von der Anstrengung – auf den Korridor hinaus.

Es war ungefähr Viertel vor sechs; die Läden waren noch alle geschlossen; das Haus war ganz still. Von einem geräumigen Flur führte eine breite Treppe mit üppigem Läufer in die dunkle Tiefe der unteren Halle; und durch eine halbgeöffnete Tür gerade vor mir erblickte ich ein Schreibpult, einen drehbaren Bücherständer, den Rücken eines Schreibsessels und schön gebundene Bücher, Regal neben Regal.

»Mein Arbeitszimmer!« murmelte ich und ging über den Flur. Beim Klang meiner Stimme durchzuckte mich ein Gedanke. Ich ging zurück ins Schlafzimmer und schob mein Gebiß in den Mund. Leicht und gewohnheitsmäßig nahm es seinen Platz ein. »So ist's besser!« sagte ich, kauend und fletschend, und kehrte ins Arbeitszimmer zurück.

Die Schubladen des Schreibtisches waren verschlossen. Auch der Pultdeckel war geschlossen. Nirgends fand ich Schlüssel; auch in meinen Hosentaschen waren sie nicht. Ich stolperte wieder in mein Schlafzimmer, suchte in meinem Gesellschaftsanzug nach und überhaupt in allen Kleidungsstücken, deren ich habhaft werden konnte. Ich war voller Eifer; als ich endlich fertig war, hätte man glauben können, Einbrecher hätten in meinem Zimmer gehaust. Nicht nur, daß nirgends Schlüssel waren, ich fand auch kein Geld, keinen Fetzen Papier – mit Ausnahme der Quittung vom vorigen Abend.

Mich überfiel plötzlich eine seltsame Müdigkeit. Ich setzte mich und blickte starr auf das Kleiderzeug, das herumlag, hier und dort, mit umgedrehten Taschen. Von Sekunde zu Sekunde wurde mir mehr und mehr klar, wie klug mein Feind seine Minen gelegt hatte, begann ich mehr und mehr einzusehen, wie hoffnungslos meine Lage war. Mit einer Kraftanstrengung erhob ich mich wieder und humpelte in das Arbeitszimmer zurück.

Auf der Treppe öffnete eben ein Hausmädchen die Läden. Sie sah mich starr an, wahrscheinlich wegen meines Gesichtsausdrucks. – Ich machte die Tür meines Arbeitszimmers hinter mir zu, ergriff einen Feuerhaken und hieb damit auf das Schreibpult ein. Und so haben sie mich gefunden. Der Deckel des Pults war zersplittert, das Schloß zertrümmert, die Briefe waren aus den Fächern gerissen und übers ganze Zimmer verstreut. In meiner senilen Wut hatte ich die Federn und das ganze Schreibzeug im Zimmer herumgeschleudert und die Tinte umgeworfen. Eine große Vase auf dem Kaminsims war auch zerbrochen, ich weiß nicht wie. Ich fand nirgends ein Scheckbuch, nirgends Geld, nirgends irgendwelche Anhaltspunkte, die mir zur Wiedererlangung meines eigenen Ichs hätten dienen können. Wie ein Verrückter hämmerte ich auf die Schubladen los, als der Hausdiener mit zwei Hausmädchen eintrat.

Das ist in aller Kürze die Geschichte meiner Verwandlung. Niemand schenkt meinen verzweifelten Versicherungen Glauben. Ich werde als Geistesgestörter behandelt; während ich dies niederschreibe, überwacht man mich. Aber ich bin geistig gesund, vollkommen gesund. Zum Beweis hab ich diese Geschichte niedergeschrieben, genauso, wie sich alles zugetragen hat. Ich wende mich an den Leser: Findet er irgendwo auch nur eine Spur von Verrücktheit in Stil oder Methode der Geschichte, die er da gelesen hat? Ich bin ein junger Mann, der in den Körper eines alten Mannes eingeschlossen ist. Aber diese einfache Tatsache ist für jedermann unverständlich. Natürlich muß ich allen, die mir nicht glauben, verrückt vorkommen; natürlich kenne ich die Namen meiner Sekretäre, der Ärzte, die mich besuchen, meiner Dienerschaft, der Nachbarn, der Stadt – wo sie auch liegen mag –, in der ich jetzt lebe, nicht. Natürlich verirre ich mich in meinem eigenen Haus und habe Unannehmlichkeiten aller Art. Natürlich stelle ich die seltsamsten Fragen. Natürlich weine ich oder schreie ich und habe Anfälle von Verzweiflung. Ich habe kein Geld und kein Scheckbuch. Die Bank erkennt meine Unterschrift nicht an; ich vermute, dank der schwachen Muskeln, die ich jetzt habe, ist meine Handschrift noch die Edens. Die Menschen wollen mich nicht selber in die Bank gehen lassen. Das heißt, es scheint wirklich, daß es hier in der Stadt überhaupt keine Bank gibt und daß ich mein Konto irgendwo in London habe. Es scheint, daß Elvesham den Namen seines Bankiers ganz geheimgehalten hat. Ich kann es nicht ergründen. Elvesham war ja ein berühmter Forscher auf dem Gebiet der Geisteskrankheiten, und alle meine Erklärungen der Tatsachen dienen bloß dazu, die allgemeine Annahme zu bestätigen, daß meine Geisteskrankheit eine Folge übermäßigen Studiums psychologischer Probleme ist. Träume von persönlicher Identität! Ach Gott! Vor zwei Tagen noch war ich ein gesunder, junger Mensch, dem das Leben offenstand. Heute krieche ich, ein übellauniger, alter Mann, grimmig, verzweifelt jammervoll, in einem großen, luxuriösen, fremden Haus herum, von jedermann als Irrsinniger angesehen, beobachtet und gefürchtet. Und in London fängt Elvesham sein Leben aufs neue an, in einem kraftvollen Körper, mit all dem Wissen und den Erfahrungen von siebzig Jahren! Er hat mir mein Leben gestohlen.

Was eigentlich geschehen ist, weiß ich nicht genau. Im Studierzimmer sind Bände handgeschriebener Notizen, die sich hauptsächlich auf die Psychologie des Gedächtnisses beziehen – teilweise in Zahlen oder symbolischen Ziffern, die mir ganz und gar fremd sind.

Ab und zu finden sich auch Anzeichen, daß er sich mit der Philosophie der Mathematik beschäftigt hat. Ich fasse es so auf: Er hat die ganze Last seiner Erinnerungen, alles, was seine eigene Persönlichkeit ausmacht, von seinem alten, verbrauchten Gehirn auf das meine übertragen und hat in gleicher Art meines in seinen verbrauchten Körper gelockt. Das heißt, er hat einfach die Körper vertauscht. Aber wie so etwas möglich sein kann, das steht außerhalb der Grenzen meines Denkens. Ich bin, solange ich zurückdenken kann, Materialist gewesen. Aber dies hier ist – unzweifelhaft – ein Fall von Lösbarkeit des Menschen von der Materie …

Ein verzweifeltes Experiment will ich noch versuchen. Ich schreibe dies nieder, ehe sich die Sache entscheidet. Heute morgen gelang es mir mit Hilfe eines Messers, das ich beim Frühstück heimlich mitgenommen habe, ein übrigens ziemlich schlecht verborgenes Geheimfach des Schreibpults aufzubrechen. Ich fand darin nichts als ein kleines grünes Glasfläschchen mit einem weißen Pulver. Um den Hals der Flasche lief eine Etikette, darauf stand nur ein Wort: »Erlösung«. Das bedeutet ja wohl – wahrscheinlich – Gift! Ich kann gut verstehen, daß Elvesham mir Gift in die Hände gespielt hat. Und ich wäre ja auch ganz überzeugt von seiner Absicht, sich auf diese Weise des einzigen Zeugen zu entledigen, der gegen ihn aussagen könnte, wenn er es nicht so sorgfältig versteckt hätte. Ja, der Mann hat das Problem der Unsterblichkeit in der Praxis gelöst. Wenn nicht grade ihm der Zufall besonders übel mitspielt, so wird er in meinem Körper weiterleben, bis er alt ist, und wird dann den alten beiseite schieben und sich wieder der Jugend und Kraft eines neuen Opfers bemächtigen. Wenn man seine Herzlosigkeit bedenkt, so ist es geradezu grauenhaft, sich seine immer weiter wachsende Erfahrung vorzustellen, mit der er … Wie lang er wohl schon so von Körper zu Körper gesprungen ist? Aber ich mag nicht mehr schreiben. Das Pulver scheint in Wasser löslich zu sein, und der Geschmack ist nicht unangenehm …

Hier endet der auf Mr. Elveshams Schreibtisch aufgefundene Bericht.

Sein Leichnam lag zwischen Tisch und Stuhl. Der letztere war zurückgestoßen, vermutlich im letzten Krampf des Sterbenden. Die Geschichte war in einer ganz verrückten Handschrift geschrieben – ganz verschieden von seiner gewohnten, peinlich sauberen Schrift. Bloß zwei seltsame Tatsachen bleiben noch zu erwähnen. Ohne Zweifel bestand eine Beziehung zwischen Eden und Elvesham, denn das gesamte Vermögen Elveshams war dem jungen Mann vermacht. Bloß trat dieser sein Erbe nie an. Denn als Elvesham Selbstmord beging, war Eden merkwürdigerweise schon tot. Vierundzwanzig Stunden vorher war er im Gedränge der Kreuzung der Gower Street mit der Euston Road von einer Droschke überfahren und auf der Stelle getötet worden. So ist das einzige menschliche Wesen, das Licht in diese phantastische Erzählung hätte bringen können, allen Fragen entzogen.

Der Herr der Dynamos

Der Oberaufseher der drei Dynamomaschinen, die in Camberwell dröhnten und ratterten und die elektrische Bahn in Gang hielten, stammte aus Yorkshire. Sein Name war James Holroyd. Er war ein tüchtiger Techniker, ein schwerer, rothaariger, roher Kerl mit unregelmäßigem Gebiß und einem ausgeprägten Hang zum Whisky. Er zweifelte an der Existenz Gottes, bekannte sich zum Carnotschen Zirkel und hatte Shakespeare zwar gelesen, ihn aber in Chemie recht schwach befunden. Sein Heizer stammte aus dem geheimnisvollen Osten und hieß Azuma-zi. Holroyd jedoch nannte ihn Pooh-bah. Holroyd hatte immer gern schwarze Heizer, weil sie sich Fußtritte gefallen ließen – Fußtritte gehörten zu Holroyds Gewohnheiten – und nicht an den Maschinen herumspionierten, um ihnen ihre Geheimnisse abzulauschen. Gewisse seltsame Möglichkeiten einer Negerseele, die in plötzliche Berührung mit der Krone unserer Zivilisation gerät, machte Holroyd sich niemals so ganz klar, obgleich ihm zum Schluß noch eine Ahnung davon aufdämmern mochte.

Azuma-zi läßt sich mit den Begriffen der Ethnologie nicht vollständig erfassen. Er war vielleicht mehr Neger als sonst etwas, obgleich sein Haar eher wellig als kraus war und seine Nase einen Sattel hatte. Dazu war seine Haut mehr braun als schwarz, und das Weiße seiner Augen war gelb. Seine breiten Backenknochen und das schmale Kinn gaben seinem Gesicht die Form eines Vipernkopfes. Auch war sein Hinterkopf breit, die Stirn hingegen niedrig und schmal, als ob sein Gehirn just umgekehrt wie das eines Europäers hineingedrechselt worden wäre. Seine Figur war schlecht, sein Englisch noch schlechter. Im Gespräch gab er zahlreiche eigentümliche Geräusche ohne feststellbare Bedeutung von sich, und seine gelegentlichen Worte hatten den Charakter grotesker Feierlichkeit. Holroyd versuchte, ihn in religiöser Beziehung aufzuklären, und hielt ihm – besonders wenn er getrunken hatte – lange Brandreden gegen Aberglauben und Missionare. Azuma-zi jedoch wich jeglicher Unterhaltung über seine Götter aus, obgleich ihm das Fußtritte eintrug.

Azuma-zi war in einem weißen, aber recht schäbigen Gewand aus dem Maschinenraum der *Lord Clive* von den Straits Settlements und noch weiter her nach London gekommen. Schon als Kind hatte er von der Größe und den Reichtümern Londons erzählen hören, wo alle Frauen weiß und blond, ja, wo selbst die Straßenbettler weiß wären; und so war er denn, die Taschen voll frisch verdienter Goldstücke, gekommen, um am Schrein der Zivilisation zu beten. Der Tag seiner Landung war trüb; der Himmel war grau, und der Wind jagte den Regen durch die schmutzigen Straßen herab. Aber Azuma-zi stürzte sich kühn in die Freuden von Shadwell, das ihn bald darauf wieder ausspie: mit zerrütteter Gesundheit, in zivilisierter Kleidung, ohne einen Pfennig Geld in der Tasche und – außer es war unumgänglich – stumm wie ein Tier. Seine Bestimmung war nun, in dem Maschinenhaus in Camberwell für James Holroyd zu arbeiten und sich von ihm mißhandeln zu lassen. Und für James Holroyd bedeutete Mißhandeln einen wahren Liebesdienst. In Camberwell gab es drei Dynamos mit ihren Motoren. Die beiden kleinen waren schon ältere Maschinen; der größere war neu. Die kleineren Maschinen machten einen vorschriftsmäßigen Lärm: Ihre Riemen surrten über die

Trommeln, ab und zu schleiften und zischten die Bürsten, und zwischen den Polen heulte – huhhuh-huh! – unablässig die Luft. Die eine war nicht ganz fest im Boden verankert, und die ganze Maschinenhalle erzitterte unter ihren Vibrationen. Aber all diese kleineren Geräusche übertönte die große Maschine vollständig mit dem Pochen ihres ehernen Herzschlags, unter dem die ganze stählerne Konstruktion erdröhnte. Jedem, der in die Halle trat, brummte der Kopf von dem Poch-poch-poch der Maschinen, der Rotation der ungeheuren Räder, den sausenden Zylindern, von dem fortwährend auszischenden Dampf und dem unablässigen donnernden Getöse der großen Maschine, das alles übertäubte. Dies letztere Geräusch war – vom Standpunkt der Maschinenkunde aus betrachtet – ein Fehler; aber Azuma-zi nahm es als eine Offenbarung der Macht und Größe des Ungetüms …

Wenn es nur möglich wäre, würden wir den Leser während seiner Lektüre mitten in die Geräusche der Maschinenhalle hineinversetzen und unsere Geschichte zu dieser Begleitmusik erzählen. Ein ununterbrochener brausender Strom war es, aus dem das Ohr bald die eine Note, bald die andere heraushörte: das abwechselnde Fauchen, Keuchen und Zischen der Dampfkessel, das Stöhnen und Heulen der Kolben, das dumpfe Brummen der Luft, wenn die Speichen der großen Triebräder herumgewirbelt wurden, ein Geräusch, das die ledernen Riemen von sich gaben, je nachdem, ob sie straffer oder loser gespannt waren, ein schrecklicher Tumult der Dynamos. Und über all dem schwebte, für das ermattete Ohr bisweilen unhörbar, zuletzt aber doch alles übertönend, der Posaunenton der großen Maschine. Nie fühlte man den Boden unter sich sicher, ruhig, fest; fortwährend bebte und schwankte er. Es war ein betäubender und unsteter Ort, an dem die Gedanken in seltsamen Zickzackblitzen umherfuhren. Und drei Monate – volle drei Monate, solange der Streik der Maschinenarbeiter dauerte – kamen Holroyd, der unter seinen Genossen als schwarzes Schaf galt, und Azuma-zi, der tatsächlich ein Schwarzer war, nicht eine Minute lang aus dem Tosen und Lärmen heraus, denn sie aßen und schliefen auch in dem kleinen hölzernen Werkzeugschuppen zwischen dem Maschinenhaus und dem großen Portal.

Bald nach Azuma-zis Ankunft hielt Holroyd ihm eine theologische Vorlesung über sein Lieblingsthema: die große Maschine. Er mußte brüllen, um sich in dem Getöse überhaupt verständlich zu machen. »Da schau her«, schrie Holroyd, »wo ist der heidnische Götze, der dem hier das Wasser reicht?«

Und Azuma-zi schaute. Einen Augenblick ging Holroyds Stimme unter; dann hörte Azuma-zi: »Hundert Menschen umbringen. Zwölf Prozent der allgemeinen Sterblichkeit!« sagte Holroyd. »Das nenn ich mir noch so was wie einen Gott!«

Holroyd war stolz auf seine große Maschine, und er erging sich Azuma-zi gegenüber so lange über ihre Größe und Kraft, bis seine Reden und das immerwährende Tosen und Wirbeln Gott weiß was für seltsame Gedankenströme unter der schwarzgelockten Hirnschale entfesselten. Er pflegte auf die deutlichste und ausführlichste Weise die Dutzend oder mehr Arten zu beschreiben, wie sie einen Menschen töten konnte. Einmal richtete er es so ein, daß Azuma-zi einen elektrischen Schlag erhielt, als Beispiel ihrer Leistungsfähigkeit. Von da ab konnte Azuma-zi in den Pausen zwischen seiner Arbeit – und es war schwere Arbeit, denn er mußte nicht nur seine eigene, sondern auch die Holroyds fast zur Gänze besorgen – oft dasitzen und die große Maschine beobachten. Manchmal sprühten die Bürsten auf und spien blaue Funken und Blitze; und Holroyd fluchte. Aber im allgemeinen lief alles so glatt und rhythmisch wie der Atem eines gesunden Menschen. Das Band zischte kreischend über die Spule, und während man dasaß und beobachtete, ertönte unablässig das satte Bumbum des Kolbens. Und so lebte der Dynamo tagaus, tagein in der großen, luftigen Maschinenhalle – mit Azuma-zi und Holroyd als seinen Dienern. Er war nicht eingesperrt und mußte keine Sklavenarbeit verrichten, etwa ein Schiff treiben, wie andere Maschinen, die Azuma-zi kannte, er war eine Herrschermaschine. Die beiden kleinen Dynamos verachtete Azuma-zi selbstverständlich, allein wegen des Größenunterschiedes, die große aber taufte er bei sich den Herrn der Dynamos. Die kleinen waren launisch und unregelmäßig. Die große war zuverlässig. Wie riesig sie war! Wie gelassen und leicht sie arbeitete! Größer noch und ruhiger als die Buddhas, die er in Rangun gesehen hatte. Und dabei doch nicht unbewegt – sondern lebendig! Die großen, schwarzen Drahttaue wirbelten in einem fort, die Ringe unter den Bürsten liefen immer im Kreis – und der tiefe Ton des Herzschlags trug das Ganze. Er übte einen ganz seltsamen Einfluß auf Azuma-zi aus.

Azuma-zi liebte die Arbeit nicht. Sobald Holroyd wegging, etwa um den Torwächter zu überreden, ihm Whisky zu beschaffen, hockte er herum und besah sich den Herrn der Dynamos, obgleich sein Platz gar nicht vorn in der Maschinenhalle, sondern hinter den Kesseln war, und er obendrein, wenn Holroyd ihn beim Herumlungern erwischte, mit einem dicken Kupferdrahtseil Prügel dafür bekam. Oft stellte er sich ganz dicht neben den Koloß und schaute empor zu dem großen Lederriemen, der über ihm dahinsauste. Es war da eine schwarze Stelle auf dem Riemen, die immer wiederkehrte, und es machte Azuma-zi Spaß, in all dem Gedröhne immer aufs neue auf ihr Erscheinen zu warten. Seltsame Gedanken kreisten in ihm mit ihrem Wirbellauf. Gelehrte berichten, daß die Wilden den Steinen und Bäumen eine Seele zusprechen – und wieviel tausendmal lebendiger als ein Stein oder ein Baum ist eine Maschine! Und Azuma-zi war im Grunde noch ein Wilder. Der Firnis der Zivilisation ging bei ihm nicht tiefer als sein Heizeranzug, die Risse in seiner Haut und der Kohlenstaub auf seinem Gesicht und seinen Händen. Sein Vater hatte einstens einen Meteorstein angebetet; mag sein, daß verwandtes Blut auch die breiten Räder des Molochs besprengt hatte.

Er ergriff jede Gelegenheit, die Holroyd ihm ließ, die große Maschine, die ihn im Bann hielt, zu berühren, zu betasten. Er polierte und putzte an ihr herum, bis ihre Metallteile in der Sonne funkelten. Irgendwie, auf geheimnisvolle Art, fühlte er sich während dieser Tätigkeit als Priester. Manchmal trat er zu ihr und rührte leise an die sausenden Drähte. Die Götter, zu denen er gebetet hatte, waren fern. Und die Menschen in London versteckten ihre Götter.

Schließlich wurden seine unklaren Gefühle deutlicher und nahmen Formen an, erst in Gedanken, zuletzt in Taten. Eines Morgens, als er in das dröhnende Maschinenhaus kam, machte er eine tiefe Verneigung vor dem Herrn der Dynamos. Und später, als Holroyd weg war, ging er zu der donnernden Maschine hin und flüsterte ihr zu, er sei ihr Diener, er bete zu ihr, sie möge sich seiner erbarmen und ihn von Holroyd erlösen. Ein vereinzelter Lichtstrahl drang durch das offene Tor des dröhnenden Maschinenhauses, während er das tat, und der Herr der Dynamos erstrahlte, während er wirbelte und donnerte, in hellem Gold. Und da wußte Azuma-zi, daß seine Gebete seinem Herrn angenehm waren. Von diesem Moment an fühlte er sich nicht mehr so verlassen wie bisher; und er war sehr, sehr einsam gewesen in London. Auch wenn er einmal Freizeit hatte, was selten genug vorkam, trieb er sich um das Maschinenhaus herum.

Als Holroyd ihn wieder mißhandelte, ging Azuma-zi nachher zum Herrn der Dynamos und flüsterte: »Du siehst es, o Herr!« Und das zornige Schwirren der Maschine schien ihm zu antworten. Dann kam es ihm so vor, als ob in die verschiedenen Geräusche der Maschine eine neue Note käme, sooft Holroyd ins Maschinenhaus kam. »Mein Herr und Gott harrt seiner Zeit!« sagte sich Azuma-zi. »Noch ist die Missetat des Toren nicht reif!« Und er wartete und hoffte auf den Tag der Abrechnung. Eines Nachmittags gab es einen Kurzschluß, und die Maschine versetzte Holroyd, als er sie ziemlich unvorsichtig untersuchte, einen bösen Schlag. Azuma-zi, der hinten stand, sah ihn abspringen und auf den heimtückischen Draht fluchen.

»Er ist gewarnt!« sagte sich Azuma-zi. »Mein Herr und Gott ist sehr langmütig!«

Holroyd hatte seinen »Nigger« anfangs insoweit in die Grundbegriffe der Konstruktion seiner Dynamos eingeweiht, daß er ihm während seiner zeitweiligen Abwesenheit das Maschinenhaus anvertrauen konnte. Als er aber bemerkte, in welcher Weise Azuma-zi das Ungeheuer umschlich, wurde er argwöhnisch. Es ging ihm die undeutliche Vorstellung auf, daß sein Heizer irgend etwas im Schilde führte, und indem er ihm vorwarf, die Drähte mit einem Öl eingeschmiert zu haben, das an einer Stelle den Lack zerfressen hätte, erließ er sofort ein Verbot, das er ihm über das Getöse hinweg zubrüllte: »Komm du mir nicht mehr der großen Maschine zu nahe, Pooh-bah, oder ich zieh' dir das Fell über die Ohren!« Und überhaupt – wenn es Azuma-zi

Spaß machte, sich in der Nähe des großen Dynamos herumzutreiben, so war es eine selbstverständliche Anstandspflicht, ihn daran zu hindern!

Azuma-zi gehorchte für den Augenblick; aber später erwischte ihn Holroyd, wie er vor dem Herrn der Dynamos seine Verneigung machte. Holroyd drehte ihm den Arm um und versetzte ihm, als er abging, noch ein paar Fußtritte. Als Azuma-zi gleich darauf hinter dem Kessel stand und den Rücken des verhaßten Holroyd anstarrte, erklangen die Geräusche der Maschine in einem neuen Rhythmus und lauteten wie vier Worte seiner heimatlichen Sprache.

Es ist schwer, Verrücktheit genau zu definieren. Ich glaube, daß Azuma-zi verrückt war. Das unablässige Dröhnen und Summen des Maschinenhauses mag seinen kleinen Vorrat an Wissen und seinen großen Schatz an abergläubischen Vorstellungen nach und nach zu einer Art Wahnwitz durcheinandergerüttelt haben. Jedenfalls – als der Gedanke, Holroyd seinem Fetisch, dem Dynamo, zu opfern, ihm wie eine Eingebung kam, erfüllte er ihn mit einem ganz seltsamen Aufruhr erwartungsvoller Erregung. In dieser Nacht waren die zwei Männer und ihre schwarzen Schatten allein miteinander im Maschinenhaus. Es war durch eine große Bogenlampe erleuchtet, die purpurn flammte und flakkerte. Die Schatten lagen schwarz hinter den Dynamos, die Anker der Motoren wirbelten zwischen Licht und Dunkel hin und her, die Kolben stampften laut und regelmäßig. Die Außenwelt, die man durch das offene Tor sah, erschien unglaublich verschwommen, fern und völlig stumm, weil das Toben der Maschinen jeglichen Laut von draußen übertäubte. Ganz hinten erhob sich das schwarze Gitter des Hofes, mit grauen, schattenhaften Häusern jenseits; und darüber lag der nachtblaue Himmel mit bleichen kleinen Sternen. Azuma-zi schritt plötzlich durch die Mitte des Schuppens, ging unter den Lederriemen durch und verschwand im Schatten des großen Dynamos. Holroyd vernahm ein Schnappen, und das Sausen der Armatur wechselte.

»Was hast du da an dem Hebel zu schaffen?« brüllte er erstaunt. »Hab ich dir nicht gesagt –«

Doch als der Schwarze aus dem Schatten auf ihn zukam, sah er den entschlossenen Ausdruck in Azuma-zis Augen.

Im nächsten Moment rangen die beiden Männer wütend vor dem großen Dynamo.

»Du kaffeeköpfiger Esel!« keuchte Holroyd unter dem Griff der braunen Hand an seiner Gurgel, »weg von den Kontaktrollen!«

Im nächsten Augenblick wurde er zurückgeschleudert und taumelte gegen den Herrn der Dynamos. Instinktiv ließ er seinen Gegner los, um sich vor der Maschine zu retten …

Der Bote, der sofort von der Eisenbahnstation ausgesandt wurde, um nachzusehen, was denn in der Maschinenhalle geschehen war, begegnete Azuma-zi beim Wächterhaus am Tor. Azuma-zi versuchte, ihm etwas zu erklären; aber der Bote konnte aus dem zusammenhanglosen Englisch des Schwarzen nicht klug werden und hastete weiter in den Maschinenschuppen. Die Maschinen arbeiteten alle lautstark, nichts schien in Unordnung. Bloß ein sonderbarer Geruch von versengtem Haar war zu bemerken. Dann sah er eine merkwürdige klumpige Masse vorn an der großen Maschine hängen, und als er näher trat, erkannte er die entstellten Überreste Holroyds.

Der Mann riß die Augen auf und zögerte eine Sekunde. Dann sah er das, was Holroyds Gesicht gewesen war und schloß die Augen wieder krampfhaft. Er drehte sich um, ehe er sie wieder öffnete, damit er

Holroyd nicht noch einmal sehen mußte, und verließ das Maschinenhaus, um Hilfe herbeizuholen.

Als Azuma-zi Holroyd in den Krallen des großen Dynamos umkommen sah, befiel ihn doch so etwas wie Schreck vor den Folgen seiner Tat. Trotzdem hatte er ein seltsam erhebendes Gefühl; er wußte, die Gnade des Gottes Dynamo war mit ihm. Als er dem Mann, der von der Station kam, begegnete, war sein Plan schon gemacht, und der Oberingenieur, der gleich darauf auf dem Schauplatz erschien, stellte ohne Zögern Selbstmord fest. Dieser Sachverständige beachtete Azuma-zi kaum und stellte nur ein paar Fragen an ihn. Ob er gesehen hätte, wie Holroyd sich umbrachte? Azuma-zi erklärte, er sei am Kohlenbehälter der Maschine gewesen, bis er eine Veränderung im Arbeitsgeräusch gehört hätte. Es war kein gründliches Verhör, weil überhaupt kein Verdacht auf ihn fiel.

Die zermalmten Überreste Holroyds, die ein Elektrotechniker von der Maschine löste, wurden vom Wächter so rasch wie möglich mit einem kaffeebefleckten Tischtuch zugedeckt. Irgend jemand hatte die glückliche Eingebung, einen Arzt zu holen. Dem Ingenieur lag hauptsächlich daran, die Maschine wieder in Gang zu bringen; denn schon waren sieben oder acht Züge mitten in den dumpfen Tunnels der elektrischen Bahn steckengeblieben. Azuma-zi, der die Fragen der Leute, die entweder aus dienstlichen Gründen oder aus Neugier ins Maschinenhaus gekommen waren, teils beantwortete, teils mißverstand, wurde vom Oberingenieur wieder in den Heizraum geschickt. Natürlich sammelte sich draußen, vor den Toren der Halle, eine Menschenmenge an. Gott weiß weshalb, aber in London lungert immer eine Menschenmenge ein oder zwei Tage lang am Schauplatz eines plötzlichen Todesfalls herum! Zwei oder drei Reporter drangen bis in das Maschinenhaus, einer sogar bis zu Azuma-zi; aber der Oberingenieur, der sich als Hobbyjournalist betätigte, trieb sie schleunigst wieder hinaus.

Bald darauf wurde die Leiche fortgeschafft, und mit ihr verzog sich auch das öffentliche Interesse. Azuma-zi blieb ganz still in seinem Heizraum; er sah immer und immer wieder in den Kohlen eine Gestalt, die sich heftig wand und krümmte und schließlich still wurde. Eine Stunde nach dem Mord mußte das Maschinenhaus für jeden, der hereinkam, genauso aussehen, als wäre überhaupt nie etwas Besonderes geschehen. Als der Schwarze nach einer Weile aus dem Heizraum guckte, sah er den Gott Dynamo neben seinen kleinen Brüdern kreisen und wirbeln; die Triebräder sausten, der Dampf in den Kolben pochte – genau wie einige Stunden zuvor. Schließlich war es – vom mechanischen Gesichtspunkt aus – ein sehr unbedeutendes Vorkommnis gewesen – ein zeitweiliger Stromausfall! Nur ging jetzt die schlanke Gestalt des Oberingenieurs an Stelle der massiven Umrisse Holroyds in dem Lichtpfad auf dem vibrierenden Boden unter den Riemen zwischen den Maschinen und Motoren auf und ab und warf ihren Schatten.

»Hab ich nicht meinem Herrn gedient?« fragte Azuma-zi unhörbar aus seiner Finsternis heraus; und der Klang des großen Dynamos ertönte voll und klar. Und während er den riesigen, wirbelnden Mechanismus betrachtete, gewann der seltsame Zauber, der seit Holroyds Tod ein bißchen zurückgedrängt gewesen war, wieder seine alte Herrschaft.

Nie hatte Azuma-zi einen Mann so rasch und erbarmungslos töten sehen. Die riesige dröhnende Maschine hatte ihr Opfer erschlagen, ohne auch nur eine Sekunde lang in ihrem gleichmäßigen Pulsieren zu stocken. Wahrlich, es war ein gewaltiger Gott!

Der ahnungslose Oberingenieur wandte ihm den Rücken zu und kritzelte etwas auf ein Stück Papier. Sein Schatten lag am Sockel des Ungeheuers.

Ob der Gott noch immer hungrig war? Sein Diener war bereit!

Azuma-zi tat einen verstohlenen Schritt vorwärts. Dann hielt er inne. Der Oberingenieur hörte plötzlich auf zu schreiben, ging durch die Halle bis zur hintersten Maschine und fing an, ihre Bürsten zu untersuchen.

Azuma-zi zauderte; dann schlüpfte er geräuschlos in den Schatten neben dem Hebel und wartete. Gleich darauf hörte er die Schritte des Oberingenieurs zurückkommen. Dieser blieb an seinem vorigen Platz stehen, ahnungslos, daß der Heizer nahe bei ihm kauerte. Dann zischte plötzlich der große Dynamo auf, und im nächsten Augenblick sprang Azuma-zi ihn aus der Dunkelheit an.

Erst fühlte sich der Oberingenieur um den Leib gepackt und zum großen Dynamo hingezerrt; dann stieß er mit dem Knie um sich und drückte den Kopf seines Gegners mit den Händen nieder, machte sich frei und sprang von der Maschine zurück. Doch der Schwarze packte ihn wieder, indem er ihm seinen lockigen Kopf gegen die Brust stemmte, und sie rangen und keuchten – jahrhundertelang, wie es ihm schien! Endlich kam dem Oberingenieur die Idee, mit den Zähnen eines der schwarzen Ohren zu packen und heftig zuzubeißen. Der Schwarze stieß ein fürchterliches Geheul aus.

Sie rollten ineinander verkrallt über den Fußboden, und der Schwarze, der sich irgendwie von den schraubstockartigen Zähnen befreit oder vielleicht auch ein Stück seines Ohrs darin zurückgelassen hatte – der Oberingenieur überlegte sich das noch mitten im Kampf –, versuchte ihn zu erwürgen. Der Oberingenieur machte ein paar hilflose Anstrengungen, sich mit den Händen irgendwo festzuhalten und mit den Füßen auszuschlagen, als plötzlich der erlösende Klang von Schritten ertönte. Im nächsten Augenblick sprang Azuma-zi auf und stürzte sich auf die große Maschine. Ein Zischen erklang mitten durch das Getöse.

Der Beamte der Gesellschaft, der eben eingetreten war, stand still und starrte Azuma-zi an, der die nackten Stangen mit den Händen packte, sich in einem einzigen, schrecklichen Krampf zusammenzog und dann mit grauenhaft verzerrtem Gesicht regungslos von der Maschine herabhing.

»Ich bin verdammt froh, daß Sie gerade jetzt gekommen sind«, sagte der Oberingenieur, der noch auf der Erde hockte.

Er blickte zu der schwarzen Gestalt hinüber. »Ein schöner Tod ist's augenscheinlich nicht. Aber ein rascher.« Der Beamte starrte noch immer den Leichnam an. Er war ein Mensch von langsamem Begriffsvermögen.

Es entstand eine Pause.

Der Oberingenieur rappelte sich mühsam auf. Er fuhr sich nachdenklich mit den Fingern unter dem Kragen um den Hals und bewegte seinen Kopf wiederholt her und hin. »Armer Holroyd! Jetzt begreife ich ...« Dann trat er fast mechanisch zu dem Hebel im Schatten und leitete den Strom wieder in die Leitungen für die Bahn. Während er das tat, löste sich der versengte Leichnam von der Maschine und fiel vornüber aufs Gesicht. Der Herzschlag des Dynamos dröhnte laut und klar, und der Anker schlug durch die Luft.

So ging der Kult des Gottes Dynamo vorzeitig zu Ende – wohl eine der kurzlebigsten Religionen. Doch kann sie immerhin einen Märtyrer und ein Menschenopfer für sich in Anspruch nehmen.

Mörder aus der Tiefsee

I

Bis zu der denkwürdigen Affäre von Sidmouth war die seltsame Spezies *Haploteuthis ferox* der Wissenschaft nur der Art nach bekannt: Vor den Azoren hatte man einen halbverdauten Fangarm gefunden, und 1896 entdeckte Mr. Jennings im Frühjahr bei Lands End einen in Verwesung übergegangenen, von Vögeln zerpickten und von Fischen zerfressenen Rumpf.

Tatsächlich wissen die Zoologen über kaum etwas so wenig Bescheid wie über die Kopffüßer der Tiefsee. So war es ein bloßer Zufall, der im Sommer 1895 den Fürsten von Monako fast ein Dutzend neuer Formen entdecken ließ, darunter auch die des erwähnten Fangarmes. Ein Pottwal wurde in der Nähe von Terceia von einigen Raubfischen getötet und schnellte in seinen letzten Zuckungen beinahe in das Boot des Fürsten, verfehlte es aber, fiel wieder zurück und verendete kaum zwanzig Meter vom Ruder. In seiner Todesnot spie er eine Anzahl von großen Gegenständen aus, deren der Fürst, der hoffte, etwas Fremdartiges und Bedeutungsvolles zu finden, durch einen glücklichen Einfall noch habhaft werden konnte, ehe sie versanken. Er warf nämlich seinen Motor an und ließ die Schrauben so lange arbeiten, bis ein Beiboot ausgesetzt werden konnte. Diese Beutestücke erwiesen sich als ganze Zephalopoden und Bruchstücke dieser Kopffüßer, einige von geradezu riesenhafter Größe, und fast alle der Wissenschaft noch unbekannt.

Es scheint tatsächlich, als ob diese großen, lebhaften Geschöpfe, die in den mittleren Meerestiefen leben, uns zum größten Teil für immer unbekannt bleiben sollen, da sie allen Netzen geschickt entkommen und man nur durch derartige seltene Zufälle in den Besitz einzelner Exemplare gelangt. So wissen wir zum Beispiel gar nichts über den Aufenthaltsort der *Haploteuthis ferox*. Möglicherweise war es der Zwang des Hungers, der sie aus der Tiefsee in höhere Schichten trieb. Aber es ist vielleicht klüger, keine Fragen aufzuwerfen, die ja notgedrungen doch unentschieden bleiben müssen, und ohne Verzögerung zu unserer Erzählung überzugehen.

Der erste Mensch, der eine lebende *Haploteuthis* erblickte und dabei mit dem Leben davonkam (denn es kann kaum ein Zweifel darüber bestehen, daß die Kette von Badeunfällen und Bootsunglücken, die Anfang Mai die ganze Küste von Cornwall und Devonshire heimsuchte, diesen Ungetümen zuzuschreiben ist), war ein pensionierter Teehändler namens Fison, der gerade zu jener Zeit in einer Pension in Sidmouth wohnte. Es war an einem Nachmittag, und er ging auf dem Klippenpfad zwischen Sidmouth und Ladram Bay spazieren. Die Klippen sind dort sehr hoch, aber an einer Stelle führt eine Art von Leitertreppe hinab. Er war ganz nahe bei dieser Treppe, als seine Aufmerksamkeit von etwas angezogen wurde, das er zuerst für einen Schwarm von Vögeln hielt, die um ihre Beute stritten. Der seltsame Gegenstand schimmerte weiß-rötlich im Sonnenlicht. Es war Ebbe, und der Gegenstand lag nicht nur tief unter ihm, sondern auch weit draußen, hinter zerklüfteten Felsenriffen, die mit dunklem Seetang bedeckt waren. Dazwischen lagen silberglänzende Wassertümpel. Zudem blendete ihn das Flimmern des fernen Meeres.

Als er nach einer Minute wieder hinsah, mußte er seine Meinung ändern, denn über dem Kampf da draußen kreiste eine ganze Anzahl von Vögeln, meist Krähen und Möwen, deren Flügel, wenn das Sonnenlicht darauf fiel, blendend auffunkelten; und alle wirkten winzig. Mr. Fisons Neugier wurde vielleicht dadurch geweckt, daß seine erste Deutung unzureichend war. Da er nichts Besseres zu tun hatte, als seinem Vergnügen nachzugehen, so beschloß er, statt Ladram Bay diesen Gegenstand, was auch immer es sein mochte, zum Ziel seines Nachmittagsspaziergangs zu machen; er dachte, es könnte vielleicht irgendein großer, durch Zufall hier gestrandeter Fisch sein, der da in seiner Not herumzappelte. Er kletterte also eiligst die Leitertreppe hinunter, wobei er in Abständen von etwa dreißig Fuß innehielt, um Luft zu schöpfen und nach der seltsamen Bewegung draußen auszuspähen.

Am Fuß der Klippe war er natürlich seinem Ziel näher als oben; dafür aber erschien es jetzt, im Sonnenlicht gegen den weißglühenden Himmel gesehen, dunkel und undeutlich. All das Blaßrote daran war nun durch einen Wall tangbewachsener Steine verdeckt. Aber er bemerkte, daß das Ding aus sieben runden Körpern bestand, ob getrennt oder zusammenhängend, konnte er nicht erkennen. Die Vögel krächzten und kreischten unaufhörlich, schienen sich aber zu fürchten, ihm zu nah zu kommen.

Mr. Fison, von Neugier gepackt, begann, sich einen Weg über die von den Wellen ausgewaschenen Felsblöcke zu suchen; und da er merkte, daß der nasse Tang sie außerordentlich schlüpfrig machte, blieb er stehen, zog Schuhe und Strümpfe aus und rollte seine Beinkleider bis über die Knie. Natürlich wollte er sich damit vor dem Ausgleiten und einem Sturz in einen der felsigen Tümpel ringsumher bewahren; vielleicht ergriff er auch – wie alle Männer – mit Freuden einen Vorwand, sich wieder einmal, und sei es auch nur für einen Moment, in die Gefühle seiner Knabenjahre zurückzuversetzen. Jedenfalls steht es außer Zweifel, daß er diesem Umstand sein Leben verdankt.

Er näherte sich seinem Ziel mit der ganzen Zuversicht, die die absolute Sicherheit dieses Landes vor jeglicher Form tierischen Lebens den Einwohnern verleiht. Die runden Körper bewegten sich hin und her, aber erst nachdem er den Wall von Steinen erklommen hatte, den ich vorhin erwähnte, wurde ihm klar, welche schreckliche Entdeckung er gemacht hatte. Es traf ihn wie ein Keulenschlag.

Als er über dem Grat erschien, wichen die runden Körper auseinander, und es zeigte sich, daß das blaßrötliche Ding ein halbaufgefressener menschlicher Leichnam war; ob Mann oder Frau – das konnte er nicht entscheiden. Und die runden Körper waren fremd und gespenstisch aussehende Geschöpfe, die wie ein Oktopus aussahen, mit riesigen, sehr langen und biegsamen Fangarmen, die massenhaft auf dem Grund durcheinandergerollt waren. Die Haut glitzerte wie Glanzleder und war widerlich anzusehen. Das abwärts gebogene, von Fangarmen umgebene Maul, der sonderbare Auswuchs an seiner Biegung, die Fangarme und die großen intelligenten Augen verliehen den unheimlichen Geschöpfen fast so etwas wie ein groteskes menschliches Gesicht. Der Rumpf hatte ungefähr den Umfang eines großen Schweins, und die Fangarme waren – wie es Mr. Fison schien – einige Meter lang. Mindestens sieben oder acht waren da versammelt. Zwanzig Meter dahinter tauchten im Gischt der zurückkehrenden Flut noch zwei weitere aus dem Meer auf.

Ihre Rümpfe lagen platt auf den Felsen, und ihre Augen beobachteten Mr. Fison mit boshaftem Interesse. Aber es scheint, daß er weder Angst hatte noch sich überhaupt klarmachte, daß ihm Gefahr drohte. Vermutlich flößte die Knochenlosigkeit ihrer Erscheinung ihm dieses Zutrauen ein. Aber er war natürlich entsetzt und furchtbar aufgeregt und empört darüber, daß solche scheußlichen Geschöpfe über Menschenfleisch herfielen. Er dachte, sie hätten zufällig den Leichnam eines Ertrunkenen gefunden. Er schrie sie an, in der Hoffnung, sie würden sich dadurch vertreiben lassen; und als er sah, daß sie nicht vom Fleck wichen, blickte er sich um, ergriff einen großen runden Stein und warf damit nach einem von ihnen.

Und da rollten sie langsam ihre Fangarme aus und bewegten sich auf ihn zu, erst vorsichtig kriechend und einander leise anschnurrend …

Im Nu merkte Mr. Fison, daß er in Lebensgefahr schwebte. Er stieß einen zweiten Schrei aus, warf seine Stiefel weg und wandte sich mit einem Satz dem Ufer zu. Er lief, er sprang, er rutschte aus, er watete über die unebene Fläche, die ihn vom Strand trennte. Die großen roten Klippen schienen plötzlich so merkwürdig fern; als wären es Geschöpfe einer anderen Welt, sah er zwei winzig scheinende Arbeiter, die mit der Ausbesserung des Treppenpfads beschäftigt waren und nichts ahnten von der Jagd auf Leben und Tod, die da unter ihnen begann. Einmal hörte er die Tiere kaum ein Dutzend Schritte hinter sich im Wasser plätschern; einmal rutschte er aus und wäre fast gefallen.

Sie verfolgten ihn bis dicht an den Fuß der Klippen und gaben erst auf, als die Arbeiter ihm zu Hilfe kamen. Alle drei Männer bewarfen sie eine Zeitlang mit Steinen und eilten dann die Klippen hinauf und nach Sidmouth, um Verstärkung und ein Boot zu holen und den geschändeten Leichnam den Krallen der scheußlichen Geschöpfe zu entreißen …

2

Als wäre er an jenem Tag noch nicht genügend in Gefahr gewesen, fuhr Mr. Fison mit hinaus, um den Leuten genau die Stelle zu zeigen, wo er sein Abenteuer gehabt hatte.

Da die Flut einströmte, mußten sie einen beträchtlichen Umweg machen, um zu jener Stelle zu gelangen, und als sie schließlich gegenüber der Leitertreppe hielten, war der Leichnam verschwunden. Das Wasser rauschte jetzt herein und begrub die schleimigen Felsplatten unter sich, und die vier Männer in dem Boot – der Bootsmann, die beiden Arbeiter und Mr. Fison – wandten ihre Aufmerksamkeit dem Wasser unter ihrem Kiel zu.

Erst sahen sie wenig, nur einen dunklen Dschungel von Algen, durch die ab und zu ein Fisch schnellte. Sie hatten sich auf ein Abenteuer gefreut und machten aus ihrer Enttäuschung kein Hehl. Aber bald darauf sahen sie eins der Ungetüme durch die Flut in die offene See schwimmen, mit einer sonderbaren rollenden Bewegung, die Mr. Fison an das Vorwärtsschaukeln eines Fesselballons erinnerte. Unmittelbar darauf zeigte sich ein außergewöhnlicher Tumult in den Algen: Sie teilten sich einen Moment, und die Männer erblickten, wenn auch nur undeutlich, drei der Tiere, die um irgend etwas – vermutlich ein Stück des Ertrunkenen – kämpften. Im nächsten Augenblick hatten sich die dichten olivgrünen Bänder wieder über der zappelnden Gruppe geschlossen.

Daraufhin fingen alle vier Männer höchst aufgeregt an, ihre Ruder ins Wasser zu schlagen und zu schreien; und gleich darauf sahen sie, wie der Tang sich überall heftig bewegte. Sie hielten inne, um besser sehen zu können, und sobald das Wasser wieder klar war, sahen sie – so zumindest schien es ihnen –, daß der ganze Meeresgrund zwischen dem Tang dicht mit Augen besetzt war.

»Eklige Schweine!« rief einer der Männer. »Herrgott – das sind ja Dutzende!«

Und schon begannen die Dinger durch das Wasser um sie herum emporzusteigen. Mr. Fison hat mir noch unlängst diesen plötzlichen Ausbruch aus den fließenden Tangwiesen beschrieben. Damals schien er ewig lang zu dauern, doch in Wahrheit waren es nur wenige Sekunden. Zuerst Augen, nichts als Augen, dann strömten plötzlich von allen Seiten Fangarme einher und teilten den Tang. Sie wurden immer größer, bis schließlich der ganze Meeresboden unter ihren ineinanderverschlungenen Formen verschwand und die Enden ihrer Fangarme da und dort über das Wasser peitschten.

Eines der Tiere kam kühn bis dicht an das Boot, klammerte sich mit drei seiner mit Saugern besetzten Fangarme daran und reckte vier andere über den Bootsrand, wie um entweder das Boot umzustürzen oder um hineinzuklettern. Mr. Fison ergriff sofort einen Bootshaken, schlug wütend auf die weichen Fangarme ein und zwang es, loszulassen. Er erhielt einen Schlag in den Rücken und wurde fast über Bord geschleudert, als der Bootsmann mit seinem Ruder einen ähnlichen Angriff auf der andern Seite des Boots abwehrte. Aber die Fangarme ließen auf beiden Seiten gleichzeitig los, glitten ab und klatschten in das Wasser zurück.

»Wir machen besser, daß wir fortkommen!« sagte Mr. Fison heftig zitternd. Er ging ans Steuer, während der Schiffer und einer der Arbeiter zu den Rudern griffen. Der zweite Arbeiter stellte sich mit dem Bootshaken vorn ins Boot, bereit, nach jedem Fangarm zu schlagen, der sich etwa zeigen sollte. Weiter fiel kein

Wort. Mr. Fison hatte ausgesprochen, was alle als einzige Rettung empfanden. Stumm, verängstigt, mit bleichen, verzerrten Gesichtern, versuchten sie, der Gefahr zu entrinnen, in die sie sich selbst so unvorsichtig gestürzt hatten.

Aber kaum waren die Ruder ins Wasser getaucht, als auch schon dunkle, dünne, schlangenartige Arme sie banden und sich um das Steuer wanden; und an den Seiten des Bootes arbeiteten sich die Saugnäpfe wieder empor. Die Männer packten die Ruder fester und zogen sie durch, aber es war, als wollte man ein Boot in einem fließenden Wald von Tang vorwärtsbewegen. »He! Hilfe!« schrie der Schiffer, und Mr. Fison und der zweite Arbeiter stürzten zu ihm und packten das Ruder.

Jetzt sprang der Mann mit dem Bootshaken – sein Name war Ewan oder Ewen – mit einem Fluch auf und schlug über den Rand des Bootes, so weit er reichen konnte, auf die Fangarme ein, die sich unten am Boot festzusetzen begannen. Zugleich standen die beiden Ruderer auf, um ihre Ruder mit größerer Gewalt wieder an sich reißen zu können. Der Schiffer gab seines Mr. Fison, der verzweifelt daran zerrte, während jener ein großes Klappmesser öffnete und, über den Bootsrand gelehnt, anfing, auf die Arme, die um das Ruder emporwuchsen, einzuhacken.

Mr. Fison, der durch das Schwanken des Bootes taumelte, zerrte mit zusammengebissenen Zähnen und schwellenden Adern am Ruder. Plötzlich blickte er seewärts – keine fünfzig Meter von ihnen kam mit der einströmenden Flut ein großes Boot mit drei Frauen und einem Kind darin auf sie zu. Ein Schiffer ruderte, und ein kleiner Mensch in einem rosabebänderten Strohhut und weißem Anzug stand im Heck und winkte ihnen zu.

Einen Moment lang dachte Mr. Fison natürlich an Hilfe; dann dachte er an das Kind ... Er ließ sofort sein Ruder fallen, schwenkte mit einer verzweifelten Gebärde die Arme und schrie den Leuten in dem Boot zu, um Gottes willen wegzubleiben. Es spricht für die Bescheidenheit und den Mut Mr. Fisons, daß er gar nicht zu ahnen schien, daß seine Handlungsweise unter jenen Umständen etwas von Heldenmut an sich hatte. Sein Ruder wurde sofort unter Wasser gezogen und tauchte gleich darauf in beträchtlicher Entfernung wieder auf den Wellen auf.

Im selben Augenblick fühlte Mr. Fison, wie das Boot heftig unter ihm kippte, und ein heiserer Ausruf, ein langgezogener Entsetzensschrei von Hill, dem Bootsmann, ließ ihn die Ausflügler in dem andern Boot vollständig vergessen. Er wandte sich um und sah Hill auf der vorderen Ruderbank kauern, das Gesicht vor Schreck verzerrt, den rechten Arm tief über die Bootswand hinabgezogen. Dann folgte eine Reihe von kurzen, schrillen Schreien. Mr. Fison nimmt an, daß Hill nach den Fangarmen unter Wasser gehauen haben und von ihnen gepackt worden sein muß; aber es ist natürlich unmöglich, jetzt genau zu sagen, was eigentlich geschehen ist. Das Boot legte sich auf die Seite, so daß das Wasser beinahe eindrang, und Ewan und der andere Arbeiter schlugen zu beiden Seiten Hills mit Ruder und Bootshaken ins Wasser. Instinktiv trat Mr. Fison auf die andere Seite, so daß er halbwegs das Gleichgewicht hielt.

Jetzt machte Hill, ein großer, kräftiger Mensch, eine ungeheure Anstrengung und erhob sich, bis er fast aufrecht stand. Er brachte auch wirklich seinen Arm vollständig aus dem Wasser. Ein dichtes Gewirr von braunen Tentakeln hing daran; auch die starren und entschlossenen Augen einer der Bestien, die ihn gepackt hielten, tauchten einen Moment über der Oberfläche auf. Das Boot neigte sich mehr und mehr, und das grünbraune Wasser stürzte schon schäumend über den Rand. Hill glitt aus und fiel mit der Brust halb über den Bootsrand, und sein Arm und die Masse von Fangarmen daran klatschten ins Wasser zurück. Er überschlug sich; sein Stiefel stieß gegen Mr. Fisons Knie, als dieser herbeistürzte, um ihn festzuhalten; im nächsten Augenblick hatten weitere Fangarme sich um seinen Hals und seinen Leib geschlungen, und nach einem kurzen, verzweifelten Kampf, in dem das Boot beinahe gekentert wäre, wurde Hill über Bord gerissen. Das Boot schnellte mit einem heftigen Ruck in die Höhe. Mr. Fison wurde um ein Haar auf der anderen Seite hinausgeschleudert und vom Kampf im Wasser abgelenkt.

Als er mühsam sein Gleichgewicht wiedergewonnen hatte, bemerkte er, daß der Kampf und die Flut sie wieder dicht an die bewachsenen Felsblöcke getrieben hatten. Keine vier Schritt weit tauchte eine Felsplatte in regelmäßigen Abständen aus dem Wasser. Im Nu hatte Mr. Fison Ewan das Ruder entrissen, führte einen gewaltigen Schlag, ließ es dann fallen, rannte in den Bug und sprang. Er fühlte, wie seine Füße auf dem Felsen ausglitten, und sprang mit einer verzweifelten Kraftanstrengung auf den nächsten Stein. Dort stolperte er, sank in die Knie und raffte sich wieder auf.

»Achtung!« schrie jemand, und ein großer graubrauner Körper prallte gegen ihn. Er wurde von einem der Arbeiter flach in einen der stehenden Wassertümpel gestoßen, und während er umfiel, hörte er gurgelnde, erstickte Schreie. Erst glaubte er, sie rührten von Hill her. Dann wunderte er sich, daß Hills Stimme so schrill und so ungleich klang. Jemand sprang über ihn weg, und eine schäumende Welle überspülte ihn und lief wieder ab. Er richtete sich triefend wieder auf, und ohne sich umzublicken, rannte er, so rasch es sein Entsetzen ihm gestatten wollte, strandwärts. Vor ihm stolperten die beiden Arbeiter über die zerstreuten Felsen, der eine ein Dutzend Schritte vor dem andern.

Endlich blickte er über die Schulter zurück, und da er sah, daß er nicht verfolgt wurde, drehte er sich um. Staunen packte ihn. Vom Augenblick an, als die Kopffüßer aus dem Wasser aufstiegen, war alles zu rasch gegangen, als daß er seine verschiedenen Handlungen hätte völlig überblicken können. Jetzt schien es ihm, als wäre er plötzlich mit beiden Füßen aus einem bösen Traum herausgesprungen.

Da war der Himmel, wolkenlos, flammend in der Abendsonne, die See, die sich unter seiner Hitze ausdehnte, der weiche, milchige Schaum der brandenden Wasser und die langen, dunklen, niedrigen Felsgrate. Das Boot schaukelte sachte auf den Wogen, etwa zehn Schritte vom Strand. Hill und die Ungeheuer, die ganze Gewalt und Aufregung jenes wütenden Kampfes auf Leben und Tod waren verschwunden, als hätte es sie nie gegeben.

Mr. Fisons Herz schlug heftig; sein Blut pochte bis in die Fingerspitzen, sein Atem ging schwer.

Er vermißte irgend etwas. Ein paar Sekunden konnte er sich nicht klar werden, was es sein konnte. Sonne, Himmel, Meer, Felsen … was war es nur? Dann fiel ihm das Boot mit den Ausflüglern ein. Es war verschwunden. Er fragte sich, ob es nur ein Phantasiegebilde gewesen sein konnte? Er wandte sich um und sah die zwei Arbeiter nebeneinander unter den vorspringenen Klippen stehen. Er zögerte, ob er noch einen letzten Versuch machen sollte, Hill zu retten. Aber seine körperliche Kraft schien ihn plötzlich zu verlassen; er fühlte sich hilflos und machtlos. Er wandte sich ab und stolperte und watete auf seine beiden Gefährten zu.

Noch einmal blickte er zurück. Jetzt schwammen zwei Boote dort, das eine weiter draußen im Meer, jämmerlich umgekippt, mit dem Kiel nach oben.

3

So verlief das erste Erscheinen der *Haploteuthis ferox* an der Küste von Devonshire. Es war auch ihr schlimmster Beutezug. Mr. Fisons Bericht, ergänzt durch die Reihe von Boots- und Badeunfällen, die ich bereits erwähnt habe, und den gänzlichen Fischmangel an den Küsten von Cornwall in jenem Jahr, weist deutlich darauf hin, daß ein Schwarm dieser raubgierigen Tiefseeungeheuer langsam im Gefolge der Gezeiten die Küstenlinie plünderte. Meines Wissens hat man angenommen, daß der Hunger sie zu diesem Streifzug veranlaßt hat; aber ich glaube mehr an die Theorie Hensleys. Hensley ist der Ansicht, daß ein Schwarm oder ein ganzes Volk dieser Geschöpfe durch ein untergegangenes Schiff zufällig auf den Geschmack von Menschenfleisch gekommen ist und auf der Suche danach aus seinem gewohnten Lebensraum ausgewandert ist. Erst haben sie Schiffen aufgelauert und sie verfolgt, dann sind sie im Kielwasser des atlantischen Verkehrs an unsere Küsten gelangt. Auf Hensleys überzeugende und mit bewundernswerter Klarheit aufgestellte Argumentation kann hier nicht näher eingegangen werden.

Es scheint, daß die Gier des Schwarms durch die Riesenbeute von elf Personen gestillt war – denn soweit sich feststellen läßt, saßen in dem zweiten Boot zehn Menschen; jedenfalls gaben die Tiere an jenem Tag kein weiteres Zeichen ihrer Anwesenheit in Sidmouth von sich. Die Küste zwischen Seaton und Rudleigh Salterton wurde den ganzen Abend und die ganze Nacht von vier Rettungsbooten abpatrouilliert, deren Mannschaften mit Harpunen und Hirschfängern bewaffnet waren; als der Abend vorrückte, schloß sich ihnen noch eine ganze Anzahl mehr oder weniger gleich ausgestatteter, von Privatleuten organisierter Expeditionen an. Mr. Fison nahm an keiner davon teil.

Gegen Mitternacht hörte man aufgeregte Rufe von einem Boot, das etwa zwei Meilen weit draußen, südöstlich von Sidmouth, lag, und eine Laterne wurde auf eigentümliche Weise hin und her und auf und ab geschwenkt. Die in der Nähe befindlichen Boote eilten auf das Alarmzeichen sofort herbei. Die waghalsigen Insassen des Bootes, ein Seemann, ein Pfarrer und zwei Schuljungen, hatten wirklich die Ungetüme unter ihrem Boot vorüberziehen sehen. Es scheint, daß die Tiere, wie die meisten Tiefseeorganismen, phosphoreszierten und daß sie in einiger Tiefe wie Geschöpfe aus Mondschein durch die Schwärze des Wassers geschwommen waren, mit eingezogenen Fangarmen und wie im Schlaf, indem sie sich fortwährend um sich selber rollten und langsam, in Keilformation, nach Südosten fortbewegten.

Die Leute brachten ihre Erzählung, wie so nach und nach ein Boot ums andere anlangte, mit vielen aufgeregten Gesten vor. Zuletzt war eine kleine Flotte von acht oder neun Booten beieinander, aus denen ein Lärm, ähnlich dem Durcheinander bei einem Jahrmarkt, in die Stille der Nacht aufstieg. Niemand oder nur ganz wenige zeigten Lust, den Schwarm zu verfolgen; die Leute besaßen weder die Waffen noch die Erfahrung für eine derartige zweifelhafte Jagd, und bald darauf – wahrscheinlich mit einer gewissen Erleichterung – wandten sie sich wieder der Küste zu.

Noch etwas will ich erzählen, was vielleicht die wunderbarste Tatsache an diesem ganzen wunderbaren Raubzug ist. Wir wissen nicht das geringste von den weiteren Bewegungen des Schwarms, obgleich die ganze Südwestküste jetzt auf der Lauer lag. Aber es ist vielleicht nicht ohne Bedeutung, daß am 3. Juni bei Sark ein Pottwal an Land trieb. Siebzehn Tage nach der Affäre von Sidmouth strandete bei Calais eine lebendige *Haploteuthis.* Es war noch Leben in ihr, denn verschiedene Augenzeugen sahen, wie ihre Fangarme krampfhaft zuckten. Aber es ist anzunehmen, daß sie in den letzten Zügen lag. Ein Herr namens Pouchet ließ sich ein Gewehr geben und erschoß sie.

Das war das letztemal, daß eine lebende *Haploteuthis* sich zeigte. An der französischen Küste wurde keine weitere mehr gesehen. Am 15. Juni trieb in der Nähe von Torquay ein fast vollständig erhaltener Kadaver an Land, und wenige Tage später holte ein Boot von der marinebiologischen Station, das hinter Plymouth mit dem Schleppnetz unterwegs war, ein halbverwestes Exemplar, das eine tiefe Stichwunde aufwies, an Bord. Wie das zuerst erwähnte Tier umgekommen war, läßt sich nicht feststellen. Und am 30. Juni warf Mr. Egbert Caine, ein Maler, der in der Nähe von Newlyn badete, plötzlich die Arme in die Luft, stieß einen Schrei aus und wurde in die Tiefe gezogen. Ein Freund, der mit ihm badete, machte keinen Versuch, ihn zu retten, sondern schwamm sofort zum Strand. Das ist das letzte, was von diesem merkwürdigen Überfall aus der Tiefe der See zu berichten ist. Ob es wirklich damit ein Ende hat mit diesen entsetzlichen Ungetümen – wer könnte das jetzt schon sagen? Auf jeden Fall ist zu hoffen, daß sie jetzt – und zwar für immer – zurückgekehrt sind in die sonnenlosen Tiefen der Gewässer, aus denen sie auf so seltsame und geheimnisvolle Weise emporgestiegen sind.

In der Tiefe

Der Leutnant stand vor der stählernen Kugel und nagte an einem Stückchen Fichtenholz. »Was halten Sie davon, Steevens?« fragte er.

»Es ist immerhin eine Idee«, erwiderte Steevens in einem Tonfall, als ob er sich nicht festlegen wollte.

»Ich glaube, das Ding wird plattgedrückt!« sagte der Leutnant.

»Er scheint alles ganz genau berechnet zu haben«, sagte Steevens emotionslos.

»Aber bedenken Sie bloß den Druck!« meinte der Leutnant. »Auf der Oberfläche des Wassers beträgt er vierzehn Pfund auf den Quadratzoll; dreißig Fuß tiefer das Doppelte; sechzig – das Dreifache; neunzig – das Vierfache; neunhundert – das Vierzigfache; fünftausenddreihundert – also eine Meile – macht es zweihundertundvierzigmal vierzehn Pfund; also – warten Sie mal – dreißigmal Hundertgewicht – anderthalb Tonnen, Steevens! Anderthalb Tonnen auf den Quadratzoll. Und der Ozean – an der Stelle, wo er sich hinunterläßt, ist das Wasser fünf Meilen tief. Macht siebeneinhalb –«,

»Es klingt freilich ziemlich viel!« sagte Steevens. »Aber der Stahl ist doch ziemlich stark …«

Der Leutnant erwiderte nichts mehr, sondern kaute weiter an seinem Fichtensplitter. Der Gegenstand ihrer Unterhaltung war eine riesige Stahlkugel von ungefähr neun Fuß Durchmesser. Sie sah aus wie das Geschoß eines ungeheuren Artilleriegeschützes und war sorgfältig in ein Riesengerüst eingebettet, das auf dem Deck des Schiffes montiert war. Die riesenhaften Kräne, die die Kugel über Bord hieven sollten, verliehen dem Heck des Schiffes sein seltsames Aussehen, das die Neugier jedes anständigen Seglers erregt hatte, vom Hafen von London bis zum Wendekreis des Steinbocks. Übereinander lagen zwei kreisrunde Fenster aus unerhört dickem Glas in der Stahlwand eingebettet. Eines war momentan aus seinem äußerst soliden Stahlrahmen geschraubt. Die beiden Männer hatten an diesem Morgen zum erstenmal das Innere der Kugel gesehen. Sie war sorgfältig mit Luftkissen ausgepolstert; zwischen den schwellenden Polstern waren kleine Knöpfe angebracht, mittels deren der einfache Mechanismus des Apparats zu bedienen war. Alles war so sorgfältig gepolstert – sogar der Myer-Apparat, der die Kohlensäure aufsaugen und den vom Insassen der Kugel eingeatmeten Sauerstoff ersetzen sollte, sobald jener durch die Glasluke hineingekrochen und eingeschraubt war. So sorgsam war alles ausgepolstert, daß sich ein Mensch ganz ruhig und unbeschadet damit aus einer Kanone hätte abfeuern lassen können. Und das war auch notwendig. Denn in kurzer Zeit wollte ein Mann sich durch die Luke hineinzwängen. Sie würde hinter ihm dicht verschlossen und mit ihrem Insassen zu Wasser gelassen werden. Sie würde hinuntersinken, immer tiefer, bis in eine Tiefe von fünf Meilen, wie der Leutnant sagte. Er war besessen von dieser Vorstellung. Die ganze Offiziersmesse ödete er damit an. Und Steevens, der eben erst an Bord gekommen war, erschien ihm wie vom Himmel gesandt, einzig und allein zu dem Zweck, daß er mit ihm darüber sprechen konnte.

»Meiner Meinung nach«, sagte der Leutnant, »wird das Glas sich unter einem derartigen Druck einfach nach innen biegen und sich verformen und zerbersten. Daubrée hat ganze Felsen unter ungeheurem Druck vor sich hergetrieben wie Wasser. Und glauben Sie mir –«

»Und wenn das Glas zerspränge?« sagte Steevens. »Was dann?«

»Das Wasser würde hineinschießen wie ein Strahl von Eisen. Haben Sie jemals einen kerzengeraden Strahl Wasser unter Hochdruck gespürt? Es würde wie ein Geschoß auf den Mann wirken, es würde ihn glatt zerschmettern und plattdrücken und ihm durch die Kehle und in die Lungen dringen; es würd' ihm die Ohren zerreißen –«

»Was für eine detaillierte Phantasie Sie haben!« wehrte Steevens, der immer alles lebendig vor sich sah, ab.

»Es ist einfach eine Feststellung des Unvermeidlichen sagte der Leutnant.

»Und die Kugel?«

»Würde einfach ein paar kleine Blasen werfen und sich dann ganz gemütlich zwischen den Schlingpflanzen auf dem Meeresgrund einnisten und da bis zum Jüngsten Tag liegen, mit dem armen Elstead über die zerfetzten Polster hingeschmiert – wie Butter auf einem Stück Brot.«

Er wiederholte den Satz, als gefiele er ihm ganz ausnehmend. »Wie Butter auf einem Stück Brot!«

»Na, Sie sehen sich wohl meinen Kreisel an?« sagte eine Stimme, und Elstead stand zwischen ihnen, in makellosem Weiß, eine Zigarette zwischen den Zähnen. Seine Augen lächelten aus dem Schatten seiner breiten Hutkrempe hervor. »Was war das eben mit Brot und Butter, Weybridge? Sie schimpfen wohl mal wieder über die schlechte Besoldung der Marineoffiziere? Jetzt dauert es höchstens noch einen Tag, bis es losgeht. Heute wollen wir die Ladebäume klarmachen. Dies klare Wetter und die leichte Brise sind gerade das richtige, um ein Dutzend Tonnen Blei und Eisen über Bord zu werfen, was?«

»Sie werden nicht viel davon spüren«, sagte Weybridge.

»Nein. Siebzig oder achtzig Fuß tief – und das werd' ich in zehn Sekunden sein – wird sich kein Grashalm mehr regen, und ob sich droben der Sturm heiser brüllt und die Wellen fast bis an die Wolken hebt – nein, dort unten –« Er ging zur Reling, und die zwei andern folgten ihm. Sie lehnten sich über Bord und starrten hinab in das gelbgrüne Wasser.

»Frieden!« beendete Elstead seinen Gedankengang.

»Sind Sie auch ganz sicher, daß das Uhrwerk sich bewähren wird?« fragte Weybridge nach einer Weile.

»Es hat sich fünfunddreißigmal bewährt«, sagte Elstead. »Es muß sich ganz einfach bewähren.«

»Und wenn nicht?«

»Warum sollte es nicht?«

»Ich würde mich in dem verdammten Ding nicht hinunterlassen«, sagte Weybridge, »nicht für zwanzigtausend Pfund.«

»Sie verstehen's, einem Mut zu machen!« sagte Elstead und spuckte gelassen auf eine Schaumkrone.

»Ich begreife noch nicht recht, wie Sie die ganze Geschichte handhaben wollen«, sagte Steevens.

»Also als erstes lasse ich mich in die Kugel einschrauben«, erklärte Elstead; »und wenn ich dreimal hintereinander das elektrische Licht an- und ausgedreht habe, zum Zeichen, daß alles in Ordnung ist, hieven sie mich dort mit dem Kran über das Heck – mit all den großen Bleigewichten unter mir. Das oberste trägt eine Rolle mit einem hundert Faden langen, starken, aufgewickelten Tau; das ist das einzige, was die Gewichte mit der Kugel verbindet – mit Ausnahme der Halteseile, die durchgeschnitten werden, sobald das ganze Zeug im Wasser liegt. Wir nehmen lieber Tau statt Drahtseil, weil es sich leichter durchschneiden läßt und weil es elastischer ist – zwei wichtige Punkte, wie Sie gleich sehen werden.

Alle Bleigewichte sind durchlöchert, sehen Sie? Und durch dieses Loch wird ein eiserner Stab gesteckt, der unten sechs Fuß vorsteht. Wenn der Stab unten auf Widerstand trifft, schlägt er auf einen Hebel und setzt dadurch das Uhrwerk an der Seite des Zylinders in Gang, auf dem das Tau läuft. Gut so. Dann wird alles behutsam ins Wasser gesenkt, und die Schlingen werden durchgeschnitten. Die Kugel schwimmt, denn durch die eingeschlossene Luft ist sie leichter als Wasser; aber die Bleigewichte gehen sofort in die Tiefe, und das Tau rollt ab. Wenn es zu Ende ist, geht auch die Kugel unter, weil das Tau sie hinunterzieht.«

»Aber wozu das Tau?« fragte Steevens. »Weshalb werden die Gewichte nicht unmittelbar an der Kugel befestigt?«

»Wegen des Aufpralls auf dem Meeresgrund. Die ganze Sache wird in einem geradezu unsinnigen Tempo in die Tiefe stürzen, Meile um Meile. Ich würde ohne das Seil einfach drunten in Stücke zerschmettert werden. Aber die Gewichte berühren den Grund zuerst, und im selben Augenblick wirkt die Elastizität der Kugel. Sie wird immer langsamer und langsamer sinken, schließlich stillstehen und dann wieder nach oben schwimmen. Doch jetzt setzt das Uhrwerk ein. Sobald die Gewichte auf den Meeresboden treffen, brechen die Eisenstangen mitten durch und setzen dadurch das Uhrwerk in Gang, das das Tau wieder auf die Rolle aufwindet. So werde ich langsam hinuntergelassen. Dann bleibe ich eine halbe Stunde mit aufgedrehtem elektrischem Licht unten und sehe mich um. Nach

Ablauf dieser Zeit löst das Uhrwerk die Feder eines Messers aus, das Tau wird durchschnitten, und ich treibe wieder nach oben – wie eine Sodawasserblase. Zusätzlich beschleunigt das gestraffte Tau noch meine Fahrt nach oben.«

»Und wenn Sie nun zufällig auf ein Schiff stießen?« sagte Weybridge.

»Ich käme so schnell emporgeschnellt, daß ich es glatt durchbohren würde – wie eine Kanonenkugel. Darum machen Sie sich bloß keine Sorge.«

»Und wenn dann nun aber zum Beispiel irgendein vorwitziges Krustengetier sich in Ihr Uhrwerk hineinbohren würde –«

»Das wäre dann wohl eine nachdrückliche Einladung, unten zu bleiben«, sagte Elstead. Er drehte sich um und starrte seine Kugel nachdenklich an.

Ungefähr um elf hievten sie Elstead über Bord. Der Tag war wundervoll hell und still, der Horizont verschwamm im Dunst. Das elektrische Licht hinter den kleinen Luken glühte dreimal fröhlich auf. Dann ließen sie ihn langsam auf das Wasser nieder, und in der Hecktakelage hing ein Matrose, bereit, das Tau durchzuschneiden, das die Bleigewichte mit der Kugel verband. Die Kugel, die auf Deck so kolossal ausgesehen hatte, schien jetzt, unter dem Heck des Schiffs, geradezu winzig. Sie rollte ein bißchen, und ihre zwei dunklen Fenster, die nach oben gerichtet waren, sahen aus wie Augen, die in runder Verwunderung emporstarrten nach den Menschen, die sich an der Reling drängten. Jemand fragte, wie wohl Elstead das Rollen bekommen mochte … »Klar bei den Leinen?« rief der Kommandant.

»Leinen klar!« kam die Antwort.

»Los!«

Das Tau straffte sich unter dem Messer und wurde durchgeschnitten; eine Welle spülte über den stählernen Ball. Irgend jemand winkte mit einem Taschentuch, ein einsames Hurra ertönte. Ein Matrose zählte langsam: acht – neun – zehn. Noch einmal rollte das Ding, dann stand es mit einem Ruck und einem Plätschern still. Zumindest schien es einen Augenblick lang, doch es wurde immer kleiner. Dann schloß sich über ihm das Wasser, und man sah die Kugel unter der Wasserfläche, durch die Strahlenbrechung und das Glitzern vergrößert. Ehe man noch bis drei zählen konnte, war sie verschwunden. Tief unten im Wasser blinkte noch ein weißes Licht auf, ein Fleck – dann nichts mehr. Nichts mehr als die Tiefe des Wassers, die sich in der Schwärze verlor, durch die ein Hai schwamm.

Plötzlich fing die Schraube des Kreuzers an zu arbeiten, das Wasser schäumte auf, der Hai verschwand in den tosenden Wellen, und Gischt stürzte über die kristallene Klarheit hinweg, die Elstead verschlungen hatte. »Was ist los?« fragte einer.

»Wir steuern ein paar Meilen westwärts«, hieß es, »damit er uns nicht rammt, wenn er auftaucht.«

Langsam dampfte das Schiff davon. Fast jeder Mann an Bord, der sonst nichts zu tun hatte, beobachtete unausgesetzt die Meeresstelle, in der die Kugel versunken war. In der nächsten halben Stunde wurde kaum ein Wort gesprochen, das nicht irgendwie auf Elstead Bezug hatte. Die Dezembersonne stand hoch am Himmel; die Hitze war beträchtlich.

»Kühl genug wird's ihm da drunten sein«, sagte Weybridge. »Es heißt, unterhalb einer gewissen Tiefe sei das Meerwasser immer auf dem Gefrierpunkt.«

»Wo soll er wieder heraufkommen?« fragte Steevens. »Ich hab ganz die Richtung verloren.«

»Dort! Das ist die Stelle!« erklärte der Kommandant,

der sich viel auf sein Wissen einbildete. Und er deutete nach Südosten. »Und«, setzte er fort, »es wird jetzt auch grade an der Zeit sein. Fünfunddreißig Minuten ist er jetzt drunten.«

»Wie lang dauert es, bis man den Meeresgrund erreicht?« fragte Steevens.

»Für eine Tiefe von fünf Meilen, wenn man, wie wir, auf die Sekunde eine Schnelligkeitserhöhung von zwei Fuß rechnet – braucht man genau fünfundvierzig Sekunden.«

»Also ist er überfällig!« sagte Weybridge.

»Fast!« sagte der Kommandant. »Wahrscheinlich dauert es eine Weile, bis sein Tau wieder aufgewunden ist.«

»Freilich – daran hab ich nicht gedacht«, sagte Weybridge, augenscheinlich erleichtert.

Und jetzt begann das Warten. Langsam verstrich eine Minute ... keine Kugel schoß über das Wasser empor. Eine zweite Minute ... Nichts unterbrach die flache, ölige Dünung. Die Matrosen sprachen voller Eifer vom Aufrollen des Taus, das doch immerhin nicht ganz genau zu berechnen war; die Reling und die Takelage waren dicht besetzt mit erwartungsvollen Gesichtern. »Hallo, Elstead! Herauf!« rief ein ungeduldiger Matrose mit behaarter Brust. Worauf alle andern einstimmten und laut schrien, als handle es sich um das Aufgehen eines Theatervorhangs.

Der Kommandant sah ärgerlich nach ihnen hin.

»Selbstverständlich – wenn die Beschleunigung weniger als zwei beträgt«, sagte er, »dauert es länger. Wir sind nicht absolut sicher, daß das die richtige Zahl war. Ich kann überhaupt nicht sklavisch an Berechnungen glauben.« Steevens stimmte wortkarg bei. Zwei Minuten lang sprach niemand auf dem Hinterdeck.

Als die Sonne einundzwanzig Minuten später den

Zenit erreichte, warteten sie noch immer auf das Auftauchen der Kugel. Nicht ein Mann an Bord hatte auch nur flüsternd auszusprechen gewagt, daß es keine Hoffnung mehr gäbe. Weybridge war der erste, der dieser Überzeugung Ausdruck verlieh.

Er sprach, während noch der Klang von acht Glas in der Luft hing. »Ich hab diesem Fenster nie getraut!« sagte er ganz plötzlich zu Steevens.

»Großer Gott!« erwiderte Steevens, »Sie glauben doch nicht –«

»Wer weiß!« sagte Weybridge. Das weitere überließ er der Phantasie des andern.

»Ich glaube nicht sehr an Berechnungen«, bemerkte der Kommandant, »und habe darum die Hoffnung noch nicht ganz aufgegeben.« Um Mitternacht noch kreiste das Kriegsschiff langsam um die Stelle, wo der stählerne Ball versunken war, und der weiße Strahl des Suchscheinwerfers strich hierhin und dorthin, ehe er dann rastlos weiter über die Einöde der phosphoreszierenden Wasser unter den kleinen Sternen leuchtete.

»Wenn sein Fenster nicht gesprungen ist und ihn zerschmettert hat«, sagte Weybridge, »sieht die Geschichte noch viel böser aus. Denn dann hat sein Uhrwerk versagt, und er ist noch am Leben, fünf Meilen unter uns, tief drunten, im Dunkel und in der Kälte, ist dort in seine kleine Blase gesperrt, in einer Tiefe, in die kein Lichtstrahl je gedrungen ist, in der kein menschliches Wesen geatmet hat, seit die Wasser sich gesammelt haben. Und dort ist er nun, ohne Nahrung, hungrig, durstig und voller Angst, und er fragt sich, ob er verhungern muß oder ersticken! Eins von beiden! Sein Atemgerät wird jetzt wohl bald versagen. Wie lang wird es noch dauern? Herrgott!« rief er aus, »was für Zwerge wir doch sind! Was für tollkühne winzige Wagehalse! Meilen und Meilen Wasser unter uns – nichts als Wasser, und um uns diese Wasseröde und der Himmel! Abgründe!« Er streckte die Hand aus, und im selben Augenblick schoß ein kleiner weißer Streif lautlos in den Himmel empor, wurde langsamer, blieb stehen, wurde zu einem reglosen Punkt, stand wie ein neuer Stern am Himmel. Dann fiel er wieder zurück und verlor sich zwischen den Reflexen der Sterne und dem weißen Schein des Meeresleuchtens.

Weybridge blieb regungslos stehen, mit ausgestrecktem Arm und offenem Mund. Dann schloß er den Mund, öffnete ihn wieder und schwenkte ungeduldig die Arme. Darauf wandte er sich um, brüllte der ersten Wache zu: »Elstead ahoi!« und stürzte zu Lindley und dem Scheinwerfer. »Ich hab ihn gesehen!« rief er. »Dort – Steuerbord! Sein Licht brennt – eben ist er aus dem Wasser geschossen! Leuchtet das Gebiet ab! Wir müssen ihn treiben sehen, wenn eine Welle ihn hochhebt!«

Aber es wurde Tagesanbruch, ehe sie den Forscher fanden. Dann freilich überfuhren sie ihn beinahe. Der Kran wurde ausgeschwungen, und einige Matrosen machten die Kette an der Kugel fest. An Bord schraubten sie die Luke auf und spähten in das dunkle Innere.

Drinnen war es sehr heiß; der Gummiring, der um die Luke lag, war ganz weich. Alle ängstlichen Fragen blieben ohne Antwort. Elstead lag regungslos und zusammengekauert auf dem Boden. Der Schiffsarzt kletterte hinein, hob ihn auf und reichte ihn hinaus. Einen Augenblick wußten sie überhaupt nicht, ob Elstead noch lebte oder tot war. Im gelben Licht der Schiffslaterne glänzte sein Gesicht schweißnaß. Sie trugen ihn in seine Kabine.

Er war nicht tot, wie sich bald herausstellte, doch in einem Zustand völliger nervlicher Erschöpfung und außerdem furchtbar verwundet und zerschlagen. Ein paar Tage lang mußte er vollständig ruhig liegen. Erst nach etwa einer Woche vermochte er von seinen Erlebnissen zu erzählen.

Fast seine ersten Worte waren, daß er die Sache noch einmal machen würde. Die Kugel müßte umgebaut werden, damit er nötigenfalls das Tau ganz abwerfen könnte. Sonst übte er keine Kritik. Er hatte die wunderbarsten Abenteuer erlebt. »Ihr habt alle geglaubt, ich würde unten nur Schlamm finden!« sagte er. »Ihr habt mich ausgelacht wegen meiner Forschungen! Und ich habe eine neue Welt entdeckt!« Im übrigen erzählte er seine Geschichte zusammenhanglos und begann meistens am Schluß, so daß sie sich unmöglich mit seinen Worten wiedergeben läßt. Ich will versuchen, seine Schilderungen zusammenzufassen.

Es fing schrecklich an, denn ehe das Tau abgelaufen war, drehte sich die Kugel fortwährend. Er kam sich vor wie ein Frosch in einem Fußball. Er konnte nur den Kran und ein Stück Himmel sehen und dann und wann ein paar Menschen an der Reling. Es ließ sich absolut nicht berechnen, nach welcher Richtung das Ding im nächsten Augenblick rollen würde. Auf einmal riß es seine Beine in die Höhe, und er rollte kopfüber und kopfunter auf der Polsterung herum. Jede andere Form der Kabine wäre vorzuziehen gewesen. Und doch war die Kugelform die einzig verläßliche, die dem ungeheuren Druck der Tiefe standhalten konnte. Plötzlich hörte das Schwanken auf. Die Kugel schnellte in die Höhe, und nachdem Elstead sich wieder aufgerappelt hatte, sah er ringsumher grünlich-blaues Wasser, durch das von oben immer schwächer werdendes Licht sickerte; ein Schwarm kleiner Lebewesen flutete – so schien es ihm – an ihm vorüber, dem Licht zu. Und während er so hinausblickte, wurde es immer dunkler und dunkler, bis das Wasser über ihm finster war wie ein mitternächtlicher grüner Himmel, das Wasser unter ihm hingegen schwarz. Kleine, durchsichtige Gegenstände im Wasser schimmerten schwach und schossen wie undeutliche grünliche Blitze an ihm vorüber.

Dabei hatte er das Gefühl zu fallen! Es war wie das Gefühl in einem Lift, behauptete er, bloß daß es länger dauerte. Man muß sich vorstellen, was das bedeutet – es dauerte länger! Das war der einzige Augenblick, in dem Elstead seine Waghalsigkeit bereute. Er sah plötzlich alle Gefahren, die ihn bedrohten, in ganz neuem Licht. Er dachte an die großen Tintenfische, die, wie man wußte, in mittlerer Tiefe existieren – Geschöpfe, die man ab und zu in halbverdautem Zustand in Walen oder tot und verwest und von Fischen angenagt auf den Wellen schwimmend findet. Wenn einer ihn angriff? Und nicht mehr entkommen ließ! War das Uhrwerk wirklich zur Genüge erprobt? Aber – ob er nun weiter wollte oder lieber umgekehrt wäre – das hatte jetzt überhaupt nichts mehr zu bedeuten.

Binnen fünfzig Sekunden war draußen alles nachtschwarz. Nur der Strahl seines Lichtes drang da und dort durchs Wasser und beleuchtete dann und wann einen Fisch oder sonst irgend etwas. Zu rasch blitzte alles an ihm vorüber, als daß er es erkennen hätte können. Einmal kam er, glaubte er, an einem Hai vorbei. Dann erhitzte sich die Kugel allmählich durch die Reibung. Wie es scheint, war das etwas, was man überhaupt nicht genügend in Berechnung gezogen hatte. Das erste, was ihm auffiel, war, daß er schwitzte. Dann hörte er unter sich ein immer lauter werdendes Zischen und sah eine Unmenge von winzigen Wasserblasen wie einen Fächer im Wasser aufsteigen. Dampf! Er tastete nach dem Fenster. Es war heiß. Er wandte sich zu dem kleinen Glühlicht, das den Hohlraum, in dem er sich befand, erleuchtete, und blickte auf die gepolsterte Uhr zwischen den Knöpfen. Zwei Minuten war er jetzt unterwegs. Dann fiel ihm ein, daß das Fenster durch den Wechsel der Temperatur zerspringen könnte.

Plötzlich schien es, als drückte der Boden der Kugel gegen seine Sohlen. Der Aufstieg der Wasserblasen draußen wurde immer schwächer, das Zischen hörte auf. Die Kugel rollte noch eine Weile. Das Fenster war nicht zersprungen – nichts hatte sich verändert; und er wußte, daß wenigstens die Gefahren des Abstiegs vorüber waren. In ein oder zwei Minuten würde er auf dem Grund der Tiefe sein. Er dachte, erzählte er, an Steevens und Weybridge und alle die andern, die fünf Meilen über ihm waren – höher über ihm, als die entferntesten Wolkengebilde über uns hingleiten; er dachte, wie sie langsam kreisen und hinabstarren würden und sich fragen, was wohl aus ihm geworden sein mochte.

Er spähte zu seinem Fenster hinaus. Keine Blasen mehr; auch das Zischen hatte aufgehört. Draußen sah er nur schweres Schwarz – so schwarz wie schwarzer Samt, außer dort, wo das elektrische Licht das leere Wasser durchdrang und seine Farbe zeigte, ein gelbliches Grün. Darauf schwammen drei Gegenstände wie Feuergebilde hintereinander durchs Wasser. Ob sie klein und nah waren oder groß und fern, das vermochte er nicht zu sagen.

Jedes war von einem bläulichen Licht umgeben. Das Licht gab eine Art Dunst von sich und war fast so hell wie die Lampen eines Fischerbootes. Entlang der Seiten liefen Streifen wie die erleuchteten Luken eines Schiffs. Als sie in den Bereich seiner Lampe kamen, erlosch ihre Phosphoreszenz, und er sah, daß es kleine fremdartige Fische waren, mit riesigen Köpfen, ungeheuren Augen und verkümmerten Rümpfen und Schwänzen.

Alle Augen waren ihm zugewandt, und er hatte das Gefühl, als verfolgten sie ihn bei seiner Abwärtsfahrt. Vermutlich zog der Lichtschimmer sie an.

Bald darauf kamen noch andere, ähnliche dazu. Je weiter hinunter er kam, desto fahler wurde das Wasser. Kleine Pünktchen flimmerten im Strahl seines Lichts wie Staubpartikel im Sonnenlicht. Vermutlich kam das von den Wolken von Schlamm und Schmutz, die seine Bleigewichte aufgerührt hatten.

Als sie ihn endlich ganz auf den Grund zogen, befand er sich in einem dicken, weißen Nebel, den sein elektrisches Licht höchstens auf ein paar Fuß im Umkreis durchdringen konnte. Minuten vergingen, bis die schwebenden Wolken des aufgerührten Bodensatzes sich wieder setzten. Schließlich konnte er mit seinem eigenen Licht und der Phosphoreszenz eines fernen Fischschwarms unter der unendlichen Finsternis der darüberliegenden Wasser eine wellige Fläche grauweißen Schlammes unterscheiden, aus der da und dort wirre Dickichte von Seelilien wuchsen, die gierige Tentakel emporreckten.

In einiger Entfernung standen die anmutigen, durchsichtigen Umrisse einer Gruppe von Riesenschwämmen. Und über diesem Untergrund war eine Anzahl flacher, stachliger, dunkelpurpurner und schwarzer Gegenstände verstreut, die seiner Meinung nach eine Art Seeigel sein mußten. Dazwischen gab es kleine, großäugige oder auch blinde Lebewesen, die eine seltsame Ähnlichkeit mit Krebsen oder auch Blattläusen hatten und langsam durch den Lichtkreis krochen, um, furchige Spuren hinterlassend, wieder im Dunkel zu verschwinden.

Dann schwenkte auf einmal der ganze Schwarm kleiner Fische um und kam auf ihn zu wie ein Flug Sperlinge. Sie zogen über ihn weg wie phosphoreszierender Schnee, und hinter ihnen sah er etwas Größeres sich der Kugel nähern. Zuerst konnte er es nur undeutlich sehen – eine dahintreibende Erscheinung, die von fern an einen gehenden Menschen erinnerte. Dann geriet das Ding in den Lichtstrahl seiner Lampe. Als der Schein es traf, schloß es geblendet die Augen. Dann glotzte es in reglosem Staunen.

Es war ein fremdartiges Wirbeltier. Der dunkelpurpurne Kopf gemahnte ungefähr an ein Chamäleon; dabei aber hatte es eine so hohe Stirn und eine Hirnschale, wie sie sonst kein Reptil aufzuweisen hat. Sein vertikal geschnittenes Gesicht verlieh ihm eine ganz merkwürdige Menschenähnlichkeit.

Zwei große, hervorstehende Augen starrten chamäleonhaft aus ihren Höhlen hervor; das Tier hatte unter kleinen Nasenlöchern ein breites Reptilienmaul. Statt der Ohren besaß es zwei riesige Kiemendeckel, aus denen ein Büschel korallenartiger Fasern quoll, ähnlich den verästelten Kiemen, die ganz junge Rochen und Haie haben.

Aber dieses menschenähnliche Gesicht war noch nicht das Merkwürdigste an dem Geschöpf. Es war ein Zweifüßer. Sein annähernd kugelförmiger Rumpf ruhte auf einem Dreigestell von zwei froschähnlichen Beinen und einem langen, dicken Schwanz, und die Vorderglieder, die auf groteske Weise wie ein Frosch menschliche Hände karikierten, hielten einen langen, beinernen Schaft mit einer Kugelspitze daran. Die Farbe des ganzen Geschöpfes war nicht überall gleich; Kopf, Hände und Beine waren purpurn, während die Haut, die lose wie Kleider darüber hing, von phosphoreszierendem Grau war.

So stand es da – vom Licht geblendet.

Schließlich öffnete das unbekannte Geschöpf der Tiefe blinzelnd die Augen, beschattete sie mit seiner einen freien Hand, öffnete den Mund und stieß einen Ruf aus, der beinahe wie ein menschlicher Laut klang und sogar durch die stählerne Hülle und die Polster der Kugel drang. Wie man überhaupt ohne Lungen schreien kann, das versuchte Elstead gar nicht erst zu erklären. Dann begab sich das Geschöpf aus dem Lichtschimmer in das umliegende geheimnisvolle Dunkel, und Elstead fühlte mehr als er sah, daß es sich ihm näherte. Da er dachte, daß das Licht es anzöge, drehte er die Lampe ab. Im nächsten Augenblick tastete etwas Weiches über den Stahl, und die Kugel schwankte ...

Wieder ertönte ein Ruf; und es schien ihm, als antwortete ein fernes Echo. Auch das Tasten wiederholte sich, und die Kugel schwankte und zerrte an der Rolle, über die das Tau lief. Elstead stand im Dunkeln und spähte hinaus in die ewige Nacht der Tiefe. Und bald sah er – schwach und von fern – weitere phosphoreszierende menschenähnliche Gestalten auf ihn zueilen.

Er tastete in seinem schwankenden Gefängnis blind nach dem Schalter des äußeren elektrischen Lichts und erwischte ganz zufällig den der kleinen in die Polsterung eingelassenen Glühlampe. Die Kugel drehte sich und zog ihn dann abwärts; er hörte Ausrufe der Überraschung, und als er wieder auf den Beinen stand, sah er zwei Stielaugen, die durch das untere Fenster spähten und das Licht widerspiegelten.

Im nächsten Augenblick fingerten leidenschaftliche Hände an der Außenfläche der Stahlkugel herum, es klang – was für ihn, in seiner Lage, schrecklich genug war –, als ob heftig gegen den Metallmantel des Uhrwerks gehämmert würde. Nun fiel ihm tatsächlich das Herz in die Hosen, denn wenn es den seltsamen Lebewesen gelingen sollte, das Uhrwerk zu zerstören, so wäre für ihn alles zu Ende. Er hatte den Gedanken noch nicht zu Ende gedacht, als er fühlte, wie die Kugel heftig rollte und der Boden gegen seine Füße stieß ... Er schaltete die kleine Glühlampe, die das Innere erleuchtete, ab und ließ den Strahl des Hauptlichts in der separierten Zelle durch das Wasser blitzen. Der Meeresgrund und die menschenähnlichen Geschöpfe waren verschwunden; bloß ein paar Fische, die einander jagten, schossen vor dem Fenster in die Tiefe.

Sofort kam ihm auch der Gedanke, daß die seltsamen Tiefseebewohner das Tau zerrissen hatten und er frei war. Er trieb immer schneller und schneller aufwärts, doch plötzlich blieb er stehen. Es gab einen Ruck, der ihn gegen das gepolsterte Dach seines Gefängnisses schleuderte. Eine halbe Minute lang war er überhaupt zu sehr benommen, um nachdenken zu können.

Dann fühlte er, daß die Kugel langsam rotierte und daß sie augenscheinlich durchs Wasser gezogen wurde. Er kauerte sich dicht ans Fenster, um das Gleichgewicht zu stören, und es gelang ihm auch, die Kugel zum Abwärtskippen zu bringen. Doch er konnte nur den blassen Lichtstrahl sehen, der ins Dunkel hinausleuchtete. Dann kam ihm der Gedanke, vielleicht mehr sehen zu können, wenn er die Lampe überhaupt abdrehte und seine Augen an das tiefe Dunkel gewöhnte.

Das war eine gute Idee. Nach ein paar Minuten wurde das samtene Dunkel durchsichtig, und dann erblickte er unter sich Gestalten, die sich bewegten – ganz in der Ferne und so schwach wie das Zodiakallicht eines nordischen Sommerabends. – Er vermutete, daß diese Wesen sein Kabel durchschnitten hatten und ihn auf dem Meeresgrund entlang schleppten.

Dann sah er – über den welligen Meeresboden hinweg – fern und undeutlich etwas Neues: einen weiten Horizont schwachen Lichts, der sich nach rechts und nach links erstreckte, so weit überhaupt sein kleines

Guckloch ihm die Sicht ermöglichte. Dorthin schleppten sie ihn nun, so wie ein Fesselballon aus dem freien Gelände in eine Stadt geschleppt wird. Sehr langsam kam er dem Ziel näher, und sehr langsam nahm der undeutliche Schimmer bestimmte Formen an.

Es war fast fünf Uhr, als er das erleuchtete Gebiet erreichte, und er vermochte jetzt Straßen und Häuser zu erkennen, die sich um etwas wie ein riesiges dachloses Gebäude gruppierten, das in grotesker Weise an eine Klosterruine erinnerte. Wie eine Landkarte lag alles unter ihm. Die Häuser waren alle dachlose Mauergevierte, und da sie – wie er später feststellte – aus phosphoreszierenden Knochen gezimmert waren, sah das Ganze aus, als wäre es aus ertrunkenem Mondschein gebaut …

Zwischen den Innenräumen des seltsamen Orts streckten schwankende Seelilien ihre Fangarme aus, und hohe, schlanke, glasige Glasschwämme hoben sich wie schimmernde Minaretts und Blüten aus dunstigem Licht aus dem Lichtermeer der Stadt. Auf den offenen Stellen und Plätzen bemerkte er wimmelnde Regsamkeit, wie von Menschenmengen; aber er befand sich zu hoch über ihnen, als daß er die Individuen hätte unterscheiden können. Dann zogen sie ihn langsam hinab, und er erfaßte die Einzelheiten des wunderbaren Ortes immer deutlicher. Er sah, daß die Linien der wolkenhaften Gebäude mit runden Gegenständen wie mit Perlen geschmückt waren; und er bemerkte auch an verschiedenen großen Plätzen Gebilde, die wie überwachsene Schiffsrümpfe aussahen.

Langsam und unaufhaltsam wurde er nach unten gezogen, und die Formen unter ihm wurden heller, klarer und deutlicher. Er erkannte jetzt, daß man ihn zu dem großen Gebäude im Mittelpunkt der Stadt zerrte, und ab und zu sah er sogar einen Augenblick die durcheinanderwimmelnden Gestalten, die das Tau zogen, an dem er hing. Er bemerkte mit Staunen, daß das Takelwerk eines der Schiffe, die einen so auffallenden Bestandteil dieser Stadt bildeten, dicht besetzt war mit gestikulierenden Gestalten, die ihn alle anstarrten. Dann erhoben sich schweigend die Mauern des großen Gebäudes um ihn und entzogen die Stadt seinem Blickfeld.

Und was für Mauern das waren! Mauern aus wasserdurchtränktem Holz und verbogenem Drahtseil und eisernen Sparren, aus Kupfer und aus den Gebeinen und Schädeln toter Menschen. Die Schädel liefen in Zickzacklinien und Spiralen und phantastischen Kurven über das Gebäude hin; durch ihre Augenhöhlen und über den ganzen Ort hin schwammen und schnellten Massen von silbernen kleinen Fischen hin und her.

Plötzlich erfüllte schwaches Geschrei und ein Geräusch wie lautes Hörnerblasen seine Ohren. Darauf folgte ein phantastischer Chorgesang. Immer tiefer sank die Kugel, vorüber an den riesigen Spitzbogenfenstern, durch die er verschwommen eine große Zahl der seltsamen, geisterhaften Geschöpfe sah, die ihn anstarrten. Schließlich blieb sie still auf einer Art Altar liegen, der – so schien es ihm – in der Mitte des Gebäudes errichtet war.

Von hier aus vermochte er die fremdartigen Bewohner der Tiefe noch einmal deutlich zu sehen. Zu seinem Erstaunen bemerkte er, daß sich alle vor ihm niederwarfen. Nur einer, der ein Gewand aus großen Schuppen trug und mit einem funkelnden Diadem gekrönt war, blieb aufrecht stehen. Er öffnete und schloß ständig sein Reptilienmaul, als führe er den Chor der Betenden an.

Seine Neugier veranlaßte Elstead, seine kleine Lampe wieder anzuschalten, so daß er für die Geschöpfe der Tiefe sichtbar wurde, während sie für ihn dadurch in die Finsternis tauchten. Als sie ihn so plötzlich erblickten, wandelte sich der fromme Gesang in aufgeregtes Geschrei. Elstead drehte sein Licht wieder ab, um sie beobachten zu können, und entschwand ihren Blicken. Eine Weile war er jedoch zu sehr geblendet, um irgend etwas unterscheiden zu können, und als er sie schließlich wieder sah, knieten sie. Und so beteten sie ihn ohne Rast und ohne Pause drei volle Stunden lang an.

Elstead berichtete in allen Einzelheiten von der erstaunlichen Stadt und ihrer Bevölkerung, diesen Geschöpfen ewiger Nacht, die weder Sonne, Mond noch Sterne, weder grünes Wachstum noch lebendige, luftatmende Wesen je gesehen haben, die nichts wissen von Feuer oder Licht, die nur das phosphoreszierende Licht lebendiger Dinge kennen …

So seltsam diese Geschichte auch klingen mag, noch seltsamer ist es, daß Männer der Wissenschaft – von der hervorragenden Bedeutung eines Adams, eines Jenkins – keineswegs etwas Unglaubliches daran finden. Sie versichern, daß es keinen Grund gibt, weshalb intelligente, wasseratmende Wirbelgeschöpfe, die an niedrige Temperaturen und ungeheuren Druck gewöhnt und von so schwerem Bau sind, daß sie weder tot noch lebendig schwimmen können, nicht auf dem Grund der Tiefsee leben sollten – unerwartete Verwandte, wie wir dem ausgehenden Paläozoikum entstammend.

Sie allerdings wüßten von uns – als von einer Art seltsamer meteorgleicher Geschöpfe, die ab und zu plötzlich tot aus dem geheimnisvollen Schwarz ihres Wasserhimmels niederstürzen. Und nicht nur wir selber, sondern auch unsere Schiffe, unsere Metalle, alles, was zu unserem Leben gehört, kommt aus der Nacht auf sie hinabgeregnet. Manchmal kommt irgendein sinkender Gegenstand und wirft sie nieder, zermalmt sie wie das Strafgericht einer unsichtbaren Macht; dann wieder kommen Dinge von erlesener Schönheit, von hohem Nutzen, oder Formen, die sie zu neuem Fortschritt anstacheln. Am leichtesten kann man sich ihr Betragen beim Erscheinen eines lebenden Menschen vergegenwärtigen, wenn man sich vorstellt, was ein Volk von Barbaren etwa anstellen möchte, wenn plötzlich ein glanzumflossenes, leuchtendes Wesen aus der Luft zu ihnen herabkäme ...

Elstead hat vermutlich den Offizieren der *Ptarmigan* nach und nach jede Einzelheit seines zwölfstündigen Abenteuers in der Tiefe erzählt. Er ist sicher, daß er auch alles aufschreiben wollte, doch dazu kam es nicht mehr. So müssen wir eben die einzelnen Teile seines Berichts nach den Erinnerungen Simmons, des Kommandanten, Weybridges, Steevens, Lindleys und der andern zusammensetzen.

So sehen wir alles nur dunkel und bruchstückhaft vor uns: den riesigen, geisterhaften Tempel, die knienden, psalmensingenden Geschöpfe mit ihren dunklen, chamäleonhaften Köpfen und schwach leuchtenden Gewändern, und Elstead, der sein Licht wieder angeknipst hat und ihnen vergeblich klarzumachen versucht, daß sie das Haltetau seiner Kugel loslassen müssen ... Minute auf Minute vergeht, und Elstead bemerkt, als er auf die Uhr sieht, voll Entsetzen, daß er nur noch für vier Stunden Sauerstoff hat. Doch das Psalmensingen zu seiner Ehre geht weiter, immer weiter, als wäre es ein Trauermarsch auf seinen nahen Tod.

Wie er eigentlich loskam, begreift er selbst nicht; augenscheinlich muß das Tau, das von der Kugel herunterhing, sich an einer Kante des Altars durchgerieben haben. Auf einmal rollte die Kugel, und er entschwebte der Unterwasserwelt wie ein in Leere gehülltes Geschöpf des Äthers durch unsere Atmosphäre wieder in den Äther, aus dem es geboren war, zurückschweben würde. Wie eine Kohlensäureblase im Wasserglas aufsteigt, muß er ihren Blicken entschwunden sein. Es muß für sie eine merkwürdige Himmelfahrt gewesen sein.

Die Kugel schoß viel schneller aufwärts, als sie vorhin, von den Bleigewichten gezogen, gesunken war. Sie wurde glühendheiß. Die Fenster lagen noch oben, und Elstead entsinnt sich noch, wie ein Strom von Blasen am Glas vorüberschoß. Jeden Augenblick erwartete er, daß es zerspringen würde. Dann begann sich in seinem Kopf ein riesiges Rad zu drehen, der gepolsterte Raum wirbelte um ihn herum, und er verlor das Bewußtsein. Seine nächste Wahrnehmung war die Stimme des Arztes.

Das ist im wesentlichen der Inhalt der merkwürdigen Geschichte, die Elstead den Offizieren der *Ptarmigan* nach und nach erzählte. Er versprach, sie später niederzuschreiben. Für den Augenblick beschäftigten sich seine Gedanken hauptsächlich mit der Verbesserung seines Apparates, die in Rio durchgeführt wurde.

Es bleibt nur noch zu berichten, daß er sich am 2. Februar 1896 – mit dem verbesserten Apparat – zum zweitenmal in die Tiefe des Ozeans wagte. Wie es ablief, werden wir aller Wahrscheinlichkeit nie erfahren, denn er kehrte nicht wieder zurück. Die *Ptarmigan* kreiste dreizehn Tage lang um die Stelle, an der man ihn hinabgelassen hatte – vergeblich! Dann kehrte sie nach Rio zurück, und die Freunde Elsteads wurden telegraphisch benachrichtigt. Einstweilen ruht die Angelegenheit, doch es wird sicher irgendwann ein weiterer Versuch unternommen werden, diese seltsame Geschichte von jenen unbekannten Städten in der Tiefsee zu untersuchen.

Das Land der Blinden

Mehr als dreihundert Meilen vom Chimborasso und über hundert vom Schneegipfel des Cotopaxi entfernt, in der wilden Einöde der Anden von Ecuador, liegt abgeschnitten von der Menschenwelt ein geheimnisvolles Hochtal, das Land der Blinden. Vor grauen Jahren war das Tal wenigstens soweit von der Welt aus zugänglich, daß man durch gefährliche Schluchten und über einen vereisten Paß endlich seine immergrünen Wiesen erreichen konnte; und tatsächlich kamen Menschen hin, peruanische Mischlinge, die vor der Gier und Willkür eines bösen spanischen Tyrannen hatten flüchten müssen. Dann kam der überwältigende Ausbruch des Mindobamba, siebzehn Tage lang war es in Quito Nacht, in Yagachi kochte das Wasser, und bis hinauf nach Guayaquil starben alle Fische; an der ganzen pazifischen Küste rutschten die Berghänge ab, gab es vorzeitige Schneeschmelze und plötzliche Überschwemmungen. Eine ganze Seite des Araucamassivs fuhr donnernd nieder und versperrte das Land der Blinden für alle Zeiten dem Forschergeist der Menschen. Einer der frühen Ansiedler war während dieser furchtbaren Erschütterung der Erde zufällig diesseits der Schluchten gewesen; er mußte Weib und Kind vergessen wie auch alle seine Freunde und Besitzungen dort oben und im Tiefland ein neues Leben anfangen. Er begann neu, aber ohne Glück, er wurde blind und starb, als er als Sträfling im Bergwerk arbeitete; aber die Geschichte, die er erzählte, wurde der Ursprung einer Legende, die bis zum heutigen Tage in den Kordilleren nicht vergessen ist.

Ein Lama hatte ihn, noch als Kind, in diese Felsenfestung getragen; auf dessen Rücken war er neben einem großen Ballen Stoffs festgebunden worden, und er erzählte nun, was ihn veranlaßt hatte, den Rückweg aus dieser Abgeschlossenheit zu wagen. In dem Tal, so sagte er, gab es alles, was des Menschen Herz begehrt: süßes Wasser, Weideland, gleichmäßiges Klima, fruchtbare, braune Halden, bedeckt mit Büschen, die wohlschmekkende Früchte trugen, und dichte Fichtenwälder auf den Berghängen schützten das Tal vor Lawinen. Hoch oben krönten Gletscher die gewaltigen graugrünen Felsen; aber der Eisstrom erreichte die Menschen nicht, sondern wanderte über die jenseitigen Abhänge, und nur hie und da stürzten gewaltige Eismassen ins Tal hinab. Dort gab es weder Regen noch Schnee, aber rund um die ergiebigen Quellen erstreckte sich reiches, grünes Weidegras, und sie versorgten das ganze Tal mit Wasser. Es ging den Ansiedlern dort wirklich gut. Ihre Herden gediehen und vermehrten sich, nur ein Umstand beeinträchtigte ihr Glück, dies aber in hohem Maße. Eine seltsame Krankheit war ausgebrochen und hatte alle neugeborenen Kinder, und sogar auch einige ältere, mit Blindheit geschlagen. Er war nun unter großen Anstrengungen und Gefahren durch die Schluchten in die bewohnte Welt zurückgekehrt, um einen Zaubertrank oder ein anderes Mittel gegen diese Seuche zu beschaffen. In jenen Tagen dachten die Leute in solchen Fällen nicht an Bazillen und Ansteckung, sondern an Strafe für ihre Sünden. Er sah die Ursache dieser Heimsuchung darin, daß die priesterlosen Einwanderer es verabsäumt hatten, als allererstes einen Altar zu errichten. Er verlangte einen Altar, billig, aber doch würdevoll und gültig, ferner brauchte er Reliquien, heilkräftige Amulette, geweihte Gegenstände und geheimnisvolle Denkmünzen und Gebete. In seinem

Sack trug er einen Barren gediegenen Silbers, über dessen Herkunft er keine Rechenschaft geben wollte; er behauptete mit der Beharrlichkeit eines ungeübten Lügners, daß es kein Silber im Tal gäbe. Sie hatten alle ihr Geld und ihren Schmuck zusammengetan, dort oben hatten sie solche Schätze kaum nötig, wie er sagte, um heilige Hilfe gegen ihre Krankheit zu erkaufen. Ich kann mir diesen trübäugigen jungen Bergbewohner vorstellen: Fieberhaft zerknüllte er seine Hutkrempe, sonnverbrannt, hager und angsterfüllt, ein Mensch, dem das Leben im Tiefland ganz ungewohnt war, erzählte er, bevor die große Umwälzung kam, seine Geschichte einem scharfäugigen, aufmerksamen Priester. Ich kann mir ein Bild von ihm machen, wie er dann zurückzukehren versuchte, mit frommen und wirksamen Mitteln gegen das Übel versehen, kann mir auch seine grenzenlose Bestürzung vorstellen, mit der er vor dem wirren Durcheinander stand, das er an Stelle der Schlucht vorfand. Aber was ihm sonst noch an Mißgeschicken zugestoßen ist, blieb mir unbekannt, ich weiß nur noch, daß er nach einigen Jahren eines traurigen Todes starb. Armes verirrtes Menschenkind! Der Strom, der einst die Schlucht geschaffen hatte, stürzt jetzt aus der Öffnung einer Felsenhöhle hervor, und die Legende, seine armselige, von der Überlieferung veränderte Geschichte, lebte fort, wuchs zur Sage von einer blinden Menschenrasse, irgendwo »dort drüben«, und man kann sie heute noch hören.

Unter der spärlichen Bevölkerung dieses jetzt abgeschnittenen und vergessenen Tales griff die Krankheit um sich. Die Sehkraft der Alten wurde schwächer, bis sie halbblind waren und sich nur mehr tastend vorwärts bewegen konnten, die Jungen sahen nur mehr schlecht, deren Kinder sahen überhaupt nichts mehr. Aber das Leben war sehr leicht in dieser schneeumkränzten, weltabgeschiedenen Mulde. Es gab keine Dornen und kein Gestrüpp, keine bösen Insekten und keine Tiere, nur die sanften Lamas, die einst von den Talbewohnern mitgebracht worden waren, die sie durch die ausgetrockneten Flußbetten der Schluchten getrieben und gestoßen hatten und denen sie gefolgt waren. Die Sehkraft der Leute hatte so allmählich nachgelassen, daß sie ihren Verlust kaum merkten. Sie führten die blinden Kinder überall herum, bis diese das ganze Tal erstaunlich genau kannten, und als endlich das Sehvermögen bei ihnen ganz ausgestorben war, lebte die Rasse trotzdem weiter. Dieser Prozeß vollzog sich so langsam, daß sie Zeit hatten, das Feuer in den steinernen Öfen hüten zu lernen, auch ohne es zu sehen. Sie waren vor allem ein schlichtes Volk, ohne großes Wissen, waren nur oberflächlich von der spanischen Kultur beleckt, hatten aber etwas von der künstlerischen Tradition des alten Peru und von seiner verlorengegangenen Philosophie in ihrem Bewußtsein erhalten. Generation folgte auf Generation. Sie vergaßen vieles, sie erfanden viele Dinge neu. Die Überlieferung der anderen Welt, aus der sie gekommen waren, wurde sagenhaft und ungenau. In allen Fähigkeiten, außer im Sehen, waren sie stark und begabt; und bald sandte der Zufall der Geburt und Vererbung ihnen einen Mann, dessen schöpferischer Geist neue Wege ging. Er war redegewandt und wußte zu überzeugen, und nach ihm kam wieder einer. Diese beiden Männer gingen dahin, doch nicht spurlos. Die kleine Gemeinschaft wuchs an Zahl, gewann an Einsicht und setzte sich allein mit den auftauchenden sozialen und wirtschaftlichen Problemen auseinander. Generation folgte auf Generation, Generation auf Generation. Fünfzehn Generationen nach jenem Vorfahren, der einst mit einem Silberbarren das Tal verlassen hatte, um Gottes Hilfe zu suchen, und der nie zurückgekommen war, wurde ein Kind geboren. Damals geschah es, daß ein Mensch aus der Außenwelt in diese Gemeinschaft kam. Und hier folgt die Geschichte jenes Mannes:

Er war ein Bergbewohner aus der Gegend von Quito, ein Mann, der unten am Meer gewesen war, der die Welt gesehen hatte und der sich über Bücher, die er las, eigene Gedanken machte, ein scharfsinniger, unternehmungslustiger Mensch. Er war von englischen Bergsteigern mitgenommen worden, die die Kordilleren besteigen wollten. Er sollte einen ihrer drei Schweizer Führer ersetzen, der krank geworden war. Er kletterte hier und dort, und dann kam der Versuch, den Parascotopetl zu besteigen, dieses »Matterhorn der Anden«; dabei verschwand er für die äußere Welt. Sein Unfall wurde schon oft beschrieben, am besten von Pointer. Der erzählt, wie die Gesellschaft sich ihren schwierigen Weg gebahnt hatte, fast senkrecht hinauf bis ganz an den Fuß der letzten und größten Felswand, und wie sie mitten im Schnee auf einem kleinen Felsvorsprung ein Biwak für die Nacht baute. Plötzlich bemerkten sie – das erzählt er wirklich dramatisch –, daß Nunez fehlte. Sie riefen, doch es kam keine Antwort, sie riefen und pfiffen, und den Rest der Nacht schliefen sie nicht mehr.

Als der Tag anbrach, sahen sie die Spuren seines Sturzes. Da begriffen sie, daß er nicht mehr hatte rufen können. Er war ostwärts abgestürzt, über die unbekannte Seite des Berges; tief unten war er auf einen steilen Schneeabhang gefallen und hatte als der Kern einer Schneelawine seinen weiteren Weg gepflügt. Seine Spur führte direkt zum Rand eines fürchterlichen Abgrunds, und jenseits davon lag alles im Verborgenen. Weit, weit unten, verschwommen in der Ferne, stiegen Bäume aus einem engen, eingeschlossenen Tal auf – es war das verlorene Land der Blinden. Aber sie kannten das verlorene Land der Blinden nicht, sie konnten es in keiner Weise von den anderen schmalen Streifen der Hochtäler unterscheiden. Durch das Unglück entmutigt, brachen sie ihre Expedition am Nachmittag ab, und Pointer wurde zum Kriegsdienst einberufen, ehe er einen neuen Aufstieg unternehmen konnte. Bis zum heutigen Tag ist der Parascotopetl unbezwungen, und Pointers Biwak zerfällt unbenützt im Schnee.

Der Mann aber, der abstürzte, lebte weiter.

Am Ende des Abhanges fiel er tausend Fuß tief und landete mitten in einer Schneewolke wieder auf einem Schneeabhang, der sogar noch steiler war als der erste. Dort wurde er hinuntergerissen, betäubt und bewußtlos, aber nicht ein Knochen in seinem Körper war gebrochen; und dann kam er endlich auf sanftere Hänge, rollte immer langsamer und lag schließlich still, begraben unter einem weichen Berg der weißen Massen, die ihn begleitet und gerettet hatten. Als er zu sich kam, hatte er die unklare Vorstellung, krank im Bett zu liegen; dann erfaßte er mit der Intelligenz des Bergbewohners die Situation, verschaffte sich Bewegungsfreiheit und arbeitete sich nach einer kleinen Ruhepause ganz heraus, bis er die Sterne sehen konnte. Er blieb eine Weile flach auf dem Bauch liegen, begierig zu erfahren, wo er wäre und was ihm zugestoßen sei. Er bewegte prüfend seine Glieder und entdeckte, daß er einige Knöpfe verloren hatte und daß sein Rock über den Kopf gezogen war. Das Messer war aus der Tasche gefallen, und den Hut hatte er verloren, obwohl er ihn mit Bändern unterm Kinn festgebunden hatte. Er erinnerte sich, daß er lose Steine gesucht hatte, um die Schutzmauer um seinen Lagerplatz zu erhöhen. Auch sein Eispickel war verschwunden.

Er stellte fest, daß er wohl abgestürzt sei, blickte empor und sah – gewaltig vergrößert durch das gespenstische Licht des aufsteigenden Mondes – die ungeheure Strecke, die er zurückgelegt hatte. Er lag eine Weile still und schaute verwirrt auf dieses mächtige, blasse Geklüft, das sich über ihm auftürmte und immer klarer aus der zurückweichenden Flut der Finsternis auftauchte. Die gespenstische, geheimnisvolle Schönheit hielt ihn eine Zeitlang gefangen, dann brach er in irres Lachen und Schluchzen aus.

Nach geraumer Zeit bemerkte er, daß er sich nahe der unteren Schneegrenze befand. Tiefer unten, unterhalb eines jetzt mondbeschienenen gangbaren Abhangs, sah er dunkel und zerklüftet einen felsbesäten Wiesengrund auftauchen. Mühsam kam er auf die Beine, jedes Gelenk, jedes Glied schmerzte ihn, mit Anstrengung befreite er sich vom losen Schnee. Er ging bergab, bis er den Wiesengrund erreichte, und dort sank er, mehr als er sich legte, neben einem Felsblock nieder. Er nahm einen tiefen Schluck aus der Flasche, die den Sturz in seiner Innentasche überstanden hatte, und schlief im nächsten Augenblick ein ...

Vogelgezwitscher in den Bäumen tief unter ihm weckte ihn.

Er setzte sich auf und fand sich auf einer kleinen Alm am Fuße eines mächtigen Absturzes, in den die Rinne tief eingeschnitten war, durch die er in seiner Lawine gestürzt war. Ihm gegenüber ragte eine andere Felsmauer hoch auf. Die Schlucht zwischen diesen Wänden lief von Osten nach Westen und war ganz vom Schein der Morgensonne erfüllt. Nach Westen beleuchtete die Sonne das Massiv des abgestürzten Berges, das die Schlucht abschloß. Zu seinen Füßen, so schien es, lag auch ein steiler Abgrund, doch hinter dem Schnee in der Rinne fand er eine Art Kamin, der zwar von Schmelzwasser troff, einem Verzweifelten aber den Abstieg ermöglichte. Dieser erwies sich leichter, als Nunez befürchtete, er kam schließlich wieder zu einer verlassenen Alm und dann, nach einer nicht sonderlich schweren Felsenkletterei, zu einem steilen, baumbestandenen Abhang. Er orientierte sich und wandte sich schluchtaufwärts, denn er sah, daß auf der Höhe grüne Wiesen lagen, zwischen denen er nun deutlich eine Menge ganz ungewöhnlich aussehender Steinhütten wahrnahm. Zeitweise kam er nur sehr langsam weiter, der Aufstieg war wie eine steile, glatte Mauer, und nach einer Weile schien die Sonne nicht mehr in die Schlucht, die Stimmen der singenden Vögel erstarben, und um ihn wurde es kalt und dunkel. Doch um so leuchtender wurde das entfernte Tal mit seinen Häusern. Er erreichte jetzt eine Böschung, und zwischen den Felsen bemerkte er – denn er war ein guter Beobachter – ein ihm unbekanntes Farnkraut, das aus den Spalten mit gierigen, grünen Händen hervorzulangen schien. Er brach einige Farnwedel ab, kaute die Stengel und fühlte sich erfrischt.

Gegen Mittag kam er endlich zum Ausgang der Schlucht, in die Ebene und ins Sonnenlicht. Er war steif und müde; er ließ sich im Schatten eines Felsens nieder, füllte seine Flasche mit Wasser aus einer Quelle, trank es aus und rastete eine Weile, ehe er weiter zu den Häusern ging.

Sie erschienen ihm sehr sonderbar, ja, das ganze Aussehen des Tales wurde um so seltsamer und ungewohnter, je länger er es betrachtete. Der Boden war zum größten Teil mit saftig grünen Wiesen bedeckt, aus denen viele schöne Blumen wie Sterne hervorleuchteten. Die Wiesen waren mit größter Sorgfalt bewässert und gaben deutlich Zeugnis davon, daß sie planmäßig der Reihe nach abgeweidet wurden. Hoch oben, das Tal ringförmig umschließend, war eine Mauer und anscheinend ein ringsumlaufender Wasserkanal, aus dem die kleinen Gerinnsel kamen, die die Wiesen versorgten, und auf den höheren Abhängen darüber weideten Lamaherden im kargen Gras. An die Ringmauer gelehnt, standen hie und da Schuppen, wohl Schutzhütten oder Futterplätze für die Lamas. Die Bewässerungsadern vereinigten sich in einem Hauptkanal, der durch die Mitte des Tales floß, an beiden Seiten von einer brusthohen Mauer umschlossen. Das verlieh diesem weltentrückten Ort ein merkwürdig städtisches Gepräge, das noch gesteigert wurde durch den Umstand, daß eine ganze Anzahl von Wegen, mit weißen und schwarzen Steinen gepflastert, sehr geordnet nach allen Richtungen lief. Jeder dieser Wege hatte einen eigentümlichen, erhöhten kleinen Randstein. Die Häuser des Mitteldorfes waren ganz anders angeordnet als die zufälligen und wie Kraut und Rüben durcheinandergehäuften Siedlungen in den ihm bekannten Bergdörfern. Sie standen in fortlaufender Reihe zu beiden Seiten einer Hauptstraße von erstaunlicher Sauberkeit; da und dort war ihre nur teilweise bunt gefärbte Fassade von einer Tür unterbrochen, aber kein einziges Fenster lockerte ihre Gleichförmigkeit auf. Die Häuser waren außerordentlich unregelmäßig angestrichen, mit einer Art Tünche beschmiert, die bald grau war, bald gelblich, bald schieferfarben, bald dunkelbraun; und der Anblick dieses wilden Anstrichs ließ in dem Entdecker zum ersten Mal den Gedanken »blind« auftauchen. »Der gute Mann, der das gemacht hat, muß so blind gewesen sein wie eine Fledermaus«, dachte er.

Er stieg noch einen steilen Hang hinunter und kam so zu der Mauer und zu dem Kanal, die das Tal durchschnitten, nahe der Stelle, wo dieser sein überschüssiges Wasser als dünnen, zitternden Katarakt in die Tiefe der Schlucht ergoß. Er konnte jetzt auf dem entfernteren

Teil der Wiese viele Männer und Frauen sehen, die auf Grashaufen lagen, wie um Siesta zu halten; näher zum Dorf erblickte er eine ganze Anzahl ruhender Kinder, und dann, nahe bei ihm, drei Männer, die Eimer an Stangen über den Schultern trugen und einen kleinen Pfad herunterkamen, der von der Umfassungsmauer zu den Häusern hinlief. Diese Männer trugen Gewänder aus Lamafell, Schuhe und Gürtel waren aus Leder, und sie hatten Fellmützen mit Nacken- und Ohrenklappen auf dem Kopf. Sie gingen im Gänsemarsch, langsam und gähnend, wie Leute, die die ganze Nacht gewacht haben. Es war etwas so vertrauenerweckend Wohlhabendes und Anständiges in ihrem Gehaben, daß sich Nunez nach einem Augenblick des Zögerns auf seinem Felsen aufrichtete, so deutlich sichtbar wie nur möglich, und einen gewaltigen Ruf ausstieß, der im ganzen Tal widerhallte.

Die drei Männer hielten an und bewegten die Köpfe, als ob sie sich umblickten. Sie drehten das Gesicht nach allen Seiten, und Nunez machte lebhafte Gebärden. Aber trotz all seiner Gesten schienen sie ihn nicht zu sehen, und nach einer Weile, sich weit gegen die Berge nach rechts wendend, riefen sie, gleichsam als Antwort. Nunez schrie wieder und dann noch einmal, und wie er so ohne Erfolg gestikulierte, kam ihm abermals das Wort »blind« in den Sinn. »Die Kerle müssen blind sein«, sagte er.

Als er sich ihnen endlich nach viel Geschrei und Aufregung näherte, nachdem er den Strom auf einer kleinen Brücke überschritten hatte und die Stadt durch ein Tor in der Mauer betreten hatte, wußte er, daß sie blind waren. Nun wußte er auch, daß er im Land der Blinden war, von dem die Legenden erzählten. Diese Überzeugung hatte ihn plötzlich durchdrungen, ebenso wie das Gefühl, ein großartiges und ungewöhnliches

Abenteuer zu erleben. Die drei standen Seite an Seite, sie blickten ihn nicht an, sondern wandten ihm ihre Ohren zu, als wollten sie sich aus seinen fremdartigen Schritten ein Urteil über ihn bilden. Sie standen dicht beisammen, als ob sie ein wenig Angst hätten, und er konnte sehen, daß ihre Augenlider geschlossen und eingesunken waren, als wären selbst die Augäpfel darunter eingeschrumpft. Fast lag etwas wie heilige Scheu auf ihren Gesichtern.

»Ein Mensch«, sagte einer in kaum verständlichem Spanisch, »es ist ein Mensch – ein Mensch oder ein Geist – er kommt aus den Felsen herunter.«

Aber Nunez ging vorwärts, mit den sicheren Schritten eines Jünglings, der vom Leben Besitz ergreift. Alle alten Geschichten über das versunkene Tal und über das Land der Blinden waren ihm wieder eingefallen, und durch seine Gedanken ging wie ein Kehrreim das alte Sprichwort:

»Unter den Blinden ist der Einäugige König.«

Er begrüßte sie sehr höflich, er sprach mit ihnen und ließ seine Blicke schweifen.

»Woher kommt er, Bruder Pedro?« fragte einer.

»Aus den Felsen herunter.«

»Ich komme über die Berge«, sagte Nunez, »aus dem Lande, das jenseits liegt – wo die Menschen sehen können. Aus der Nähe von Bogota, wo es Hunderttausende Menschen gibt, und wo die Stadt weiter reicht als der Blick.«

»Der Blick?« murmelte Pedro. »Der Blick?«

»Er kommt aus den Felsen«, sagte der zweite Blinde.

Ihre Kleider schienen Nunez seltsam zusammengefügt, unregelmäßig und jedes mit einer anderen Stichart.

Sie erschreckten ihn durch eine gleichzeitige Bewegung, jeder streckte die Hand gegen ihn aus. Vor der Annäherung dieser gespreizten Finger wich er zurück.

»Komm hierher«, sagte der dritte Blinde, der seiner Bewegung gefolgt war und ihn mit festem Griff packte. Und sie hielten Nunez fest, betasteten ihn und sagten kein weiteres Wort, ehe sie damit fertig waren.

»Vorsicht!« schrie er, als sich ein Finger in sein Auge bohren wollte, und er bemerkte, daß ihnen dieses Organ mit seinen flatternden Lidern merkwürdig erschien. Sie befühlten es noch einmal.

»Ein seltsames Geschöpf, Correa«, sagte der, den sie Pedro nannten. »Fühl nur, wie grob sein Haar ist!«

»Es ist rauh wie die Felsen, die ihn erzeugt haben«, sagte Correa und untersuchte Nunez' unrasiertes Kinn mit seiner zarten, etwas feuchten Hand. »Vielleicht wird er weicher werden.« Nunez wehrte sich ein wenig gegen ihre Untersuchung, aber sie hielten ihn fest.

»Vorsicht«, sagte er wieder.

»Er spricht«, sagte der dritte Blinde, »er ist bestimmt ein Mensch.«

»Uff!« sagte Pedro, als er den rauhen Stoff seines Rockes fühlte. »Und du bist in die Welt gekommen?« fragte Pedro.

»Aus der Welt. Über Berge und Gletscher; gerade da oben herüber, halb so hoch wie die Sonne. Aus der großen, weiten Welt, die sich zwölf Tagereisen weit bis zum Meer erstreckt.«

Sie schienen ihn kaum zu beachten. »Unsere Väter haben uns erzählt, daß Menschen von Naturkräften erzeugt werden können«, sagte Correa. »Durch die Wärme der Dinge und Feuchtigkeit, und Fäulnis – Fäulnis.«

»Laßt uns ihn zu den Ältesten führen«, sagte Pedro.

»Ruft erst«, sagte Correa, »sonst werden die Kinder erschrecken; welch wunderbares Ereignis!«

Sie riefen also, und Pedro ging voraus und nahm Nunez bei der Hand, um ihn zu den Häusern zu führen.

Er zog seine Hand fort. »Ich kann sehen«, sagte er.

»Sehen?« fragte Correa.

»Ja, sehen«, sagte Nunez, wandte sich ihm zu und stolperte über Pedros Eimer.

»Seine Sinne sind noch unvollkommen«, sagte der dritte Blinde. »Er stolpert und spricht sinnlose Worte. Führt ihn an der Hand.«

»Wie ihr wollt«, sagte Nunez und ließ sich lachend weiterführen.

Es schien, daß sie nichts vom Sehen wußten. Nun, mit der Zeit würde er es ihnen schon beibringen. Er hörte Leute rufen und sah, daß sich einige Gestalten auf dem Mittelweg des Dorfes versammelten.

Er fand, daß diese erste Begegnung mit der Bevölkerung des Landes der Blinden seine Nerven und seine Geduld stärker in Anspruch nahm, als er erwartet hatte. Der Ort erschien größer, die verschmierte Tünche seltsamer, je näher er kam. Eine Menge Kinder, Männer und Frauen (er sah mit Vergnügen, daß einige Frauen und Mädchen trotz der geschlossenen und eingesunkenen Augen lieblich anzusehen waren) kamen auf ihn zu, klammerten sich an ihn, berührten ihn mit weichen, empfindsamen Händen, berochen ihn und lauschten auf jedes seiner Worte. Einige junge Mädchen und Kinder hielten sich jedoch abseits, als ob sie Angst hätten, und wirklich war seine Stimme rauh und heiser, verglichen mit ihren sanften Lauten. Sie drängten sich um ihn. Seine drei Führer blieben nahe bei ihm, mit einer Art von Besitzrecht, und sagten immer wieder: »Ein wilder Mann aus den Felsen.«

»Aus Bogota« sagte er, »Bogota, über dem Kamm des Gebirges.

»Ein wilder Mann, der wilde Worte gebraucht«, sagte Pedro. »Habt ihr das gehört? Bogota. Sein Geist ist noch ungebildet, er beginnt gerade erst zu sprechen.«

Ein kleiner Knabe zwickte ihn in die Hand. »Bogota!« spottete er.

»Ah! Eine Stadt, im Vergleich zu eurem Dorf. Ich komme aus der großen Welt, wo die Leute Augen haben und sehen.«

»Er heißt Bogota«, sagten sie.

»Er ist gestolpert«, sagte Correa, »er ist auf dem Wege hierher zweimal gestolpert.«

»Bringt ihn zu den Ältesten.«

Plötzlich schoben sie ihn durch einen Torweg in ein stockfinsteres Zimmer, nur ein schwaches Feuer glühte am anderen Ende. Die Menge drängte ihm nach, selbst der schwächste Schimmer von Tageslicht wurde ausgeschlossen, und bevor er sich orientieren konnte, war er der Länge nach über die Füße eines sitzenden Mannes hingefallen. Als er niederfiel, schlug sein ausgestreckter Arm in das Gesicht eines anderen, er fühlte etwas Weiches und hörte einen ärgerlichen Ausruf. Einen Augenblick lang kämpfte er gegen eine Menge Hände, die ihn packten. Es war ein einseitiger Kampf, dann erfaßte er seine Situation und lag still.

»Ich bin gefallen«, sagte er, »in dieser pechschwarzen Finsternis konnte ich nichts sehen.«

Es entstand eine Pause, als ob die unsichtbaren Leute um ihn herum versuchten, seine Worte zu verstehen. Dann sagte Correas Stimme: »Er ist noch ganz unfertig. Er stolpert, wenn er geht, und mengt Worte, die nichts bedeuten, in seine Rede.« Auch andere sagten Dinge über ihn, die er nur ungenau hörte oder verstand.

»Darf ich mich aufsetzen?« fragte er nach einer Pause. »Ich werde nicht wieder mit euch kämpfen.« Sie berieten und ließen ihn aufstehen.

Ein älterer Mann begann ihn zu befragen, und Nunez versuchte, diesen Ältesten, die da in der ewigen Finsternis im Land der Blinden saßen, die große Welt draußen zu erklären, aus der er heruntergefallen war: den Himmel und die Berge, das Sehen und ähnliche Wunder. Aber sie glaubten und verstanden nichts von all seinen Erzählungen, was ihm ganz unmöglich vorkam. Sie verstanden auch viele seiner Worte nicht. Vierzehn Generationen lang waren diese Leute blind gewesen und von der ganzen sehenden Welt abgeschnitten; die Namen für alle Dinge des Gesichts waren vergessen, die Geschichte der Außenwelt war in ein Kindermärchen verwandelt. Sie hatten aufgehört, sich mit irgend etwas zu beschäftigen, das jenseits der felsigen Abhänge lag, die an ihre Umfassungsmauer grenzten. Geniale Männer waren unter den Blinden erstanden und hatten alle Überreste von Glauben und Überlieferung untersucht, die sie aus ihren sehenden Tagen mitgebracht hatten. Alle diese Dinge wurden als müßige Phantasien verabschiedet, man setzte neue, gesündere Symbole an deren Stelle. Sehr viel von ihrer Vorstellungskraft war mit ihrem Augenlicht geschwunden, sie hatten sich aber mit ihren empfindsameren Ohren und Fingerspitzen neue Begriffe geschaffen. Nunez mußte erkennen, daß von der erhofften Bewunderung und Verehrung für seine Herkunft und seine Begabung nichts zu hören war. Nachdem sein armseliger Versuch, ihnen das Sehen zu erklären, abgetan worden war wie die verwirrte Darstellung eines neugeformten Wesens, das die Wunder seiner unzusammenhängenden Eindrücke beschreiben will, fügte er sich darein, ein wenig bedrückt ihren Belehrungen zu lauschen. Und der älteste Blinde erklärte ihm das Leben und die Philosophie und die Religion, er erzählte, wie die Welt (das war ihr Tal) zuerst eine leere Felsenhöhle gewesen war, wie dann unbelebte Dinge kamen, ohne die Gabe des Tastsinns, dann Lamas und einige andere Geschöpfe mit wenig Verstand, dann erst die Menschen und zum Schluß die Engel. Die könnte man singen und flattern hören, aber niemand konnte sie berühren. Darüber war Nunez sehr erstaunt, bis ihm die Vögel einfielen.

Der Älteste fuhr fort, Nunez zu erklären, daß die Zeit in warm und kalt geschieden wurde – das war den Blinden gleichbedeutend mit Tag und Nacht – und daß es gut sei, in der Wärme zu schlafen und in der Kälte zu arbeiten, so daß jetzt, wenn er nicht gekommen wäre, die ganze Stadt der Blinden im Schlafe liegen würde. Er sagte, Nunez sei gewiß eigens erschaffen worden, um die Weisheit, die sie erworben hatten, zu erfassen und ihr zu dienen. Er solle den Mut nicht verlieren, trotz seines ungeschulten Geistes und seines tölpelhaften Benehmens, er solle nur nach besten Kräften lernen – bei diesen Worten murmelten alle Leute im Torweg ermutigend. Der alte Mann sagte dann noch, daß die Nacht – die Blinden nennen den Tag Nacht – weit vorgeschritten sei, es gezieme sich nun für alle, wieder schlafen zu gehen. Er fragte Nunez, ob er schlafen könnte. Nunez sagte, er könnte es, aber vor dem Schlafen wolle er essen.

Sie brachten ihm Essen – Lamamilch in einem Napf und grobes, gesalzenes Brot – und führten ihn an einen abgelegenen Platz, damit er außer Hörweite essen könne, nachher sollte er schlafen, bis die Kühle des Gebirgsabends alle zu neuem Tagewerk erwecken würde. Aber Nunez konnte nicht schlafen.

Er saß statt dessen auf dem Platz, wo sie ihn verlassen hatten, ruhte sich aus und überdachte immer wieder die unerwarteten Ereignisse nach seiner Ankunft. Immer wieder lachte er auf, manchmal belustigt, manchmal empört.

»Ungebildeter Geist!« sagte er. »Hat noch keinen Verstand! Sie wissen nicht, daß sie ihren gottgesandten Herrn und König beleidigt haben. Ich sehe schon, ich muß sie zur Vernunft bringen. Ich muß nachdenken, nachdenken.« Als die Sonne unterging, grübelte er noch immer.

Nunez hatte ein Auge für alles Schöne, und es erschien ihm das Glühen auf den Schneefeldern und Gletschern, die rings um das Tal aufstiegen, als das Schönste, was er je gesehen hatte. Seine Augen wanderten von dieser unerreichbaren Kraft zum Dorf und zu den bewässerten Feldern, die rasch in der Dämmerung versanken, da durchströmte ihn eine Woge von Ergriffenheit, und er dankte Gott aus Herzensgrund, daß er die Gabe des Sehens hatte.

Er hörte eine Stimme, die ihn vom Dorf her rief. »Hallo, Bogota! Komm hierher!«

Er stand lächelnd auf. Er wollte diesen Leuten ein für allemal zeigen, was das Sehen für den Menschen bedeutete.

»Du bewegst dich ja nicht, Bogota«, sagte die Stimme.

Er lachte lautlos und machte zwei verstohlene Schritte weg vom Wege.

»Trample nicht ins Gras, Bogota, das ist nicht erlaubt.«

Nunez hatte kaum selbst das Geräusch gehört, das er machte. Er blieb erstaunt stehen. Der Besitzer der Stimme lief über den buntgepflasterten Pfad auf ihn zu.

Er trat auf den Weg zurück. »Hier bin ich«, sagte er.

»Warum bist du nicht gekommen, als ich rief?« fragte der Blinde. »Mußt du geführt werden wie ein Kind? Kannst du den Weg nicht hören, den du gehst?«

Nunez lachte. »Ich kann ihn sehen«, sagte er.

»Es gibt kein Wort sehen«, sagte der Blinde nach einer Pause. »Gib diese Narrheit auf und folge dem Klang meiner Schritte.«

Nunez folgte ihm, nun ein wenig ärgerlich. »Meine Zeit wird kommen«, sagte er.

»Du wirst lernen«, sagte der Blinde, »es gibt viel zu lernen auf der Welt.«

»Hat dir noch nie jemand gesagt: Unter den Blinden ist der Einäugige König?«

»Was ist das: blind?« fragte der Blinde nachlässig über die Schulter zurück.

Vier Tage vergingen, und der fünfte fand den König der Blinden noch immer inkognito, als ungeschickten und nutzlosen Fremdling unter seinen Untertanen.

Es war doch schwerer, sich zum König zu proklamieren, als er gedacht hatte. In der Zwischenzeit, während er seinen Staatsstreich erwog, tat er, was man ihm befahl, und er lernte die Sitten und Gebräuche des Landes der Blinden. Er fand das Arbeiten und Herumgehen bei Nacht besonders beschwerlich und beschloß, dies zu allererst zu ändern.

Sie führten ein einfaches, arbeitsames Leben, diese Menschen, alle Bedingungen für Tugend und Glück waren nach unseren Begriffen gegeben. Sie arbeiteten, aber nicht übermäßig viel, sie hatten Nahrung und Kleidung, die ihren Bedürfnissen entsprachen, sie hatten Ruhetage und Ruhezeiten; sie legten großen Wert auf Musik und Gesang, sie kannten auch die Liebe, und es gab kleine Kinder.

Es war wunderbar, mit welcher Sicherheit und Genauigkeit sie in ihrer geordneten Welt herumgingen. Alles und jedes war nämlich ihren Bedürfnissen angepaßt; jeder der strahlenförmig angeordneten Wege im Tal schnitt die anderen im gleichen Winkel und war an einer besonderen Kerbe an seinem Randstein erkennbar; alle Hindernisse oder Unebenheiten auf Wegen und Wiesen waren vor langer Zeit entfernt worden, all ihr Tun und Handeln entsprang naturgemäß ihren besonderen Bedürfnissen. Ihre Sinne waren erstaunlich scharf geworden; sie konnten auf zwölf Schritte Entfernung die leichteste Bewegung eines Menschen hören und beurteilen – sie konnten sogar sein Herz schlagen hören. Längst hatte bei ihnen der Ton den Blick, die Berührung die Gebärde ersetzt, und ihre Arbeit mit Hacke, Spaten und Heugabel war so frei und sicher, wie Gartenarbeit nur sein kann. Ihr Geruchssinn war außerordentlich fein; sie konnten so genau wie ein Hund individuelle Verschiedenheiten wahrnehmen, und sie hüteten die Lamas, die oben in den Felsen lebten und in die Nähe der Mauer nur um Futter und Unterschlupf kamen, mit Ruhe und Sicherheit. Erst als Nunez endlich seine Herrschaft aufzurichten versuchte, bemerkte er, wie ruhig und sicher ihre Bewegungen sein konnten.

Er rebellierte erst, nachdem er versucht hatte, sie zu überzeugen.

Zuerst versuchte er bei mehreren Gelegenheiten, ihnen vom Sehen zu erzählen. »Schaut nur, ihr Leute«, sagte er, »es gibt Dinge an mir, die ihr nicht verstehen könnt.«

Ein- oder zweimal schenkten ihm ein paar Leute Gehör; sie saßen mit abwärts geneigtem Gesicht, wandten ihm die Ohren aufmerksam zu, und er erklärte ihnen, so gut er konnte, was das sei: Sehen. Unter seinen Zuhörern saß ein Mädchen, dessen Lider weniger rot und eingesunken waren als die der anderen, so daß man fast glauben konnte, daß dahinter Augen lägen; sie trachtete er besonders zu überzeugen. Er sprach von den Schönheiten des Schauens, von der Form der Berge, vom Himmel und vom Sonnenaufgang, und sie hörten ihm mit lächelndem Unglauben zu, gelangten aber bald zu einem ablehnenden Urteil. Sie sagten, daß es überhaupt keine Berge gebe, sondern daß das Ende der Felsen, wo die Lamas grasten, auch das Ende der Welt sei, dort begann das höhlenartige Weltdach, aus dem der Tau fiel und die Lawinen; und wenn er hartnäckig behauptete, daß die Welt kein Ende und kein Dach hätte, wie sie sich's vorstellten, sagten sie, seine Gedanken seien böse. Seine Beschreibung von Himmel, Wolken und Sternen erweckte in ihnen die Vorstellung von gräßlicher Leere und schreckhafter Öde an Stelle des glatten Daches, an das sie glaubten – es war einer ihrer Glaubensartikel, daß das Höhlendach sich vollkommen glatt anfühle. Er sah, daß er sie in gewisser Hinsicht erschreckte, und gab es auf, der Sache von dieser Seite beizukommen. Er versuchte nun, ihnen den praktischen Wert des Sehens klarzumachen. Eines Morgens sah er Pedro, der sich auf dem Weg Siebzehn der Dorfmitte näherte, aber er war noch zu weit entfernt, um gehört oder gerochen zu werden, und Nunez sagte es den anderen. »In kurzer Zeit«, prophezeite er, »wird Pedro hier sein.« Ein alter Mann bemerkte, daß Pedro auf Weg Siebzehn nichts zu suchen hätte, und gleichsam als Bestätigung wandte sich der Genannte um, als er näher kam, ging quer hinüber zum Weg Zehn und dann hurtigen Schrittes zurück zur Außenmauer. Sie verspotteten Nunez, als Pedro nicht kam, und später, als er Pedro befragte, um sich zu rechtfertigen, leugnete dieser und strafte ihn Lügen, und von dieser Zeit an war er Nunez feindlich gesinnt.

Dann veranlaßte er sie, ihn die ansteigenden Wiesen weit hinaufgehen zu lassen, der Mauer zu, einer sollte ihn freiwillig begleiten und er würde ihm alles beschreiben, was sich zwischen den Häusern ereignete. Er bemerkte ein gewisses Hin- und Hergehen, aber die Dinge, die diesen Leuten wirklich wichtig erschienen, ereigneten sich innerhalb der fensterlosen Häuser oder dahinter – nur durch diese Dinge wollten sie ihn erproben, und gerade von diesen konnte er nichts sehen und berichten. Und es geschah erst nach dem Fehlschlag dieses Versuchs und dem Spott, den sie nicht unterdrücken konnten, daß er Gewalt anwendete. Er dachte daran, einen Spaten zu ergreifen, einen oder zwei von ihnen zu Boden zu schmettern, und so, in offenem Kampfe, wollte er ihnen den Vorteil des Sehens zeigen. Er führte diesen Entschluß so weit aus, daß er den Spaten ergriff – und dann entdeckte er etwas Neues in sich: Es war ihm unmöglich, einen Blinden kaltblütig niederzuschlagen.

Er zögerte und sah, daß sie alle bemerkt hatten, daß er den Spaten erhob. Sie standen wachsam da, neigten den Kopf zur Seite und spitzten die Ohren, begierig, was er zunächst tun würde.

»Leg den Spaten nieder«, sagte einer, und er empfand eine Art hilflosen Grauens. Er war nahe daran, sich zu unterwerfen. Dann schleuderte er einen Mann rücklings gegen eine Hausmauer und floh an ihm vorbei aus dem Dorf hinaus.

Er lief quer über eine Wiese, seine Füße hinterließen eine niedergetrampelte Spur im Gras, und setzte sich dann am Rande eines ihrer Wege nieder. Er fühlte etwas von der Spannkraft, die alle Menschen zu Beginn eines Kampfes haben, empfand aber noch mehr Verwirrung. Es wurde ihm langsam klar, daß man gegen Geschöpfe, die auf einer anderen geistigen Basis stehen, nicht einmal freudig kämpfen kann. In weiter Ferne sah er eine Anzahl Männer, mit Spaten und Stöcken bewaffnet, aus der Straße zwischen den Häusern hervorkommen; in aufgelöster Linie näherten sie sich ihm auf den verschiedenen Wegen. Sie rückten langsam vor, sprachen häufig miteinander, und immer wieder hielt die ganze Reihe an, zog die Luft durch die Nase ein und lauschte.

Als sie dies zum erstenmal taten, lachte Nunez. Aber später lachte er nicht mehr. Einer fand seine Fährte im Wiesengras, beugte sich darüber und tastete sich daran vorwärts.

Fünf Minuten lang beobachtete er die langsame Entwicklung der Linie, dann wurde sein unklares Verlangen, etwas zu beginnen, übermächtig. Er stand auf, machte einige Schritte zur Umfassungsmauer, drehte sich um und ging ein kleines Stück zurück. Da standen sie alle still im Halbkreis und lauschten.

Er stand auch still und hielt seinen Spaten sehr fest in beiden Händen. Sollte er sie angreifen?

In seinen Ohren pochte sein Herzschlag den Rhythmus: »Unter den Blinden ist der Einäugige König.«

Sollte er sie angreifen?

Er warf einen Blick zurück auf die hohe Mauer – unbesteigbar wegen ihres glatten Bewurfs, aber zugleich von vielen kleinen Türen durchbrochen –, dann blickte er auf die herannahende Linie der Verfolger. Hinter diesen rückten nun auch neue an.

Sollte er sie angreifen?

»Bogota!« rief einer. »Bogota, wo bist du?«

Er faßte seinen Spaten noch fester und ging vor, über die Wiese hinunter, auf die Wohnstätten zu; sobald er sich bewegte, kamen sie von allen Seiten auf ihn zu. »Ich werde sie erschlagen, wenn sie mich berühren«, schwor er, »beim Himmel, das werde ich tun. Ich werde sie erschlagen.« Er rief ihnen laut zu: »Gebt acht, von nun an werde ich in diesem Tal tun, was ich will. Hört ihr? Ich werde tun, was ich will, und gehen, wohin ich will!«

Sie bewegten sich auf ihn zu, indem sie sich schnell

vorwärts tasteten. Es war wie ein Blindekuhspiel, bei dem alle verbundene Augen hatten, bis auf einen. »Haltet ihn!« schrie einer. Er befand sich in der Sehne eines Bogens von Verfolgern. Er fühlte auf einmal, daß er tapfer und beherzt sein müsse. »Ihr versteht mich nicht«, schrie er mit einer Stimme, die gewaltig und entschlossen hätte klingen sollen, die aber kläglich versagte. »Ihr seid blind, ich aber kann sehen. Laßt mich in Ruhe!«

»Bogota! Leg diesen Spaten weg und geh aus dem Gras!«

Dieser letzte Befehl, der in seiner alltäglichen Vertraulichkeit grotesk wirkte, erzeugte einen Wutausbruch bei ihm. »Ich werde euch weh tun«, rief er, vor Aufregung stöhnend. »Beim Himmel, ich werde euch weh tun. Laßt mich in Ruhe!«

Er begann zu laufen, ohne genau zu wissen, wohin. Er lief vor dem ihm nächsten Blinden davon, weil er es nicht fertigbrachte, ihn zu schlagen. Er stand still und machte dann einen Vorstoß, um ihren sich schließenden Reihen zu entkommen. Er wollte eine Lücke erreichen, aber die Männer stürzten von beiden Seiten dorthin, sie hatten das Herannahen seiner Schritte sofort wahrgenommen. Er sprang vor, sah, daß sie ihn fangen mußten, und der Spaten sauste durch die Luft. Er fühlte den dumpfen Aufschlag in Hand und Arm, der Blinde fiel mit einem schrillen Schmerzensschrei nieder – und er war frei.

Frei! Und dann war er wieder ganz nahe der Dorfstraße, und die Blinden, Spaten und Stöcke schwingend, liefen mit irgendwie planmäßiger Geschwindigkeit hin und her.

Er vernahm Schritte hinter sich und sah gerade noch rechtzeitig einen riesigen Menschen heranstürmen, der gegen ihn zum Schlage ausholte. Seine Nerven ließen ihn im Stich, er schleuderte den Spaten seinem Gegner entgegen, drehte sich in rasender Eile um, lief davon – und schrie gellend auf, als er einem anderen mit knapper Not auswich.

Panik erfaßte ihn; er rannte wild hin und her, wich aus, wo es gar nicht nötig war, und da er angstvoll nach allen Seiten zugleich sehen wollte, strauchelte er. Einen Augenblick lang lag er auf dem Boden, und sie hörten ihn fallen. Weit weg von ihm sah er eine kleine Tür in der Umfassungsmauer, die ihm als der Himmel erschien, und er stürzte wild auf sie zu. Er sah sich gar nicht nach seinen Verfolgern um, ehe er die Tür erreicht hatte und über die Brücke getaumelt war. Er erklomm einen kleinen Pfad zwischen den Felsen (zur großen Überraschung und Bestürzung eines jungen Lamas, das davonsprang) und warf sich nieder, heftig nach Atem ringend.

Das war das Ende seines Staatsstreiches.

Er blieb zwei Tage und zwei Nächte außerhalb der Mauer, die das Tal der Blinden einschloß, ohne Nahrung und Obdach, und dachte über die überraschenden Ereignisse nach. Während er grübelte, sagte er sich immer wieder und mit immer wachsendem Hohn das Sprichwort vor, das seinen Sinn verloren hatte: »Unter den Blinden ist der Einäugige König.« Er dachte hauptsächlich darüber nach, auf welchem Wege er diese Leute bekämpfen und besiegen könnte, und es wurde ihm klar, daß es für ihn keinen gangbaren Weg gab. Er hatte keine Waffen, und jetzt würde er sich keine mehr verschaffen können.

Das Krebsgeschwür der Zivilisation hatte ihn schon in Bogota angefressen, und er konnte sich nicht überwinden, hinunterzugehen und einen Blinden meuchlings zu ermorden. Gewiß, wenn er das täte, könnte er dann seine Bedingungen stellen, unter der Drohung, sie alle zu ermorden. Aber – früher oder später würde er doch schlafen müssen!

Er versuchte, unter den Fichten etwas Eßbares zu finden und sich unter Fichtenzweigen gegen den Nachtfrost behaglich einzurichten. Er plante auch, mit List ein Lama zu fangen und es mit einem Stein zu töten, um sich auf diese Weise Nahrung zu verschaffen. Doch hegte er wenig Zuversicht in das Gelingen dieses Planes, denn die Lamas trauten ihm nicht, sahen ihn mit mißtrauischen braunen Augen an und spuckten, sobald er sich näherte. Am zweiten Tag überfielen ihn Furcht und Fieberschauer. Endlich kroch er hinunter zur Mauer des Blindenlandes und versuchte zu verhandeln. Er kroch am Fluß entlang und rief, bis zwei Blinde ans Tor kamen und mit ihm sprachen.

»Ich war verrückt«, sagte er. »Aber ich war ja erst neu auf die Welt gekommen.«

Sie sagten, das ließe sich schon hören.

Er erzählte ihnen, daß er jetzt klüger sei, und daß er alles bereue, was er getan hatte.

Dann weinte er, ohne es zu wollen, denn er war jetzt sehr schwach und krank, und das nahmen sie als günstiges Zeichen. Sie fragten ihn, ob er noch glaubte, daß er »sehen« könne.

»Nein«, sagte er, »das war eine Tollheit, das Wort bedeutet nichts, weniger als nichts.«

Sie fragten ihn, was zu ihren Häupten wäre.

»Ungefähr in der Höhe von hundert Mann liegt ein Dach über der Welt, aus Felsen, und es ist sehr, sehr glatt.« Er brach wieder in hysterisches Weinen aus. »Bevor ihr mich noch irgend etwas fragt, gebt mir zu essen, oder ich sterbe.«

Er erwartete schreckliche Strafen, aber die Blinden waren der Nachsicht fähig. Sie sahen seine Rebellion als einen neuen Beweis für seine allgemeine Geistesschwäche und Minderwertigkeit an, und nachdem sie ihn gezüchtigt hatten, verwendeten sie ihn zur niedrigsten und schwersten Arbeit, und er tat gehorsam, was ihm befohlen wurde, da er keine andere Lebensmöglichkeit sah.

Er war einige Tage krank, und sie pflegten ihn freundlich. Dies besiegelte seine Unterwerfung. Aber sie bestanden darauf, daß er im Dunkeln läge, und das war sehr trübselig. Blinde Philosophen kamen zu ihm, sprachen über die verruchte Leichtfertigkeit seines Geistes und tadelten ihn so eindringlich wegen seiner Zweifel an dem Felsendeckel, der ihre kosmische Kasserolle bedeckte, daß er ganz unsicher wurde, ob er nicht wirklich das Opfer von Halluzinationen war, wenn er ihn nicht über sich sah.

So wurde Nunez Bürger des Blindenlandes, und dessen Bewohner hörten auf, ganz allgemein »Leute« zu sein, er begann sie zu unterscheiden, und sie wurden ihm vertraut, während die Welt jenseits der Berge immer ferner und unwirklicher erschien. Da war Yacob, sein Herr, ein gütiger Mann, wenn er nicht gerade ärgerlich war; da war Pedro, Yacobs Neffe; und da war Medina-saroté, Yacobs jüngste Tochter. Sie wurde in der Welt der Blinden wenig geschätzt, weil sie ein scharfgeschnittenes Gesicht hatte und ihr jene glatte Weichheit fehlte, die bei den Blinden das weibliche Schönheitsideal ist; aber Nunez hatte sie gleich gefallen, und jetzt schien sie ihm das Allerschönste auf der Welt. Ihre geschlossenen Augenlider waren nicht eingesunken und rot wie bei den andern, sie lagen so da, als ob sie sich jeden Augenblick wieder öffnen könnten; und sie hatte lange Augenwimpern, die als schwerer Schönheitsfehler galten. Ihre Stimme war kräftig und beleidigte das empfindliche Gehör der Burschen im Tal. So kam es, daß sie keinen Liebhaber hatte.

Es kam der Zeitpunkt, zu dem Nunez dachte, er werde, wenn er sie gewinnen könnte, sich damit abfinden, bis ans Ende seiner Tage in diesem Tal zu leben.

Er beobachtete sie; er suchte die Gelegenheit, ihr kleine Dienste zu erweisen, und bald fand er, daß sie es bemerkte. Einmal, bei einer Zusammenkunft an einem Ruhetag, saßen sie Seite an Seite im matten Licht der Sterne, und süße Musik ertönte. Seine Hand berührte die ihre, er wagte, sie zu ergreifen. Sie erwiderte ganz zart seinen Druck. Und eines Tages, als sie im Finstern ihre Mahlzeit einnahmen, fühlte er, wie ihre Hand ihn zaghaft suchte, und als durch Zufall gerade das Feuer aufflackerte, sah er, daß ihr Antlitz voll Zärtlichkeit war.

Er suchte eine Gelegenheit, mit ihr zu sprechen.

Eines Tages ging er zu ihr, als sie im Sommermondlicht saß und spann. Das Licht ließ sie silbern und geheimnisvoll erscheinen. Er ließ sich zu ihren Füßen nieder und sagte, daß er sie liebe und wie schön sie ihm erscheine. Er hatte die Stimme eines Liebenden, er sprach zu ihr, die nie zuvor Anbetung erfahren hatte, mit einer zarten Verehrung, die an Ehrfurcht grenzte. Sie gab ihm keine endgültige Antwort, aber es war klar, daß seine Worte ihr gefielen.

Von nun an sprach er zu ihr, so oft es ihm nur möglich war. Das Tal wurde für ihn die Welt, und die Welt jenseits der Berge, wo Menschen im Sonnenschein lebten, war nur mehr ein Märchen, das er ihr eines Tages ins Ohr flüstern würde. Sehr zögernd und zaghaft erzählte er ihr vom Sehen.

Das Sehen schien ihr die poetischste aller Phantasien zu sein, sie lauschte seiner Beschreibung der Sterne, der Berge und ihrer eigenen süßen, hellbeleuchteten Schönheit mit schuldbewußter Nachsicht. Sie glaubte ihm nicht, sie konnte ihn nur halb verstehen, aber sie war geheimnisvoll entzückt, und er glaubte, daß sie ihn voll und ganz verstehe.

Seine Liebe verlor an Ehrfurcht und gewann Mut. Er wollte die Liebste von Yacob und den Ältesten zur Frau erbitten, aber sie wurde ängstlich und bat ihn, noch zu warten. Eine ihrer älteren Schwestern erzählte Yacob zuerst, daß Medina-saroté und Nunez ein Liebespaar waren.

Vom Anfang an gab es heftigen Widerstand gegen die Vermählung Nunez' mit Medina-saroté; nicht daß man sie so hoch geschätzt hätte, aber er galt als ein absonderliches Wesen, ein schwachsinniges, unzulängliches Geschöpf, weit unter dem Durchschnitt. Ihre Schwestern widersetzten sich heftig, weil diese Verbindung für sie alle entehrend wäre; und der alte Yacob, der seinen ungeschickten, gehorsamen Knecht ganz gut leiden konnte, schüttelte den Kopf und sagte, es dürfe nicht sein. Die jungen Männer waren alle aufgebracht bei dem Gedanken, daß die Rasse verdorben werden sollte, und einer ging so weit, Nunez zu schmähen und zu schlagen. Der schlug zurück und fand zum erstenmal einen Vorteil im Sehen, sogar bei Zwielicht, und nach diesem Kampf war keiner mehr geneigt, die Hand gegen ihn zu erheben. Die Heirat aber fanden sie immer noch unmöglich.

Der alte Yacob liebte seine jüngste Tochter zärtlich und war bekümmert, als sie an seiner Schulter weinte.

»Du weißt, mein Kind, daß er schwachsinnig ist. Er hat Wahnvorstellungen, er kann nichts ordentlich machen.«

»Das weiß ich«, weinte Medina-saroté. »Aber es ist schon besser, als es war. Es wird immer besser. Und er ist so stark, lieber Vater, und gütig – stärker und gütiger als alle anderen Männer auf der Welt. Und er liebt mich – und, Vater, ich liebe ihn.«

Der alte Yacob war sehr traurig, weil sie untröstlich war, außerdem – und das erschwerte die Sache – hatte er Nunez aus verschiedenen Gründen wirklich sehr gern. Er ging also hin und saß mit den anderen Ältesten im fensterlosen Ratszimmer und wartete auf den geeigneten Moment in der Beratung. Dann sagte er: »Er hat sich gebessert. Höchstwahrscheinlich werden wir ihn eines Tages so vernünftig finden wie uns selbst.«

Später hatte einer der Ältesten, der viel nachdachte, eine Idee. Er war der berühmteste Arzt unter diesen Leuten, ihr Medizinmann, und überdies war er ein großer Philosoph und Denker. Die Idee, Nunez von seinen Absonderlichkeiten zu heilen, lockte ihn. Eines Tages, als Yacob anwesend war, kam er auf das Thema »Nunez« zurück.

»Ich habe Bogota untersucht«, sagte er, »und sein Fall ist mir verständlicher geworden. Ich halte es für sehr wahrscheinlich, daß er geheilt werden kann.«

»Das habe ich immer gehofft«, sagte der alte Yacob.

»Sein Gehirn ist angegriffen«, sagte der blinde Doktor.

Die Ältesten murmelten beifällig.

»Ah!« sagte der alte Yacob.

»Nun, was greift es an? Das hier«, beantwortete der Doktor seine eigene Frage. »Diese seltsamen Dinge, die man Augen nennt und die dazu da sind, um eine angenehme, weiche Vertiefung im Gesicht zu bilden, sind bei Bogota krank, so krank, daß sein Gehirn dadurch leidet. Sie sind stark vergrößert, er hat Wimpern, seine Lider bewegen sich, und infolgedessen ist sein Gehirn ständig überreizt und verwirrt.«

»Ja«, sagte der alte Yacob, »wirklich?«

»Und ich glaube mit ziemlicher Gewißheit sagen zu können, daß wir, um ihn vollständig zu heilen, nur eine einfache Operation durchführen müssen – wir müssen diese Reizkörper entfernen.«

»Und dann wird er vernünftig sein?«

»Dann wird er vollkommen vernünftig sein und ein ganz vortrefflicher Bürger.«

»Dem Himmel sei Dank für die Wissenschaft!« sagte der alte Yacob und eilte zu Nunez, um ihm von seinen wunderbaren Aussichten zu berichten.

Aber die Kälte, mit der Nunez die freudige Botschaft aufnahm, enttäuschte den Alten.

»Man könnte glauben«, sagte er, »daß dir an meiner Tochter nichts liegt, so einen Ton schlägst du an.«

Erst Medina-saroté bestimmte Nunez, sich den blinden Ärzten zu stellen.

»Du willst doch nicht«, sagte er, »daß ich die Gabe des Sehens verliere?«

Sie schüttelte den Kopf.

»Meine Welt ist das Sehen.«

Ihr Kopf sank tiefer.

»Es gibt so schöne Dinge, schöne, kleine Dinge – die Blumen, das Moos an den Felsen, Licht und Schatten auf einem Stückchen Fell, der hohe Himmel mit seinen treibenden Wolken, Sonnenuntergang und die Sterne. Und dann bist doch du da! Dich sehen zu können ist allein schon Glück; dein süßes, heiteres Antlitz, deine sanften Lippen, deine lieben schönen Hände, die du faltest ... Und diese meine Augen, die du erobert hast, diese Augen, die mich an dich fesseln, wollen diese Idioten haben. Ich soll dich nur berühren, nur hören, nie wieder sehen können! Ich soll unter dieses Dach aus Felsen, Stein und Finsternis, dieses Dach, unter das eure Phantasie sich beugt ... Nein, du kannst nicht wollen, daß ich das tue!«

Ein unangenehmer Zweifel war in ihm aufgestiegen. Er unterbrach sich und ließ die Frage offen.

»Ich wünsche mir«, sagte sie, »manchmal –« Sie schwieg.

»Ja?« sagte er, ein wenig ängstlich.

»Ich wünsche mir manchmal, daß du nicht so sprächest. Ich weiß, daß es hübsch ist – es ist deine Einbildung. Ich liebe sie, aber jetzt –«

Er fröstelte. »Jetzt?« sagte er tonlos.

Sie saß ganz still da.

»Du glaubst – du denkst – ich sollte lieber, lieber, vielleicht –«

Er verstand sehr rasch. Er empfand Zorn, wirklichen Zorn gegen den sinnlosen Lauf des Schicksals, aber er hatte auch Mitgefühl für ihren Mangel an Verständnis, Mitgefühl, das dem Mitleid sehr nahe verwandt ist.

»Mein Liebling«, sagte er und konnte an ihrer Blässe erkennen, wie schwer die Dinge, die sie nicht ausdrükken konnte, auf ihrer Seele lagen. Er legte den Arm um sie, er küßte sie aufs Ohr, und sie saßen eine Weile schweigend nebeneinander.

»Und wenn ich zustimmte?« sagte er endlich.

Sie warf ihre Arme um seinen Hals, hemmungslos weinend. »Ach, wenn du das tätest«, schluchzte sie, »wenn du das nur tätest!«

Schon eine Woche vor der Operation, die ihn aus seiner Knechtschaft und Minderwertigkeit zur Höhe eines blinden Bürgers erheben sollte, fand Nunez keinen Schlaf. Die warmen, sonnenhellen Stunden hindurch, während die andern sorglos schlummerten, saß er brütend da oder wanderte ziellos umher und suchte nach einem Ausweg aus seiner Bedrängnis. Er hatte seine Antwort, seine Zustimmung gegeben, und doch war er nicht wirklich entschlossen. Wieder war eine Arbeitsnacht vorbei, die Sonne ging in voller Pracht über den goldenen Zinnen auf, und für ihn begann der letzte Tag des Sehens. Er verbrachte einige Minuten mit Medina-saroté, bevor sie ihn verließ, um zu Bett zu gehen.

»Morgen«, sagte er, »werde ich nicht mehr sehen.«

»Mein liebes Herz«, antwortete sie und drückte seine Hände mit aller Kraft.

»Sie werden dir nicht sehr weh tun, bedenke, du erduldest alles für mich, Liebster. Geliebter, wenn das Herz und das Leben einer Frau genügt, so will ich dir's vergelten. Mein Allerliebster, mein Liebster, mit der zärtlichen Stimme, ich werde dir's vergelten.«

Mitleid mit sich selbst und mit ihr übermannte ihn. Er hielt sie in den Armen, preßte seine Lippen auf die ihren und sah zum letztenmal in ihr süßes Antlitz. »Leb wohl!« flüsterte er bei diesem geliebten Anblick, »leb wohl!« Und dann wandte er sich schweigend von ihr ab.

Sie konnte seine Schritte hören, die sich langsam entfernten, und ihr Rhythmus ließ sie verzweifelt aufschluchzen.

Es war seine feste Absicht gewesen, dorthin zu gehen, wo weiße Narzissen einsame Wiesen schmückten. Dort wollte er bis zur Opferstunde bleiben. Aber auf dem Weg erhob er den Blick und sah den Morgen, den jungen Morgen wie einen Engel in goldener Rüstung über die Berghänge herabschreiten.

Es schien ihm, daß gegen diesen Glanz alles, er selbst und diese blinde Welt im Tal und seine Liebe nichtig wären und sündhaft.

Er wandte sich nicht zur Seite, wie er es vorgehabt hatte, er ging geradeaus, er ging durch eine Tür in der Umfassungsmauer hinaus auf die Felsen, und sein Auge hing an den sonnbeschienenen Eis- und Schneegipfeln.

Er sah ihre unendliche Schönheit, und seine Gedanken flogen weit darüber hinweg, zu den Dingen, die jenseits lagen, auf die er nun für immer verzichten sollte.

Er dachte an die große freie Welt, aus der er gekommen war, an seine wahre, eigene Welt. Wie eine Vision erschienen ihm jene fernen Abhänge, weit, weit fort, und er sah Bogota herrlich in ihrer Mitte liegen, diesen Ort von vielfältiger, aufregender Schönheit, prachtvoll bei Tag, ein leuchtendes Geheimnis bei Nacht, mit Palästen und Brunnen, Denkmälern und weißen Häusern. Er dachte daran, wie man einen Tag oder noch länger über Paßhöhen wandern mußte, um sich Bogotas geschäftigen Straßen und Gassen zu nähern. Er dachte an die Reise flußabwärts, die tagelang dauerte, von dem großen Bogota zu der noch gewaltigeren Welt draußen, durch Städte und Dörfer, Wälder und Einöden, auf dem brausenden Fluß, tagelang, bis die Ufer zurückwichen, große Dampfer vorüberzogen und das Meer erreicht war – das unendliche Meer mit seinen tausend Inseln, seinen Tausenden von Inseln und seinen Schiffen. Undeutlich, in weiter Ferne, zogen sie rastlos ihren Weg rund um diese größere Welt. Und dort, nicht von Bergen eingeengt, sah man den Himmel – doch nicht als flache Scheibe wie hier, sondern als Wölbung von unermeßlichem Blau, die Tiefe der Tiefen, in der die kreisenden Sterne schwebten.

Sein Blick schweifte sorgfältig forschend über dic riesige Felswand.

Wenn man zum Beispiel so hinaufstiege, durch dieses Bachbett und dann durch den Kamin dort, würde man hoch oben zwischen den verkümmerten Fichten herauskommen, die einen Felsvorsprung bedeckten, der über die Schlucht hing. Und dann? Der Abhang könnte bezwungen werden. Dann wäre vielleicht ein

Klettersteig zu finden, der bis zum Absturz unterhalb des Schnees führte; und wenn dieser Kamin unpassierbar war, würde vielleicht ein anderer, weiter östlich, gangbar sein. Und dann? Dann wäre man dort oben auf dem bernsteinfarbenen Schnee, und der halbe Weg bis zum Kamm dieser wundervollen Einöde wäre zurückgelegt.

Er warf einen Blick ins Dorf zurück, dann drehte er sich ganz um und betrachtete es unverwandt. Er dachte an Medina-saroté, und sie erschien ihm klein und fern.

Er wandte sich wieder der Bergwand zu, über der die Sonne aufgegangen war. Dann begann er sehr vorsichtig zu klettern.

Als die Sonne unterging, ruhte er sich aus. Er war schon sehr hoch und weit geklettert. Seine Kleider waren zerrissen, seine Glieder blutbefleckt, sein Körper war an vielen Stellen zerschunden, aber er lag voll Wohlbehagen da, und ein Lächeln spielte auf seinen Zügen.

Von seinem Rastplatz aus schien es, als läge das Tal in einer Grube, fast eine Meile unter ihm. Unten dunkelte es schon, es wurde neblig und schattig, während die Bergspitzen rund um ihn noch glühten und leuchteten. Noch die kleinsten Zacken der nahen Felsen schienen ihm von zarter Schönheit. Eine grüne Steinader durchbrach das Grau, da und dort erglänzte eingesprengter Kristall, dicht neben ihm wucherte eine orangefarbene Flechte. Tiefe, geheimnisvolle Schatten lagen über der Schlucht, ihr Blau vertiefte sich zu Violett, das Violett wurde zur leuchtenden Dunkelheit, und über ihm wölbte sich die unbegrenzte Weite des Himmels. Aber er betrachtete all dies nicht lange, sondern lag ganz müßig da und lächelte, beglückt, aus dem Tal der Blinden geflohen zu sein, wo er doch hatte König sein wollen.

Die Glut des Sonnenuntergangs erlosch, die Nacht kam, und noch immer lag er glücklich und zufrieden unter den kalten Sternen.

Klassiker der Weltliteratur in vollständigen Ausgaben und Neuübersetzungen

Harriet Beecher Stowe
Onkel Toms Hütte
Roman
Auf der Grundlage einer anonymen Übersetzung von 1853
Am Original überprüft und neu erarbeitet von Susanne Althoetmar-Smarczyk
dtv 2330

Wilkie Collins
Die Frau in Weiß
Criminal-Roman
Neu übersetzt von Ingeborg Bayr, durchgesehen von Hanna Neves
dtv 11793

Der Monddiamant
Criminal-Roman
Aus dem Englischen übertragen von Inge Lindt
dtv 12182

Jezebels Tochter
Criminal-Roman
Aus dem Englischen von Thomas Eichhorn
dtv 20003

Maria Edgeworth
Castle Rackrent
Roman
Aus dem Englischen von Helga Schulz
dtv 12275

Victor Hugo
Der Glöckner von Notre-Dame
Roman
Auf der Grundlage der Übertragung von Friedrich Bremer
Am Original überprüft und neu erarbeitet von Michaela Meßner
dtv 2329

Henryk Sienkiewicz
Quo vadis?
Roman
Auf der Grundlage der Übertragung von J. Bolinski
Am Original überprüft und neu erarbeitet von Marga und Roland Erb
dtv 2334

dtv

André Gide im dtv

Die Falschmünzer
Roman
Übersetzt von
Christine Stemmermann
dtv 12208

Die Verliese des Vatikans
Roman
Übersetzt von
Thomas Dobberkau
dtv 12285

Der Immoralist
Roman
Übersetzt von
Gisela Schlientz
dtv 12345

Die enge Pforte
Roman
Übersetzt von
Andrea Spingler
dtv 12427